Martin Walker

Bruno
Chef de police

Roman

Aus dem Englischen von
Michael Windgassen

Diogenes

60 Jahre Diogenes Verlag
Einmalige Jubiläumsausgabe 2012

Titel der 2008 bei Quercus, London,
erschienenen Originalausgabe:
›Bruno, Chief of Police‹

Die deutsche Erstausgabe
erschien 2009 im Diogenes Verlag
Umschlagfoto von Oliver Strewe (Ausschnitt)

www.diogenes.ch
120/12/8/1
ISBN 978 3 257 05730 0

Für Pierrot

1

An einem strahlenden Maimorgen, so früh, dass über der großen Flussbiegung noch Nebelreste hingen, hielt ein weißer Kleintransporter mit dunkelblauen Seitenstreifen auf der Anhöhe über dem französischen Städtchen Saint-Denis. Ein Mann stieg aus. Er ging an den Straßenrand, reckte sich und ließ die vertraute Aussicht auf sich wirken. Er war noch jung, und seine geschmeidigen, energischen Bewegungen zeugten von guter Kondition. Aber als er die Arme sinken ließ, fingerte er doch besorgt an seiner Taille herum, wo er immer zuerst Fett ansetzte – vor allem im Frühling, wenn die Rugbysaison schon zu Ende war und die Jagdzeit eben erst begann. Von seiner Uniform trug er nur das hellblaue Hemd mit Schulterklappen, gebügelt, aber ohne Krawatte, dazu schwarze Stiefel und die marineblaue Hose. Sein dichtes dunkles Haar war kurz geschnitten, die braunen Augen blickten verschmitzt, und die vollen Lippen unter dem sorgfältig gestutzten kleinen Schnauzbart lachten sichtlich gern. Auf dem Dienstabzeichen an seinem Hemd und seitlich am Kleintransporter standen die Worte ›*police municipale*‹. Eine ziemlich staubige Schirmmütze lag nachlässig hingeworfen auf dem Beifahrersitz.

Hinten im Wagen standen, eingekeilt zwischen einer Brechstange und einem Gewirr von Starterkabeln, ein Korb mit frischen Eiern und ein zweiter mit den ersten Gartenerbsen. Außerdem waren da zwei Tennisschläger, ein Paar Rugbystiefel, Turnschuhe und eine große prall gefüllte Sporttasche, in deren Schulterriemen die Ersatzschnur einer Angelrute verheddert war. Noch weiter hinten kam auch noch ein Verbandskasten zum Vorschein, außerdem eine kleine Werkzeugkiste, eine Wolldecke sowie ein Picknickkorb mit Tellern und Gläsern, Salz- und Pfefferstreuern, einer Knoblauchknolle und einem Laguiole-Taschenmesser mit Horngriff und Korkenzieher. Unter dem Fahrersitz versteckt lag das Geschenk eines befreundeten Bauern: eine Flasche nicht ganz legal gebrannter Schnaps, aus dem der Polizist, wenn am St.-Katharinen-Tag die grünen Walnüsse geerntet wurden, seinen Privatvorrat an *vin de noix* ansetzen wollte. Benoît Courrèges, Polizeichef der 2900-Seelen-Gemeinde Saint-Denis, gemeinhin bekannt als Bruno, war stets auf alle Eventualitäten vorbereitet.

Oder auf fast alle. Er verzichtete auf den breiten Gürtel mit Halfter samt Pistole, Handschellen und Stablampe, mit Schlüsseln, Notizbuch und all den übrigen Utensilien, mit denen sich die meisten anderen französischen Polizisten abschleppten. Ein solcher Gürtel lag auch nicht in seinem Wagen. Zwar würde sich irgendwo aus dem Durcheinander im Heck ein Paar alter Handschellen zutage fördern lassen, doch wo sich der Schlüssel dazu befand, hatte Bruno längst vergessen. Immerhin besaß er eine Stablampe, für die er schon seit Tagen neue Batterien kaufen wollte. Im Handschuhfach schließlich steckten mehrere Stifte und ein Notizbuch, das allerdings bis jetzt nur Kochrezepte enthielt sowie das Protokoll der letzten Mitgliederversammlung des

Tennisvereins und eine Liste mit den Namen und Telefonnummern der *minimes*, der Knirpse, die sich bei ihm zum Rugbytraining angemeldet hatten.

Brunos Dienstwaffe, eine ziemlich alte MAB 9mm Halbautomatik, lag im Safe seines Büros in der *mairie* und wurde nur einmal im Jahr zum Schießtraining auf dem Polizeischießstand in Périgueux herausgeholt. In seinen acht Jahren bei der *police municipale* hatte er sie genau dreimal im Einsatz getragen: das erste Mal, als in der Nachbargemeinde ein tollwütiger Hund gesichtet und die gesamte Polizei in Alarmbereitschaft versetzt worden war; das zweite Mal, als der französische Präsident auf dem Weg zu den berühmten Höhlenmalereien von Lascaux über Saint-Denis gefahren war, um seinen alten Freund Gérard Mangin zu begrüßen, den Bürgermeister und somit Brunos Vorgesetzten. Mit seiner Pistole bewaffnet hatte Bruno vor der *mairie* Wache gestanden, dem Staatsoberhaupt einen zackigen Gruß entrichtet und sich mit dessen sehr viel schwerer bewaffneten Bodyguards unterhalten, wobei sich herausstellte, dass er einen von ihnen aus seiner Armeezeit kannte. Seinen dritten Einsatz mit der Waffe hatte ein boxendes Känguru erzwungen, das aus einem Zirkus ausgerissen war und die Gegend unsicher gemacht hatte … doch das war eine andere Geschichte. Nie hatte Bruno im Dienst tatsächlich schießen müssen, und darauf war er insgeheim sehr stolz. Während der Jagdsaison zog er allerdings wie die meisten anderen Männer (und nicht wenige Frauen) der Gemeinde von Saint-Denis fast täglich mit der Flinte los – und wenn er nicht gerade der notorisch scheuen, aber besonders schmackhaften *bécasse* nachpirschte, traf er in der Regel auch.

Bruno schaute zufrieden auf seine Stadt hinab, und wie so oft verweilte sein Blick zunächst auf dem glitzernden Lichtspiel der Sonne in den Strudeln der Vézère vor den alten steinernen Brückenbögen, wanderte weiter zum hell blinkenden Wetterhahn auf dem Kirchturm, dann zu dem Adler über dem Kriegerdenkmal, wo er sich heute Punkt zwölf zu einer Gedenkveranstaltung einfinden musste, und dann hinüber auf die reflektierenden Windschutzscheiben und Chromteile der Autos und Wohnwagen auf dem Parkplatz hinter dem Krankenhaus.

Allmählich kam Leben in das friedliche Bild. Die ersten Gäste steuerten auf Fauquets Café zu, und selbst von der fernen Anhöhe aus hörte Bruno das Metallrollo klappern, das vor Lespinasse' *tabac* hochgezogen wurde, wo man außer Zigaretten auch Angelzeug, Waffen und Munition kaufen konnte. Ein nicht gerade gesundheitsförderndes Sortiment, dachte Bruno.

Auch ohne hinsehen zu müssen, wusste Bruno, dass Madame Lespinasse jetzt den Laden öffnete und sich ihr Mann als erster Gast im Café ein kleines Glas Weißwein genehmigte, dem er im Laufe des Tages noch viele für den angenehmen Dauerrausch folgen lassen würde. Bruno wusste auch, dass bei Fauquet wie immer die gleiche Runde alter Herren beieinanderhockte. Sie studierten Listen der Sportwetten und schlürften ihren ersten *petit blanc,* während die Mitarbeiter der *mairie* an ihren Croissants knabberten, Kaffee tranken und die Schlagzeilen der aktuellen Ausgabe der *Sud-Ouest* lasen. Er wusste, dass Schuster Bachelot bei Fauquet an seinem Morgengläschen nippte, während sein Erzfeind und Nachbar Jean-Pierre, der den Fahrradladen führte, sein Tagwerk in Ivans *Café de la Libération* begann. Ihre Feindschaft ging auf die Tage der Résistance zurück, als der eine einer kommunistischen Gruppe und der andere der *Armée secrète* von de Gaulle angehört hatte. Bruno erinnerte sich nicht mehr, wer welchem Lager zuzuordnen war. Er wusste nur, dass die beiden seit dem Krieg kein einziges Wort mehr miteinander gewechselt hatten und das Gleiche von ihren Angehörigen verlangten, denen sie allenfalls ein frostiges *bonjour* erlaubten. Außerdem wurde gemunkelt, dass beide Männer seit Jahren heimlich und unbeirrt versuchten, die Ehefrau des anderen zu verführen. Der Bürgermeister hatte Bruno einmal bei einem Glas Wein anvertraut, er sei überzeugt davon, dass beide, Bachelot wie auch Jean-Pierre, ihr Ziel erreicht hätten. Bruno war allerdings lange genug Polizist, um den meisten Gerüchten über Seitensprünge zu misstrauen, und als jemand, der in delikaten Dingen selbst streng auf Verschwiegenheit achtete, räumte er anderen dasselbe Recht auf Diskretion ein.

All diese kleinen Eigenheiten von Saint-Denis waren Bruno so vertraut wie seine eigenen morgendlichen Routinen: seine von *Radio Périgord* begleitete Frühgymnastik, das Duschbad mit Spezialshampoos zur Vorbeugung gegen Haarausfall und der nach grünen Äpfeln duftenden Seife, dann das Hühnerfüttern, während der Kaffee kochte, und schließlich das gemeinsame Frühstück mit seinem Hund Gigi – getoastete Baguettescheiben vom Vortag.

Bruno blickte zu den Höhlen in den Kalksteinfelsen jenseits des kleinen Wasserlaufs, der vor der Stadt in die Vézère mündete. Diese unheimlichen Höhlen mit ihren uralten Zeichnungen und Gemälden lockten Wissenschaftler und

Touristen aus aller Welt in dieses Tal, vom Verkehrsamt als ›Wiege der Menschheit‹ bezeichnet, weil es angeblich der am längsten kontinuierlich bewohnte Kulturraum Europas war. Hier lebten Menschen seit 40 000 Jahren; Eiszeiten und Hitzeperioden, Überflutungen, Kriege und Hungersnöte hatten sie nicht vertreiben können. Bruno verstand die Verbundenheit mit diesem Ort, obwohl er sich vorstellen konnte, dass es auch anderswo sehenswerte Höhlen mit einzigartigen Felszeichnungen gab.

Unten am Flussufer sah er die verrückte Engländerin, die nach ihrem allmorgendlichen Ausritt ihr Pferd tränkte. Wie immer war sie äußerst sorgfältig gekleidet, trug blank polierte schwarze Stiefel, eine beigefarbene Reithose und ein schwarzes Jackett. Unter der schwarzen Reitkappe wucherte rotbraunes Haar wie ein Fuchsschwanz hervor. Bruno fragte sich, warum sie bei allen die verrückte Engländerin hieß. Auf ihn machte sie einen ganz und gar vernünftigen Eindruck, und ihr kleines Gästehaus schien sie ebenfalls bestens zu führen. Sogar ihr Französisch war durchaus verständlich, was von dem der wenigsten anderen Engländer, die sich hier niedergelassen hatten, behauptet werden konnte. Er schaute auf die Straße, die dem Flusslauf folgte, sah die ersten Bauern mit ihren Lastwagen zum Wochenmarkt fahren und fand, dass es allmählich Zeit wurde, seinen Dienst anzutreten. Er zog sein Handy aus der Tasche und wählte die ihm vertraute Nummer des Bahnhofshotels.

»Sind sie bei dir aufgekreuzt, Marie?«, fragte er. »Sie waren gestern auf dem Markt von Saint-Alvère, müssten also in der Gegend sein.«

»Nein, Bruno. Hier waren nur die Jungs vom Museumsprojekt und ein spanischer Lastwagenfahrer«, antwortete die Wirtin. »Weißt du noch? Als sie das letzte Mal hier waren und nichts gefunden haben, wollten sie sich in Périgueux ein Auto mieten, um dich damit von ihrer Spur abzubringen. Verdammte Gestapo.«

Bruno spielte mit den EU-Inspektoren, die auf den französischen Märkten die Hygieneverordnungen für Lebensmittel durchzusetzen versuchten, ein Katz-und-Maus-Spiel; er fühlte sich in erster Linie seiner Gemeinde, ihrem Markt und Bürgermeister verpflichtet, weniger den geschriebenen Gesetzen Frankreichs, zumal wenn diese tatsächlich aus Brüssel stammten. Gegen Hygiene war zwar nichts einzuwenden, aber die Bauern der Gemeinde von Saint-Denis stellten ihre *pâté de foie gras* und ihre *rillettes de porc* schon seit Jahrhunderten her, und dass ihnen irgendwelche fremden Bürokraten vorschrieben, unter welchen Bedingungen sie ihre Gänseleberpastete und ihren durch langes Schmoren und Rühren von Fleisch- und Fettresten des Schweins gewonnenen Brotaufstrich verkaufen durften, passte ihnen überhaupt nicht. Also hatte Bruno zusammen mit anderen Mitgliedern der regionalen *police municipale* ein komplexes Frühwarnsystem entwickelt, um die Markthändler rechtzeitig alarmieren zu können, wenn Kontrollen zu erwarten waren.

Die Inspektoren – in einer Gegend Frankreichs, die der deutschen Besatzung entschieden Widerstand geleistet hatte, gemeinhin Gestapo genannt – waren zu ihrem ersten Kontrollbesuch in einem Auto mit roten belgischen Nummernschildern auf den Märkten des Périgord aufgekreuzt. Beim zweiten Besuch, vor dem Bruno gewarnt hatte, waren alle vier Reifen plattgestochen worden. Daraufhin kamen sie in einem Auto aus Paris mit den Endziffern 75 auf dem Kennzeichen. Aber auch sie bekamen es mit der Résistance zu tun, und Bruno fürchtete schon, dass die Gegenmaßnahmen vor Ort außer Kontrolle geraten könnten. Er ahnte sehr wohl, wer für die platten Reifen verantwortlich war, und hatte mit ein paar mahnenden Worten unter vier Augen die Wogen zu glätten versucht. Gewaltakte waren überflüssig, solange das hiesige Frühwarnsystem gewährleisten konnte, dass die nicht EU-konformen Waren von den Märkten verschwunden waren, bis die Inspektoren eintrafen. In der Folgezeit änderten die Inspektoren ihre Taktik. Sie kamen mit dem Zug und quartierten sich in den jeweiligen Bahnhofshotels ein. Doch sie wurden von den Hotelbetreibern auf den ersten Blick erkannt, und die hatten alle jede Menge Cousins und Zulieferer, die *crottins* aus Ziegenkäse und *foie gras* herstellten, Marmeladen und Speiseöle, gewürzt mit Walnüssen oder Trüffeln, Butter und Joghurt, *pâtés* und *mousses* und *confits,* dank deren das Périgord als das Herzstück der gastronomischen Kultur Frankreichs galt – zumindest für Lokalpatrioten wie Bruno und seinen einzigen Vorgesetzten, den Bürgermeister von Saint-Denis, sowie alle gewählten Ratsmitglieder der Gemeinde und selbst für Montsouris, den Kommunisten. Bruno verstand es deshalb auch als seinen amtlichen Auftrag, Nachbarn und Freunde vor den Idioten aus Brüssel in Schutz zu nehmen, die sich unter gutem Essen allenfalls Miesmuscheln und Pommes frites vorstellen konnten und dann auch noch edle Kartoffeln mit Fertigmayonnaise verhunzten.

Jetzt versuchten es die Inspektoren also mit einer neuen

Finte: Sie inszenierten ihren Überfall mit einem vor Ort gemieteten Auto, um nicht aufzufallen und später mit intakten Reifen wieder verschwinden zu können. Gestern war es ihnen in Saint-Alvère tatsächlich gelungen, vier Strafprotokolle auszustellen. Auf dem Markt von Saint-Denis aber, mit seiner fast 700-jährigen Tradition, würden sie keinen Erfolg haben, nicht wenn Bruno seine Leute schützen konnte.

Er warf einen letzten Blick auf den kleinen ihm anvertrauten Winkel des Paradieses, atmete seine Heimatluft tief ein und wappnete sich für den Tag.

2

Bruno hatte zwar nie mitgezählt, aber an Markttagen küsste er an die hundert Frauen auf die Wange und schüttelte ebenso vielen Männern die Hand. Als Erste küsste er an diesem Morgen die dicke Jeanne, wie sie von den Schulkindern genannt wurde. Nur in Frankreich, einem Land, das für die Rätsel der Weiblichkeit besonders aufgeschlossen ist, gibt es den beispiellosen Begriff der *jolie laide* – der »hübschen Hässlichen« –, der eine wenig ansehnliche Frau beschreibt, die sich in ihrer Haut aber so wohl fühlt und so viel gute Laune ausstrahlt, dass sie dadurch hübsch und liebenswert wird. Die dicke Jeanne war eine solche *jolie laide,* Anfang fünfzig und nahezu kugelrund. Die alte braune Ledertasche, in der sie die bescheidenen Standgebühren von den Händlern auf dem Markt von Saint-Denis einsammelte, prallte mit Wucht gegen Brunos Schenkel, als Jeanne mit einem freudigen Quieklaut herumwirbelte, um ihm zur Begrüßung die Wange hinzuhalten. Anschließend steckte sie ihm eine frische Erdbeere von Madame Verniets Stand in den Mund, wofür der *chef de police* sich bei der schelmisch grinsenden alten Witwe mit einem Kuss auf beide runzeligen Wangen bedankte.

»Das sind Fotos der Inspektoren, die Louis gestern in Saint-Alvère aufgenommen hat«, sagte Bruno und zog aus seiner Brusttasche ein paar Ausdrucke, die er am Vorabend bei seinem Kollegen abgeholt hatte. Er hätte die Bilder auch an den Computer der *mairie* mailen können, doch vorsichtig, wie er war, wollte Bruno nicht riskieren, dass er auf seinem heimlichen Feldzug gegen die Brüsseler Inspektoren elektronische Spuren hinterließ.

»Wenn du einen von ihnen siehst, ruf mich an. Und verteil bitte die Abzüge hier an Ivan im Café, Jeannot im Bistro und an Yvette im *tabac.* Und wenn du schon mal dort bist, könntest du auch gleich die Händler hinter der Kirche warnen. Ich werde den anderen vor der Brücke Bescheid sagen.«

Seit 1346, als nach der Schlacht von Crécy die Hälfte des französischen Adels von den Engländern gefangen genommen worden war und die gräfliche Familie Brillamont ihr Oberhaupt mit geliehenem Geld hatte freikaufen müssen, wurde in der kleinen Périgord-Gemeinde Saint-Denis jeden Dienstag Markt abgehalten. Dieses Privileg hatte die Stadtbevölkerung durch Zahlung der stattlichen Summe von fünfzig Livre in Silber an den Feudalherrn erworben, um sich den Vorteil der günstigen Stadtlage an der Mündung des kleinen Flüsschens Le Mauzens in die Vézère zu sichern, wo noch die Ruinen der alten Römerbrücke aus dem Wasser ragten. Elf Jahre später waren die unterlegenen Edelmänner und Ritter Frankreichs erneut auf ihren schweren Streitrössern gegen die englischen Langbogenschützen in den Krieg gezogen – und viele waren dabei gefallen. Nach der Schlacht von Poitiers hatte der Seigneur de Brillamont abermals von den siegreichen Engländern freigekauft werden müssen. Inzwischen aber war durch Marktsteuern so viel Geld zusammengekommen, dass die alte Römerbrücke provisorisch repariert werden konnte. Und für weitere fünfzig Livre erwarb die Stadt von den Brillamonts das Recht, auf der Brücke Zollgebühren zu erheben. Die Einkünfte der Stadt waren damit auf Dauer gesichert.

In der Folgezeit hatten sich französische Bauern, Zolleintreiber und Vertreter der Staatsmacht wiederholt kleine bis größere Kämpfe geliefert. Der jüngste Ärger mit den Inspektoren (Franzosen, die ihre Befehle aus Brüssel entgegennahmen!) war nur der vorläufig letzte Höhepunkt in einem endlosen Streit. Wären die neuen Gesetze und Verordnungen in Frankreich ausgeheckt worden, hätte Bruno sie wahrscheinlich nicht so beharrlich und lustvoll zu durchkreuzen versucht. Aber dem war nicht so. Sie stammten aus Brüssel, von der fernen Europäischen Union, die jungen Dänen, Portugiesen und Iren genau wie Franzosen gestattete, während des Sommers auf den hiesigen Campingplätzen und in der Gastronomie Geld zu verdienen. Aber die Bauern der Gegend – allesamt Brunos Freunde und Nachbarn – hatten ihren Lebensunterhalt zu bestreiten, und was sie auf dem Markt verdienten, reichte nicht einmal für die Bezahlung der Ordnungsstrafen, die die Inspektoren verhängten.

Es gab nicht mehr viele, die gewarnt werden mussten. Auf dem Markt machten sich immer mehr Ortsfremde breit, die Kleider verkauften, Jeans und Stoffe, billige Pullover, T-Shirts und Secondhandklamotten. Da waren zum Beispiel zwei pechschwarze Senegalesen mit ihrem Angebot aus bunten Kittelhemden, Ledergürteln und Taschen gleich neben einem ansässigen Töpferehepaar mit seiner Keramik. An einem Stand gab es Brot aus biologisch angebautem Getreide, und mehrere einheimische Winzer verkauften ihren Bergerac und den süßen Dessertwein *Monbazillac*, den der himmlische Vater in seiner unendlichen Güte als idealen Begleiter für *foie gras* geschaffen hatte. Da waren ein Scherenschleifer und Kesselflicker, Diem, der Vietnamese mit seinen Nems, und Jules, der mit Nüssen und Oliven handelte, während seine Frau in einer riesigen Pfanne Paella kochte. Wer Obst und Gemüse, Kräuter und Tomatensetzlinge verkaufte, blieb von den Männern aus Brüssel – noch – verschont.

Aber all diejenigen, die Käse oder *pâté* aus eigener Produktion zum Kauf anboten oder Geflügel, das im Hinterhof mit dem Beil auf einem alten Hauklotz geköpft worden war anstatt in einem weiß gefliesten Schlachthaus von Männern in weißen Kitteln und mit Haarnetzen – sie alle musste Bruno rechtzeitig warnen. Er half dann den älteren Frauen, ihre Stände abzuräumen, die frisch gerupften Hühner einzusacken und sie im nahe gelegenen Büro von Patricks Fahrschule in Sicherheit zu bringen. Die reicheren Bauern, die sich mobile Kühlschränke leisten konnten, erklärten sich immer spontan bereit, die nicht ganz legal hergestellten Käsespezialitäten von *tante* Marie und *grand-mère* Colette zwischen der eigenen Ware zu verstecken. Auf dem Markt waren alle miteinander verschworen.

Brunos Handy piepte. »Die Mistkerle sind hier«, sagte Jeanne in einer Stimmlage, die sie wohl für ein Flüstern hielt. »Sie parken vor der Bank. Marie-Louise hat sie auf dem Foto wiedererkannt, das ich Ivan gegeben habe. Sie war da, um ihren *petit café* zu trinken, und hat's gesehen. Sie ist sich sicher, dass sie es sind.«

»Hat sie auch deren Auto gesehen?«, fragte Bruno.

»Einen silbernen Renault Laguna, ziemlich neu«, antwortete Jeanne und nannte die Zulassungsnummer. Interessant, dachte Bruno, ein Kennzeichen aus dem Département Corrèze. Anscheinend waren die Herren mit dem Zug nach Brive gefahren und dort, also jenseits der Départementgrenze, in den Wagen umgestiegen. Offenbar wussten sie inzwischen, dass sie es hier im Périgord mit einem gut organisierten Netzwerk aus einheimischen Spionen zu tun hatten. Bruno ging über die Fußgängerzone auf den Platz vor der alten Steinbrücke. Um zum Markt zu gelangen, würden die Inspektoren an ihm vorbeikommen müssen. Er hatte bereits seine Kollegen der benachbarten Marktflecken angerufen und ihnen gesagt, auf welches Auto mit welchem Kennzeichen sie achten mussten. Damit hatte er seine Pflicht erfüllt. Nein, noch nicht ganz. Die Händler waren gewarnt, aber nun galt es, sie vor sich selbst in Schutz zu nehmen.

Also rief er den alten Jo an, seinen Vorgänger, der vierzig Jahre lang in Saint-Denis Polizist gewesen war und nun seine Zeit damit zubrachte, sich auf den hiesigen Märkten herumzutreiben und bei Gelegenheit Arbeitskleidung und Schürzen in Übergröße aus seinem Lieferwagen an das Landvolk zu verhökern. Vor allem aber ging es ihm darum, mit Sportsfreunden aus seiner Zeit als Rugbyspieler ein Gläschen Rotwein zu trinken. Er trug den kleinen roten Anstecker der *légion d'honneur* am Revers, der ihm schon als jungem Burschen für seine Dienste als Bote der Résistance gegen die Deutschen verliehen worden war. Bruno glaubte, sicher sein zu können, dass Jo von der Reifenstecherei wusste und vielleicht sogar mitgeholfen hatte, die Anschläge zu organisieren. Jo kannte in der näheren Umgebung so gut wie jeden, natürlich auch die meisten jüngeren Rugbyspieler von Saint-Denis, die als die Schrecken der Liga gefürchtet waren.

»Folgendes, Jo«, sagte Bruno, als sich der Alte wie immer mit einem ruppigen Bellen am Telefon meldete. »Die Inspektoren haben wir im Griff. Der Markt ist sauber, und wir wissen, wer sie sind. Wir brauchen also keine Scherereien, die alles nur schlimmer machen. Verstanden?«

»Meinst du dieses Auto, das vor der Bank parkt? Den silbernen Laguna?«, fragte Jo mit seiner tiefen, von jahrzehntelangem *Gauloises*- und Weingenuss heiser gewordenen Stimme. »Ich glaube, darum kümmert sich schon jemand. Keine Sorge, mein Kleiner. Die Gestapo findet auch zu Fuß nach Hause zurück. Wie beim letzten Mal.«

»Jo, mach keinen Ärger«, mahnte Bruno, obwohl er wusste, dass er genauso gut gegen eine Wand hätte reden können. Wieso zum Teufel wusste Jo überhaupt Bescheid? Wahrscheinlich war er in Ivans Café gewesen, als Jeanne die Fotos herumgezeigt hatte. Und dass das Auto vor der Bank parkte, hatte ihm wohl Marie-Louise gesteckt, die in der Bank arbeitete und mit Jos Neffen verheiratet war. »Und Ärger wird's geben, wenn wir nicht vorsichtig sind«, fuhr Bruno fort. »Tu bitte nichts, was mich zwingen würde, in Aktion zu treten.«

Bruno klappte sein Handy zu und hielt wieder Ausschau nach den Inspektoren. Von den Leuten, die über die Brücke kamen, kannte er die meisten. Plötzlich tauchte der alte verbeulte Renault Twingo auf, mit dem die örtliche Gendarmerie Zivilstreife fuhr. Am Steuer saß der neue *capitaine*, den Bruno bislang noch nicht persönlich kennengelernt hatte, ein mürrischer dünner Kerl mit Namen Duroc, von dem es hieß, dass er aus der Normandie stammte und seinen Dienst stur nach Vorschrift machte. Beunruhigt meldete sich Bruno wieder bei Jo.

»Blas alles ab, sofort«, drängte Bruno. »Sie werden auf ihre Reifen diesmal besser aufpassen. Soeben ist der neue Hauptmann der Gendarmerie in Zivil hier vorbeigekommen. Sieht so aus, als würden unsere Freunde ihr Auto bewachen lassen. Ich habe kein gutes Gefühl bei der Sache.«

»Merde«, knurrte Jo. »Klar, damit hätten wir rechnen müssen, aber jetzt ist es zu spät. Ich habe Karim in der Bar Bescheid gegeben, und der wollte die Sache unbedingt selbst in die Hand nehmen. Hoffentlich erwische ich ihn noch und kann ihn zurückpfeifen.«

Bruno rief im *Café des Sports* an, das von Karim und seiner hübschen und hochschwangeren Frau Rashida geführt wurde. Karim war bereits aufgebrochen und hatte, wie Rashida vermutete, sein Handy nicht mitgenommen. Idiot, fluchte Bruno im Stillen. Eilig überquerte er die schmale Brücke und steuerte auf den großen Parkplatz vor der Bank zu, um Karim abzufangen.

Bruno kannte Karim, seit dieser vor rund zehn Jahren als Teenager in die Stadt gekommen war, ein schwergewichtiger, düster dreinblickender Araber, entschlossen, jedem jungen Franzosen »eins auf den Deckel zu geben«, der es wagte, ihn zu provozieren. Bruno wusste, wie er mit jungen Männern seines Schlages umgehen musste, und hatte ihm mit der Zeit beigebracht, seine Ressentiments auf dem Rugbyfeld abzureagieren. Er trainierte ihn zweimal pro Woche, ließ ihn jeden Samstag zum Match antreten, spielte im Sommer mit ihm Tennis und versuchte zu verhindern, dass er in Schlägereien geriet. Er hatte ihm einen Stammplatz in der Schulmannschaft verschafft, dann im Team von Saint-Denis und schließlich in einem Ligaverein, wo der junge Riese so viel Geld verdiente, dass er seine Rashida heiraten und das Café kaufen konnte. Bruno hatte bei ihrer Hochzeit die Tischrede gehalten.

Was für ein Idiot! Falls Karim jetzt Dummheiten machte, würde er sich verdammt großen Ärger einhandeln. Es stand zu befürchten, dass die Inspektoren über ihren Vorgesetzten Druck auf den Präfekten ausübten, der die *police nationale* oder vielleicht sogar das Verteidigungsministerium einschalten würde. Die Gendarmerie müsste anrücken und würde Karim in die Mangel nehmen, dann sähe es für ihn zappenduster aus. Mutwillige Beschädigung öffentlichen Eigentums – unter Anklage gestellt, würde Karim seine Lizenz für den Verkauf von Tabak verlieren und seinen Laden dichtmachen können. Er selbst würde vielleicht jede Aussage verweigern, nicht aber Rashida, die sich um ihr Kind Sorgen machte und dem Druck nicht standhalten könnte. Wenn sie aussagen würde, ginge es auch dem alten Jo und dem Rest der Rugbymannschaft an den Kragen, und über kurz oder lang wäre das sorgfältig geknüpfte Netzwerk der friedlichen Gemeinde von Saint-Denis aufgelöst. Das konnte Bruno nicht zulassen.

Vorsichtshalber verlangsamte Bruno seinen Schritt, als er vor der Tafel für amtliche Mitteilungen um die Ecke bog, das Kriegerdenkmal passierte und an den parkenden Autos vorbeiging, die wie bunte Soldaten vor der Bank *Crédit Agricole* Wache standen. Er suchte nach dem Twingo der Gendarmerie und entdeckte Duroc in der Warteschlange vor dem Geldautomaten der Bank. Ein paar Schritt hinter ihm stand Karim, der sich mit Colette von der chemischen Reinigung unterhielt. Erleichtert ging Bruno auf ihn zu.

»Karim«, sagte er und beeilte sich hinzuzufügen: »*Bonjour,* Colette.« Er gab ihr einen Kuss auf beide Wangen und wandte sich dann wieder Karim zu: »Ich muss mit dir über die Aufstellung für das Sonntagsspiel sprechen. Es dauert nicht lange.« Damit fasste er den großen Araber am Ellbogen, verabschiedete sich von Colette und führte ihn in Richtung Brücke.

»Ich bin gekommen, um dich zu warnen. Vermutlich wird das Auto observiert. Es könnte sogar sein, dass irgendjemand der Gendarmerie einen Tipp gegeben hat«, erklärte Bruno. Karim blieb stehen und grinste.

»Daran habe ich selbst schon gedacht, Bruno. Der neue *capitaine* steht dort drüben in der Schlange vor dem Automaten und schaut sich ständig um. Also habe ich Abstand gehalten und abgewartet. Sei's drum, es hat auch so geklappt.«

»Was? Du hast doch nicht etwa in Durocs Beisein die Reifen zerstochen?« Bruno war entsetzt.

»Natürlich nicht!« Karim grinste. »Ich habe meinen kleinen Neffen und seine Freunde eingespannt. Sie sind angeschlichen und haben eine Kartoffel in den Auspuff gepfropft, während ich mit Colette geplaudert habe. Der Karren macht's nicht mehr weit.«

3

Als Punkt zwölf die Sirene losheulte, stand Bruno in Habtachtstellung vor der *mairie* und fragte sich, ob mit demselben schrillen Laut, der den ganzen Ort beschallte, auch vor dem Einmarsch der Deutschen gewarnt worden war. Bilder aus alten Wochenschauen gingen ihm durch den Kopf: Stukas im Steilflug, Menschenscharen, die Hals über Kopf in Luftschutzbunkern Zuflucht suchten, die Wehrmacht, wie sie 1940 im Stechschritt durch den Arc de Triomphe und über die Champs-Élysées marschierte. Aber heute war der 8. Mai, der Tag, an dem Frankreich seinen Sieg-in-letzter-Minute feierte, und obwohl manche meinten, dass eine solche Feier altmodisch und in einem vereinten Europa unangebracht sei, erinnerte man sich in Saint-Denis an die Befreiung wie jedes Jahr mit einer Parade der ehrwürdigen Veteranen.

Bruno hatte die Verbotsschilder aufgestellt, um die Straße frei zu halten, und dafür gesorgt, dass die Blumenkränze rechtzeitig geliefert wurden. Er hatte seine Krawatte umgebunden, die Schuhe geputzt und den Mützenschirm poliert, den alten Männern in beiden Cafés Bescheid gesagt, dass es bald an der Zeit sei, und die Fahnen aus dem Keller der *mairie* geholt. Der Bürgermeister hatte schon seine Schärpe umgelegt und die kleine rote Rosette der *légion d'honneur* ans Revers geheftet, und während die Gendarmen den Verkehr umleiteten, fragten Hausfrauen mit schweren Einkaufstaschen verärgert, wann sie endlich die Hauptstraße überqueren könnten.

Jean-Pierre, der Inhaber des Fahrradladens, trug die Trikolore, Schuster Bachelot die Fahne mit dem Lothringer Kreuz, dem Symbol der Exilregierung unter de Gaulle und des Freien Frankreich. Die alte Marie-Louise, die als junges Mädchen Kurierdienste für eine der Widerstandsgruppen geleistet und das Konzentrationslager von Ravensbrück überlebt hatte, trug das Banner von Saint-Denis. Für die kommunistische Ratsfraktion schwenkte Montsouris eine kleine Fahne der Sowjetunion, während der alte Monsieur Jackson den *Union Jack*, die Fahne seines Heimatlandes, hochhalten durfte – eine Geste, für die sich Bruno persönlich stark gemacht hatte. Monsieur Jackson war nach seiner Pensionierung vom Schuldienst nach Saint-Denis gezogen, um bei seiner Tochter und ihrem Mann Pascal von der örtlichen Versicherungsagentur zu wohnen. Als Achtzehnjähriger war Monsieur Jackson 1945 in den letzten Kriegswochen eingezogen worden, weshalb er nun als Kampfgenosse ein Anrecht darauf hatte, an der Siegesparade teilzunehmen. Eines Tages, dachte Bruno, würde er auch einen waschechten Amerikaner ausfindig machen, doch in diesem Jahr sollte noch Karim als Star des Rugbyteams das Sternenbanner tragen.

Auf ein Zeichen des Bürgermeisters legte die Blaskapelle der Stadt mit der *Marseillaise* los. Bruno und die Gendarmen salutierten, als Jean-Pierre die französische Fahne hisste. Die kleine Prozession setzte sich in Bewegung und marschierte über die Brücke, gefolgt von einer Dreierreihe aus denjenigen Männern, die in der Nachkriegszeit ihren Militärdienst abgeleistet hatten und es als eine ehrenvolle Pflicht ansahen, an der Parade teilzunehmen. Ihnen folgten die Angehörigen von jung bis alt, und Bruno bemerkte, dass auch Karims Familie gekommen war, um ihren Fahnenträger zu sehen. Den Abschluss bildete eine Schar kleiner Jungen, die mit piepsigen Stimmen die Hymne trällerten. Nach der Brücke ging es nach links, entlang dem Fluss und über den Parkplatz hin zum Kriegerdenkmal, einem bronzenen Soldatenstandbild, das an den Ersten Weltkrieg erinnerte, den die Franzosen *la Grande Guerre,* den Großen Krieg, nennen. In den Sockel des Denkmals waren auf drei Seiten die Namen der gefallenen Söhne von Saint-Denis eingemeißelt. Die Bronze war mit den Jahren dunkel geworden, aber der große Siegesadler, der mit ausgebreiteten Flügeln auf der Schulter des Soldaten hockte, leuchtete in frisch poliertem Gold. Dafür hatte der Bürgermeister gesorgt. Die vierte Seite des Sockels bot genügend Platz für die Gefallenen des Zweiten Weltkriegs wie auch der späteren Kämpfe in Indochina und Algerien, und bei den jüngsten Einsätzen auf dem Balkan, an denen auch Bruno hatte teilnehmen müssen, war glücklicherweise niemand aus Saint-Denis umgekommen. Umso mehr bestürzte es ihn, dass eine so kleine Gemeinde zwischen 1914 und 1918 über zweihundert junge Männer hatte verlieren können.

Die Schulkinder der Stadt hatten zu beiden Seiten des Denkmals Aufstellung genommen. Die ganz Kleinen aus dem Kindergarten hielten einander bei den Händen oder nuckelten am Daumen. Die etwas Größeren in Jeans und

T-Shirts waren noch jung genug, um sich von dem Spektakel faszinieren zu lassen, während die Teenager von der Mittelschule die Gesichter verzogen und sich darüber mokierten, dass es in ihrem neuen Europa immer noch derart antiquierte Demonstrationen nationalen Stolzes gab. Doch auch sie zollten letztlich Respekt und gedachten ihrer Großväter und Urgroßväter, deren Namen auf dem Sockel geschrieben standen, Namen, die etwas aussagten über ihre Herkunft, über die Schrecken des Krieges und darüber, welche Opfer ihr Land womöglich irgendwann wieder einmal von ihnen verlangen würde.

Möglich, dass Jean-Pierre und Bachelot seit über fünfzig Jahren kein Wort mehr miteinander gewechselt hatten, doch sie wussten in diesem Moment um ihre rituellen Pflichten, traten vor und senkten ihre Fahnen vor dem bronzenen Soldaten und seinem Adler. Montsouris und Marie-Louise folgten ihrem Beispiel, und auch Karim und der alte Monsieur Jackson, wenn auch ein wenig zögerlich und unsicher, was das richtige Timing anbelangte. Dann bestieg der Bürgermeister langsam das kleine Podest, das Bruno vor das Denkmal geschoben hatte, und ließ seinen Blick über die Menge schweifen.

»Französinnen und Franzosen«, hob er an. »Und ihr, die Repräsentanten unserer tapferen Verbündeten. Wir sind heute zusammengekommen, um einen Tag des Sieges zu feiern, der auch zu einem Tag des Friedens wurde, den 8. Mai, der den Untergang des Nationalsozialismus markiert wie auch den Beginn der Versöhnung in Europa. Wir verdanken diesen Frieden nicht zuletzt den tapferen Söhnen von Saint-Denis, deren Namen hier eingeschrieben sind, und auch den älteren Männern und Frauen, die vor euch stehen und sich der Herrschaft der Invasoren nie gebeugt haben. Wenn immer Frankreich tödlicher Gefahr ausgesetzt ist, stehen die Söhne und Töchter von Saint-Denis auf, um dem Ruf zu folgen: für Frankreich, für Freiheit, Gleichheit und Brüderlichkeit und für die Menschenrechte, die sich unsere Nation auf die Fahne geschrieben hat.«

Er hielt inne und nickte Sylvie von der Bäckerei zu, worauf diese ihre kleine Tochter, die den Blumenkranz trug, nach vorn schob. Das kleine Mädchen in rotem Röckchen, blauer Bluse und langen weißen Strümpfen trat zögernd auf den Bürgermeister zu, reichte ihm den Kranz und schrak zurück, als der ältere Herr sich herabbeugte, um ihr einen Kuss auf beide Wangen zu geben. Der Bürgermeister ging langsam mit dem Kranz auf das Denkmal zu, lehnte ihn an das bronzene Bein des Soldaten, trat einen Schritt zurück und rief: *»Vive la France, vive la République!«*

Auf dieses Stichwort hin hoben Jean-Pierre und Bachelot ihre Fahnen in die Höhe, was ihnen, schon ein wenig altersschwach, sichtlich schwerfiel, und die Kapelle stimmte die alte Widerstandshymne *Le Chant des Partisans* an. Tränen rollten über die Wangen der beiden alten Männer, die sich mieden wie die Pest, und die alte Marie-Louise fing so heftig zu schluchzen an, dass ihre Fahne ins Wanken geriet. Alle Kinder, selbst die Teenager, wirkten betroffen und verlegen angesichts dieser Reaktionen auf das, was die Alten erfahren hatten, für sie selbst aber völlig fremd war.

Als die Musik verklang, wurden die drei Fahnen der Alliierten, die sowjetische, britische und amerikanische, durch die Luft geschwenkt, und dann wartete Bruno mit seiner

Überraschung auf: der Darbietung einer kleinen Einlage, die er mit dem Bürgermeister heimlich verabredet hatte. Sie war dem alten Erzfeind England gewidmet, der über ein Jahrtausend lang Frankreich bekämpft hatte und seit einem Jahrhundert sein Verbündeter war.

Monsieur Jacksons Enkel, ein Junge von zwölf oder dreizehn Jahren, verließ seinen Platz in der Blaskapelle, wo er Trompete spielte, und nahm ein blitzblank poliertes Signalhorn zur Hand, das an einer roten Schärpe hing. Er trat auf das Denkmal zu, entrichtete dem Bürgermeister einen militärischen Gruß, setzte das Horn an die Lippen und spielte zur Verwunderung der verstummten Menge, die auf diese Abweichung von der zeremoniellen Routine nicht gefasst war, die ersten beiden langen, eindringlichen Töne von *The Last Post,* dem wohl bewegendsten aller Militärsignale. Bruno bekam feuchte Augen und sah, wie die Schultern von Monsieur Jackson und der *Union Jack,* den er hielt, zu zittern anfingen. Der Bürgermeister wischte sich eine Träne aus dem Auge, als die letzten glasklaren Hornklänge verhallten. Die Menge schwieg, bis der Junge das Horn absetzte, brach aber dann in einen wahren Beifallssturm aus. Karim ging auf den Jungen zu und schüttelte ihm die Hand. Sein Sternenbanner streifte kurz die britische und französische Fahne, und Bruno registrierte, dass Fotoapparate klickten.

Donnerwetter, dachte er überrascht und beschloss spontan, *The Last Post* zum festen Bestandteil der Jahresfeier zu machen. Und als er sich umschaute, um zu sehen, ob er ordnend eingreifen musste, weil die Menge sich jetzt zerstreute, entdeckte er den jungen Philippe Delaron, der als Sportreporter für die *Sud-Ouest* arbeitete und gerade mit einem Notizblock in der Hand den alten Monsieur Jackson und dessen Enkel interviewte. Nun ja, eine kleine Zeitungsnotiz über einen echten britischen Verbündeten, der an der Siegesparade teilnahm, mochte durchaus nützlich sein, wo doch zurzeit so viele Engländer in der Gemeinde Häuser und Grundstücke erwarben. Vielleicht würden sie sich ja sogar mit den hohen Grundsteuern und Wasserkosten für ihre Swimmingpools abfinden.

Plötzlich fiel ihm etwas Sonderbares auf. In den vorangegangenen Jahren und bei allen Paraden – ob zum 11. November, dem Ende des Ersten Weltkriegs, zum 18. Juni, der Verkündung des Freien Frankreich durch de Gaulle, oder zum 14. Juli, wenn Frankreich seine Revolution feiert –, an all diesen Feiertagen hatten sich Jean-Pierre und Bachelot, kaum dass die Zeremonie vorüber war, grußlos voneinander abgewandt und waren einer nach dem anderen zur *mairie* gegangen, um ihre Fahnen zurückzubringen. Diesmal jedoch blieben sie noch lange stehen und beäugten einander. Sie sagten nichts, kommunizierten aber irgendwie. Erstaunlich, dachte Bruno, was ein Signalhorn auszurichten vermag. Wenn ich zur nächsten Parade ein paar Amerikaner gewinnen kann, werden die beiden vielleicht wieder miteinander sprechen und die Frau des jeweils anderen in Ruhe lassen.

Bruno nahm Marie-Louise, die immer noch Tränen in den Augen hatte, die Fahne ab und überquerte damit die Brücke. Dichtauf folgten der Bürgermeister, Monsieur Jackson, dessen Tochter und Enkel. Karim war mit seiner Familie schon ein Stück voraus, während Jean-Pierre und

Bachelot mit ihren zum Verwechseln ähnlich aussehenden Frauen die Nachhut bildeten und eisern schweigend Abstand voneinander hielten. Im Hintergrund spielte die Blaskapelle ohne ihren besten Trompeter ein Lied, das viele rührte: *J'attendrai.* Mit diesem Lied hatten die Französinnen 1940 ihre Männer verabschiedet, die in den Krieg zogen, ein sechswöchiges Desaster erlebten und dann für fünf Jahre in Kriegsgefangenschaft gerieten. »Tag und Nacht werde ich auf deine Rückkehr warten.« Die Geschichte Frankreichs spiegelt sich in Kriegsliedern, dachte Bruno, meist traurigen, manchmal heroischen, aber immer voller Verlust.

Die Menge verlief sich – es war Mittagszeit. Manche Familien kehrten auch zur Feier des Tages in Jeannots Bistro neben der *mairie* ein oder in die Pizzeria jenseits der Brücke. Bruno hätte sich normalerweise mit einigen Freunden in Ivans Café getroffen und sein Tagesgericht bestellt. Bei Ivan gab es immer Steak und Pommes frites – bis auf die Zeit, als er sich in ein belgisches Mädchen vom Campingplatz verliebt und statt der Steaks Miesmuscheln serviert hatte, drei glückliche, leidenschaftliche Monate lang, bis die Angebetete schließlich nach Charleroi zurückgekehrt war. Danach hatte es wochenlang überhaupt kein Tagesgericht mehr gegeben, bis Bruno mit Ivan eines Tages losgezogen war, um sich mit ihm heillos zu betrinken.

Heute aber war ein besonderer Tag, und der Bürgermeister hatte alle, die zum Gelingen der Parade beigetragen hatten, zu einem Bankett eingeladen. Sie stiegen über die Steinstufen, die im Laufe der Jahrhunderte zur Mitte hin abgewetzt waren, ins Obergeschoss der *mairie,* wo sich der

Ratssaal befand. Der uralte lange Tisch, an dem sonst beraten wurde, zählte zu den Schmuckstücken der Stadt und war, wie es hieß, für den Speisesaal des Châteaus der Brillamont-Familie getischlert geworden, noch in jenen glücklichen Tagen, ehe der Seigneur von den Engländern gefangen genommen worden war. Bruno zählte die Gedecke – für über zwanzig Personen – und sah sich neugierig im Saal um, wer sonst noch alles eingeladen war.

Außer dem Bürgermeister und seinem Stellvertreter mit Familie waren da Jean-Pierre und Bachelot, die sich mit ihren Frauen automatisch in gegenüberliegende Winkel des Raumes zurückgezogen hatten. Zum ersten Mal waren auch Karim und seine Frau eingeladen worden. Sie unterhielten sich mit Montsouris, dem Kommunisten, und dessen Frau, einem wahren Drachen, die politisch noch weiter links stand als ihr Mann. Der alte Monsieur Jackson, Sylvie und deren Sohn tauschten Höflichkeiten mit Rollo aus, dem Rektor und Musiklehrer der Schule, der auch die Blaskapelle und den Kirchenchor leitete und Brunos Tennispartner war. Bruno hatte erwartet, mit dem neuen *capitaine* der Gendarmerie Bekanntschaft zu machen, doch der schien nicht gekommen zu sein. Pater Sentout, der überaus korpulente Priester der alten Kirche von Saint-Denis, der so gern Bischof werden wollte, trat schwer atmend aus dem neu gebauten Fahrstuhl. Er hatte sich die enge Kabine mit dem Baron teilen müssen, einem Respekt einflößenden pensionierten Industriellen, größtem Grundbesitzer der Gemeinde, der ein streitbarer Atheist und ebenfalls Brunos Tennispartner war.

Die dicke Jeanne vom Wochenmarkt kam mit einem Tablett voller Champagnergläser, gefolgt von Claire, der Sekretärin des Bürgermeisters, die auf ihrem riesigen Tablett selbstgemachte Appetithäppchen anbot. Sie hatte mit Bruno, den sie ganz besonders gern mochte, seit Tagen über nichts anderes als ihre Häppchen gesprochen und, statt die Briefe des Bürgermeisters zu tippen, in *Madame Figaro* und *Marie-Claire* nach geeigneten Rezepten gesucht. Bruno fand das Ergebnis wenig überzeugend: mit Weichkäse bestrichener Stangensellerie, mit Anchovis gefüllte Oliven und Toastscheiben mit kleingehackten Tomaten.

»Das ist Bruschetta, eine italienische Spezialität«, erklärte Claire und sah wie immer Bruno tief in die Augen. Sie war recht hübsch, wenn auch sehr geschwätzig, doch hatte sich Bruno zur Regel gemacht, nie im beruflichen Umfeld zu flirten. Er hätte sich selbst dann zurückgehalten, wenn eine junge Juliette Binoche mit einem Job in der *mairie* betraut worden wäre. Trotzdem war er für Claire und ihre Mutter – wie übrigens für die meisten Mütter von Saint-Denis – der begehrteste Junggeselle der Stadt, und sie alle wachten mit eifersüchtigen Blicken darüber, dass sich keine andere junge Frau an ihn heranmachte. Bruno einzufangen war längst ein kleines Gesellschaftsspiel, Thema für mancherlei Klatsch unter den Frauen und für wohlwollende Spekulationen unter den verheirateten Männern, die Brunos Verhängnis schon besiegelt sahen, auch wenn er sich anscheinend noch tapfer dagegen wehrte. Immerhin respektierte man seine Diskretion in privaten Angelegenheiten und seine höfliche Raffinesse, mit der er die Mütter aller heiratsfähigen Töchter frustrierte und seine Freiheit behauptete.

»Köstlich«, sagte Bruno und beschränkte sich auf eine

einzige Olive. »Gut gemacht, Claire. Deine Mühe hat sich gelohnt.«

»Oh, Bruno«, entgegnete sie. »Findest du wirklich?«

»Die Frau Bürgermeister scheint Hunger zu haben«, sagte er und nahm sich ein Glas Champagner vom Tablett der dicken Jeanne, die wie ein großer Schoner an ihm vorbeisegelte. »Du solltest ihr mal was von deinen Leckereien anbieten.« Er führte sie zu dem hohen Fenster, vor dem der Bürgermeister mit seiner Frau stand, und bemerkte, dass sich ihm eine lang aufgeschossene düstere Gestalt von der Seite näherte.

»Bruno«, grüßte eine laute Stimme, die durchaus geeignet war, feurige Reden vor streikenden Arbeitern zu halten. »Du hast den Sieg unseres Volkes zu einer Feier der britischen Krone gemacht. Absichtlich?«

»Hallo, Yves.« Bruno schmunzelte. »Hör mir auf mit dem Quatsch vom Sieg unseres Volkes. Du und all die anderen Kommunisten, ihr würdet heute deutsch sprechen, wenn uns die Briten und Amerikaner nicht zu Hilfe gekommen wären.«

»Papperlapapp«, blaffte Montsouris. »Selbst die Briten würden deutsch sprechen, wenn es Stalin und die Rote Armee nicht gegeben hätte.«

»Ja, und wenn es nach denen gegangen wäre, würden wir russisch sprechen, und du wärst Bürgermeister.«

»Wenn schon, dann Kommissar«, erwiderte Montsouris. Ihm war selbst klar, dass er nur deshalb der Kommunistischen Partei angehörte, weil er als Eisenbahner von seiner Gewerkschaft, der CGT, dazu gedrängt worden war. Er hatte zwar ein Parteibuch und half bei allen Wahlkämpfen mit, vertrat aber eine ausgesprochen konservative Politik. Manchmal fragte sich Bruno, wem Montsouris tatsächlich seine Stimme gab, wenn er, ohne seine radikale Frau im Nacken, allein und unbeobachtet in der Wahlkabine stand.

»Meine Damen und Herren«, rief der Bürgermeister. »Ich bitte zu Tisch, bevor die Suppe warm wird.«

Monsieur Jackson fing lauthals zu lachen an, verstummte aber sofort, als er bemerkte, dass niemand sonst den bemühten Scherz komisch fand. Sylvie nahm ihn beim Arm und führte ihn an seinen Platz. Brunos Tischnachbar war wie häufig bei solchen Anlässen Pater Sentout, der ihn mit einem flüchtigen Blick beehrte. Er grüßte höflich und widmete seine Aufmerksamkeit der *vichyssoise,* einer kalten Kartoffelsuppe.

»Haben Sie eine Erklärung dafür, dass der Bürgermeister nicht zulässt, dass ich zur Feier des Sieges ein kurzes Gebet spreche?«, fragte der Pater wie jedes Jahr.

»Vielleicht weil's ein republikanisches Fest ist, Pater«, antwortete Bruno wohl schon zum vierzehnten Mal. »Sie kennen doch das 1905 verabschiedete Gesetz zur Trennung von Kirche und Staat.«

»Aber die Mehrzahl unserer tapferen Jungs, die in den Krieg gezogen und für Gott und das Vaterland gefallen sind, waren gute Katholiken.«

»Ich hoffe, Sie haben recht, Pater«, erwiderte Bruno freundlich. »Und es müsste Ihnen doch gefallen, dass Sie zu diesem Bankett eingeladen wurden. Sie können das Tischgebet sprechen. Die meisten Bürgermeister würden nicht einmal das erlauben.«

»Ah ja, was hier aufgetischt wird, ist wahrhaftig ein Genuss, verglichen mit dem Höllenfraß, den mir meine Haushälterin vorsetzt. Aber ich will nichts Schlechtes über sie sagen, sie ist eine fromme Seele und tut ihr Bestes.«

Bruno runzelte unwillkürlich die Stirn in Erinnerung an ein opulentes Mahl in der Pfarrei, mit dem der Priester kirchliche Würdenträger und auch ihn als Gast bewirtet hatte. Seine Stirn glättete sich wieder, als Jeanne seine Kartoffelsuppe wegnahm und ihm stattdessen einen Teller mit einer großzügigen Scheibe *foie gras* und einem Klecks ihrer selbstgemachten Zwiebelmarmelade vorsetzte. Claire schenkte ihm goldenen *Monbazillac* ein, von dem er wusste, dass er vom Cousin des Bürgermeisters gekeltert worden war. In den Trinksprüchen, die nun die Runde machten, wurde der junge Hornbläser lobend hervorgehoben, und bald taten der Champagner und der *Monbazillac* ihre magische Wirkung, worauf sich die Stimmung merklich auflockerte. Zur Forelle wurde ein trockener weißer Bergerac serviert, zum Lamm ein edler Pécharmant von 2001, und die Tischgesellschaft wurde immer vergnügter.

»Wissen Sie, ob dieser junge Araber ein Muslim ist?«, fragte Pater Sentout betont beiläufig und deutete mit seinem Glas auf Karim.

»Ich habe ihn nie gefragt«, antwortete Bruno. »Wenn ja, nimmt er's mit seiner Religion nicht so genau. Er verneigt sich nicht nach Mekka, und vor einem großen Spiel bekreuzigt er sich, also ist er vielleicht Christ. Außerdem ist er hier geboren, ein Franzose wie Sie und ich.«

»Aber er kommt nie zur Beichte. So wenig wie Sie, Bruno. Und in der Kirche sehen wir Sie nur bei Taufen, Hochzeiten und Beerdigungen.«

»Und zur Chorprobe«, protestierte Bruno. »Und zu Weihnachten und Ostern.«

»Lenken Sie nicht ab«, sagte der Priester. »Es geht hier jetzt nicht um Sie, sondern um Karim und seine Familie.«

»Ich weiß nicht, welcher Konfession Karim angehört. Vielleicht keiner. Sein Vater ist jedenfalls Atheist. Das hat wahrscheinlich damit zu tun, dass er Mathematik unterrichtet.«

»Kennen Sie auch den Rest der Familie?«, hakte der Priester nach.

»Ich kenne Karims Frau, seine Cousins und einige seiner Neffen, die bei den *minimes* spielen, und seine Nichte Fatima, die gute Chancen hat, die Tennismeisterschaft der Junioren zu gewinnen. Alles liebe Leute.«

»Und die ältere Generation?«, fragte der Priester.

Bruno hob den Blick von seinem Teller und schaute dem Priester in die Augen.

»Was soll damit sein? Ich habe den Großvater kennengelernt, bei Karims Hochzeit hier in der *mairie*, und es waren übrigens weder ein Priester noch ein Mullah zugegen. Versuchen Sie, mir irgendetwas zu sagen oder zu entlocken?«

»Gott bewahre«, antwortete Pater Sentout nervös. »Nein, ich habe nur zufällig den Alten getroffen. Er scheint an unserer Kirche interessiert zu sein, und darum frage ich mich... Wissen Sie, er saß ganz allein in der Kirche und hat, glaube ich, gebetet. Darum würde ich natürlich gern wissen, ob er Muslim ist oder nicht.«

»Haben Sie ihn gefragt?«

»Nein. Als ich auf ihn zugegangen bin, hatte er es plötzlich eilig wegzukommen. Seltsam. Er hat nicht einmal guten Tag gesagt. Dabei hätte ich gern erfahren, ob er am Katholizismus interessiert ist.«

Bruno zuckte mit den Achseln, die religiösen Neigungen eines alten Mannes interessierten ihn nicht. In diesem Moment tippte der Bürgermeister mit einem Messer an sein Glas und stand auf, um wie gewöhnlich eine kurze Rede zu halten. Bruno hörte pflichtschuldig zu und sehnte sich nach einem Kaffee, vielleicht auch nach einem kleinen Mittagsschläfchen auf der alten Couch in seinem Büro. Er bereitete sich innerlich auf einen langweiligen Nachmittag vor, den er am Schreibtisch würde verbringen müssen.

4

Bruno bemühte sich um gute Beziehungen zur örtlichen Gendarmerie, sechs Männern und zwei Frauen, die eine kleine Polizeistation am Stadtrand hatten, gleich neben dem Mietshaus, in dem sie wohnten. Da sie mehrere Gemeinden in dem weitläufigen Landbezirk eines der größten Départements Frankreichs beaufsichtigten, wurde die Polizeistation von einem *capitaine* geleitet. Der beugte sich nun in voller Uniform und sichtlich ungehalten, ja geradezu aggressiv über Brunos unaufgeräumten Schreibtisch.

»Der Präfekt hat mich telefonisch benachrichtigt. Und vom Ministerium in Paris sind mir klare Befehle erteilt worden«, blaffte *Capitaine* Duroc. »Der Befehl, diesem verdammten Rowdytum ein Ende zu machen. Nehmen Sie die Rädelsführer gefälligst fest, und statuieren Sie ein Exempel. Der Präfekt will sich nicht von Brüssel sagen lassen müssen, dass die Franzosen ein meuternder Haufen von EU-Gegnern sind. Und mein Dienstherr in Paris verbittet sich, dass Regierungsbeamte belästigt werden, die nur ihre Pflicht tun und den Hygienevorschriften Geltung verschaffen. Daran werde ich mich halten, und weil ich aus zuverlässiger Quelle weiß, dass in dieser Stadt nichts ohne Ihr Wissen geschieht, mein lieber Dienststellenleiter, verlange ich hiermit offiziell Ihre uneingeschränkte Kooperation.«

Die letzten Worte klangen wie ausgespuckt, und die Anrede ›mein lieber Dienststellenleiter‹ war der reinste Hohn. Ein unappetitlicher Mann, dieser Duroc, dachte Bruno. Er war großgewachsen und spindeldürr; sein Adamsapfel wölbte sich über den Hemdkragen wie eine kranke Wucherung. Wie dem auch sei, es war ratsam, Zugeständnisse zu machen. Duroc war erst vor kurzem befördert worden und reagierte in seiner ersten leitenden Funktion offenbar nervös auf Befehle von ganz oben. Und da er in Saint-Denis mindestens zwei Jahre bleiben würde, wäre es verheerend, einen Fehlstart hinzulegen. Also befand Bruno, sich im Interesse der Stadt besser in Diplomatie zu üben, denn anderenfalls würde er darauf verzichten können, die für den Straßenverkehr zuständigen Gendarmen zu bitten, mit ihren Pusteröhrchen zu Hause zu bleiben, wenn der Rugby- oder Tennisclub oder der Jägerverein eine Party feierten. Wenn die hiesigen Sportsfreunde an solchen Abenden nicht ein bisschen mehr trinken konnten, ohne Gefahr zu laufen, von den Bullen angehalten zu werden, wäre der Spaß verdorben.

»Ich verstehe, mein lieber *capitaine*«, ließ sich Bruno erweichen. »Befehl ist Befehl. Rowdytum ist genau der richtige Ausdruck. So etwas schadet nur dem guten Ruf unserer friedlichen Stadt, und wir müssen in dieser Sache zusammenarbeiten. Sie haben meine volle Unterstützung.«

Er strahlte Duroc an, auf dessen rot angelaufenem Gesicht sich nun zwei weiße blutleere Flecken bildeten. Der *capitaine* war offenbar wirklich sehr verärgert.

»Also, wer steckt dahinter?«, wollte Duroc wissen. »Sie wissen es. Ich werde die Rädelsführer verhören. Nennen Sie mir ihre Namen. Sie kennen diese Typen doch.«

»Nein. Ich könnte allenfalls Mutmaßungen anstellen, aber die haben keine Beweiskraft.«

»Darüber befinde ich«, entgegnete Duroc scharf. »Was wissen Sie schon? Sie sind nur ein einfacher Dorfpolizist und haben nicht mehr Vollmachten als ein kleiner Streifenbeamter. Also halten Sie sich raus. Diese Angelegenheit fällt in unser Ressort. Sagen Sie mir, was ich wissen will, und das wär's dann. Nennen Sie mir Namen, für Beweise sorge ich.«

»Beweise werden nicht so leicht zu erbringen sein, nicht in einer kleinen Stadt, deren Einwohner die Brüsseler Gesetze fast ausnahmslos für verrückt halten«, entgegnete Bruno und ignorierte Durocs Beleidigungen. Wie dieser dachten die meisten Gendarmen über Vertreter der *police municipale*, bis ihnen klar wurde, wie sehr sie auf deren Ortskenntnisse angewiesen waren. Duroc musste diese Lektion wohl erst noch lernen, und Bruno nahm sich vor, ihm geduldig auf die Sprünge zu helfen.

»Die Leute hier halten zusammen, zumindest gegenüber Außenstehenden«, erklärte Bruno. »Sie werden nicht mit Ihnen reden, erst recht nicht dann, wenn Sie sie unter Druck setzen.«

Ehe der *capitaine* widersprechen konnte, stand Bruno auf, hob abwehrend die Hand und trat ans Fenster.

»Werfen Sie mal einen Blick nach draußen, mein lieber *capitaine*, und lassen Sie uns vernünftig miteinander reden. Schauen Sie, der Fluss und die Klippen hinter den Weiden, wo häufig Angler sitzen, stundenlang. Und dahinten die alte Steinbrücke, von Napoleon erbaut, der alte Kirchturm und der Platz mit den kleinen Tischen darunter. Eine Kulisse, wie geschaffen für Film und Fernsehen. Tatsächlich wird hier häufig gedreht, wussten Sie das? Immer wieder kommen Kamerateams aus Paris, manchmal auch aus dem Ausland. Das sind Ansichten von Frankreich, die wir zeigen möchten und auf die wir stolz sein können. Ich möchte wirklich nicht dazu beitragen, dass dieses Bild beschädigt wird. Aber wenn ich mich auf Ihren Vorschlag einlasse, wenn wir auf einen bloßen Verdacht hin irgendwelche jungen Burschen festnehmen und mit harter Hand vorgehen, wird sich die ganze Stadt gegen uns auflehnen.«

»Junge Burschen?« Duroc kniff die Brauen zusammen. »Wer da sabotiert, das sind doch die Händler vom Markt, Erwachsene.«

»Glaub ich nicht«, erwiderte Bruno bedächtig. »Sie fragen mich nach meinen Ortskenntnissen, und ich bin mir ziemlich sicher, dass wir es hier mit Dummen-Jungen-Streichen zu tun haben. Wenn Sie diese Burschen in die Mangel nehmen, sollten Sie sich über die Folgen im Klaren sein. Wütende Eltern, Protestmärsche, Demonstrationen vor der Gendarmerie. Womöglich streiken am Ende die Lehrer aus Sympathie, und der Bürgermeister wird sich auf die Seite der Eltern stellen müssen. Und dann fällt die Presse über uns her, bringt die Regierung in Verlegenheit, und das Fernsehen zeigt Bilder von einer Revolte im Herzen Frankreichs. Sie alle sähen sich in ihren Vorurteilen nur bestätigt – die Polizei schikaniert Kinder und anständige Bürger, die sich gegenüber herzlosen Bürokraten aus Brüssel zur Wehr setzen, um ihre Lebensgewohnheiten beibehalten zu können. Sie wissen doch, wie die Medien sind. Der Präfekt wird jedenfalls schnell vergessen haben, dass er Ihnen Order erteilt hat, Ihr Dienstherr in Paris lässt sich verleugnen, und mit Ihrer Karriere ist es bald vorbei.«

Er drehte sich um und sah den *capitaine* mit nachdenklicher Miene vor sich stehen.

»Wollen Sie wirklich dieses Risiko eingehen, nur um ein paar Kinder festzunehmen, die nicht einmal strafmündig sind?«

»Kinder sagen Sie?«

»Kinder«, wiederholte Bruno in der Hoffnung, mit dem Thema bald durch zu sein. Er hatte noch einen Änderungsantrag für das Feuerwerk am 14. Juli zu prüfen und musste um sechs im Tennisclub sein. »Ich kenne unsere jungen Leute«, fuhr er fort. »Sie trainieren bei mir Rugby und Tennis, machen Fortschritte und spielen dann in den Teams unserer Stadt. Ich bin mir sicher, dass einige von ihnen dahinterstecken, vielleicht angestiftet von ihren Eltern, aber es sind immer noch Kinder, und die sind denkbar schlecht geeignet, um an ihnen ein Exempel französischer Gerechtigkeit zu statuieren, das Brüssel beeindrucken könnte. Sie würden sich nur jede Menge Ärger einhandeln.«

Bruno holte zwei Gläser und eine alte verstaubte Flasche aus dem Schrank.

»Sie haben bestimmt noch nicht meinen *vin de noix* probiert, mein lieber *Capitaine,* eine der vielen Freuden des kleinen französischen Winkels, in den es Sie verschlagen hat. Er ist aus eigener Herstellung. Erweisen Sie mir die Ehre, und trinken Sie mit mir einen kleinen Aperitif auf unsere Zusammenarbeit.« Bruno schenkte ein und reichte Duroc mit großer Geste ein Glas. »Auch wenn er vielleicht nicht ganz an den Calvados heranreicht, den Sie in der Normandie brennen«, fügte er bescheiden hinzu. »Übrigens hätte ich eine Idee, wie sich unser Problem beilegen ließe.«

Duroc blickte skeptisch drein, doch sein Gesicht hatte wieder eine normale Farbe angenommen. Widerwillig nahm er das Glas entgegen.

»Es sei denn, Sie möchten meinen Vorgesetzten, den Bürgermeister, einschalten und ihm die Sache vortragen«, sagte Bruno. »Er könnte in der Tat veranlassen, dass ich diese Kinder zur Rechenschaft ziehe. Aber deren Eltern sind seine Wähler, und die nächsten Wahlen stehen vor der Tür…«

»Was ist nun mit Ihrer Idee?«, fragte Duroc. Er schnupperte an seinem Glas, trank einen kleinen Schluck und schien zufrieden.

»Tja, falls ich recht habe und es sind Kinder, die, wie Kinder nun mal sind, Dummheiten machen und Reifen plattstechen, könnte ich sie mir vorknöpfen und ein ernstes Wörtchen mit den Eltern reden. Damit hätten wir die Sache aus der Welt. Sie verfassen Ihren Bericht und melden, dass ein paar minderjährige Strolche aus dem Ruder gelaufen sind, jetzt aber wieder parieren. Das wär's. Keine Presse, keine aufgebrachten Eltern, kein Fernsehen. Keine unangenehmen Fragen aus dem Ministerium in Paris.«

Der *capitaine* sagte lange Zeit nichts. Er musterte Bruno mit hartem Blick, schaute dann zum Fenster hinaus und nippte wieder an seinem Glas.

»Wirklich gut, der Tropfen. Aus eigener Herstellung, sagen Sie?« Er nahm noch einen Schluck. »Ich muss Ihnen demnächst einmal von meinem Calvados zu trinken geben, den ich von zu Hause mitgebracht habe. – Vielleicht haben Sie recht. Es lohnt womöglich nicht, wegen einiger Kinder einen Aufstand zu machen. Trotzdem werde ich dem Präfekten morgen Bericht erstatten. Hoffen wir, dass keine weiteren Reifen zerstochen werden.«

Bruno schwieg, hob lächelnd sein Glas und hoffte, dass die Inspektoren die Kartoffel noch nicht entdeckt hatten.

»Wir *flics* müssen doch zusammenhalten, oder?« Duroc grinste und beugte sich vor, um mit Bruno anzustoßen.

Plötzlich leierte Brunos Handy, das auf dem Schreibtisch lag, die Melodie der *Marseillaise.* Seufzend und mit einem unguten Gefühl nahm er den Anruf entgegen.

Es war Karim, außer Atem und mit schriller Stimme.

»Bruno, komm schnell«, rief der junge Mann. »Es ist wegen Opa. Ich glaube, er ist ermordet worden.«

»Was ist passiert? Wo bist du?«

»Bei ihm zu Hause. Ich wollte ihn zum Essen abholen. Hier ist alles voller Blut.«

»Rühr nichts an. Ich bin gleich bei dir.« Bruno klappte das Handy zu und wandte sich an Duroc. »Vergessen wir die Dummen-Jungen-Streiche, mein Freund. Wir haben es jetzt mit einem Verbrechen zu tun. Vielleicht Mord. Wir nehmen meinen Wagen. Augenblick noch, ich rufe die Feuerwehr!«

»Wozu die Feuerwehr?«, fragte Duroc.

»Die kommt bei uns in allen Notfällen zum Einsatz. Erste Hilfe, Ambulanz und so weiter. Allerdings scheint es, dass es dafür zu spät ist. Trotzdem, wir sollten uns an die Vorschriften halten. Sie werden bestimmt Ihr Büro informieren wollen. Wenn wir es tatsächlich mit einem Mord zu tun haben, muss die *police nationale* in Périgueux eingeschaltet werden.«

»Mord?« Duroc setzte sein Glas ab. »In Saint-Denis?«

»Sieht so aus.« Bruno alarmierte die Feuerwehr, nannte die Einsatzadresse und griff nach seiner Mütze. »Auf geht's! Ich fahre! Verständigen Sie Ihre Leute!«

5

Karim wartete vor der Tür des Häuschens. Er war kreidebleich und sah aus, als hätte er sich erbrochen. Er trat zur Seite, um Bruno und Duroc vorbeizulassen.

Der alte Mann war erstochen worden. Er lag mit bloßem Oberkörper in einer Blutlache am Boden. Aus einer großen Schnittwunde im Bauch waren Eingeweide ausgetreten, die sich über den ganzen Unterleib verteilten. Es stank. Fliegen schwärmten umher. Die Blutspuren auf der Brust des alten Arabers schienen ein Muster abzubilden.

»Sieht aus wie ein Zeichen«, sagte Bruno und rückte näher, vorsichtig darauf bedacht, nicht ins Blut zu treten. Der Alte lag verrenkt am Boden. Der Rücken war durchgebogen, wie über einen Gegenstand gekrümmt, der aber vor lauter Blut nicht zu erkennen war.

»Mein Gott«, sagte Duroc. »Das ist ein Hakenkreuz. Dem armen Kerl wurde ein Hakenkreuz in die Brust geritzt. Wir haben's offenbar mit einem rassistischen Anschlag zu tun«, plapperte er.

Bruno schaute sich um. Das Häuschen bestand aus einer Schlafkammer, einem Bad und dem Raum, in dem sie sich befanden, der zugleich als Küche, Ess- und Kaminzimmer genutzt wurde. Das Opfer war offenbar beim Essen überrascht worden. Auf dem Tisch lagen eine umgekippte Flasche Rotwein, ein zersprungenes Glas und ein Teller mit Brot, Wurst und Käse. Die beiden Stühle vor dem Tisch waren ebenfalls umgestoßen worden. An der Wand hing schief ein Foto der französischen Fußballnationalmannschaft, die 1998 den Weltmeistertitel geholt hatte. In einer Ecke fand Bruno das Hemd des Opfers. Es war zerrissen, aber ohne Blut. Der oder die Täter hatten es dem Alten offenbar vom Leib gezerrt und erst danach zugestochen. Bruno seufzte. Er warf einen flüchtigen Blick ins Bad und in das aufgeräumte Schlafzimmer, wo ihm nichts Ungewöhnliches auffiel.

»Ich sehe hier nirgends ein Handy oder Portemonnaie«, sagte Bruno. »Vielleicht hat er sie in der Hosentasche. Aber wir sollten lieber warten, bis die Spurensicherung hier ist.«

»Die Sachen wären ohnehin von Blut durchtränkt«, meinte Duroc.

In der Ferne hörten sie die Sirene der Feuerwehr. Bruno ging nach draußen, um zu sehen, ob sein Handy an diesem entlegenen Ort Empfang hatte. Auf dem Feldstärkediagramm im Display zeigte sich ein Balken. Das sollte reichen. Er rief den Bürgermeister an und informierte ihn mit knappen Worten. Dann überstürzten sich die Ereignisse. Feuerwehr und Sanitäter trafen ein. In einem blauen Transporter kamen kurz darauf auch Durocs Stellvertreter und zwei weitere Gendarmen, von denen einer eine große alte Kamera bei sich hatte. Der andere hielt ein orangefarbenes Absperrband in der Hand. Es wurde hektisch. Bruno ging auf Karim zu, der apathisch an seinem Auto lehnte.

»Wann bist du gekommen, Karim?«, fragte er.

»Kurz bevor ich dich angerufen habe. Vielleicht zehn Minuten vorher, nicht mehr.« Karim blickte auf, Tränen liefen ihm über die Wangen. »Diese Scheiße! Wer könnte das getan haben, Bruno? Der Alte war doch mit allen gut Freund. Er hat sich so sehr auf seinen Urenkel gefreut. Jetzt wird er ihn nie zu Gesicht bekommen.«

»Hast du schon mit Rashida gesprochen?«

»Noch nicht. Sie hat den Alten schrecklich gern gehabt.«

»Weiß Momu schon Bescheid?« Karims Vater, Mathematiklehrer an der Grundschule von Saint-Denis, war ein allseits beliebter Mann, der für die Feiern im Rugbyclub immer riesige Mengen *couscous* kochte. Eigentlich hieß er Mohammed, aber alle nannten ihn Momu.

Karim schüttelte den Kopf. »Du bist der Einzige, den ich angerufen habe. Ich kann's Papa nicht sagen. Er hat so sehr an ihm gehangen. Das haben wir alle.«

»Wann hast du deinen Großvater das letzte Mal lebend gesehen? Oder mit ihm gesprochen?«

»Gestern Abend bei Momu. Wir füttern ihn durch. Heute war er bei uns eingeladen, deshalb bin ich gekommen, um ihn abzuholen. Also, gestern hab ich ihn das letzte Mal gesehen. Momu hat ihn nach Hause gefahren.«

»Hast du hier irgendetwas angefasst?« Bruno hatte noch nie mit einem Tötungsdelikt zu tun gehabt, und soweit er wusste, war dies der erste Mordfall in der Gemeinde überhaupt. Tote hatte er schon viele gesehen. Er organisierte Beerdigungen und kümmerte sich um trauernde Familien. Er hatte schon des Öfteren mit schlimmen Verkehrsunfällen zu tun gehabt und war den Anblick von Blut und tödlichen Verletzungen gewöhnt. Aber so etwas hatte er noch nie gesehen.

»Nein, als ich hier angekommen bin, habe ich nach ihm gerufen, wie immer, und bin dann reingegangen. Die Tür war wie immer offen. Und dann hab ich ihn gesehen. All das Blut. Dieser Gestank. Und der aufgeschlitzte Bauch. Ich hätte ihn gar nicht berühren können.«

Karim wandte sich ab und würgte. Bruno musste schlucken. Duroc kam nach draußen und ordnete an, den Tatort abzusperren. Mit Blick auf Karim, der sich gerade übergab, fragte er: »Wer ist das?«

»Der Enkel des Opfers«, antwortete Bruno. »Ihm gehört das *Café des Sports.* Er hat mich alarmiert. Ich habe mit ihm gesprochen. Er hat nichts berührt und mich sofort angerufen, als er hier ankam.« Und an Karim gewandt: »Wo warst du, bevor du losgefahren bist, um deinen Opa abzuholen?«

»Im Café, den ganzen Nachmittag über. Schon seit dem Vormittag, als wir uns gesehen haben.«

»Sind Sie sicher?«, knurrte Duroc. »Das lässt sich überprüfen.«

»Ja, das werden wir auch tun«, sagte Bruno. »Aber jetzt sollten wir ihn erst einmal nach Hause bringen. Er steht unter Schock.«

»Nein, er muss sich noch gedulden. Ich habe die Brigade in Périgueux angerufen, und die schickt Kollegen von der *police nationale,* die ihm noch ein paar Fragen stellen wollen.«

Albert, der Feuerwehrhauptmann, kam nach draußen und wischte sich die Stirn. Er richtete seinen Blick auf Bruno und schüttelte den Kopf.

»Er ist schon mindestens zwei Stunden tot, vielleicht länger«, erklärte er. »Komm mal mit, Bruno. Ich muss dir was sagen.«

Sie entfernten sich ein Stück und gingen auf einen kleinen liebevoll gepflegten Gemüsegarten samt Komposthaufen zu. Es war ein wunderschöner Ort für einen alten Mann im Ruhestand, hoch über dem Tal und mit weitem Blick auf die Wälder jenseits des Hügels.

»Hast du das auf seiner Brust gesehen?«, fragte Albert. »Hässliche Sache. Dem armen Teufel sind die Hände auf dem Rücken gefesselt worden. Darum liegt er so verrenkt. Mit dem aufgeschlitzten Bauch wird er noch eine Weile gelebt haben. Und was soll dieses Hakenkreuz? Sieht schlimm aus, Bruno. Ich kann mir nicht vorstellen, dass jemand von hier dahintersteckt. Wir kennen doch alle Momu und Karim und gehören zusammen wie eine Familie.«

»Irgendein Scheißkerl war da anderer Meinung«, entgegnete Bruno. »Es scheint, dass wir's mit einem politischen Mord zu tun haben. Gütiger Himmel, und das hier in Saint-Denis.«

»Du wirst Momu informieren müssen«, sagte Albert. »Darum beneide ich dich weiß Gott nicht.«

Vom Häuschen her war ein Ruf zu hören. Duroc winkte. Bruno schüttelte Albert die Hand und eilte zurück.

»Führen Sie eine Liste der stadtbekannten Radikalen?«, wollte Duroc wissen. »Faschisten, Kommunisten, Anhänger des *Front National,* Aktivisten und dergleichen?«

Bruno zuckte mit den Achseln. »Nein, das war nie nötig. Der Bürgermeister weiß, wer wem seine Stimme gibt, und am Wahlverhalten ändert sich bei uns so gut wie nichts. Bei Wahlen hat es noch nie Überraschungen gegeben.«

»Aber es wird doch auch bei Ihnen Sympathisanten des *Front National* geben, Skinheads, Faschisten –«

»Das letzte Mal hat Le Pen ungefähr fünfzig oder sechzig Stimmen gekriegt, wenn ich mich richtig erinnere. Aber von denen ist keiner politisch aktiv.«

»Und wie kommt's dann zu den Plakaten des *Front National* und den Graffiti, die man in den Straßen sieht?«, fragte Duroc, dessen Gesicht erneut rot angelaufen war. »Die Hälfte der Verkehrsschilder sind mit den Buchstaben FN übermalt. Das muss doch jemand gemacht haben.«

Bruno nickte nachdenklich. »Sie haben recht. Während des letzten Wahlkampfes waren sie plötzlich da. Aber niemand hat das ernst genommen. Vor Wahlen kommt es regelmäßig zu solchen Schmierereien, aber wer dahintersteckt, weiß keiner so recht.«

»Wollen Sie mir wieder weismachen, dass es sich um Dumme-Jungen-Streiche handelt?«, blaffte Duroc.

»Nein. Ich habe wirklich keine Ahnung«, antwortete Bruno. »Allerdings weiß ich mit Sicherheit, dass es bei uns keine Ortsgruppe des *Front National* gibt, und sie hat auch noch nie einen Sitz im Stadtrat gewinnen können. Ich kann mich nicht erinnern, dass es vor den letzten Wahlen irgendwelche Werbung von denen gegeben hätte. Hier wählen die meisten entweder links, rechts oder grün. Die *Chasseurs* sind eine Ausnahme.«

»Die was?«

»Die Partei der Jäger und Fischer. Sie sind für die Jagd, die Fischerei, Natur und Tradition. Ihre Wähler sind grünalternativ, lehnen die Grünen aber ab, weil sie die für großstädtische Schickimicki-Grüne halten, die vom Landleben keine Ahnung haben. Wenn die *chasseurs* kandidieren, kommen sie bei uns meist auf fünfzehn Prozent oder so. Gibt es die in der Normandie etwa nicht?«

Duroc schüttelte den Kopf. »Nicht, dass ich wüsste. Für Parteipolitik interessiere ich mich nicht.«

»Opa hat bei der letzten Wahl für *Chasse* gestimmt«, schaltete sich Karim ein. »Er war selbst Jäger und Traditionalist. Wusstest du, dass er ein *Harki* war und im Algerienkrieg mit dem *croix de guerre* ausgezeichnet worden ist? Deshalb hat er sein Land verlassen und hierher umsiedeln müssen.«

Duroc schien nicht zu verstehen.

»Die *Harkis*«, erklärte Bruno, »waren Algerier, die auf Seiten der Franzosen gekämpft haben. Als unsere Truppen abgerückt sind, hat man sie verfolgt und als Verräter umgebracht. Ein paar wenige *Harkis* konnten nach Frankreich fliehen. Vielleicht erinnern Sie sich an die Rede von Präsident Chirac, in der er darauf hingewiesen hat, wie schlecht sie hier behandelt werden, obwohl sie für uns gekämpft haben. Er hat sich dafür öffentlich bei ihnen entschuldigt.«

»Ja, Opa war da«, sagte Karim. »Er ist zur Parade eingeladen worden, die anlässlich der Rede Chiracs abgehalten wurde. Man hat ihm die Fahrt mit der Eisenbahn, seine Hotelübernachtung und alles andere bezahlt. Er hat sein *croix de guerre* getragen, auf das er sehr stolz war. Es hing immer bei ihm an der Wand.«

»Die Medaille hing an der Wand?«, fragte Bruno nach. »Ich hab sie nicht gesehen. Komm, zeig mir, wo.«

Sie kehrten in den Raum zurück, der nicht nur wie ein Schlachthaus aussah, sondern auch so stank. Die Feuerwehrleute packten ihre Sachen zusammen, und die Gendarmen hatten Scheinwerfer aufgestellt, um Fotos vom Tatort zu machen. Karim vermied es, seinen Großvater anzusehen, und zeigte auf die Wand neben dem Kamin, doch da waren nur zwei Nägel zu sehen, sonst nichts.

»Sie ist weg«, sagte Karim. »Da hat sie immer gehangen. Er hat sie für seinen ersten Urenkel aufbewahren wollen. Jetzt ist sie weg. Und das Foto auch.«

»Was für ein Foto?«, fragte Bruno.

»Von der Fußballmannschaft aus Marseille, in der er in jungen Jahren gespielt hat.«

»Wann war das?«

»Das weiß ich nicht so genau. Irgendwann in den dreißiger oder vierziger Jahren, glaube ich. Er war damals in Frankreich.«

»Während des Krieges?«, fragte Bruno.

»Keine Ahnung.« Karim zuckte mit den Achseln. »Über die Zeit damals hat er kaum gesprochen, nur dass er viel Fußball gespielt hat.«

»Sie sagten, Ihr Großvater sei Jäger gewesen«, hakte Duroc nach. »Hat er eine Flinte besessen?«

»Nicht, dass ich wüsste«, antwortete Karim. »Er ist jedenfalls seit Jahren nicht mehr auf die Jagd gegangen. Dafür sei er zu alt, hat er gesagt. Aber geangelt hat er häufig. Darin war er gut, und Momu hat ihn frühmorgens vor der Schule oft begleitet.«

»Wenn er eine Waffe hatte, müsste sie ja zu finden sein. Warten Sie hier«, befahl Duroc und kehrte ins Haus zurück. Bruno zog sein Handy aus der Tasche, rief Mireille in der *mairie* an und bat sie, zu überprüfen, ob auf den Alten eine Jagd- oder Waffenlizenz ausgestellt war. Mit Karims Hilfe buchstabierte er den vollständigen Namen: Hamid Mustafa al-Bakr.

»Sieh unter A für al oder B für Bakr nach«, sagte Bruno. »Und wenn gar nichts zu finden ist, versuch's mit H für Hamid oder M für Mustafa.« Mireille war Witwe und berühmt für ihren unübertrefflichen *tête de veau.* Nachdem ihr Mann schon früh an einem Herzinfarkt gestorben war, hatte der Bürgermeister sie als Bürokraft eingestellt. Doch im Verwalten von Akten war sie eindeutig weniger gut als im Zubereiten von Kalbskopfgerichten.

»Wir warten jetzt auf die Ermittlungsbeamten. Könnte dauern«, brummte Duroc. Die Gendarmerie hatte für die Kollegen von der *police nationale* nicht viel übrig. Während die Gendarmen dem Verteidigungsministerium unterstellt waren, bezog die *police nationale* ihre Befehle vom Innenministerium, und zwischen beiden Behörden kam es ständig zu Kompetenzstreitereien.

Bruno hatte sich an ganz andere Dienstwege zu halten. Sein Chef war der Bürgermeister.

»Ich werde mal losziehen und mich mit den Nachbarn unterhalten«, sagte er. »Vielleicht hat jemand was gehört oder gesehen.«

6

Das nächste Haus lag an der Hauptstraße, die zu der großen Tropfsteinhöhle führte, auf die das Fremdenverkehrsbüro von Saint-Denis besonders stolz war. Die kunstvoll beleuchteten Stalagmiten und Stalaktiten bildeten bizarre Formen aus und ließen mit einiger Phantasie Gestalten wie die Jungfrau Maria oder Charles de Gaulle erkennen. Bruno konnte sich nie merken, ob Stalaktiten nach oben oder unten wuchsen. Für ihn sahen sie alle wie riesige Orgelpfeifen aus, und er schätzte die Höhle vor allem wegen der Jazz- und klassischen Musikkonzerte, die jedes Jahr im Sommer dort stattfanden. Außerdem gefiel ihm die Geschichte ihrer Entdeckung durch einen unerschrockenen Forscher, der sich durch die Öffnung auf einen Berg von Knochen hatte abseilen lassen. Die Knochen stammten von Pilgern, die von Rocamadour und Cadouin nach Santiago de Compostela unterwegs gewesen und mörderischen Wegelagerern zum Opfer gefallen waren.

Das Haus gehörte Yannick, dem Verwalter der Höhle, und seiner Frau, die im Souvenirladen arbeitete. Die beiden waren tagsüber immer voll beschäftigt, und ihre Töchter besuchten das *lycée* von Sarlat, weshalb Bruno nicht damit rechnete, jemanden anzutreffen. Trotzdem klingelte er und ging, als niemand öffnete, um das Haus herum, um nachzusehen, ob Yannick im Garten war. Dort wuchsen, in akkuraten Reihen angepflanzt, Tomaten und Zwiebeln, Bohnen und Salat, mit Maschendraht vor Kaninchen geschützt. Yannick war nirgends zu finden, und so fuhr Bruno auf der Hauptstraße weiter zum nächsten Haus, der Pension der verrückten Engländerin. Sie wohnte ein ganzes Stück vom Häuschen des alten Arabers entfernt, benutzte aber dieselbe Zufahrt, so dass sie vielleicht etwas bemerkt hatte.

Bruno hielt auf der Anhöhe und bewunderte das Anwesen, das kleine Bauernhaus und seine Scheunen, die Ställe und den Taubenturm, alles aus dem honigfarbenen Feldstein der Region gemauert und in Hufeisenform angelegt. Sorgfältig beschnittene Pappeln schützten das Haus von der Wetterseite, ohne ihm Licht zu nehmen. Efeu kletterte am Taubenturm empor, und zu beiden Seiten des schmiedeeisernen Tors rankten prachtvolle rosarote Rosen. In der Mitte des Hofes stand eine alte Esche, und die hellroten Geranien in den großen Blumenkästen aus Terrakotta setzten sich kontrastreich vom hellen Kiesbelag ab. Neben der großen Scheune war eine von Weinreben überrankte Terrasse mit einem kleinen Holztisch. Auf der einen Seite waren ein Gemüsegarten, ein Gewächshaus und ein kleiner Parkplatz, auf der anderen sah Bruno hinter einer niedrigen Rosenhecke den Rand eines Swimmingpools und grüne Liegen zum Sonnenbaden. Dahinter standen auf einer Terrasse weiß lackierte Tische und Gartenstühle.

Wie es da hoch über einer sanft ansteigenden Wiese gelegen in der Spätnachmittagssonne lag, wirkte das Anwesen überaus einladend. Auf seinen endlosen Touren durch die Gemeinde sah Bruno so einige ansehnliche Häuser und hübsche kleine Châteaus, doch das Anwesen der verrückten Engländerin wirkte besonders friedlich. Nach dem Schrecken in Hamids Häuschen nahm er das Bild mit Erleichterung in sich auf. Es war kaum zu fassen, dass die beiden Häuser, weniger als einen Kilometer voneinander entfernt, ihren Platz in ein und demselben Universum hatten.

Bruno fuhr langsam die von jungen Obstbäumen gesäumte Kieszufahrt hinauf und hielt auf dem Parkplatz neben zwei anderen Autos an, dem alten blauen Citroën der Engländerin und einem neuen Golf Cabriolet mit englischen Kennzeichen. Er stellte den Motor ab, setzte seine Schirmmütze auf und hörte, als er ausstieg, das vertraute Plop-plop eines Tennisballs. Er ging ums Wohnhaus herum, kam an einem offenen Stall vorbei, in dem zwei Pferde ihre Köpfe in einen Futtertrog steckten, und sah zum ersten Mal den Rasentennisplatz am Rand des Grundstücks.

Zwei Frauen in weißem Tennisdress spielten so konzentriert, dass sie seine Ankunft nicht bemerkten. Bruno, selbst ein begeisterter, wenn auch nicht besonders guter Spieler, schaute eine Weile zu und war angetan – nicht nur von der Partie, sondern auch von den beiden Frauen. Sie waren schlank und beweglich, und ihre gebräunten Beine und Arme machten sich ausnehmend gut im weißen Sportdress. Die verrückte Engländerin hatte ihr kastanienbraunes Haar zu einem Knoten zusammengesteckt. Ihre schwarzhaarige Partnerin trug eine weiße Baseballkappe. Die beiden lieferten sich ein beeindruckend ballsicheres Grundlinienmatch. Angesichts ihrer flüssigen Bewegungen stellte Bruno plötzlich fest, dass die verrückte Engländerin offenbar sehr viel jünger war als angenommen. Die stumpfe und unebene Rasenfläche war nicht leicht zu bespielen, aber frisch gemäht, und es schien, dass die weißen Linien erst vor kurzem nachgezogen worden waren. Bruno hätte am liebsten mitgespielt, ahnte aber, dass er Pamela Nelson wahrscheinlich nicht gewachsen sein würde.

Wer über ein halbes Dutzend Mal in Folge einen Schlag retournieren konnte, war in seinen Augen ein guter Spieler. Die beiden hatten schon mehr als zehn Schläge ausgetauscht und zeigten keinerlei Schwächen. Sie trafen die Bälle genau im richtigen Moment und platzierten sie so, dass die andere sie erreichen konnte. Anscheinend spielten sie sich nur ein. Doch dann schlug Pamela den Ball ins Netz, und als sich ihre Partnerin daranmachte, die Bälle vom Platz einzusammeln, rief Bruno: »Madame, darf ich kurz stören?«

Pamela drehte sich um und schirmte mit der Hand das schräg einfallende Sonnenlicht ab, das ihr Haar golden aufleuchten ließ. Sie verließ den Platz, legte ihren Schläger ab und öffnete lächelnd ein kleines Tor in der Rosenhecke. Sie war nicht schön, aber hübsch, wie er fand, sie hatte ebenmäßige Gesichtszüge, ein kräftiges Kinn und hohe Wangenknochen. Ihr Gesicht war leicht gerötet, und auf ihrer schweißnassen Stirn klebten ein paar Locken, was besonders attraktiv aussah.

»*Bonjour!* Sind Sie im Dienst, oder darf ich Ihnen einen Drink anbieten?«

Bruno trat auf sie zu, schüttelte eine erstaunlich feste Hand und nahm die Mütze vom Kopf. Pamela blickte ihn aus grauen Augen kühl an.

»Bedaure, Madame, ich bin dienstlich hier. Ganz in der

Nähe ist ein schreckliches Verbrechen begangen worden, und wir fragen alle Nachbarn, ob sie im Laufe des Tages irgendetwas Ungewöhnliches bemerkt haben.«

Die andere Frau gesellte sich zu ihnen, sagte ebenfalls *bonjour* und gab Bruno die Hand. Noch so ein britischer Zungenschlag. Sie war kleiner als die verrückte Engländerin, aber nicht minder attraktiv und hatte jene helle Haut, die, wie es hieß, vom vielen Regen und Nebel auf der Insel herrührte. Kein Wunder, dass sie ins Périgord gekommen war.

»Ein schreckliches Verbrechen? Hier, in Saint-Denis?«, fragte Pamela. »Verzeihung, wie unhöflich von mir! Darf ich vorstellen, Christine Wyatt – Bruno Courrèges, unser *chef de police.* Wir sind tüchtig ins Schwitzen gekommen und brauchen jetzt einen Drink. Wie wär's, möchten Sie nicht auch einen Aperitif?«

»Darauf muss ich leider verzichten. Ich bin tatsächlich im Dienst. Es geht um Ihren Nachbarn. Haben Sie ihn in den letzten Tagen gesehen? Oder irgendwelche Besucher?«

»Sprechen Sie von Hamid? Dem reizenden alten Herrn, der manchmal vorbeischaut und mir sagt, dass ich meine Rosen falsch beschneide? Nein, ich habe ihn schon seit zwei, drei Tagen nicht gesehen. Aber das ist nicht ungewöhnlich. Er taucht vielleicht einmal in der Woche bei mir auf und macht mir nette Komplimente, was meinen Hof betrifft, auch wenn er nicht damit einverstanden ist, wie ich mit meinen Rosen umgehe. Das letzte Mal habe ich ihn Anfang der Woche im Café gesehen, im Gespräch mit seinem Enkel. Was ist passiert? Ist bei ihm eingebrochen worden?«

»Sind Sie den ganzen Tag über hier gewesen? Haben Sie nichts gesehen oder gehört?«, fragte Bruno, ohne auf ihre Frage zu antworten.

»Wir waren den ganzen Vormittag hier und haben auf der Terrasse zu Mittag gegessen. Dann ist Christine zum Einkaufen in die Stadt gefahren. Ich habe in der Scheune für Ordnung gesorgt, denn morgen treffen neue Gäste ein. Als Christine zurück war, haben wir Tennis gespielt, eine Stunde oder so, bis vorhin. Außer dem Postboten – der kommt immer gegen zehn Uhr – hat sich niemand bei uns blicken lassen.«

»Sie selbst waren also die ganze Zeit hier?«, fragte Bruno wieder, verwundert darüber, dass sich die beiden eine Stunde lang die Bälle zugespielt hatten, ohne ein richtiges Match auszutragen.

»Nein. Am frühen Morgen bin ich ausgeritten, allerdings wie gewöhnlich in Richtung Fluss, also weg von Hamids Häuschen. Begegnet ist mir niemand. An der Brücke habe ich haltgemacht, um eine Zeitung zu kaufen, Brot, Gemüse und ein Brathähnchen fürs Mittagessen. Auch dabei ist mir nichts Ungewöhnliches aufgefallen. Aber sagen Sie mir doch endlich, was geschehen ist. Ist Hamid etwas zugestoßen? Kann ich irgendwie helfen?«

»Nein, Madame. Sie können nichts tun. Wir kümmern uns um alles«, antwortete Bruno. »Und Sie, Mademoiselle? Wann genau waren Sie einkaufen?«

»Ich bin nach dem Mittagessen aufgebrochen. Das muss irgendwann nach zwei gewesen sein. Kurz nach vier war ich wieder zurück«, sagte Christine Wyatt in grammatisch einwandfreiem Französisch, aber mit dem typisch englischen, mundfaul klingenden Akzent. »Wir haben Tee getrunken und dann Tennis gespielt.«

»Gehören Sie zu den zahlenden Gästen?«, erkundigte sich Bruno. Sie war ungeschminkt, hatte aber sorgfältig gezupfte Brauen, die ihre großen dunklen Augen zur Geltung brachten. Sehr gepflegt waren auch ihre Hände und Fingernägel. Ringe trug sie nicht, nur eine dünne goldene Halskette. Ja, Bruno fand beide Frauen sehr attraktiv. Er schätzte sie auf sein Alter, war sich allerdings darüber im Klaren, dass man bei Frauen mit solchen Schätzungen auch völlig falschliegen konnte.

»Nicht wirklich. Pamela und ich sind seit unserer Schulzeit eng befreundet. Ich darf umsonst hier wohnen, beteilige mich aber an den Kosten fürs Essen und den Wein. Darum war ich auch im Supermarkt und in dem großen Weinkeller am Ende der Straße. Auf dem Rückweg habe ich dann noch kurz getankt.«

»Sie machen hier Urlaub, Mademoiselle?«

»Teils, teils. Ich lehre Geschichte an einer Universität in England und arbeite an einem Buch, das endlich zum Abschluss gebracht werden muss. Damit beschäftige ich mich immer den ganzen Vormittag bis zum Mittagessen. Den alten Herrn habe ich noch nicht kennengelernt, und ich erinnere mich nicht, auf dem Weg in die Stadt und zurück irgendjemandem begegnet zu sein.«

»Sagen Sie mir bitte, was passiert ist, Monsieur Courrèges«, sagte die verrückte Engländerin, die auf Bruno alles andere als verrückt wirkte. »Ist Hamid überfallen worden? Ist er verletzt?«

»Ich hoffe, Sie verstehen, dass ich Ihnen darüber bis auf

weiteres keine Auskunft geben kann«, antwortete Bruno und fühlte sich ein wenig lächerlich, wie immer, wenn er die förmliche Rolle des Polizeibeamten spielen musste. Um diesen Eindruck wettzumachen, sagte er: »Nennen Sie mich Bruno. Das tun alle hier. Wenn ich den Namen Monsieur Courrèges höre, drehe ich mich immer um und erwarte, meinen Vater hinter mir stehen zu sehen.«

»Also gut, gern, Bruno. Dann bin ich für Sie Pamela. Gegen ein Glas Mineralwasser oder Fruchtsaft an einem so warmen Tag ist doch bestimmt nichts einzuwenden, oder?«

Bruno nahm die Einladung dankend an. Pamela erschien wieder mit einem Krug gekühltem *citron-pressé,* und die drei nahmen auf den Stühlen am Swimmingpool Platz. Bruno lehnte sich zurück und genoss den Augenblick. Ein kühles Getränk mit zwei charmanten und interessanten Frauen in herrlicher Umgebung war um etliches angenehmer als der Aufenthalt unter schlechtgelaunten Gendarmen und Ermittlungsbeamten in Hamids Häuschen. Umso ernüchternder war der Gedanke daran, dass seine nächste Aufgabe darin bestehen würde, Momu über den Tod seines Vaters zu informieren und ihn aufzufordern, die Leiche zu identifizieren. Gab es außerdem auch noch Besonderheiten bei muslimischen Beerdigungen zu beachten? Bruno nahm sich vor, der Frage nachzugehen.

»Ich wusste gar nicht, dass Sie hier Ihren eigenen Tennisplatz haben, Pamela«, sagte er. »Jetzt verstehe ich endlich, warum wir Sie noch nie im Tennisclub gesehen haben.« Bruno war sehr stolz auf den Club mit seinen drei Betonplätzen und dem vierten, der überdacht war und auch im Winter bespielt werden konnte, dazu das Clubhaus mit

Umkleideräumen und Duschen, einer Bar und großen Küche. Der Bürgermeister hatte dank seiner Beziehungen nach Paris Staatsgelder dafür lockermachen können.

»Es ist wegen der harten Plätze. Ich habe mir einmal beim Skifahren das Knie verletzt, und es tut mir immer noch weh, wenn ich auf Hartplätzen spiele.«

»Aber wir haben auch eine Halle mit Kunststoffbelag. Da könnten Sie doch spielen.«

»Im Sommer, wenn die Gäste kommen, fehlt mir die Zeit dazu, und wenn alle drei Appartements belegt sind, bin ich voll eingespannt. Dass ich jetzt mit Christine spielen kann, ist eine Ausnahme. Mein Rasen ist natürlich mit Wimbledon nicht zu vergleichen, aber wenn Sie Lust haben, zur Abwechslung mal auf meinem Platz zu spielen, rufen Sie mich an. Meine Nummer steht im Telefonbuch.«

»Ja, ich würde gern einmal auf Rasen spielen. Wenn ich einen Freund mitbringen dürfte, könnten wir ein gemischtes Doppel spielen. Wie lange bleiben Sie noch, Christine?«

»Bis Ende des Monats. Dann hat Pamela ihr Haus voll. Also bleiben mir noch drei Wochen im wunderschönen Périgord. Dann muss ich nach Bordeaux zurück und mich in Archiven vergraben, um Fußnoten zu überprüfen.«

»Ausgerechnet dann, wenn die Schulferien anfangen und alles in den Urlaub fährt«, sagte Pamela.

»Ich dachte, das Nationalarchiv wäre in Paris«, bemerkte Bruno.

»Das ist es auch. Aber ich suche auch regionale Archive auf und nicht zuletzt das *Centre Jean Moulin.*«

»Jean Moulin? Das war doch der Kopf der Résistance,

der von den Deutschen getötet wurde, nicht wahr?«, fragte Bruno.

»Ja, und das nach ihm benannte Archiv ist eines der besten zum Thema Résistance. Mein Buch handelt vom Leben in Frankreich in der Zeit des Vichy-Regimes.«

»Ah, darum sprechen Sie auch so gut französisch«, sagte Bruno. »Eine schreckliche Zeit damals, schmerzlich für Frankreich. Und ein sehr kontroverses Thema, wie ich gehört habe. Auch bei uns gibt es Familien, die sich immer noch spinnefeind sind, weil ihre Angehörigen damals in unterschiedlichen Lagern waren. Und ich meine nicht nur die Kollaborateure. Kennen Sie den alten Jean-Pierre, der das kleine Fahrradgeschäft in der Stadt führt? Er war Mitglied der kommunistischen Résistance. Und auf der anderen Straßenseite wohnt der alte Schuster Bachelot, damals Angehöriger der *Armée secrète*, der Résistance unter de Gaulle. Die beiden liegen immer noch im Streit miteinander und meiden sich wie die Pest. Sie nehmen zwar an denselben Paraden teil, tragen ihre Fahnen zum Denkmal des achtzehnten Juni, gehen sich aber ansonsten geflissentlich aus dem Weg, obwohl das, was geschehen ist, sechzig Jahre zurückliegt. Erinnerungen sind hartnäckig.«

»Was hat es mit dem achtzehnten Juni auf sich?«, fragte Pamela.

»An dem Tag hat de Gaulle 1940 die Franzosen zum Kampf aufgerufen. Seine Rede wurde von der BBC ausgestrahlt«, antwortete Christine. »Heute feiert man ihn als den großen Tag der Résistance, an dem Frankreich seine Ehre und Freiheit zurückgewonnen hat.«

»›Frankreich hat eine Schlacht verloren, aber nicht den

Krieg‹«, zitierte Bruno aus der Rede de Gaulles. »Das haben wir alle in der Schule gelernt.«

»Hat man Ihnen auch gesagt, dass der achtzehnte Juni der Jahrestag von Napoleons Niederlage bei Waterloo ist?«, frotzelte Christine und zwinkerte Pamela zu.

»Napoleon und Niederlage? Unmöglich!« Bruno schmunzelte. »Der Erbauer unserer prächtigen Steinbrücke hier in Saint-Denis war nicht zu bezwingen, schon gar nicht vom perfiden Albion. Haben wir euch Engländer denn nicht im Hundertjährigen Krieg, der übrigens hier im Périgord unter Jeanne d'Arc seinen Ausgang nahm, aus Frankreich vertrieben?«

»Aber jetzt sind wir wieder da«, konterte Christine. »Damals mag man uns ja zum Rückzug gezwungen haben, aber jetzt scheint es, dass unsereins wieder auf dem Vormarsch ist und Haus für Haus, Dorf für Dorf einnimmt.«

»Ich glaube, meine Freundin versucht, Sie aufzuziehen, Bruno«, sagte Pamela.

»Egal, wir sind inzwischen alle Europäer.« Bruno lachte. »Viele von uns freuen sich darüber, dass die Engländer zurückkommen und alte Häuser und Gehöfte instand setzen. Der Bürgermeister spricht häufig davon. Er sagt, das ganze Département der Dordogne läge am Boden, wenn die englischen Touristen ausblieben. Im neunzehnten Jahrhundert haben wir unsere Vorrangstellung im Weinhandel verloren, jetzt verlieren wir den Tabak, und unsere kleinen Bauern können mit den großen Betrieben im Norden nicht Schritt halten. Sie sind also herzlich willkommen, Pamela, und ich gratuliere Ihnen zu Ihrem Anwesen hier. Sie haben etwas sehr Schönes daraus gemacht.« Bruno stand auf.

»Sie würden mir wahrscheinlich nicht gratulieren, wenn jetzt Winter wäre und der Garten kahl. Trotzdem – danke für das Kompliment. Mir gefällt es hier sehr«, erwiderte Pamela. Sie erhob sich ebenfalls lächelnd: »Kommen Sie doch bald einmal vorbei. Ich freue mich auf Ihren Anruf wegen dem gemischten Doppel. Und falls ich etwas für Hamid tun kann, lassen Sie es mich wissen. Ich könnte für ihn einkaufen und kochen.«

»Ich werde Sie bestimmt anrufen, Pamela. Und vielen Dank für Ihre Hilfsbereitschaft, aber die Behörden haben alles so weit im Griff«, sagte er und merkte, dass er etwas förmlich klang.

»Wenn es ein Einbruch war, sollte ich mich wohl in Acht nehmen. Was meinen Sie?« Besorgt wirkte sie nicht, vielmehr schien es, als wollte sie ihm Informationen entlocken. »Ich verriegele abends immer Türen und Fenster und schalte die Alarmanlage ein.«

»Nein, für Sie besteht überhaupt kein Grund zur Sorge«, antwortete Bruno. Pamela würde bald erfahren, was geschehen war, und so wollte er sie vorsorglich beruhigen.

»Hier ist meine Karte. Darauf steht auch die Nummer meines Handys. Sie können mich jederzeit anrufen«, sagte er. »Und vielen Dank für den Drink. Es war mir ein Vergnügen, Mesdames.« Er legte die Visitenkarte auf den Tisch, verbeugte sich und kehrte zu seinem Wagen zurück. Bevor er beim Pferdestall um die Ecke bog, winkte er den beiden noch einmal zu und fühlte sich einigermaßen gerüstet für den Besuch bei Momu.

7

Momu bewohnte ein kleines Haus am Fluss, einen dieser Kästen aus industriell vorgefertigten Bauteilen, die inzwischen überall als billige Wohnungen für Ortsansässige aus dem Boden gestampft wurden, die auf dem Immobilienmarkt nicht mehr mit den Engländern und ihrer starken Währung hatten mithalten können. Es hatte wie alle diese Häuser drei Zimmer und eine Küche, die, um Rohrleitungen zu sparen, direkt neben dem Bad lag. Das rote Ziegeldach sollte wohl mediterran wirken, passte aber überhaupt nicht ins Périgord. Vielleicht konnte sich Momu hier ein bisschen wie zu Hause fühlen, dachte Bruno in Erinnerung an gesellige Abende unter diesem Dach. Beim Anblick der vielen Falschparker, die fast die Straße blockierten, entfuhr ihm ein Seufzer. Dass zu denen auch der Bürgermeister gehörte, war eigentlich untypisch für ihn. Bruno fuhr hundert Meter weiter, stellte seinen Wagen vorschriftsmäßig ab und legte sich ein paar Worte für Momu zurecht. Er würde mit ihm über die Beisetzung sprechen müssen und der Familie dann versichern, dass Karim bald nach Hause zurückkehrte. Der Bürgermeister würde sich wahrscheinlich um alles andere selbst kümmern.

Im Haus brannten sämtliche Lichter. Eine klagende Frauenstimme drang nach draußen. Bruno nahm die Mütze vom Kopf und trat ein. Momu, der neben dem Bürgermeister auf dem Sofa saß, stand auf, um ihn zu begrüßen. Er war ein stämmiger Mann, nicht ganz so groß gewachsen wie sein Sohn, aber ebenso breit in den Schultern. Für einen Lehrer hatte er ungewöhnlich kräftige Hände, und ein strenger Blick genügte, um seine Schüler zur Räson zu bringen. Doch die hatten ohnehin großen Respekt vor ihm und schätzten ihn als Lehrer, der seinen Unterricht interessant zu gestalten wusste. Bruno hatte gehört, dass er seine Klassen das Gesamtgewicht der örtlichen Rugbymannschaft berechnen ließ, das aller Bewohner von Saint-Denis, von Frankreich und schließlich das der gesamten Erdbevölkerung. Er hatte eine tiefe, sonore Stimme, die alle anderen übertönte, wenn er sonntags auf dem Rugbyfeld seinen Sohn anfeuerte.

Bruno umarmte ihn zur Begrüßung. »Es tut mir schrecklich leid, Momu«, sagte er. »Aber glaub mir, wir werden alles tun, um den Täter zu stellen.« Dann schüttelte er zuerst dem Bürgermeister die Hand und danach auch den anderen im Raum, allesamt Araber bis auf Rollo, den Rektor der Schule, in der Momu unterrichtete. Rollo hielt eine Cognacflasche in der Hand und bot Bruno davon an. Doch der schüttelte den Kopf, als er sah, dass die Araber Apfelsaft tranken. Er war hier bei ihnen zu Gast und wollte sich an ihre Regeln halten. Außerdem war er im Dienst.

»Ich komme von Hamids Häuschen. Wir warten immer noch auf die Ermittlungsbeamten aus Périgueux. Bevor die nicht vor Ort sind und die Leiche freigegeben ist, können wir nichts tun«, sagte Bruno. »Die Gendarmerie hat den Tatort abgesichert. Aber sobald die Leute von der Spurensicherung mit ihrer Arbeit fertig sind, solltest du, Momu, rauffahren und dich in der Wohnung deines Vaters umsehen. Vielleicht fällt dir auf, ob irgendetwas fehlt oder gestohlen wurde. Hinweise auf einen Einbruch gibt es zwar nicht, aber wir müssen das genauer überprüfen. Wenn die Polizei fertig ist, wird der Leichnam vom Bestatter abgeholt. – Übrigens weiß ich nicht, ob irgendwelche religiösen Vorschriften oder Gebräuche zu beachten sind.«

»Mein Vater war schon lange nicht mehr religiös«, sagte Momu. »Wir werden ihn hier auf dem Friedhof begraben, und das so schnell wie möglich. Was ist mit Karim? Ist er immer noch oben auf dem Hügel?«

Bruno nickte. »Mach dir keine Sorgen. Die Kollegen aus Périgueux müssen mit ihm reden, weil er den Toten gefunden hat. Es wird wohl nicht lange dauern. Ich bin nur gekommen, um dir mein Beileid auszusprechen und wegen der Beerdigung nachzufragen. Ich fahre gleich wieder zurück und kümmere mich um Karim. Er hat einen schweren Schock erlitten.«

Als Bruno noch einmal im Häuschen angerufen hatte, war es erneut zu einer Auseinandersetzung mit Duroc gekommen, der sich wiederholt darüber beschwerte, dass die *police nationale* noch nicht eingetroffen war, und darauf bestand, Karim am Tatort festzuhalten. Mehr gab es für Duroc offenbar nicht zu tun. Es blieb Bruno überlassen, beim Tiefbauamt anzurufen und einen Stromgenerator kommen zu lassen. Das Häuschen hatte keine Außenbeleuchtung. Für die Gendarmen bestellte er außerdem bei der Pizzeria etwas zu essen und zu trinken, woran eigentlich Duroc hätte denken müssen.

Die Frauen im Zimmer nebenan hatten ihr lautes Wehklagen eingestellt. Bruno bemerkte, dass Momus Frau durch den Türspalt spähte. Er kannte sie nur in europäischer Kleidung, doch jetzt trug sie einen schwarzen Schal um den Kopf, den sie wie einen Schleier über Mund und Nase gefasst hielt.

»Was kannst du uns sagen?«, fragte Momu. »Ich weiß nur, dass mein Vater ermordet worden ist, und kann es immer noch nicht glauben.«

»Mehr wissen wir im Augenblick auch nicht. Warten wir ab, was die Kriminaltechnik ans Licht bringt«, antwortete Bruno.

»Ich hab auf der Feuerwache was anderes gehört«, sagte Ahmed, der als Kraftfahrer beim Tiefbauamt beschäftigt war und auch als Freiwilliger bei der Feuerwehr Dienst leistete. Die kleine Station hatte nur zwei Berufsfeuerwehrleute, der Rest der Mannschaft bestand aus Freiwilligen wie Ahmed, die in Notfällen von der alten Sirene aus Kriegszeiten auf dem Dach der *mairie* gerufen wurden. Und da sie auch als Sanitäter zum Einsatz kamen und bei Unfällen oder Brandkatastrophen immer als Erste ausrückten, war es unmöglich, irgendetwas geheim zu halten. Sie erzählten ihren Frauen, was passiert war, und die erzählten es weiter, so dass die ganze Stadt innerhalb weniger Stunden Bescheid wusste.

»Es war ein brutaler Mord, Hamid wurde erstochen. So viel wissen wir, mehr nicht«, ergänzte Bruno vorsichtshalber, denn er konnte sich vorstellen, was Ahmed von den anderen Feuerwehrleuten gehört hatte.

»Und dass Rassisten dahinterstecken, Faschisten«, knurrte Ahmed. »Ich habe gehört, was dem alten Hamid auf die

Brust geritzt worden ist. Es waren diese Schweine des *Front National.* Sie haben sich über einen wehrlosen alten Mann hergemacht.«

Bruno wand sich innerlich. Dieses scheußliche Detail war offenbar noch schneller bekannt geworden, als er befürchtet hatte, und das Gerede darüber würde sich wie ein Lauffeuer verbreiten und die Stimmung im Ort zusätzlich aufladen.

»Ich weiß nicht, was du gehört hast, Ahmed, ich weiß aber, was ich mit eigenen Augen gesehen habe. Das, worauf du anspielst, ist überhaupt noch nicht geklärt. Diese Schnittwunden könnten entstanden sein, als Täter und Opfer miteinander kämpften«, sagte Bruno und schaute Ahmed mit festem Blick ins Gesicht. »Gerüchte sind immer voller Übertreibungen, Ahmed. Halten wir uns lieber an die Fakten.«

»Bruno hat recht«, sagte der Bürgermeister ruhig. Die freundliche Art des kleinen schlanken Mannes konnte darüber hinwegtäuschen, dass er sich sehr wohl durchzusetzen verstand. Als Bruno seinen Polizeidienst aufgenommen hatte, war Gérard Mangin schon seit über zehn Jahren Bürgermeister von Saint-Denis. Wie seine Vorfahren in der Stadt geboren, hatte er dank guter Schulleistungen und Stipendien eine der sogenannten *grandes écoles,* eine der Elitehochschulen, in Paris besucht, wo Frankreich seine künftigen Führungskräfte ausbildet. Er hatte für das Finanzministerium gearbeitet, sich mit einem der aufstrebenden Jungstars der gaullistischen Partei, einem jungen Mann namens Jacques Chirac, zusammengetan und seine eigene Karriere als Politiker gestartet. Später hatte Chirac ihn als persönlichen Referenten zur Europäischen Kommission nach

Brüssel geschickt, wo er sich mit den komplizierten Verfahren der Bewilligung von Zuschüssen beschäftigte. In den siebziger Jahren zum Bürgermeister von Saint-Denis gewählt, führte er für Chirac die Partei im Département Dordogne und wurde dafür mit einem Sitz im Senat belohnt, den er in Stellvertretung seines verstorbenen Vorgängers übernahm. Saint-Denis profitierte von seinen guten Beziehungen nach Paris und Brüssel. Dank der von ihm erwirkten staatlichen Beihilfen konnten die *mairie* renoviert und Tennisplätze angelegt werden; außerdem entstanden ein Altenheim, das kleine Industriegebiet, Campingplätze, das Schwimmbad und das Zentrum für landwirtschaftliche Forschung. Auch der Bau des Einkaufszentrums mit dem neuen Supermarkt ging auf ihn zurück. Ohne Mangins Engagement und seine politischen Beziehungen wäre vielleicht auch Saint-Denis – wie so viele kleine Marktflecken des Périgord – nach und nach ausgestorben.

»Liebe Freunde, unser Momu hat einen großen Verlust erlitten, und wir trauern mit ihm. Aber wir dürfen nicht zulassen, dass die Trauer in Hass umschlägt«, sagte der Bürgermeister. Er ergriff Momus Hand, zog den stämmigen Araber an seine Seite und blickte sich im Kreis um. »Wir, die wir hier versammelt sind, um unserem Freund beizustehen, tragen allesamt Verantwortung für unsere Gemeinde und sind aufgerufen, für Recht und Ordnung zu sorgen. Wir unterstützen die Polizei und die zuständigen Behörden nach Kräften und verbürgen uns für ein solidarisches Miteinander. Lasst uns also fest zusammenstehen. Ich zähle auf euch.«

Er schüttelte jedem einzeln die Hand, Ahmed als Erstem, dann machte er Bruno ein Zeichen mitzukommen. In der

Tür blieb er noch einmal stehen, drehte sich um und rief dem Schulrektor zu: »Rollo, bitte bleib doch noch so lange, bis ich wiederkomme, um meine Frau abzuholen.« Dann nahm er Bruno beim Arm und führte ihn nach draußen, außer Hörweite.

»Was hat das mit dem Hakenkreuz auf sich?«, wollte er wissen.

»Tja, die Schnittwunden auf Hamids Brust sehen ganz so aus, und für die Gendarmen und Feuerwehrleute scheint kein Zweifel daran zu bestehen. Sie haben wahrscheinlich recht, aber ich würde trotzdem sagen, wir sollten die Autopsie abwarten. Fest steht, dass ihm ein Messer in den Bauch gestoßen und der ganze Unterleib aufgeschlitzt worden ist. Aber die Ritzereien auf der Brust könnten auch was anderes zu bedeuten haben. Da will ich mich nicht festlegen.« Bruno schüttelte den Kopf und kniff die Augen zusammen, um das innere Bild zu löschen. Der Bürgermeister drückte seinen Arm.

»Er ist regelrecht abgeschlachtet worden«, fuhr Bruno nach einer Weile fort. »Man hat dem Alten die Hände auf dem Rücken gefesselt. Offenbar hatte er gerade beim Mittagessen gesessen. Auf einen Raubüberfall deutet nichts hin. Allerdings behauptet Karim, dass zwei Gegenstände fehlen: ein *croix de guerre*, das ihm als *Harki* verliehen wurde, und ein Foto von seiner alten Fußballmannschaft. In der Nachbarschaft hat niemand etwas gehört oder gesehen. Mehr weiß ich nicht.«

»Ich glaube, ich habe den alten Herrn nie gesehen. Sonderbar, wo ich doch sonst jedes Gesicht in der Stadt kenne«, sagte der Bürgermeister. »Kannten Sie ihn?«

»Eigentlich auch nicht. Zum ersten Mal habe ich ihn auf Karims Hochzeit gesehen, kurz bevor er hierhergezogen ist. Dann ist er mir einmal in Karims Café begegnet. Da haben wir uns aber nur kurz die Hand geschüttelt. Zu einem Gespräch ist es nie gekommen. Vermutlich hätte ich ihn ohnehin nicht verstanden. Er hat sehr zurückgezogen gelebt und außer mit seiner Familie mit niemandem verkehrt. Ich kann mich nicht erinnern, ihn jemals auf dem Markt, in der Bank oder beim Einkaufen gesehen zu haben. Er war wohl so was wie ein Eremit dort oben in seinem kleinen Häuschen. Ohne Fernseher oder Auto. Er war ganz auf Momu und Karim angewiesen.«

»Merkwürdig«, sinnierte der Bürgermeister. »In arabischen Familien ist es doch sonst üblich, dass die Alten bei ihren Kindern leben. Aber vielleicht hatte er als *Harki* und Kriegsheld Angst davor, von jüngeren Einwanderern schikaniert zu werden. *Harkis* gelten in deren Kreisen ja immer noch als Verräter.«

»Schon möglich. Mag sein, irgendwelche islamistische Extremisten haben in ihm einen Verräter am Glauben gesehen, weil er doch kein gläubiger Muslim mehr war«, sagte Bruno, schien aber selbst an seinen Worten zu zweifeln. Es war kaum vorstellbar, dass Muslime ein Hakenkreuz in einen Körper ritzten. »Wir tappen noch im Dunkeln. Ich werde mich ausführlicher mit Momu unterhalten müssen. Für ihn und Karim war es doch bestimmt auch ziemlich lästig, den Alten tagtäglich abzuholen und zum Essen mit nach Hause zu nehmen. Vielleicht steckt mehr dahinter als bloßes Pflichtgefühl. Wir sollten Momu einmal fragen, ob er sich an irgendwelche Einzelheiten im Zusammenhang mit der Fußballmannschaft erinnert, in der sein Vater gespielt hat. Das war, glaube ich, in den dreißiger oder vierziger Jahren in Marseille. Dass das Foto verschwunden ist, wird seinen Grund haben.«

»Na gut, Bruno. Ich gehe jetzt wieder rein und hole meine Frau.« Der Bürgermeister drehte sich um. Plötzlich hob er die Hand, wie immer, wenn er eine Entscheidung traf und dann an den Fingern Punkt für Punkt einer Liste abzählte. Meist hatte er zwei, aber nie mehr als vier Punkte – vielleicht aus Sorge, die Finger könnten nicht reichen, dachte Bruno in einem Anflug von Sympathie für den alten Herrn. »Ihnen ist doch klar, dass diese Sache ziemlich heikel werden könnte, oder? Wir müssen uns auf einigen Medienrummel gefasst machen, und wahrscheinlich wird es zu Solidaritätskundgebungen kommen, in die sich womöglich auch einige Politiker einschalten. Aber darum kümmere ich mich, wenn es so weit ist. Ihre Aufgabe wird es sein, Bruno, mich über die laufenden Ermittlungen zu informieren und zu mir zu kommen, wenn Ärger oder irgendwelche Verhaftungen anstehen. – Ich hätte da übrigens noch zwei Fragen. Erstens, wissen Sie von irgendwelchen ultrarechten oder rassistischen Umtrieben in unserer Stadt?«

»Nein, Monsieur. Es gibt da natürlich einige wenige, die für den *Front National* stimmen, aber das wäre auch schon alles. Und ich glaube nicht, dass irgendeiner unserer stadtbekannten Kleinkriminellen eine solche Bluttat hätte begehen können.«

»Gut. Zweite Frage. Wie kann ich Sie in Ihrer Arbeit unterstützen?«

»In zweierlei Hinsicht.« Bruno versuchte so geschäftsmäßig zu klingen wie sein Chef, wenn er mit ihm sprach, was ihn immer ein bisschen befangen machte, weil er sich in die Pflicht genommen fühlte. »Zuallererst wird die *police nationale* irgendwo ein Büro beziehen müssen mit Telefonanschluss, Schreibtischen, Stühlen und genügend Platz für Computer. Vielleicht wäre der Raum im Obergeschoss des Verkehrsamtes dafür geeignet, wo immer unsere Kunstausstellungen stattfinden. Er wäre groß genug und wird zurzeit nicht genutzt. Wenn Sie morgen den Präfekten in Périgueux sprechen, können Sie ihn vielleicht überreden, ein bisschen Geld für Miete springen zu lassen. Die Polizei wird den Raum sicherlich brauchen, und ein Parkplatz wäre auch vorhanden. Das Gebäude liegt zentral, und unseren Mitbürgern zu zeigen, dass zusätzliche Polizeikräfte in der Stadt sind, könnte auch ganz nützlich sein. In jedem Fall wären uns die Kollegen aus Périgueux etwas schuldig. Sie bewegen sich auf unserem Terrain, und das heißt, dass sie uns nicht ausschließen können.«

»Und zweitens?«, fragte der Bürgermeister.

»Um an dem Fall dranbleiben zu können, brauche ich in der Tat Ihre Unterstützung. Es wäre mir eine große Hilfe, wenn Sie den *brigadier* in Périgueux wie auch den Chef der *police nationale* anrufen und veranlassen würden, dass deren Männer mich jederzeit auf dem Laufenden halten. Es gibt dafür gute Gründe angesichts der angespannten Lage in der Stadt. Wenn nötig, würde ich Sie bitten, Ihre Kontakte in Paris zu nutzen, um sicherzustellen, dass unsere Kollegen aus Périgueux mitspielen. Wie Sie wissen, hat unsere kleine *police municipale* im Konzert der anderen Ordnungskräfte nicht viel zu sagen. Darum würde ich vorschlagen, dass Sie mich als eine Art persönlichen Verbindungsoffizier bezeichnen.«

»Gut. Wird gemacht. Sonst noch was?«

»Vielleicht könnten Sie mir Hamids Personalakten beim Militär und polizeiliches Führungszeugnis beschaffen, am besten auch gleich die Begründung für seine Auszeichnung mit dem *croix de guerre.* Die Gendarmerie möchte ich nicht darum bitten, sie würde mich wahrscheinlich lange warten lassen. Wir wissen im Augenblick über das Opfer kaum etwas, nicht einmal, ob ihm das Häuschen überhaupt gehört, ob er eine Pension bezogen oder jemals einen Arzt aufgesucht hat.«

»Die Akten stehen Ihnen morgen zur Verfügung. Ich werde mit der Verteidigungsministerin sprechen. Ich habe sie in Paris kennengelernt, und einer ihrer engsten Mitarbeiter war ein Kommilitone von mir. Es dürfte also nicht schwer sein, an Hamids Militärakten heranzukommen. – Fahren Sie jetzt zum Häuschen, und kommen Sie nicht ohne Karim zurück. Seine Familie macht sich Sorgen. Falls es Probleme gibt, können Sie mich jederzeit auf meinem Handy erreichen, auch mitten in der Nacht.«

Zufrieden machte sich Bruno auf den Weg. Ihm war zumute wie damals bei der Armee, wenn er das Gefühl hatte, ein guter Offizier zu sein, der wusste, was er tat und dass seine Untergebenen ihr Bestes gaben. Auch wenn er es noch nie ausgesprochen hatte, war sich Bruno doch bewusst, dass Gérard Mangin in seinem Leben eine entscheidende Wende eingeleitet hatte. Oder vielmehr Mangins Sohn, der mit Bruno in Bosnien gekämpft und seinen Freund seinem Vater anschließend für den Posten des *chef de police* empfohlen hatte. Und Bruno, der seit frühester Kindheit ohne Eltern aufgewachsen war, hatte sich, als er nach Saint-Denis kam, zum ersten Mal in seinem Leben als Mitglied einer Familie fühlen können. Allein schon aus diesem Grund war er dem Bürgermeister sehr ergeben.

Bruno setzte sich hinters Steuer, fuhr über den langgestreckten Hügel auf Hamids Häuschen zu und fragte sich, wie er es anstellen sollte, den armen Karim aus den Fängen dieses unangenehmen *Capitaine* Duroc zu befreien.

8

Die Regionalzentrale hatte ihren neuen Chefinspektor Jean-Jacques Jalipeau geschickt, der fast zwangsläufig unter dem Kürzel J-J firmierte. Bruno hatte schon einmal gut mit ihm zusammengearbeitet: im Zusammenhang mit den Ermittlungen des bislang einzigen Banküberfalls in Saint-Denis. Jean-Jacques war es damals gelungen, den Fall aufzuklären, die Täter zu fassen und sogar einen Teil der Beute sicherzustellen, doch das lag Jahre zurück. Inzwischen war er zweimal befördert worden und hatte sein eigenes Team, dem auch eine junge Frau angehörte. Sie trug einen dunkelblauen Anzug mit silbernem Schal und die kürzesten Haare, die Bruno jemals bei einer jungen Frau gesehen hatte. Sie saß in dem Ausstellungsraum vor einem neuinstallierten Computer, während ihre Kollegen damit beschäftigt waren, Telefone und Kopiergeräte anzuschließen, Schreibtische in Beschlag zu nehmen und eine Pinnwand aufzuhängen. Statt der hübschen Landschaften und Aquarelle ortsansässiger Künstler beherrschte den Raum nun eine lange weiße Tafel mit scheußlichen Fotos vom Tatort, allen voran Nahaufnahmen der gefesselten Hände und der gesäuberten Brust, auf der unverkennbar das Hakenkreuz zu sehen war.

»Okay, hier hätten wir unser Album der extremen Rechten. Ich hoffe, Sie haben gute Augen, denn es gibt für Sie Hunderte von Schnappschüssen zu sichten«, sagte die junge *Inspectrice* Perrault, die sich ihm mit einem knappen, geschäftsmäßigen Lächeln als Isabelle vorgestellt hatte. »Fangen wir mit den Anführern an; dann gehen wir zu den uns bekannten Aktivisten über, und zum Schluss hätten wir da noch Fotos von Demonstrationen. Sagen Sie einfach Halt, wenn Sie jemanden erkennen.«

Bruno kannte die ersten drei Gesichter aus Fernsehberichten, Parteifunktionäre, die während irgendwelcher Kundgebungen fotografiert worden waren. Einen von ihnen sah er gleich ein zweites Mal, agitierend auf einer Bühne vor großem Publikum. Und dann kamen Bilder von ganz gewöhnlichen Männern und Frauen, aufgenommen auf Demonstrationen. Die Fotos waren namentlich gekennzeichnet und mit Funktionsbezeichnungen versehen: Landesvorsitzender, Schriftführer, Schatzmeister, Gruppenführer, Ausschussmitglieder, Aktivisten oder Berater. Sie waren jung und alt, dick und dünn, attraktiv und unansehnlich, Gesichter, wie man sie auf jedem Markt oder unter den Zuschauern eines Rugbyspiels zu sehen bekam. Und tatsächlich erkannte Bruno einen von ihnen, einen bärbeißig aussehenden Typ.

»Den kenn ich«, sagte er. »Er ist Rugbyspieler in Montpon ganz drüben im Westen bei Bordeaux und hat ein- oder zweimal hier gegen unsere Mannschaft gespielt.«

Isabelle machte sich eine Notiz. Ihre kurzen Haare rochen nach einem Shampoo, das Bruno aus dem Duschraum des Tennisclubs vertraut war. Sie wirkte sehr sportlich und fit, als würde sie täglich joggen oder ein Krafttraining absolvieren. Ihre Beine waren lang und schlank; die Schuhe steckten in Pumps, die für eine Polizistin nicht nur ungeeignet, sondern für ein Inspektorengehalt auch viel zu teuer schienen.

»Wie kommen Sie an all diese Fotos?«, fragte Bruno und musterte ihre Hände, die kurzgeschnittenen Nägel und feingliedrigen Finger, die elegant über die Tastatur tanzten.

»Aus verschiedenen Quellen«, sagte sie. Sie sprach dialektfrei und artikulierte deutlich, so kühl und gleichzeitig angenehm wie eine Nachrichtensprecherin. »Von Websites, Flugblättern, Pressemitteilungen und Fernsehausschnitten. Manche stammen aus Geheimdienstakten der *renseignements généraux*. Die dürften wir eigentlich gar nicht haben, aber Sie wissen ja, wie es um die Datensicherheit im Computerzeitalter bestellt ist. Viele Fotos haben wir auch selbst geschossen, auf Kundgebungen oder Demonstrationen. Wir haben diese Typen im Blick, und nicht nur die aus dem rechten, sondern auch die aus dem linken Spektrum.«

Sie zeigte ihm nun Fotos auf dem Bildschirm, die anscheinend während einer Wahlkundgebung auf dem Hauptplatz von Périgueux gemacht worden waren, von einem Balkon aus. Auf all diesen Fotos waren Dutzende von Gesichtern zu sehen, und Bruno betrachtete jedes einzelne eingehend. Eines ließ ihn aufmerken, doch dann erkannte er darin einen Reporter des *Sud-Ouest* wieder, der mit Stift und einem Notizblock in der Hand ein wenig abseitsstand und durch den Rauch seiner Zigarette blinzelte. Bruno gab Isabelle ein Zeichen fortzufahren.

»Wollen Sie nicht mal eine Pause einlegen, Bruno?«,

fragte sie. »Man wird ja noch ganz blöd im Kopf, vor allem dann, wenn man nicht daran gewöhnt ist.«

»Ja, vorm Computer sitze ich wirklich selten«, sagte Bruno. »Der kommt bei uns kaum zum Einsatz. Ich kann mal gerade damit schreiben und E-Mails verschicken.«

Sie riet ihm, zum Fenster hinauszuschauen, um die Augen ausruhen zu lassen, stand auf und besorgte Kaffee von der Kochplatte am anderen Ende des Raums. »Hier.« Sie reichte ihm einen Plastikbecher, kramte einhändig, während sie mit dem eigenen Becher jonglierte, nach ihrer Zigarettenpackung und steckte sich eine Royale an.

»Scheußlich, diese Plörre«, sagte Bruno. »Wie wär's, wenn wir nach nebenan ins Café gingen?«

»Das gäbe wahrscheinlich Ärger. Jean-Jacques ist ein regelrechter Sklaventreiber«, sagte sie und lächelte. »Als ich bei ihm anfing, habe ich nicht einmal gewagt, aufs Klo zu gehen. Wahrscheinlich wird sich das im Alter rächen.«

»Wir sind hier in Saint-Denis. Bei uns werden die Mittagspausen eingehalten. Das ist Gesetz.« Bruno fragte sich plötzlich, ob sie sich womöglich von ihm eingeladen fühlte, und fürchtete, nicht genügend Geld dabeizuhaben.

»Wir sollten trotzdem lieber weitermachen. Die Zeit drängt«, sagte Isabelle und wandte sich wieder dem Bildschirm zu. »Schauen wir uns jetzt die Aufnahmen an, die bei einer Wahlveranstaltung in Bergerac gemacht wurden«, schlug sie vor und klickte sich geschickt von einem Fenster zum nächsten. Brunos Computererfahrung beschränkte sich auf den großen Computer in der *mairie*, der zur Verwaltung der Gemeindesteuern und Sozialversicherung benutzt wurde, sowie auf den kleineren, den er sich mit der

Sekretärin des Bürgermeisters teilte. Bei der dritten Aufnahme schnappte er unwillkürlich nach Luft.

»Jemanden entdeckt? Ich kann die Gesichter auch vergrößern, wenn Sie wollen«, sagte sie.

»Die jungen Leute dort. Gibt's von denen noch andere Aufnahmen?«

Isabelle rief die nächsten Fotos auf, bis er schließlich auf einem zwei Teenager wiedererkannte: ein hübsches blondes Mädchen aus Lalinde, das im vergangenen Sommer das Halbfinale im Tennisturnier von Saint-Denis erreicht hatte, und einen jungen Mann, der weniger an dem Redner auf der Bühne als an dem Mädchen interessiert zu sein schien. Er war der einzige Sohn eines Arztes von Saint-Denis und hieß Richard Gelletreau.

»Vielleicht hilft uns das weiter.« Isabelle druckte die Fotos aus und schrieb Richards Namen darauf. »Das Parteibüro in Bergerac liegt neben einer Bank, deren Eingang mit einer Kamera überwacht wird. Fragen Sie mich bitte nicht, wie, aber die *renseignements généraux* sind an die Bänder rangekommen und haben von allen, die während der Veranstaltung durchs Bild gelaufen sind, Vergrößerungen gemacht.«

»Ist das legal?«, fragte Bruno.

Sie zuckte mit den Achseln. »Wer weiß? Vor Gericht sind die Fotos wohl nicht zu verwenden, aber für Ermittlungen... Na, jedenfalls haben wir sie. Wenn Sie glauben, das wäre was Besonderes, sollten Sie mal sehen, was die *renseignements généraux* über Kommunisten und Linke gebunkert haben. Das Material reicht bis in Vorkriegszeiten zurück.«

Die *renseignements généraux*, der dem Innenministerium unterstellte Nachrichtendienst der französischen Polizei, sammelte seit 1907 Informationen über Personen und Vorgänge, die eine mögliche Gefahr für das Land darstellten. Er arbeitete sehr effektiv, stand allerdings in keinem besonders guten Ruf. Bruno wusste über diese Behörde so gut wie nichts, war aber beeindruckt von dem, was er nun sah. Auf einem der Fotos, die von der Überwachungskamera aufgenommen worden waren, konnte er den jungen Richard, der mit dem Mädchen an der Hand das Büro des *Front National* aufsuchte, eindeutig wiedererkennen. Ein zweites Foto zeigte ihn, wie er, seinen Arm schützend um das Mädchen gelegt, das Büro verließ.

Bruno schaute sich noch die anderen Aufnahmen an, doch außer dem jungen Richard gab es keinen weiteren Hinweis auf eine Verbindung zu Saint-Denis.

»Was können Sie mir über diesen Burschen sagen?« Isabelle nahm den Notizblock vom Schreibtisch und drehte sich auf ihrem Sessel zu ihm herum.

»Seinen Namen habe ich Ihnen schon genannt. Er ist der Sohn des Chefarztes unserer Klinik. Die Familie wohnt in einer der Villen am Hügel. Sein Vater, eine der tragenden Säulen unserer Gemeinde, lebt schon seit seiner Kindheit in Saint-Denis. Seine Frau ist Apothekerin und inzwischen Teilhaberin der großen Apotheke am Supermarkt. Das junge Mädchen auf dem Foto stammt aus Lalinde. Sie hat im vergangenen Jahr an unserem Tennisturnier teilgenommen. Ich kann im Club nachfragen, wie sie heißt. Der Junge ist hier bei uns zur Schule gegangen und hat gerade sein erstes Jahr im *lycée* in Périgueux abgeschlossen. Er dürfte also siebzehn sein. Unter der Woche wohnt er im Internat, und er kommt nur an den Wochenenden nach Hause. Ein ganz normaler Junge. Tennis spielt er recht gut, für Rugby interessiert er sich kaum. Im Winter fährt er mit seinen Eltern Ski. Übrigens hatte er Momu als Mathematiklehrer – das ist der Sohn des Ermordeten.«

»Ist doch schön, wenn man sich in seiner näheren Umgebung so gut auskennt.« Isabelle lächelte ihn an. »Was würde ich ohne Sie tun? Danke, Bruno. Wenn Sie bitte einen Augenblick warten würden, ich will Jean-Jacques Bericht erstatten. Vielleicht ist es nur ein Zufall, der nichts weiter bedeutet, aber…«

Die Kriminaltechnik war mit ihrer Arbeit noch nicht fertig und wartete auf den Abgleich der Fingerabdrücke. Doch auf Isabelles Schreibtisch lag bereits ein vorläufiger Bericht, der feststellte, dass Hamid mit einem wuchtigen Schlag ins Gesicht außer Gefecht gesetzt und dann mit roter Schnur, wie sie in der Landwirtschaft zum Binden von Strohballen benutzt wurde, gefesselt worden war. Die Spuren an den Handgelenken deuteten darauf hin, dass er sich gewehrt und zu befreien versucht hatte. Dann war ihm ein langes, scharfes Messer tief in den Unterleib gestoßen und durch den Bauch gerissen worden, »wie bei einem japanischen Selbstmordritual«, hieß es in dem Bericht. Darin hieß es ferner, dass das Opfer vermutlich geschrien habe, weil es anscheinend nicht geknebelt worden war. An den Augen und im schütteren Haar waren Spuren von Rotwein sichergestellt worden, was darauf schließen ließ, dass ihm der Täter ein volles Glas ins Gesicht geschüttet hatte. Der Todeszeitpunkt wurde auf zwischen zwölf und zwei Uhr am

Nachmittag festgelegt, wahrscheinlich gegen eins. Alles deutete darauf hin, dass ihm das Hakenkreuz in die Brust geritzt wurde, als er schon tot war, wenigstens das.

Hinweise auf einen Raub gab es nicht. In Hamids Gesäßtasche steckte ein Portemonnaie mit insgesamt vierzig Euro, seinem Personalausweis, dem Foto aus einer Zeitung, das ihn während einer Parade durch den *Arc de Triomphe* in Paris zeigte, und einem weiteren Foto von Karim nach einem erfolgreichen Angriffszug bei einem Rugbymatch. Außerdem befanden sich darin ein paar alte Franc-Noten und Briefmarken, mehr nicht. In einer Schublade lagen ein Scheckheft der *Crédit Agricole,* Kontoauszüge sowie mehrere, noch ungeöffnete Briefe der Bank mit Belegen über seine Pensionszahlungen vom Militär. Der alte Mann hatte gut 20 000 Euro auf der Bank, worüber sich Bruno wunderte. Aus den Unterlagen des Bürgermeisteramtes wusste er, dass Momu und sein Vater vor zwei Jahren das kleine Häuschen für 78 000 Euro – bar bezahlt – erstanden hatten, was ein durchaus günstiger Preis gewesen war, verglichen mit den Summen, die die örtlichen Immobilienmakler inzwischen für jede heruntergekommene Bruchbude bei englischen oder holländischen Interessenten erzielten.

Der alte Mann hatte in seinem Häuschen keinerlei Komfort, noch nicht einmal einen Kühlschrank. Die Lebensmittelvorräte lagerten in einem kleinen Küchenschrank – Wein, *pâté,* Käse, Früchte und mehrere Tüten voller Nüsse. Da waren zwei Literflaschen *vin ordinaire* und eine sehr gute Flasche Château Cantemerle von 1998. Offenbar hatte sich der alte Mann zumindest manchmal einen erlesenen Tropfen gegönnt. Eine geöffnete Tüte mit billigem Pulverkaffee befand sich auf dem Regal über dem kleinen Herd, der wie der Wasserboiler mit Gas befeuert wurde. Gas war auf dem Land der am meisten verwendete Brennstoff; auch Bruno kochte und heizte damit. Und was war sonst noch da? Keine Flinte, keine Jagdlizenz, wohl aber ein gültiger Angelschein und eine teure Rute. Kein Fernseher, nur ein einfaches batteriebetriebenes Transistorradio, eingestellt auf den Nachrichtensender *France Inter.* Keine Zeitungen, keine Illustrierten, aber ein Regal voller Kriegs- und Geschichtsbücher über de Gaulle, den Algerienkrieg, den Krieg in Vietnam, den Zweiten Weltkrieg, über die Résistance sowie zwei Bücher über die OAS, die französische Untergrundbewegung in Algerien, die ein Attentat auf de Gaulle versucht hatte, weil dieser die Kolonie in die Unabhängigkeit entlassen wollte. Bruno fand es interessant, dass Hamid solche Bücher gelesen hatte, sah aber keine Verbindung zu einem Hakenkreuz. Abgesehen von dem Geld, der verschwundenen Medaille und dem verschwundenen Bild deutete alles auf ein recht einsames und bescheidenes Leben hin.

Die letzte Seite der Akte war ein Ausdruck der Pensionskasse, aus dem hervorging, dass Hamid bis zum Tod seiner Frau Allida vor gut zwei Jahren in Soissons gelebt hatte, über zwanzig Jahre und unter derselben Adresse. Bruno rechnete. Der Alte war einen Monat nach Karims Trauung ins Périgord umgezogen, vermutlich, um in der Nähe seiner einzigen verbliebenen Familienangehörigen zu sein. Sein Beruf war mit *gardien,* Hausmeister, angegeben. Bruno überflog den Rest der Seite. Hamid hatte zuvor an der Militärakademie gearbeitet und dort in einer kleinen Dienstwohnung gelebt – was einem alten Kameraden mit einem *croix de guerre* auch zustand, und zwar mietfrei, weshalb er einiges auf die Seite legen konnte. Gesundheitliche Probleme schien er nicht gehabt zu haben, denn es gab keinen Vermerk über irgendwelche Arztkosten.

Apropos. Bruno rief Mireille in der *mairie* an, um nachzufragen, ob die Informationen des Verteidigungsministeriums bereits eingetroffen seien, was aber nicht der Fall war. Stattdessen konnte er von ihr erfahren, dass Hamid laut Auskunft der Krankenversicherung bei keinem Arzt in der Stadt in Behandlung gewesen war und auch von keiner Apotheke irgendwelche Medikamente bezogen hatte. Der Alte war offenbar kerngesund gewesen, was er womöglich dem Fußball verdankte. Warum waren das Foto und die Medaille verschwunden?

»Hallo, Bruno, wie geht's? In letzter Zeit wieder mal die eine oder andere Bank geknackt?« Jean-Jacques kam grinsend auf ihn zu, gefolgt von Isabelle. »Mir war schon damals klar, dass Sie den Job ausbaldowert haben. Von den Idioten, die wir weggesperrt haben, wäre dazu keiner clever genug gewesen.«

»Schön, Sie zu sehen, Jean-Jacques«, grüßte Bruno lächelnd und schüttelte dem Chefinspektor die Hand. Die beiden waren nach Abschluss des Falles vom Direktor der Bank zu einem Festessen ins *Le Centenaire* von Les Eyzies eingeladen worden, einem Zweisternerestaurant mit den besten Weinen, die Bruno je gekostet hatte. Anschließend war er von einem Chauffeur nach Hause kutschiert worden und hatte den nächsten Tag blaugemacht. »Wie ich sehe, sind Sie die Treppe raufgefallen und inzwischen einer der Oberbullen im Département.«

»Und es vergeht kein Tag, an dem ich nicht voller Neid daran denke, was für ein beschauliches Leben Sie in der Idylle von Saint-Denis führen«, entgegnete Jean-Jacques und klopfte ihm freundschaftlich auf die Schulter. »Umso stutziger macht mich dieser scheußliche Mord. Wie passt so was hierher? Isabelle sagt, dass Sie mit diesem Arztsohn eine mögliche Spur aufgetan haben.«

»Eine Spur würde ich das nicht nennen. Er ist nur der Einzige aus Saint-Denis, den ich auf den Fotos wiedererkannt habe. Wenn Sie mit ihm sprechen wollen, werden Sie nach Périgueux fahren müssen. Dort geht er zur Schule.«

Isabelle schüttelte den Kopf. »Ich habe mich erkundigt. Er ist am Montag nicht zum Unterricht erschienen und hat sich von seinem Vater krankschreiben lassen.«

»Der alte Gelletreau schreibt seinen Sohn krank? Das sollten wir überprüfen«, sagte Bruno, beeindruckt von Isabelles Schnelligkeit, aber auch ein wenig irritiert darüber, dass sie nicht in seinem Beisein, sondern von einem anderen Apparat aus angerufen hatte. Offenbar keine zuverlässige Teamspielerin, diese Isabelle, dachte er. »Normalerweise hält er sich mit Krankmeldungen vornehm zurück. Jedem Zweiten seiner Patienten unterstellt er, dass er simuliert. Mir hat er einmal eine simple Erkältung attestiert, die sich dann als Lungenentzündung herausstellte. Und was die eigene Familie angeht, sind die meisten Ärzte doch eher kritisch.«

»Sehen Sie jetzt, was ich an unserem Kollegen so schätze?«, fragte Jean-Jacques seine Assistentin. »Er kennt sich in der Gegend aus und weiß, mit wem er's zu tun hat. Nehmen Sie sich ein Beispiel daran. Computerarbeit ist nicht alles.«

»Madame Gelletreau?« Bruno hatte den Telefonhörer am Ohr. So schnell wie Isabelle war er allemal. »Ich würde gern Richard sprechen. Hier ist Bruno. Es geht um Tennis ... Ach, er ist in der Schule? Ich habe gehört, er sei krank. Muss wohl ein Missverständnis gewesen sein... Nein, es ist nicht dringend. Verzeihen Sie die Störung.« Er legte auf.

»Interessant«, sagte Jean-Jacques. »Eine falsche Krankmeldung, und er ist weder in der Schule noch zu Hause.«

Bruno fuhr mit Isabelle zum Tennisclub und ließ sich die Spielpläne zeigen. Die Halbfinalistin aus Lalinde hieß Jacqueline Courtemine. Er rief seinen Kollegen in Lalinde an, einen noch jungen Exsoldaten namens Quatremer, den er nur flüchtig kannte, und fragte nach der Familie des Mädchens und ihrer Adresse. Im Gegenzug erklärte Bruno, dass er nach einem jungen Mann suche, der womöglich in ihrer Begleitung sei, und bat darum, das Haus der Familie Courtemine im Auge zu behalten, bis die *police nationale* in Mannschaftsstärke eintreffen würde.

Danach telefonierte er mit Quatremers Vorgänger René, einem alten Jagdfreund, der sich vor einem Jahr hatte pensionieren lassen. Er stellte ihm die gleichen Fragen und wurde mit Informationen geradezu überschüttet. Jacquelines Eltern waren getrennt, wahrscheinlich geschieden. Die Mutter lebte in Paris vom Geld ihres Mannes, der einen Möbelhandel geerbt und zu einer erfolgreichen Kette mit etlichen Filialen ausgebaut hatte. Als vielbeschäftigter Mann mit mehreren Geliebten war er selten zu Hause. Jacqueline hatte ihr eigenes Auto und das große Haus am Stadtrand fast für sich allein. Im Herbst werde sie wohl zur Universität gehen, sagte René und fügte hinzu: »Ein ziemliches Luder, wie man so hört.« Bruno machte sich Notizen, ließ sich den Weg zum Haus beschreiben und bereitete seinen alten Freund darauf vor, dass Quatremer womöglich Unterstützung nötig haben würde, zumindest guten Rat.

»Und gib deinem Bürgermeister Bescheid«, riet Bruno, ehe er auflegte. Isabelle hatte inzwischen Jean-Jacques informiert und wartete im Wagen. Sie fuhren auf die Schnellstraße in Richtung Bergerac und hielten vor dem Verkehrsamt kurz an, um auf Jean-Jacques zu warten. Isabelle angelte sich das Blaulicht von der Rückbank. Als sie es auf dem Dach festmachte, kreuzte Jean-Jacques' großer schwarzer Citroën mit blinkenden Lichtern auf, gefolgt von einem Streifenwagen. Mit hohem Tempo nahm der kleine Konvoi Kurs auf Lalinde.

9

Der Polizeikonvoi fuhr auf ein großes, allein stehendes Haus zu, das auf einer Anhöhe über Lalinde thronte, mit weitem Blick über die Dordogne, die sich hier breit und flach vom Hochplateau in die Ebene ergoss, wo seit einem Jahrhundert Tabak für die dunklen *Gauloises*-Zigaretten angebaut wurde. Das steile Ziegeldach, die hohen Kamine und spitzen Türmchen entsprachen dem traditionellen Stil des Périgord, doch die hell schimmernden Mauersteine verrieten, dass das Haus erst vor kurzem gebaut worden war. Auf dem kiesbestreuten Vorhof parkten vier Autos, ein Motorrad und zwei kleine Mofas, von den Franzosen *mobilettes* genannt. Der große Garten hinter dem Haus reichte bis an den sanft ansteigenden Hang des Hügels heran, der sich bis nach Bergerac erstreckte. Aus den geöffneten Fenstern dröhnte Rockmusik, und vor dem Eingang lag umgekippt eine leere Weinflasche.

»Sehr einladend«, sagte Jean-Jacques. »Die Tür sperrangelweit auf und Wolken von Marihuana. Wenn's sein muss, können wir sie wegen Drogenbesitzes drankriegen.« Er schickte die Kollegen aus dem Streifenwagen hinters Haus, klopfte mit den Fingerknöcheln an die offen stehende Tür, wartete kurz und trat dann ein.

Teenager mit ausdruckslosen Gesichtern saßen um den

Tisch im Esszimmer, dessen Fenster auf einen Innenhof mit Swimmingpool hinausgingen. Vor der Wand war eine große Bar, und auf dem Esstisch standen jede Menge Bierdosen und Weinflaschen zwischen schmutzigem Geschirr, Käsetellern und einer Schale Obst. Hinter dem Fenster sah Bruno drei junge tätowierte Männer mit kahlrasierten Köpfen und zwei barbusige Mädchen im Pool herumalbern. Jean-Jacques ging auf die Stereoanlage zu und stellte sie ab. Die Musik verstummte gnädigerweise. Von Richard Gelletreau keine Spur, weder am Tisch noch am Pool.

»Mademoiselle Courtemine?«, fragte Jean-Jacques. Schweigen. Er wiederholte ihren Namen. »Sind Mademoiselle Courtemine oder der Hausbesitzer anwesend? Wir sind von der Polizei.«

Eines der Mädchen am Tisch führte die Hand vor den Mund und starrte auf das breite Treppenhaus. Jean-Jacques bat Isabelle mit einer Kopfbewegung, im Obergeschoss nachzuschauen.

»Beschlagnahmen«, forderte Jean-Jacques einen seiner Männer auf und deutete auf einen mit Gras gefüllten Beutel und Zigarettenpapier auf dem Tisch. »Und Ausweiskontrolle bei allen. Wenn der Kollege von Lalinde schon da ist, soll er reinkommen. Er wird die meisten kennen. Wie war noch gleich sein Name, Bruno?«

»Quatremer.«

»Gut. Versuchen wir's noch einmal«, sagte Jean-Jacques mit Blick auf die Runde am Tisch. »Richard Gelletreau?«

Keine Antwort. Die Mädchen im Pool hatten die Arme über den Brüsten verschränkt. Die Jungs schauten sich nervös um, als weitere Polizisten um die Hausecke eilten.

Bruno musterte ihre Gesichter. Sie kamen ihm bekannt vor, vielleicht von den Fotos, die Isabelle ihm vorgelegt hatte. Sein Blick kehrte immer wieder zu den halbnackten Mädchen zurück. Er dachte an seine eigenen Teenagerjahre, die ganz und gar anders verlaufen waren, und fragte sich, welcher seltsamen politischen Gruppierung er wohl beigetreten wäre, wenn er in ähnlichen Kreisen verkehrt hätte.

»Jean-Jacques«, rief Isabelle. »Hier oben.«

Der Chefinspektor wandte sich der Treppe zu und gab Bruno ein Zeichen, ihm zu folgen. Sie eilten auf breiten Stufen nach oben und erreichten einen Treppenabsatz, der so groß war wie ein durchschnittliches Wohnzimmer. Vor ihnen lag ein Korridor mit einer Reihe geschlossener Türen. Sie folgten Isabelles Stimme in einen angrenzenden Flügel, dessen Fenster auf den Garten hinausgingen, und betraten einen großen Raum, der hell und luftig hätte sein können, wären die Vorhänge nicht zugezogen gewesen. Bis auf den flackernden Schein eines eingeschalteten Fernsehers und das schwache Licht von draußen war es dunkel. In einem zerwühlten Bett lag ein verschlafenes junges Paar. Das Mädchen hatte sich aufgerichtet und hielt das Laken vor der Brust gerafft, obwohl sie einen schwarzen BH trug. Auf dem Kissen lag ein schwarzer Spitzhut. Der Junge konnte sich nicht bewegen. Seine Hände und Füße waren mit Schals an die Bettpfosten gefesselt.

Bruno betrachtete die Poster an den Wänden. Auf zweien war Jean-Marie le Pen abgebildet, der Vorsitzende des *Front National;* eines sah aus wie ein Kinoplakat für den Film »Schlacht um Algier«. Bajonette, Dolche und ein Helm der deutschen Wehrmacht waren an der Wand über dem Bett zu einem Ensemble arrangiert. Bruno schaute genauer hin, als Isabelle das Licht eingeschaltet hatte, und erkannte auf den Dolchgriffen eingravierte Hakenkreuze. Der junge Mann auf dem Bett drehte den Kopf von der Deckenbeleuchtung weg und stöhnte. Es war Richard. Er sah um sich, erkannte Bruno und stöhnte erneut. Auf seiner nackten Brust war mit dunkelrotem Lippenstift ein Hakenkreuz gemalt. Bruno schüttelte den Kopf in Erinnerung an den toten Araber, der auf so demütigende Weise zugerichtet worden war.

»Wer zum Teufel sind Sie?«, zischte das Mädchen. »Raus hier!«

»Schauen Sie mal, was da im Fernseher läuft, Jean-Jacques«, sagte Isabelle. »Ein Naziporno.«

Die Bezeichnung passte. Zwei Männer in schwarzen Uniformen mit Hakenkreuzarmbinden und SS-Emblemen am Revers waren mit zwei jungen Frauen zugange, die eine weiß, blond und scheinbar willig, die andere schwarz und in Handschellen.

Jean-Jacques war blitzschnell zur Stelle, als das Mädchen aus dem Bett zu springen versuchte. Er packte sie bei den Haaren und drehte sie auf den Rücken. Sie schrie auf. Er hielt sie fest und warf einen Blick auf den Nachttisch und sah, worauf sie es abgesehen hatte: eine Rasierklinge neben einem kleinen Spiegel, auf dem immer noch Spuren eines weißen Pulvers zu erkennen waren.

»Das gehört sich aber nicht«, sagte Jean-Jacques zu dem schreienden und sich unter seinem Griff windenden Mädchen. »Kokain. Schätze, da kommen drei Jahre zusammen.« Er zog einen Kugelschreiber aus der Tasche, hob damit den Deckel einer kleinen Dose an, die neben dem Spiegel stand, und schüttelte den Kopf angesichts der weißen Pillen, die darin zum Vorschein kamen. Das Mädchen hatte zu schreien aufgehört. Das Laken war von ihr abgefallen. Sie trug schwarze Strümpfe und einen schwarzen Strumpfhalter über der rasierten Scham.

»Also auch noch Ecstasy«, sagte Jean-Jacques leise. Er wirkte tatsächlich schockiert, fand Bruno. »Ich glaube, wir haben hier genug für eine Anklage wegen Drogenhandels. Darauf steht bis zu zehn Jahren, Mademoiselle. Ich hoffe, Ihnen gefällt die Gesellschaft knallharter älterer Lesben. Denn mit denen werden Sie viel Zeit verbringen müssen.«

Mit Blick auf Isabelle sagte er: »Legen Sie der jungen Dame Handschellen an. Dann sollten wir ein paar Fotos machen und alles aufnehmen: die Drogen, das Bett, den jungen Mann, den Porno und die Nazisymbole. Außerdem will ich, dass die Kollegen von der Spurensicherung kommen und jedes Messer hier im Haus unter die Lupe nehmen. Da unsere Leute noch in Saint-Denis zu tun haben, werden wir die Kollegen von Bergerac zu Hilfe bitten. Und die Jungs vom Rauschgiftdezernat sollen auch gleich kommen. Wir können Verstärkung gebrauchen.

Bruno«, fuhr er fort. »Versuchen Sie bitte, die Eltern des Mädchens zu erreichen. Wir müssen sie informieren. Und auch den Vater des Jungen. Und veranlassen Sie, dass meine Leute das Anwesen durchsuchen. Aber zuerst sollen sie die Rowdys unten wegen Drogenbesitzes in Gewahrsam nehmen und verhören. Das hier ist doch Richard, den wir suchen. Zumindest sieht er dem Foto sehr ähnlich. Noch was, Isabelle, ich will ein paar Großaufnahmen von den beiden, und sehen Sie zu, dass sie schön scharf werden. Schauen Sie auch bitte nach, was Mademoiselle Courtemine sonst noch an Videos und Filmen in ihrer Sammlung hat.«

»Einschließlich der selbstgedrehten«, sagte Isabelle und deutete auf eine Stelle an der Wand. Weder Jean-Jacques noch Bruno war bislang aufgefallen, dass dort ein Stativ mit Videokamera stand, ausgerichtet auf das Bett und mit rot blinkender LED-Leuchte.

Es wurde schon dunkel, als weitere Polizeiwagen eintrafen, gefolgt von zwei Transportern, die die acht jungen Leute abholen sollten. Jacqueline wartete in Handschellen vor der Tür, während die Spurensicherung Fotos vom Schlafzimmer machte und Beweismittel sammelte. Dann wurde Richard schließlich von den Bettpfosten losgebunden und aufgefordert, einen weißen Plastikoverall überzuziehen, ehe auch ihm Handschellen angelegt wurden.

Bruno hatte sich mit den Eltern der beiden in Verbindung gesetzt. Jacquelines Vater war auf einer Geschäftsreise in Finnland, wollte aber mit dem nächsten Flieger zurückkehren. Ihre Mutter hatte sich von Paris aus auf den Weg gemacht. Richards Vater erwartete seinen Sohn auf der Polizeiwache in Périgueux. Anwälte waren schon verständigt worden, denn die Durchsuchung hatte in einem der Außengebäude vier Schuhkartons zu Tage gefördert, die den Kollegen vom Rauschgiftdezernat zufolge Ecstasypillen enthielten.

»Im Straßenhandel soll das Zeug an die 20 000 Euro bringen«, sagte Jean-Jacques und steckte sich eine amerikanische Zigarette an. Er stand mit Bruno auf der breiten Terrasse vor dem Haus, von dem aus man einen wunderbaren Blick über die kleine Stadt Lalinde und die Dordogne hatte. »Gerade wurde ein weiterer Schuhkarton in ihrem Auto gefunden, unter dem Ersatzrad versteckt. Jede Menge Fingerabdrücke. Sie wird sich nicht rausreden können. Und wie sich herausgestellt hat, gehören die drei tätowierten Jungs aus dem Pool dem *Service d'Ordre* des *Front National* an. Das ist deren Schlägertrupp. Sie hatten Fotos bei sich, auf denen sie auf einer Wahlkampfveranstaltung mit Le Pen abgebildet sind. Außerdem wurden in ihren Autos Drogen und in ihren Brieftaschen jede Menge Bargeld gefunden.«

»Haben Sie schon in Paris angerufen?«, fragte Bruno. »Die Politiker werden sich freuen, wenn sie erfahren, dass der *Front National* Drogenpartys feiert und unsere französische Jugend korrumpiert.«

»Bestimmt«, erwiderte Jean-Jacques. »Allerdings geht's mir in erster Linie darum, einen Mordfall aufzuklären. Die Politik interessiert mich weniger, außer dass mir diese Faschos entschieden gegen den Strich gehen. Mein Gott, nach allem, was dieses Land im Krieg durchmachen musste, ist mir unbegreiflich, wieso sich diese Kids für diesen Dreck begeistern. Und dann auch noch Drogen und bizarrer Sex. Was ist nur mit dieser Generation los, Bruno? Haben Sie Kinder?«

»Nein, nicht mal eine Frau«, antwortete Bruno, selbst überrascht von dem traurigen Unterton in seiner Stimme. Woher mochte der kommen? Um das Thema zu wechseln und einen etwas heitereren Ton anzuschlagen, sagte er: »Mir hat normaler Sex bislang genügt. Und wenn eine Frau im Nazikostüm ankäme, die mir Fesseln anlegen wollte, würde ich mich wahrscheinlich kranklachen und ihr damit die Stimmung vermiesen.«

»Tja, ich könnte auch nicht behaupten, dass mich dieser Pornofilm heiß gemacht hätte«, sagte Jean-Jacques. »Aber in meinem Alter gibt's wohl ohnehin nicht mehr viel, was mich wieder in Schwung brächte.«

»Ich kann mich erinnern, dass es früher nur wenig gab, worauf Sie nicht angesprungen wären. Ihr Ruf eilt Ihnen immer noch voraus, Jean-Jacques. Mich wundert, dass Isabelle keine Rüstung trägt.«

»Nicht nötig, bei all den neuen Verordnungen, Bruno. Sexuelle Belästigung am Arbeitsplatz. Sie können sich glücklich schätzen in Ihrem kleinen Nest. Unsereins riskiert die Kündigung, wenn er eine Frau bloß anschaut.«

»Bei uns in der *mairie* läuft's ähnlich. So wie überall. Wir sind schließlich nicht von gestern«, erwiderte Bruno. »Ich hab mir wohl nur selbst was vorgemacht, als ich glaubte, dass es bei uns anders zugehen würde. Saint-Denis mag zwar ein beschaulicher, altmodischer Ort sein, der, wie es heißt, ideal ist, um Kinder großzuziehen, aber dann passiert so was. Mein erster Mordfall.«

»Wann wollen Sie denn endlich eine Familie gründen, Bruno? Auch Sie werden nicht jünger. Oder stimmt es, was so gemunkelt wird: dass Sie sich einen eigenen kleinen Harem vernachlässigter Landpomeranzen halten?«

Bruno schmunzelte. »Wer so was behauptet, hat noch nie die Fäuste eines Bauern gesehen.«

»Oder noch keine Bäuerin«, gab Jean-Jacques zurück. »Im Ernst, haben Sie nicht vor, für Nachwuchs zu sorgen? Sie würden einen guten Vater abgeben.«

»Mir ist noch nicht die Richtige über den Weg gelaufen«, entgegnete Bruno achselzuckend. Es war seine übliche Ausrede, mit der er nicht nur seine Freiheit zu verteidigen, sondern auch die Erinnerung an eine unglückliche Liebe zu verdrängen versuchte. »Und wenn doch, bin ich entweder nervös geworden oder sie hat die Geduld verloren und ist wieder abgezogen.«

»Da war doch so eine hübsche Brünette, die für die Eisenbahn gearbeitet hat. Josette. Mit der sind Sie damals ausgegangen, als wir diesen Banküberfall aufzuklären hatten.«

»Als hier die Stellen gestrichen wurden, wurde sie nach Calais auf die Baustelle des Eurotunnels versetzt, weil sie gut Englisch spricht. Ja, ich vermisse sie«, gestand Bruno. »Wir haben uns einmal für ein Wochenende in Paris getroffen, aber das war irgendwie nicht das Gleiche.«

Jean-Jacques schnaubte hörbar, womit er anscheinend ausdrücken wollte, dass er alles verstand, sowohl die Macht der Frauen als auch die korrodierende Wirkung der Zeit und die Unfähigkeit der Männer, mit beidem klarzukommen. Schweigend blickten die beiden ins Tal, über das sich schon Dunkelheit ausgebreitet hatte.

»Ich glaube, ich kann mich glücklich schätzen, ein halbwegs normales Familienleben zu führen«, sagte Jean-Jacques. »Die meisten Polizistenehen scheitern wegen unzumutbarer Dienstzeiten, weil man nicht über alles reden kann und weil es kaum möglich ist, Freunde außerhalb der Polizei zu finden. Das ist gerade für Frauen ein Problem. Zivilisten werden meist nervös in unserem Beisein, aber das wissen Sie ja selbst. Oder ist das bei Ihnen auf dem Land anders, wo jeder jeden beim Namen kennt?«

Diesmal schnaubte Bruno. Der Polizeidienst in Saint-Denis war in der Tat anders, zumindest für ihn und auf eine Weise, von der Jean-Jacques bestimmt nichts wissen wollte.

»Der einzige Kummer, den wir haben, sind die ausbleibenden Enkelkinder«, fuhr Jean-Jacques fort. »Meine Frau liegt mir deswegen ständig in den Ohren und fragt sich, warum unsere Kinder nicht heiraten und selbst Kinder in die Welt setzen.« Er seufzte. »Wahrscheinlich bekommen Sie von Ihren Eltern ähnliche Vorwürfe zu hören.«

»Eigentlich nicht«, entgegnete Bruno kurz angebunden, besann sich dann aber und fügte hinzu: »Ich dachte, Sie wüssten, dass ich keine Eltern habe.«

»Oh, Pardon. Ich wollte Sie nicht …« Jean-Jacques unterbrach sich und schaute ihm in die Augen. »Doch, jetzt erinnere ich mich wieder. Jemand hat's mir gesagt, es war mir nur entfallen.«

»Ich habe meine Eltern nie kennengelernt«, erklärte Bruno, ohne Jean-Jacques anzusehen. »Von meinem Vater weiß ich überhaupt nichts, und meine Mutter hat mich als Säugling in einer Kirche ausgesetzt. Es war der dort amtierende Priester, der mich auf den Namen Benoît, der Gesegnete, getauft hat. Vielleicht verstehen Sie, warum ich mich stattdessen selber Bruno nenne.«

»Herrje, Bruno. Das tut mir wirklich leid.«

»Bis zu meinem fünften Lebensjahr war ich in einem katholischen Waisenhaus. Meine Mutter beging dann Selbstmord in Paris und hinterließ einen Brief an ihren Cousin in Bergerac. Darin bat sie ihn, sich um mich zu kümmern. Seine Frau und er haben mich großgezogen. Eine glückliche Kindheit sieht bestimmt anders aus, aber immerhin hatte ich so etwas wie Eltern und fünf Geschwister. Weil nie genug Geld da war, bin ich gleich nach der Schule zum Militär gegangen.«

»Haben Sie noch mit ihnen Kontakt?«

»Wir sehen uns zu Hochzeiten und Beerdigungen. Einer der Enkel liegt mir am Herzen, weil er Rugby spielt. Ich habe ihn ein paarmal mit zum Jagen genommen und versucht, ihm den Wunsch auszureden, wie ich zum Militär zu gehen. Trotzdem hat er sich bei der Luftwaffe verpflichtet.«

»Ich dachte, es hätte Ihnen beim Militär gefallen. Sie haben mir damals, als wir zusammen zu Abend gegessen haben, viel davon erzählt.«

»Manches war ja ganz nett«, sagte Bruno. »Vielleicht sogar das meiste. Und über schlechte Erfahrungen rede ich nicht gern. Ich vergesse sie lieber.«

»Sie denken da wohl an Bosnien, nicht wahr? Ich weiß, Sie haben an einer Friedensmission teilgenommen.«

»Ja, aber von Frieden keine Spur. Über hundert Männer sind gefallen, über tausend verwundet worden. Nur: Daran erinnert sich heute keiner mehr. Auch damals war davon kaum die Rede. Wir wurden von Heckenschützen ins Visier genommen und von allen Seiten mit Granaten beschossen, von Serben, Muslimen und Kroaten. Ich habe Freunde verloren. Wir durften uns ja nicht wehren, ja, nicht einmal richtig verteidigen. Ein ruhmreiches Kapitel war das wahrhaftig nicht.«

»Egal, Sie haben die schlimmen Zeiten gut überstanden, das Waisenhaus, Bosnien und das alles«, sagte Jean-Jacques. »Und ich bin ein alter Wichtigtuer, der überall seine Nase reinstecken muss. Vielleicht bringt das der Job mit sich. Wie dem auch sei: Was ich über meine Frau gesagt habe, meine ich ernst. Ich bin froh, mit ihr verheiratet zu sein.« Jean-Jacques legte eine kurze Pause ein. »Außerdem hat sie mich dazu gebracht, Golf zu spielen.«

»Ich glaub's nicht«, sagte Bruno lachend, dankbar für den Themenwechsel.

»Sie hat mit ein paar Freundinnen damit angefangen und darauf bestanden, dass ich Unterricht nehme, weil wir, wie sie sagt, gemeinsame Hobbys brauchen, wenn ich in den Ruhestand gehe«, erklärte Jean-Jacques. »Mir gefällt's, gemütliche Spaziergänge an frischer Luft und danach ein paar Drinks mit netten Leuten im Clubhaus. Im Sommer werden wir in Spanien Golfurlaub machen, jeden Tag spielen und Unterricht nehmen. Apropos, ich brauche was zu trinken. Augenblick, bin gleich zurück.«

Bruno drehte sich um und schaute aufs Haus zurück. Alle Lichter waren eingeschaltet. Hinter den Fenstern bewegten sich weißgekleidete Gestalten hin und her. Ein so großes Polizeiaufgebot hatte er das letzte Mal zur Feier seiner abgeschlossenen Ausbildung gesehen. Er glaubte jetzt zu wissen, was Jean-Jacques anzudeuten versucht hatte. Der Fall versprach jede Menge Ärger mit der Politik, den Medien und der Öffentlichkeit, und Jean-Jacques wollte ihn da raushalten. Bruno wäre das nur recht. Allerdings hatte er einen Job zu erledigen und musste im Interesse der Bürger von Saint-Denis handeln, auch wenn er noch nicht wusste, wie er das anstellen sollte.

»Tja, es sieht ganz so aus, als hätten wir den Hauptverdächtigen in unserer Mordsache«, frohlockte Jean-Jacques, der vor den hell erleuchteten Fenstern des Hauses nur als

Silhouette zu erkennen war, als er auf Bruno zuging und ihm ein Glas reichte. Gefüllt mit Ricard, genau in der richtigen Mischung, nicht zu viel Eis. Dem Möbel-Tycoon würde es nicht auffallen, dass sich der Chefinspektor an seiner Bar bedient hatte.

»Bisher sprechen nur Indizien gegen ihn, es sei denn, die Spurensicherung findet noch ein paar handfeste Beweise oder die Mordwaffe«, gab Bruno zu bedenken.

»Wenn Sie mich fragen, war einer dieser Nazidolche an der Wand die Tatwaffe. Die Kollegen werden sich die Dinger genauer ansehen«, erwiderte Jean-Jacques.

»Ihnen ist doch wohl klar, dass Sie den Fall los sind, sobald Paris eingeschaltet wird«, sagte Bruno.

»Deshalb will ich ja auch möglichst schnell zu Ergebnissen kommen«, entgegnete Jean-Jacques. »Paris schickt einen Justizbeamten zusammen mit einer sogenannten Medienkoordinatorin, die sich um die Journaille kümmern soll. Sie werden die Nachrichten so frisieren, dass der Minister in seinen Präsidentschaftsambitionen nicht gestört wird. Mich würde es nicht wundern, wenn er persönlich käme, vielleicht sogar zur Beisetzung.«

»Der Bürgermeister macht sich auch so schon Sorgen um unseren Tourismus. Minister, die für Schlagzeilen sorgen, haben ihm gerade noch gefehlt. Ich sehe sie schon vor mir«, sagte Bruno. »Saint-Denis – Kleinstadt voller Hass.«

»Ich an Ihrer Stelle würde den Kopf einziehen. Lassen Sie die da oben ihr Ding machen, und versuchen Sie, anschließend das zerbrochene Porzellan wegzufegen«, sagte Jean-Jacques. »So läuft's doch immer.«

10

Ein feiner Nieselregen hatte eingesetzt, der wahrscheinlich über Stunden anhalten würde. Die vier Männer eilten über den feuchten Rasen und verzogen sich in die Tennishalle, auf die sie alle sehr stolz waren. Mit ihren aus Plastikplanen gespannten Wänden und dem Dach aus geripptem durchscheinenden Kunststoff sah die Halle aus wie ein Flugzeughangar, doch der Innenraum ließ nichts zu wünschen übrig. Da waren der erhöhte Schiedsrichterstuhl, eine Anzeigetafel und sogar Bankreihen für Zuschauer. An einem Metallgestell hingen mehrere kleine Plakate, mit denen hiesige Unternehmen und die Zeitung *Sud-Ouest* für sich warben.

Bruno spielte an der Seite des alten Barons, der eigentlich gar kein echter Baron war, sondern als der größte Grundbesitzer mit manchmal herrischer Attitüde nur so genannt wurde, was ihm durchaus gefiel. Das andere Doppel bildeten wie gewöhnlich Xavier und Michel. Sie begannen ihr Match, bei dem es weniger um Sieg und Niederlage ging als um ein gefälliges allwöchentliches Ritual. Als Bruno servierte, blieb der Baron auf der Grundlinie stehen, wo er sich am liebsten aufhielt, um dem »jungen Hüpfer« Bruno Gelegenheit zu geben, mit Volleys am Netz zu glänzen. Wie immer war Brunos erster Aufschlag zu lang.

Der zweite aber kam richtig und wurde von Xavier auf den Baron retourniert, der mit einem seiner gefürchteten Stoppbälle konterte. Michel war der bessere Spieler, aber die vier spielten so häufig miteinander, dass sie die Möglichkeiten und Grenzen des jeweils anderen genau kannten. Nach einem Doppelfehler, einem misslungenen Volley und einem zufällig dermaßen gut gelungenen Aufschlag, dass sich Bruno vorstellen konnte, irgendwann einmal wirklich gut Tennis spielen zu können, wurden die Seiten gewechselt.

»Habt ihr das Schwein schon geschnappt?«, fragte Michel, als sie einander auf Höhe des Netzes passierten. Er leitete das städtische Tiefbauamt, hatte sechzehn Angestellte unter sich und beaufsichtigte einen Fuhrpark aus Lastwagen, Baggern und einem kleinen Bulldozer. Jedes Bauvorhaben in Saint-Denis bedurfte seiner Unterschrift. Er war kräftig gebaut, wenn auch eher klein gewachsen, hatte einen kleinen, aber festen Bauch und war in seinem öffentlichen Auftreten ebenso dynamisch wie auf dem Spielfeld. Er stammte aus Toulon und hatte zwanzig Jahre als Ingenieur bei der Marine gedient.

Bruno zuckte mit den Achseln. »Das ist Sache der *police nationale*, und inzwischen hat sich auch Paris eingeklinkt. Ich weiß nicht viel mehr als du. Und wenn ich mehr wüsste, dürfte ich es dir nicht sagen.«

Ihm war klar, dass sich seine Tennispartner damit nicht begnügen würden. Sie bildeten in der Stadt eine Art geheime Regierung. Ohne die großzügigen Spenden des Barons wären der Tennis- und Rugbyclub nicht das, was sie waren. Michel nahm auf alle wichtigen kommunalen Angelegenheiten großen Einfluss, und Xavier leistete als Vizebürgermeister in der *mairie* einen Großteil der Verwaltungsarbeit. Er hatte die Unterpräfektur in Sarlat geleitet, ehe er in seine Heimatstadt Saint-Denis zurückgekehrt war, wo sein Vater eine Renault-Vertretung managte und sein Schwiegervater das große Sägewerk besaß. Zusammen mit Bruno und dem Bürgermeister kümmerten sie sich um die Interessen der Stadt und hatten gelernt, diskret zu sein. Von Bruno aber erwarteten sie, dass er sie auf dem Laufenden hielt; nicht zuletzt deshalb trafen sie sich jeden Freitag zum Tennisspielen.

Michel beherrschte den klassischen Aufschlag. Er warf den Ball hoch in die Luft, zog den Schläger nach allen Regeln der Kunst durch und traf den Ball mit voller Wucht. Bruno retournierte mit der Vorhand. Sein Ball prallte auf die Netzkante und rollte davon ab ins gegnerische Feld.

»Pardon«, sagte er. Michel nickte anerkennend und ließ zur Vorbereitung auf den nächsten Aufschlag den Ball ein paarmal hintereinander von der Hand auf den Boden prallen. Sie hatten gerade Einstand erreicht, als zwei Männer mit nass geregneten Haaren in die Halle kamen: Schulrektor Rollo – wie immer verspätet – und der Schotte Dougal, ein Nachbar und Zechkumpan des Barons. Die beiden grüßten winkend und nahmen auf der Bank Platz, um sich den Rest des Spiels anzuschauen. Danach waren sie an der Reihe und spielten gegen Xavier und Rollo, während Bruno und der Baron zuschauten, um anschließend gegen das Verliererpaar anzutreten. Rollo spielte mehr schlecht als recht, aber umso begeisterter, und stürmte immer wieder ans Netz. Dougal dagegen hatte langjährige Turniererfahrung und beherrschte das Spiel von der Grundlinie. Ihm zuzusehen war ein Genuss.

»Du darfst mir also nichts verraten?«, fragte der Baron überlaut, obwohl er leise zu sprechen versuchte.

»So ist es«, erwiderte Bruno. »Und dafür hast du doch bestimmt Verständnis.«

»Mir ist zu Ohren gekommen, dass gestern Abend in Lalinde mehrere Personen festgenommen worden sind und dass du an dem Einsatz teilgenommen hast. Ein Kumpel von mir hat dich gesehen. Ich will nur wissen, ob diese Festnahmen im Zusammenhang mit unserem Araber stehen.«

»›Unserem Araber‹?«, fragte Bruno. »Tja, das war er wohl. Er hat hier gelebt und ist hier gestorben.«

»Ich sagte unser Araber und meinte es auch so. Ich kenne Momu und Karim ebenso gut wie du. Ich weiß auch, dass der Alte ein *Harki* war, und das nimmt mich für ihn ein. Ich habe im Algerienkrieg selbst eine *Harki*-Truppe angeführt und mich anfangs ständig gefragt, wann mir wohl einer von ihnen in den Rücken schießen würde. Tatsächlich aber haben sie mir mehrfach das Leben gerettet.«

Bruno musterte den Baron mit neugierigem Blick. Er stand, wie jeder wusste, politisch weit rechts, und es hieß, dass er nur deshalb kein Parteigänger des *Front National* war, weil er nach wie vor Charles de Gaulle die Treue hielt.

»Ich dachte, dir wären Einwanderer aus Nordafrika ein Dorn im Auge«, sagte Bruno und unterbrach sich, um Michel Beifall zu klatschen, der ein Ass geschlagen hatte.

»So ist es auch. Wie viele sind es mittlerweile? Sechs, sieben Millionen Araber und Muslime, die sich bei uns breitmachen. Paris ist nicht wiederzuerkennen. Trotzdem, für die *Harkis* hab ich was übrig. Statt ihnen zu danken, haben wir die meisten an der Grenze abgewiesen und zugelassen, dass ihnen in ihrer Heimat die Kehlen durchgeschnitten wurden, obwohl sie für uns gekämpft haben.«

»Ja, der alte Hamid war ein *Harki.* Er hat sogar in Indochina für uns gekämpft und ist dafür mit dem *croix de guerre* ausgezeichnet worden.«

»In dem Fall war er kein *Harki,* sondern ein *Zouave* oder *Tirailleur.* So wurden sie jedenfalls in ihren Regimentern genannt. Und die durften sich in Frankreich niederlassen – im Unterschied zu den *Harkis.* Wer es von denen dennoch über die Grenze schaffte, kam in ein Lager. Eine Schande war das. Einige von uns haben zu helfen versucht. Ich habe mehrere meiner Jungs auf dem Truppentransporter mit rübergebracht, aber die meisten wollten ihre Familien nicht im Stich lassen und sind geblieben. Scheiße, sie haben einen verdammt hohen Preis bezahlen müssen.«

»Woher weißt du, dass sie umgebracht worden sind?«, wollte Bruno wissen.

»Ich bin mit einigen, die ich nach Frankreich geschleust habe, in Kontakt geblieben, habe ihnen Jobs verschafft und so weiter. Ein paar von ihnen haben auch für mich gearbeitet. Sie standen alle über ihre Familien in Verbindung miteinander. Du weißt, ich bin kein eifriger Kirchgänger, aber wenn ich höre, dass einer meiner *Harkis* dran glauben musste, geh ich in die Kirche und zünde eine Kerze an.« Er stockte und starrte auf seine Füße. »Mehr kann ich nicht tun«, murmelte er wie zu sich selbst. Dann räusperte er sich, straffte die Schultern und sagte: »Also, verrat's mir, weißt du, wer unseren Araber, einen Soldaten Frankreichs, umgebracht hat?«

»Nein. Die Ermittlungen laufen noch, wie es so schön heißt. Wir stehen erst am Anfang, und ich habe mit der Sache eigentlich nichts zu tun. Die *police nationale* kümmert sich darum und hat über dem Verkehrsamt ein provisorisches Büro eingerichtet.«

»Was war denn in Lalinde?«

»Es hat da eine Hausdurchsuchung gegeben, die vielleicht nicht einmal etwas mit dem Fall zu tun hat. Es war eher eine Drogenrazzia«, antwortete Bruno vorsichtig. Er wollte nicht lügen müssen.

Der Baron nickte und beobachtete das Spiel. Rollo hatte gerade zwei Aufschläge verhauen.

»Habe ich dir schon mal erzählt, wie wir aus Algerien rausgekommen sind?«, fragte der Baron plötzlich. Bruno schüttelte den Kopf.

»Wir waren in Oran, am Hafen. Chaotische Verhältnisse. In Évian hatte de Gaulle soeben den Friedensvertrag unterzeichnet, woraufhin mehrere Einheiten zu meutern anfingen. Ich war in meiner Einheit der einzige Offizier, der sich weigerte, am Putsch teilzunehmen, und zwar einzig und allein aus dem Grund, weil er sich gegen de Gaulle richtete. Wie auch immer, meine Jungs hätten auf gar keinen Fall mitgemacht. Ich führte damals einen Zug von Wehrpflichtigen, jungen Franzosen, die alle diese neumodischen kleinen Transistorradios besaßen, um ihren Rock 'n' Roll hören zu können. Sie hörten aber auch die Rede von de Gaulle, der sie zur Befehlsverweigerung all denjenigen Offizieren gegenüber aufrief, die sie gegen die französische Republik aufzuhetzen versuchten. Die einfachen Soldaten blieben in ihren Kasernen und rührten sich nicht. So wurde der Putsch vereitelt. Sie blieben in den Kasernen, bis der Truppentransporter kam, um uns nach Hause zu bringen.«

»Das war 1961, nicht wahr?«, sagte Bruno. »General Salan schloss sich der OAS an, die de Gaulle zu ermorden versuchte. Hab ich das richtig in Erinnerung?«

»Ja«, antwortete der Baron. »Wie dem auch sei, bevor wir an Bord des Schiffes gegangen sind, haben wir unsere *Harkis* eingesammelt, zumindest die, die aufzutreiben oder clever genug waren, um zu wissen, dass sie sich besser aus dem Staub machten. Mein Sergeant, der den Krieg über an meiner Seite gewesen war, mochte die *Harkis* und war bereit zu helfen. Wir beschafften uns Uniformen – davon gab's genug – und führten unsere Mitstreiter einfach an Bord. Es gab keine Listen oder irgendwelche organisierten Abläufe, weil fast keine Offiziere da waren, und so konnte ich meine Leute durchschleusen.«

»Und in Frankreich?«, sagte Bruno. »Wie hast du sie an Land gebracht?«

»Am Marinestützpunkt in Toulon, wo noch kontrolliert wurde, gab es keinen Platz, weil so viele Transporter aus Algerien ankamen. Deshalb legten wir im Handelshafen von Marseille an. Von dort sollten wir in Lastwagen, die die Armee bereitgestellt hatte, in die nächsten Lager gebracht werden. Welche Einheit wohin kam, blieb dem Zufall überlassen. Mein Sergeant und ich haben unseren Jungs ein paar Tage Urlaub gegeben und gesagt, sie könnten nach Hause gehen, müssten sich aber spätestens in einer Woche zurückmelden. Wir haben alle Hals über Kopf das Schiff verlassen, sind auf einen der alten Laster gestiegen und losgefahren. Von den Jungs ist dann einer nach dem anderen während der Fahrt abgesprungen, so auch meine *Harkis,* ausgestattet mit Zivilklamotten und ein paar Francs. Davon abgesehen, hatten sie nur einen Zettel mit meinem Namen und meiner Adresse bei sich.«

»Klingt verrückt«, sagte Bruno. »Mir ist zwar bekannt, dass der Algerienkrieg im Chaos endete, aber davon hatte ich keine Ahnung.« Mit einem Ohr hörte er, wie Dougal in seinem komischen Akzent *»Five-Fourrr«* rief, worauf die beiden Doppel die Seiten wechselten. Das Match schien bald zu Ende zu sein. Bruno hatte kaum etwas davon mitbekommen.

»Du musst bedenken, dass es damals keine Computer gab«, fuhr der Baron fort. »Es gab nur Listen auf Papier, und unsere Listen sind in dem großem Durcheinander verlorengegangen, und der Truppentransporter war zu überfüllt, als dass noch Kontrollen möglich gewesen wären. All das, was nicht verlorengegangen war, ist von mir und meinem Sergeant verbrannt worden, als wir unser Hauptquartier in Fréjus erreichten. Wohl gemerkt, ich war der einzige Offizier meiner Einheit, der loyal geblieben war. Wahrscheinlich hat man's mir deshalb leichtgemacht. Mein Oberst beglückwünschte mich sogar zur sicheren Rückkehr meiner Männer.«

»Spiel, Satz und Sieg«, rief Dougal. Die vier Tennisfreunde auf dem Platz fingen an, die Bälle einzusammeln.

»An den allerletzten Moment im Hafen von Oran kann ich mich besonders gut erinnern«, sagte der Baron. »Ich stand am Fuß des Landungsstegs und versuchte sicherzustellen, dass alle meine Männer an Bord gingen. Ich folgte ihnen als einer der Letzten. Am Poller stand einer der algerischen Hafenarbeiter und wartete darauf, die Leine zu lösen. Er sah mir direkt in die Augen und sagte: ›Das nächste Mal marschieren wir bei euch ein.‹ Er starrte mich an, bis ich mich umdrehte und an Bord ging. Das werde ich nie vergessen. Und wenn ich mich im heutigen Frankreich umschaue, weiß ich, dass er recht hatte.«

Wie nach jedem Spiel gingen die vier gemächlich ins Clubhaus, denn der Regen hatte nachgelassen. Sie duschten und holten dann aus ihren Autos, was sie für das gemeinsame Mittagessen mitgebracht hatten. Bruno steuerte Eier von seinen Hühnern und Gartenkräuter bei. Im Frühjahr brachte er normalerweise jungen Löwenzahn mit, aber diesmal hatte er jungen Knoblauch dabei, glattblättrige Petersilie und eine der Trüffelknollen, die seit dem Winter in Öl lagen. Michel packte *pâté* und außerdem *rillettes* aus eigener Herstellung aus; das Fleisch dazu stammte von dem Schwein, das er in hämischer Missachtung einschlägiger EU-Vorschriften im Februar geschlachtet hatte. Dougal hatte Brot und Käse mitgebracht, dazu eine Flasche Scotch, von dem sie sich nach dem ersten durststillenden Bier aus dem Zapfhahn der Clubhausbar einen guten Schluck als Aperitif gönnten. Rollo spendierte Beefsteaks, Xavier einen Salat und eine *tarte aux pommes,* und der Baron komplettierte die Mahlzeit mit einer Flasche Saint-Émilion 98, die für allgemeines Zungenschnalzen sorgte.

Bruno kochte, wie immer, und als der Tisch gedeckt und der Salat zubereitet war, versammelten sich die Männer vor der Durchreiche zwischen Küche und Bar. Für gewöhnlich gab es viel zu lachen, doch an diesem Tag hatten sie nur ein Thema.

»Ich kann nur wiederholen, dass es weder Beweise noch Verdächtige gibt«, sagte Bruno, nachdem er ein Dutzend Eier aufgeschlagen, den Grill für die Steaks vorbereitet und ein großzügiges Quantum ungesalzener Butter in die Bratpfanne gegeben hatte. Jetzt machte er sich daran, die Trüffelknolle in hauchdünne Scheibchen zu schneiden. »Wir verfolgen mehrere Spuren, die in unterschiedliche Richtungen führen. Mehr weiß ich nicht, denn an den Ermittlungen bin ich allenfalls am Rande beteiligt.«

»Aber dieser Arztsohn ist doch festgenommen worden, zusammen mit ein paar Schlägern des *Front National*«, sagte Xavier. »So viel wissen wir immerhin.«

»Das eine hat mit dem anderen möglicherweise nichts zu tun«, entgegnete Bruno.

»Sieht aber ganz so aus«, behauptete Michel. »Rechte Schläger und das Hakenkreuz auf der Brust des Mordopfers passen doch perfekt zusammen. Wer sollte sonst dahinterstecken?«

»Vielleicht hat der Mörder den Verdacht absichtlich auf diese Szene gelenkt«, sagte Bruno. »Habt ihr schon daran gedacht?«

»Von welchem Arztsohn ist hier überhaupt die Rede?«, fragte Rollo.

»Gelletreau«, antwortete Xavier.

»Richard?« Rollo war sichtlich überrascht. »Der ist doch noch im *lycée.*«

»Und schwänzt seit ein paar Tagen. Mit gefälschter Krankmeldung«, erklärte Bruno, während er die verquirlten Eier in die zischende und mit frischem Knoblauch gewürzte Butter gab. Als die Omelette einen festen Boden gebildet hatte, bestreute er sie mit den Trüffelscheiben und wendete sie.

»Richard soll beim *Front National* sein?«, sagte Rollo ungläubig. »Als er noch bei mir in die Schule ging, hat nichts darauf hingedeutet. Na ja, da war er ja auch jünger.« Er stockte. »Oder doch? Ich erinnere mich, dass er sich einmal mit einem von Momus Neffen geprügelt hat, aber das war nichts wirklich Ernstes. Es gab blutige Nasen und böse Worte, das Übliche halt. Ich habe daraufhin beide nach Hause geschickt und die Eltern benachrichtigt.«

»Eine Prügelei mit einem Araber, mit einem von Momus Neffen, und dann wird dessen Vater ermordet«, fasste der Baron zusammen. »Wenn das mal nichts zu bedeuten hat. Wie war doch gleich dieses Schimpfwort? *Sale beur,* dreckiger Araber, oder so was in der Art, stimmt's?«

»So was in der Art«, bestätigte Rollo. »Hört mal, ich wollte nicht … es war eine harmlose Rauferei, wie sie unter Jungen ständig vorkommt. Tut mir leid, dass ich überhaupt davon angefangen habe.«

Es wurde still in der Runde. Alle Augen waren auf Bruno gerichtet, der die schwere Eisenpfanne vom Feuer nahm, die Omelette mit den Kräutern bestreute und zusammenfaltete. Wortlos trotteten die Tennisfreunde zum Tisch und nahmen daran Platz. Der Baron schenkte Wein ein, und Bruno servierte eine perfekte Omelette, die den erdigen Duft der Trüffel verströmte, als er sie portionierte und auf die sechs Teller verteilte.

»Die ist aber wirklich gut gelungen, Bruno«, sagte der

Baron, nahm das große Landbrot zur Brust und schnitt mit seinem *Laguiolle*-Messer dicke Scheiben davon ab. Damit versuchte er nicht etwa, vom Thema abzulenken, denn schließlich war allen klar, dass es um etwas Wichtiges ging, wozu das letzte Wort noch nicht gesprochen war. »Aber du hast damit angefangen und uns neugierig gemacht, mein lieber Rollo«, fuhr der Baron fort, »da musst du jetzt erzählen, wie's ausgegangen ist.«

»Es war nur eine Prügelei unter Jungs«, entgegnete Rollo. »Ihr wisst doch, wie die sind. Der eine holt sich eine blutige Nase, der andere ein blaues Auge, und danach sind sie wieder die besten Freunde.« Er blickte in die Runde, doch keiner sah ihn an.

»War das bei denen auch so?«, fragte Michel.

»Was?« Rollo war merklich ungehalten.

»Dass sie danach wieder die besten Freunde waren?«

»Sie haben sich jedenfalls nicht wieder geprügelt.«

»Freunde?«

»Nein, aber das will nichts heißen. Sie sind miteinander klargekommen. Momu hat Richard sogar zum Essen eingeladen, damit er sehen konnte, dass er es mit einer ganz normalen französischen Familie zu tun hatte. Ich weiß von Momu, dass er ihn sogar ganz nett, wohlerzogen und intelligent fand. Richard ist mit einem Blumenstrauß angekommen.«

»Die Blumen hat ihm wahrscheinlich seine Mutter mitgegeben«, sagte Xavier.

»Sie wählt links, nicht wahr?«, fragte Michel.

»Grün«, korrigierte Xavier, der als Vizebürgermeister natürlich über die politischen Präferenzen der Bürger von Saint-Denis bestens Bescheid wusste. »Sie hat an der Demonstration gegen die angebliche Umweltverschmutzung durch das Sägewerk teilgenommen. Diese blöden Ökos wollen, dass es dichtgemacht wird. Dass dabei dreißig Arbeitsplätze verlorengehen, scheint die nicht weiter zu interessieren.«

»Was ich sagen wollte, ist, dass Richard bei sich zu Hause bestimmt keine fremdenfeindlichen Sprüche gehört hat. Seine Mutter ist eine Grüne, und der Doktor scheint sich aus Politik nichts zu machen«, fuhr Michel fort. »Wo hat der Junge das bloß her?«

»Das hat er sich im Bett geholt«, antwortete Bruno. »Von dem Mädchen aus Lalinde, das bei uns voriges Jahr ins Halbfinale gekommen ist. Sie hängt offenbar tief drin im *Front National.* Sie ist ein ziemlich hübsches Ding, und ich glaube, er hat sich in sie verknallt.«

»Kann ich mir kaum vorstellen«, sagte Rollo. »Die Prügelei war vor drei Jahren. Er muss damals um die dreizehn gewesen sein. Das Mädchen hat er aber erst letzten Sommer beim Turnier kennengelernt, mit fünfzehn oder sechzehn.« Rollo hob sein Glas und schien es auf einen Zug leeren zu wollen, besann sich dann aber, schnupperte am Saint-Émilion und nahm nur einen kleinen Schluck.

»Als er unsere Schule verließ, war er ein anständiger Junge und ein guter Schüler«, sagte Rollo schließlich. »Ich dachte, dass er es wahrscheinlich bis an eine der Tophochschulen in Paris, die *Sciences-Po* oder die *Polytechnique*, schaffen würde.«

»Stattdessen wird dein Musterknabe womöglich im Knast landen«, bemerkte der Baron und wischte mit einem Stück Brot den letzten Omeletterest vom Teller.

11

Vormittags trank Bruno normalerweise nie, ausgenommen samstags, wenn auf dem Platz vor der *mairie* Markt war und die Händler zwischen den uralten Steinsäulen ihre Stände aufstellten. Stéphane stand mit seinem umgebauten Lieferwagen auf dem Parkplatz, verkaufte Milch, Butter und Käse. Gegen neun, eine Stunde nach Öffnung des Marktes, gab es bei ihm immer einen *casse-croûte,* einen kleinen Imbiss. Für ihn, der schon um fünf aufstand, um seine Kühe zu versorgen, war es das zweite Frühstück. Bruno aber nahm für gewöhnlich samstags hier seinen ersten Bissen zu sich, meist ein dickes Stück Brot, bestrichen mit Stéphanes Kaninchenpastete, und dazu ein kleines Glas Rotwein. Der Wein kam von dem jungen Raoul, der den Weinhandel von seinem Vater übernommen hatte. Heute empfahl er Bruno einen jungen roten *Côtes de Duras,* aus einem Anbaugebiet, das vor allem für seine Weißweine bekannt war.

»Was kostet der?«, fragte Bruno, angetan von dem Tropfen, der um einiges besser war als der Bergerac, den er normalerweise samstags morgens vorgesetzt bekam.

»Fünf Euro, aber dir überlass ich eine Kiste für fünfzig. Und du solltest ihn drei bis vier Jahre lang ruhen lassen«, antwortete Raoul.

Bruno ging mit seinem Geld sehr sparsam um, zumal sein Lohn fast ebenso bescheiden war wie seine Bedürfnisse. Wenn er Wein auf Vorrat kaufte – meist eine bewährte Lage –, dann hatte er eine Feier mit Freunden im Blick, denen er etwas Besonderes anbieten wollte. Meist teilte er sich mit dem Baron ein 300-Liter-Fass, das sie von einem kleinen Winzer in Lalande de Pomerol kauften und selbst auf Flaschen zogen, wobei einiges probiert wurde. Abends gab es dann im alten Schloss des Barons immer ein großes Fest, an dem das halbe Dorf teilnahm.

»Hast du den Doktor gesehen?«, fragte Stéphane.

»Noch nicht«, antwortete Bruno. »Ich weiß auch sonst nichts Näheres. Die *police nationale* ist eingeschaltet, und die Ermittlungen werden von Périgueux aus geführt.«

»Aber er ist doch einer von uns.« Stéphane wich Brunos Blick aus und biss ein großes Stück von seinem Brot ab.

»Ja, genau wie Karim und Momu«, entgegnete Bruno mit Nachdruck.

»Nicht ganz«, widersprach Raoul. »Die Arztfamilie lebt hier schon seit eh und je. Der Doktor hat jedes zweite Baby unserer Stadt zur Welt gebracht – mich und Stéphane zum Beispiel.«

»Ich weiß, aber selbst wenn der Junge mit dem Mord nichts zu tun hat, wird wegen Drogenmissbrauchs gegen ihn ermittelt werden«, sagte Bruno. »Und es geht dabei nicht bloß um Marihuana, sondern um harte Drogen, eben das Zeugs, das wir aus Saint-Denis raushalten wollen.«

Bruno war nicht wohl bei dem Gedanken, dass inzwischen die halbe Stadt wusste, dass der junge Richard Gelletreau festgenommen worden war. Alle kannten den Doktor und seine Frau. In Saint-Denis gab es nicht viele Geheimnisse, was der Polizeiarbeit normalerweise zugutekam. Die Festnahme eines Schülers, Sohn eines prominenten Mitbürgers, war natürlich ein Thema, das alle interessierte, doch in das Getuschel der Leute mischten sich Anspielungen auf »die Araber« und »den Islam«, die sowohl für ihn als auch für Saint-Denis neu waren. Bruno las Zeitung und hörte, hauptsächlich zur Gartenarbeit, *France Inter.* Er wusste, dass in Frankreich sechs Millionen Muslime lebten, was einen Anteil von rund zehn Prozent der Gesamtbevölkerung ausmachte. Die meisten stammten aus Nordafrika, und nur wenige hatten Arbeit, was nicht deren Schuld war. Er wusste auch von den Krawallen und den brennenden Autos in Paris und in anderen Großstädten und wie viele Wählerstimmen der *Front National* bei den letzten Wahlen hatte dazugewinnen können. Doch all dies hatte bisher in einer Welt stattgefunden, zu der Saint-Denis scheinbar nicht gehörte. In der Dordogne lebten sehr viel weniger Araber als in anderen Départements, und diejenigen aus Saint-Denis waren wie Momu und Karim gute Bürger mit Jobs, Familien und Pflichtgefühl. Ihre Frauen trugen keine Schleier, die nächste Moschee befand sich in Périgueux, und wenn sie heirateten, wurde die Trauung nach guter republikanischer Sitte in der *mairie* vorgenommen.

»Da wäre noch etwas, was wir aus Saint-Denis raushalten wollen«, sagte Raoul. »Und das sind Araber. Davon haben wir hier schon mehr als genug.«

»Wie bitte? Es sind doch nur gerade einmal ein halbes Dutzend Familien, darunter der alte Momu, der deinen Kindern das Einmaleins beigebracht hat«, entgegnete Bruno.

»Das ist erst der Anfang«, sagte Raoul. »Sieh dir doch mal deren Familien an mit ihren sechs, manchmal sieben Kindern. In zwei oder drei Generationen sind wir in der Minderheit. Sie werden aus Notre-Dame eine Moschee machen.«

Bruno setzte sein Glas auf dem kleinen Tisch hinter Stéphanes Lieferwagen ab und überlegte, wie er parieren und eine lautstarke Auseinandersetzung mitten auf dem Markt vermeiden konnte.

»Hör mal zu, Raoul. Deine Großmutter hatte sechs Kinder. Oder waren's acht? Deine Mutter hatte vier, und du hast zwei. Die Geburtenzahlen gehen zurück, und das hat mit dem Bildungsniveau der Frauen zu tun. Das gilt für Franzosen wie Araber. Schau dir Momu an, er hat auch nur zwei Kinder.«

»Das sage ich doch, Momu ist einer von uns. Er wohnt hier, arbeitet hier und ist ein Rugbyfan«, erwiderte Raoul. »Aber was ist mit all den anderen? Sie haben sechs oder sieben Kinder und verbieten den Mädchen, am Sportunterricht teilzunehmen. In meiner Jugend gab es hier keinen einzigen Araber. Und jetzt? Vierzig, wenn nicht fünfzig. Jedes Jahr kommen mehr dazu. Und wegen der vielen Kinder haben sie ein Vorrecht auf billige Sozialwohnungen, während die Preise auf dem freien Immobilienmarkt immer weiter in die Höhe klettern. Meine Kinder werden sich deshalb womöglich nie ein eigenes Haus leisten können. Dabei ist das hier doch unser Land, Bruno. Unsere Familien leben seit Ewigkeiten hier, und ich will auswählen dürfen, mit wem ich das Land teile.«

»Und da fragst du dich noch, warum dem *Front Natio-*

nal immer mehr Wähler zulaufen?«, rief Stéphane. »Mach doch mal die Augen auf. An den Einwanderern allein liegt's nicht, sondern an den etablierten Parteien, die uns hängenlassen. Dabei haben sich die Schwierigkeiten schon vor Jahren angekündigt. Deshalb wählen mittlerweile auch so viele die Grünen oder die *Chasse*-Partei. Versteh mich nicht falsch, Bruno. Ich habe nichts gegen Araber oder andere Einwanderer. Schließlich ist meine eigene Frau die Tochter eines Portugiesen, der schon vor dem Krieg zu uns gekommen ist. Aber sie sind wie wir. Sie sind weiß, europäisch und christlich, und Araber sind das nicht.«

Bruno schüttelte den Kopf. Er musste Stéphane zwar in einigen Punkten recht geben, sah aber auch, wie gefährlich falsch dessen Schlussfolgerungen waren. Vor allem aber bedauerte er, dass die kleine Idylle von Saint-Denis von solchen Gesprächen und feindseligen Gefühlen nicht länger verschont blieb.

»Ihr kennt mich«, sagte Bruno nach kurzer Denkpause. »Ich bin ein einfacher Mann und halte mich nicht für was Besseres. Aber ich befolge das Gesetz, weil das zu meinem Job gehört. Und nach unserem Recht ist jeder, der hier geboren wird, französischer Staatsbürger, egal ob weiß, schwarz, braun oder violett. Und vor dem Gesetz sind alle Franzosen gleich, also auch in meinen Augen. Wenn das nicht mehr gelten sollte, steht uns wirklich großer Ärger ins Haus.«

»Den haben wir schon. Wir haben einen ermordeten Araber, einen unserer jungen Burschen in Haft und jede Menge Rauschgift im Umlauf«, bemerkte Raoul. »Das ist zurzeit unser einziges Thema.«

Bruno kaufte Butter und ein Stück *aillou*, einen besonders kräftigen Knoblauchkäse, von Stéphane, vom Biobäcker ein großes Landbrot und am Obststand ein Körbchen Erdbeeren. Er brachte die Sachen in sein Büro und wanderte dann den Flur hinunter zum Büro des Bürgermeisters. Die Sekretärin hatte samstags frei, der Bürgermeister aber saß wie gewöhnlich am Schreibtisch, paffte an seiner großen Pfeife, was er bei sich zu Hause nicht durfte, und widmete sich seinem Hobby, der Stadtgeschichte von Saint-Denis. Daran arbeitete er schon seit fünfzehn Jahren, ohne groß voranzukommen, wie es schien. Trotzdem war er für eine Unterbrechung immer dankbar.

»Ah, mein lieber Bruno«, sagte er, stand auf und ging über den Perserteppich, dessen Rottöne auf dem dunklen Holzboden zu glühen schienen, zu dem kleinen Eckschrank, in dem er seine Spirituosen aufbewahrte. »Schön, Sie zu sehen. Stoßen wir mit einem Gläschen an, und dann erzählen Sie mir, was es alles an Neuigkeiten gibt.«

»Es gibt nicht viel Neues, Monsieur, eigentlich nur das, was ich heute Morgen von Jean-Jacques am Telefon erfahren habe. Und bitte, wirklich nur einen ganz kleinen Schluck. Sie wissen sicher schon, dass der junge Gelletreau festgenommen worden ist. Ein Anwalt kümmert sich um ihn, auch um das Mädchen aus Lalinde. Sie haben sich bislang kaum geäußert, bestreiten aber entschieden, mit dem Mord an Hamid irgendetwas zu tun zu haben. Wir müssen noch die Ergebnisse der kriminaltechnischen Untersuchung abwarten. Keine Fingerabdrücke, keine Blutspuren.«

Der Bürgermeister kniff die Brauen zusammen und nickte. »Ich hatte gehofft, dass der Fall möglichst schnell gelöst werden kann, auch wenn sich herausstellen sollte, dass einer unserer Jugendlichen mitverantwortlich ist. Denn falls sich die Ermittlungen hinziehen, könnte sich das auf die allgemeine Stimmung auswirken, und ich weiß nicht, was schlimmer wäre. Mir wär's lieb, wir könnten die Sache irgendwie vorantreiben... Ah, in dem Zusammenhang fällt mir ein« – der Bürgermeister nahm einen Zettel von seinem Schreibtisch –, »dass Sie sich nach dem Foto von Hamids Fußballmannschaft erkundigt haben. Ich habe Momu gefragt und Folgendes erfahren: Es war eine Amateurmannschaft aus Marseille, die in der B-Jugend gespielt hat. Sämtliche Spieler stammten aus Nordafrika. Ihr Trainer, ein ehemaliger Profispieler aus Marseille, hieß Villanova. Er war auch mit auf dem Foto. Die Mannschaft hatte gerade die Ligameisterschaft gewonnen. Momu erinnert sich deshalb so gut, weil sein Vater auf dem Foto den Fußball in der Hand hielt, auf dem in weißen Buchstaben geschrieben stand: ›Meister 1940‹. Mehr weiß er nicht.«

»Na, das wäre ja mal ein Anfang. Aber warum der Mörder das Foto und die Medaille mitgenommen hat, erklärt sich damit nicht«, sagte Bruno. »Übrigens, ich musste Jean-Jacques von der Schlägerei des jungen Gelletreau mit Momus Neffen erzählen, auch wenn wahrscheinlich weiter nichts dahintersteckt. Wegen der Drogen und seiner rechtsradikalen Freunde steckt der Junge in großen Schwierigkeiten. Jean-Jacques geht davon aus, dass Paris irgendein hohes Tier schickt, das einen politischen Fall daraus macht, um den *Front National* in Misskredit zu bringen.«

Der Bürgermeister nickte und reichte Bruno ein kleines Glas von seinem selbstgemachten *vin de noix*, der, wie

Bruno zugeben musste, vielleicht noch ein bisschen besser war als sein eigener, aber Mangin hatte ja auch mehr Übung darin. Er setzte sich auf den Rand seines großen Schreibtisches, auf dem stapelweise Bücher und Akten lagen, die mit einem roten Band zugebunden waren. In der Ecke stand ein vorsintflutliches schwarzes Telefon. Für einen Computer gab es hier offenbar keine Verwendung, nicht einmal für eine Schreibmaschine, nur für einen alten Füllfederhalter, der, sorgfältig verschlossen, auf einem beschriebenen Briefbogen lag.

»Ich habe heute schon mit Paris telefoniert und mit einem Freund aus dem Justizministerium gesprochen. Was er mir sagte, habe ich dann auch von einem ehemaligen Kollegen im Élysée-Palast zu hören bekommen«, erklärte der Bürgermeister. »Beide glauben, dass man aus unserem Schaden politischen Nutzen ziehen könne, und ich muss sagen, ich an ihrer Stelle würde wahrscheinlich genauso denken.«

»Aber wir sind nicht an ihrer Stelle, Monsieur. Wir in Saint-Denis sind in einer scheußlichen Situation, die noch schlimm enden kann«, erwiderte Bruno.

»Na ja, früher war ich an ihrer Stelle und weiß deshalb, wie sie ticken. Aber Sie haben völlig recht. Wir müssen überlegen, was das Beste für Saint-Denis ist.« Der Bürgermeister sah zum Fenster auf den kleinen Marktplatz und die alte Steinbrücke hinaus. »Wenn sich diese Geschichte hinzieht und sich zu einer hässlichen Konfrontation zwischen Arabern und Rechtsextremen auswächst, könnte es für lange Zeit ungemütlich bei uns werden, und das würde womöglich viele Touristen davon abhalten, uns in nächster Zeit zu besuchen.«

»In erster Linie kommt es doch wohl darauf an, den Fall aufzuklären«, sagte Bruno, obwohl er für die Sorgen des Bürgermeisters durchaus Verständnis hatte. Schließlich war dieser für fast dreitausend Seelen verantwortlich und das Schicksal einer Stadt, deren Geschichte Jahrhunderte zurückreichte und nicht zuletzt ihren Ausdruck in der *mairie* und dem altehrwürdigen Raum fand, in dem sie sich gerade aufhielten. Bruno erinnerte sich an seinen ersten Besuch und sein Vorstellungsgespräch bei ebendiesem Mann, der damals, um einiges jünger, noch große politische Ambitionen verfolgt und einen Sitz im Senat angestrebt hatte, während Brunos einzige Empfehlung ein Brief von dessen Sohn war, *Capitaine* Mangin, dem besten Offizier, unter dem er je gedient hatte. Es war *Capitaine* Mangin gewesen, der ihre Einheit heil aus dieser beschissenen Mission in Sarajevo herausgeholt hatte. Bruno verdankte den Mangins sehr viel, dem Vater wie dem Sohn, die ihm beide ihr Vertrauen geschenkt hatten. Bruno hatte sich damals bei seiner ersten Begegnung mit dem Bürgermeister von der alten Balkendecke beeindrucken lassen, von den holzgetäfelten Wänden, den Teppichen und dem Schreibtisch, der für die Verwaltungsgeschäfte einer viel größeren und wichtigeren Stadt als Saint-Denis bestimmt zu sein schien. Aber das war, bevor er Saint-Denis kennengelernt und zu seinem Zuhause gemacht hatte.

»Ja, so ist es, und dafür sind die Kollegen in Périgueux und Lalinde zuständig«, entgegnete der Bürgermeister. »Falls es Schwierigkeiten gibt, wäre es gut, sie blieben auf Périgueux und Lalinde beschränkt. Sie verstehen doch, was ich meine, Bruno? Es wird also nicht einfach sein, unsere kleine Stadt aus der Schusslinie herauszuhalten, aber wir müssen es versuchen. Ich habe meine Freunde in Paris gebeten, ihre Aufmerksamkeit auf Périgueux zu richten, bin mir aber nicht sicher, ob sie mich auch verstanden haben. Vielleicht haben sie mich ja auch zu gut verstanden.«

Er seufzte und zögerte, ehe er weitersprach. »Da wäre noch ein Problem, das Sie interessieren wird. Ich habe soeben erfahren, dass unser lieber Montsouris für Montagmittag eine kleine Demonstration plant. Einen Solidaritätsmarsch, wie er sagt.« Dem Bürgermeister war anzumerken, dass ihm die Idee nicht gefiel. »Frankreich steht seinen arabischen Brüdern bei, unter der roten Fahne – so scheint er sich das vorzustellen. Ich soll mich bei Rollo dafür einsetzen, dass seine Schüler auf die Straße gehen und gegen Fremdenfeindlichkeit und Extremismus demonstrieren. Was halten Sie davon?«

»Wir können ihn wohl kaum davon abhalten«, sagte Bruno und überschlug bereits im Stillen, wie viele Demonstranten teilnehmen und welche Route sie einschlagen mochten. Vielleicht würde es nötig sein, die Durchgangsstraße für den Verkehr sperren zu lassen. Er erinnerte sich an das Gespräch mit Stéphane und Raoul auf dem Markt und fürchtete, dass ein solcher Solidaritätsmarsch auf wenig Gegenliebe stoßen würde. »Also sollten wir ihn gewähren lassen und dafür sorgen, dass der Rahmen möglichst klein bleibt.«

»Aber Sie kennen doch Montsouris und seine Frau«, seufzte der Bürgermeister. »Sie werden Presse und Fernsehen einladen und dafür sorgen, dass die Gewerkschaften mitmachen – genau die Aufmerksamkeit, die wir jetzt nicht brauchen können.«

»Sei's drum, der Öffentlichkeit zu zeigen, dass unsere Stadt für ein friedliches Miteinander auf die Straße geht, ist doch allemal besser, als den Stempel der Fremdenfeindlichkeit aufgedrückt zu bekommen«, sagte Bruno. »In Amerika heißt es: Wenn man dir Zitronen gibt, mach Limonade draus. Und wenn bei uns demonstriert wird, sollten wir in vorderster Reihe mitmarschieren, anstatt denen mit den roten Fahnen den Vortritt zu lassen.«

»Da ist was dran«, grummelte der Bürgermeister.

»Wenn Sie, Monsieur, die Sache in die Hand nehmen, könnten Sie die Marschroute festlegen. Ich schlage vor, wir ziehen von der *mairie* zum Kriegerdenkmal. Der alte Hamid war schließlich Veteran und Kriegsheld«, sagte Bruno. Plötzlich fiel ihm ein Ausweg aus der politischen Klemme ein. »Sie wissen doch, dass er mit dem *croix de guerre* ausgezeichnet wurde. Wir könnten also dem Ganzen einen patriotischen Anstrich geben und um einen tapferen Soldaten Frankreichs trauern. Von Fremdenfeindlichkeit und Rechtsextremismus wird dann keine Rede sein.« Er musterte die nachdenkliche Miene des Bürgermeisters und fügte hinzu: »Es hätte sogar den Vorteil, der Wahrheit zu entsprechen.«

»Ganz schön gerissen. Sie sollten in die Politik gehen«, bemerkte der Bürgermeister, was als Kompliment aufzufassen war.

»Das macht Ihr Einfluss, Monsieur«, lächelte Bruno. Die beiden hoben ihr Glas, tranken und genossen einen kurzen Moment der Ruhe, der schon bald gestört wurde von aufheulendem Motorenlärm und quietschenden Reifen. Sie stürzten ans Fenster und sahen blaue Uniformen und graue

Anzüge aus dem Transporter der Gendarmerie springen und einem flinken Jungen nachsetzen, der zwischen den Marktständen zu fliehen versuchte, aber seine unvermeidliche Festnahme nur hinauszögern konnte.

»Merde«, rief Bruno. »Das ist Karims Neffe.« Er rannte nach draußen.

Als er den Marktplatz erreichte, war der Junge bereits eingefangen worden. *Capitaine* Duroc hielt ihn triumphierend am Arm gepackt. Die beiden Männer in den grauen Anzügen – Bruno erkannte sie auf den ersten Blick – waren Inspektoren aus Brüssel, Beamte, die an einem Samstag eigentlich nicht im Dienst sein dürften. Einer von ihnen hielt eine große Kartoffel in die Höhe.

»Da haben wir den Strolch«, erklärte der andere. »Auf frischer Tat ertappt.«

»Und das ist die Kartoffel. Schon am Dienstag wurde uns so ein Ding in den Auspuff gesteckt«, ergänzte sein Kollege.

»Überlassen Sie die Sache mir, meine Herren«, rief Duroc und blickte in die Runde der neugierig zusammengelaufenen Marktbesucher und -händler. »Der kleine Teufel wird weggeschlossen.«

»*Mon capitaine,* vielleicht hilft's, wenn ich Sie begleite«, sagte Bruno ruhig und freundlich, was ihn selbst am meisten überraschte, denn er kochte innerlich vor Wut und machte sich Vorwürfe. Wäre er doch bloß entschiedener gegen die unsinnigen Aktionen eingeschritten, mit denen versucht worden war, die Autos der Inspektoren lahmzulegen! Hätte er doch rechtzeitig mit Karim gesprochen und

… Dann aber besann er sich und dachte nach. Nach dem Mord an Hamid hätte er unmöglich Karim auf die Streiche seines Neffen ansprechen können. Außerdem kam es jetzt vor allem darauf an zu verhindern, dass der Junge noch mehr Scherereien machte. Bruno brauchte dringend eine Idee.

»Ich kann Ihnen versichern, dass wir die Eltern benachrichtigen werden, *mon capitaine*«, sagte er. »Ich glaube, ich habe ihre Telefonnummer in meinem Handy gespeichert. Während Sie die Beschwerden der beiden Herren zu Protokoll nehmen, könnte ich mit der Familie des Jungen Kontakt aufnehmen.«

Duroc hielt inne und schürzte die Lippen. »Ah, ja, natürlich.« Dann wandte er sich mit düsterem Blick den beiden Zivilbeamten zu. »Wissen Sie, wie Sie zur Gendarmerie kommen?«

»Und was ist damit?«, keifte die alte Mutter Vignier und zeigte auf die zerbrochenen Eier neben ihrem umgestürzten Stand. »Wer kommt dafür auf?«

Einer der Inspektoren bückte sich, fischte eine Schale aus den Überresten und grinste hämisch.

»Da ist kein Stempel drauf, Madame. Ihnen müsste doch wohl klar sein, dass Sie damit gegen die Vorschriften verstoßen. Solche Eier können Sie allenfalls selbst verzehren, verkaufen dürfen Sie die nicht.« Und an Duroc gerichtet sagte er: »Wir hätten da einen weiteren Fall anzuzeigen, *Capitaine.*«

»Dann treiben Sie mal Zeugen auf, die gesehen haben, dass sie diese Eier tatsächlich verkauft hat«, sagte Bruno. »Madame Vignier ist bekannt für ihre Großzügigkeit und verteilt, was sie an Eiern zu viel hat, an die Armen. Und wenn nach dem Samstagsmarkt noch welche übrig sind, spendet sie die der Kirche. Ist es nicht so, Madame?«, fragte er höflich mit Blick auf die Alte, die ihn mit hängender Kinnlade angaffte. Aber es dauerte nicht lange, bis sie begriff und eifrig nickte.

Jeder wusste, dass sie so arm wie eine Kirchenmaus war, weil ihr Mann Haus und Hof versoffen hatte. Sie kaufte im Supermarkt die billigsten Eier, kratzte den Stempelaufdruck ab, wälzte sic in Stroh und Hühnerdreck und verkaufte sie als frische Landeier für einen Euro pro Stück an Touristen. Ortsansässige interessierten sich dagegen ausschließlich für ihr *eau de vie,* die einzig nützliche Hinterlassenschaft ihres trinksüchtigen Gatten, der, obwohl verstorben, immer noch jedes Jahr acht Liter davon als Familienerbe bezog.

»Soll ich unseren Priester rufen, damit er den guten Charakter von Madame Vignier bezeugen kann?«, fuhr Bruno fort. »Wahrscheinlich hatten Sie noch keine Gelegenheit, Bekanntschaft mit unserem hochgeehrten *Père* Sentout zu machen. Er ist ein sehr einflussreicher Kirchenmann, der, wenn ich richtig informiert bin, schon bald zum Monseigneur ernannt wird.«

»Monseigneur?«, fragte *Capitaine* Duroc argwöhnisch nach, als hätte er dieses Wort noch nie gehört.

»Ach was«, sagte einer der beiden grauen Inspektoren. »Wegen einer solchen Bagatelle brauchen wir den Priester nicht zu bemühen. Die Dame kann gehen. Aber der Junge kommt nicht ungestraft davon. Er hat unser Auto und demnach öffentliches Eigentum beschädigt.«

»Sie haben ihn also tatsächlich auf frischer Tat ertappt?«, fragte Bruno höflich, entschlossen, den beiden Paroli zu bieten.

»Nicht direkt«, antwortete der Inspektor. »Aber es kam uns verdächtig vor, wie er um unser Auto herumgeschlichen ist. Deshalb haben wir die Gendarmen gerufen, ihn gestellt und gesehen, dass er eine Kartoffel in der Hand hielt.«

»Mit Verlaub«, sagte Bruno. »Wir sind hier auf einem Markt mit Hunderten von Kartoffeln. Was finden Sie so ungewöhnlich daran, wenn ein Junge eine Kartoffel in der Hand hält?«

»Vorigen Dienstag ist unser Auto mit einer Kartoffel lahmgelegt worden. Auf der Straße nach Périgueux hat der Motor schlappgemacht.«

»Hat jemand mit einer Kartoffel geworfen? Ist eins der Fenster kaputtgegangen?« Bruno fand immer mehr Gefallen an diesem Spiel.

»Nein, nein. Die Kartoffel wurde in den Auspuff gestopft, worauf der Motor an seinen eigenen Abgasen erstickt ist und anschließend nicht mehr zu starten war. Wir mussten zwei Stunden auf den Abschleppdienst warten.«

»Haben Sie den Jungen auch am Dienstag gesehen?«

»Nicht mit eigenen Augen, aber als wir uns bei *Capitaine* Duroc beschwert haben, tippte er auf einen dieser jungen Strolche. Deshalb sind wir heute wieder hier. Wir wollten sehen, wer dahintersteckt, und siehe da, wir haben ihn erwischt.«

»Sie haben heute Dienst, an einem Samstag?«, setzte Bruno nach.

»Nicht direkt, aber weil wir diese und nächste Woche

in der Dordogne zu tun haben, sind wir vor Ort geblieben, um in Ihrer schönen Landschaft unser Wochenende zu verbringen, auf diesem geschichtsträchtigen Boden…« Brunos eisige Miene brachte ihn ins Stocken.

»Sie sind also ›nicht direkt‹ im Dienst. Ja oder nein?«

»Äh, eher nicht.«

»Ich rekapituliere«, sagte Bruno. »Am Dienstag ist Ihr Wagen also angeblich beschädigt worden, und zwar von einer oder mehreren unbekannten Personen. Was den Schaden verursacht hat – ob eine Kartoffel oder irgendetwas anderes –, ist noch nicht geklärt. Heute entdecken Sie auf unserem Markt einen Jungen, der sich mit einer Kartoffel in der Hand in der Nähe Ihres tadellos funktionierenden Autos aufhält. Sie sind heute nicht im Dienst und darum, wie ich vermute, auch nicht befugt, unserer ehrwürdigen Madame Vignier Vorhaltungen wegen angeblich nicht eingehaltener Hygienevorschriften zu machen. Und zu allem Überfluss drohen Sie nun auch noch damit, gerichtliche Schritte gegen einen Minderjährigen einleiten zu wollen.«

»Nun, ja, durchaus.«

Bruno richtete sich zu voller Größe auf, legte die Stirn in Falten und schlug einen für ihn ungewöhnlich offiziellen Tonfall an.

»Ich werde jetzt die Eltern des Jungen anrufen und ihnen mitteilen, dass ihr Sohn gegen seinen Willen festgehalten wird, weil er sich aufgrund einer Kartoffel, die in seinem Besitz ist, verdächtig gemacht hat.« Er legte eine Pause ein, um die Absurdität des Gesagten nachwirken zu lassen. »Darüber hinaus bin ich als Polizist verpflichtet, die Eltern auf ihr Recht aufmerksam zu machen, offiziell Beschwerde einzulegen, falls ihr minderjähriger Sohn rechtswidrigerweise fortgenommen werden sollte. Ich würde Ihnen, meine Herren, also dringend empfehlen, dass Sie sich mit Ihren Vorgesetzten in Verbindung setzen und zwei Fragen klären: Erstens: Wer von Ihnen trägt in solchen Angelegenheiten die Verantwortung? Und zweitens: Ist Ihre Dienststelle bereit, die anfallenden Rechtskosten zu tragen? Und die könnten sich auf eine hübsche Summe belaufen, wenn die Gendarmerie, zu einer rechtswidrigen Festnahme genötigt, ihrerseits Haftungsansprüche geltend machen würde. Aber was sage ich? Sie werden *Capitaine* Duroc und seine Männer doch gewiss nicht in Verlegenheit bringen wollen, oder?«

In der Menge der Umstehenden klatschte jemand Beifall.

Mit gewichtiger Miene zog Bruno den Notizblock aus der Brusttasche, auf den er am Morgen seine Einkaufsliste geschrieben hatte. »Leider komme ich wohl nicht umhin, eine Aktennotiz anzulegen. Wenn Sie mir bitte Ihre Dienstausweise zeigen würden, meine Herren...« Und an Duroc gewandt: »Wir bräuchten eine Kamera, um ein paar Aufnahmen vom Arm und der Schulter des Jungen zu machen, an denen er gepackt worden ist. Eine reine Formalität, versteht sich. Nicht dass man Ihnen am Ende noch Körperverletzung zum Vorwurf macht, nur weil Sie offenbar unstatthaften Befehlen Folge leisten mussten.«

Duroc zögerte eine Weile, ließ dann aber den Arm des Jungen los. Der brach daraufhin in Tränen aus, eilte auf Bruno zu und drückte sein Gesicht an dessen frisch gewaschenes Hemd.

»Tja, vielleicht waren wir ein bisschen voreilig«, murmelte einer der beiden grauen Männer. »Aber dass unser Wagen beschädigt wurde, ist nun wahrhaftig keine Bagatelle.«

»Da haben Sie recht, Monsieur, und deshalb sollten wir uns genau an die Vorschriften halten«, erwiderte Bruno. »Wir gehen jetzt zur Gendarmerie, wo Sie Ihre Beschwerde zu Protokoll geben. Ich lasse die Eltern des Jungen kommen, wenn nötig auch deren Rechtsbeistand. Weitere Zeugen brauchen wir nicht, da der Bürgermeister und ich die gewaltsame Festnahme des Jungen vom Fenster des Bürgermeisteramtes aus mit angesehen haben.«

»Mein Polizeichef hat vollkommen recht«, rief der Bürgermeister, der hinter Bruno aufgetaucht war. »Wir haben alles gesehen, und ich muss sagen, dass ich einigermaßen entsetzt darüber bin, wie hier mit einem Jugendlichen unserer Gemeinde umgesprungen wird. Als Bürgermeister von Saint-Denis und Senator der Republik behalte ich mir vor, Ihre Vorgesetzten davon in Kenntnis zu setzen.«

»Aber wenn wir die Sache nicht zur Anzeige bringen, kommen wir für den Schaden am Auto auf«, platzte es aus einem der beiden Inspektoren heraus.

»Halt's Maul, du Esel«, zischte sein Kollege, der merklich zusammengezuckt war, als sich der Bürgermeister auch noch als Senator vorgestellt hatte. *»Monsieur le maire, Monsieur le chef de police, mon capitaine«*, sagte er. »Respekt und vielen Dank, dass Sie dieses kleine Missverständnis beigelegt haben. Ich glaube, die Angelegenheit wäre damit erledigt. Wir werden jetzt weiterfahren und andernorts unseren Dienst versehen.«

Er verbeugte sich knapp, nahm seinen Kollegen beim Ellbogen und zog sich eilends, aber erhobenen Hauptes zurück.

»Verdammte Gestapo«, fluchte der Bürgermeister. Duroc schien seinen Ohren nicht zu trauen und sperrte die Augen auf.

Bruno zerzauste dem Jungen die Haare. »Woher kennst du den Trick mit der Kartoffel?«, fragte er.

»Von meinem Uropa. So hat er in der Résistance die deutschen Lastwagen aufgehalten.«

12

Bruno hatte seinen Garten so angelegt, als habe er vor, ein Leben lang hierzubleiben. Als ihm der Bürgermeister den kleinen Hof mit dem kaputten Dach, den schattenspendenden Bäumen weiter oben am Hang und dem atemberaubenden Blick nach Süden zum ersten Mal gezeigt hatte, war Bruno sofort klar gewesen, dass er sich hier dauerhaft wohl fühlen würde. Der ehemalige Eigentümer, ein alter Schäfer, war schon vor Jahren gestorben, und weil seine Erben, die in Paris lebten, keine Grundsteuern hatten bezahlen wollen, war der Besitz an die Gemeinde übergegangen. Der Bürgermeister hatte darüber frei verfügen können. Er und Bruno waren über das brachliegende Gelände gegangen, wo Bruno seinen Rasen säen und eine Terrasse anlegen würde; sie hatten sich den verwilderten Gemüsegarten und den verfallenen Hühnerstall angeschaut und die morsche Holzabdeckung über dem Brunnenschacht angehoben – die Brunnenmauer war intakt und das Wasser kühl und klar. Die Dachkonstruktion der alten Scheune hinter dem Häuschen bestand aus dicken Kastanienbalken und würde ewig halten. Der von der Straße heraufführende Feldweg hatte tiefe Spurrinnen, war aber gut passierbar. Sie hatten die Grundfläche des Wohnhauses – zwölf auf acht Meter – mit Schritten abgemessen. Es bestand aus einem großen und zwei kleinen Räumen. Eine Leiter führte unters Dach.

»Dazu gehören vier Hektar Land, aber Sie werden eine Menge Arbeit hineinstecken müssen«, hatte der Bürgermeister gesagt.

»Ich habe ja Zeit«, hatte Bruno erwidert und sich gefragt, ob die Abfindung von der Armee ausreichen würde, den Hof zu kaufen. Als Stadtmensch hatte er kaum eine Vorstellung davon, wie groß vier Hektar waren.

»Das Land reicht vom Wald oben auf der Hügelkuppe bis hinunter an den Bachlauf«, erklärte der Bürgermeister. »Wir können das Anwesen nur dann verkaufen, wenn es bewohnbar ist, das heißt, die Kommune müsste es vorher erschließen. Bevor wir einen Vertrag aufsetzen können, würden Sie allerdings das Dach auf eigene Kosten reparieren und ein paar Fenster einbauen müssen. Und das wäre nicht ohne Risiko. Falls ich als Bürgermeister abgewählt werde, hätten Sie die ganze Arbeit womöglich umsonst gemacht, denn ich kann Ihnen nicht versprechen, dass sich mein Nachfolger an unsere Vereinbarung hält. Aber vielleicht können wir zumindest einen längerfristigen Pachtvertrag aushandeln, der an Ihr Amt als *chef de police* gebunden wäre.«

Schon nach wenigen Monaten war für Bruno klar, dass der Bürgermeister bis zu seinem Tod wiedergewählt werden würde, und so besiegelten sie ihre Abmachung per Handschlag. Es war Frühling, und um Miete zu sparen, bezog Bruno die Scheune mit einem Feldbett, Schlafsack und Campingkocher. Zur Morgenwäsche zog er einen Eimer Wasser aus dem Brunnen, schüttete ihn über dem Kopf aus, seifte sich schnell ein und spülte mit einem zweiten Eimer nach – wie während der Militärzeit, wenn er mit seiner Einheit im Manöver war. Abends arbeitete er im Gemüsegarten und errichtete einen neuen Zaun aus Maschendraht, um die Kaninchen abzuhalten. Begeistert von seiner neuen Aufgabe, pflanzte er Kartoffeln, Zucchini und Zwiebeln, Salat, Tomaten und Kräuter.

Zwischen den Bäumen hinter dem Haus fand er Bärlauch und Steinpilze, und unter einer der Weißeichen sah er einige jener winzigen Fliegen umherschwirren, die auf das Vorkommen von Trüffeln hindeuteten. Am Rand der offenen Fläche vor seinem neuen Zuhause wucherten zwischen drei alten Walnussbäumen Himbeer- und Johannisbeersträucher.

Als das Haus ans Stromnetz angeschlossen wurde, hatte er das marode Dach bereits ausgebessert und isoliert, die Fensterausschnitte neu verkleidet und Fertigfenster von *Bricomarché* eingepasst. Die Maße des Türausschnitts waren so ungewöhnlich, dass er sich aus Brettern und Sparren eine Tür zusammenzimmerte, die er in eine obere und eine untere Hälfte teilte, wie er es sich immer gewünscht hatte, seit er in den Ställen der Kavallerie von Saumur einen Pferdekopf aus einer geöffneten oberen Stalltürhälfte hatte hervorlugen sehen. So konnte er sich nun von innen an die Tür stellen, die Arme aufstützen und nach draußen schauen. Michel vom Tiefbauamt hatte die Zufahrt planiert, eine Grube für den Klärtank ausgehoben, Kanalisationsschächte gezogen und dabei geholfen, die Stromleitungen zu verlegen. René vom Tennisclub hatte die Rohrleitungen verlegt, und der alte Jo war mit einer Mischmaschine gekommen, um den Estrich zu gießen. Er hatte Bruno auch gezeigt, wie er das Fundament für den Anbau legen musste, in dem er ein großes Schlaf- und Badezimmer unterbringen wollte. Ohne wirklich darüber nachzudenken, stellte sich Bruno vor, dass er eines Tages Frau und Kinder haben würde.

Gegen Ende des Sommers war das Fundament für den Anbau fertig. Bruno zog von der Scheune ins Wohnhaus um. Er konnte jetzt in seinem eigenen Badezimmer duschen und das Wasser in einem Boiler erhitzen, der aus den großen blauen Flaschen mit Gas versorgt wurde, die Jean-Louis in seiner Tankstelle verkaufte. Er hatte einen Gaskocher, einen Kühlschrank, fließendes kaltes und heißes Wasser, einen Holzfußboden und jede Menge Schulden beim *Bricomarché,* die er über die nächsten zwei Jahre abstottern würde.

Im Büro des Bürgermeisters unterschrieb er in Anwesenheit des Notars den Kaufvertrag. Von seiner Abfindung war genügend übriggeblieben, um die Grundsteuer zu bezahlen. Er schaffte sich einen guten Herd an, kaufte ein Lamm und hundert Liter Bergerac-Wein für die Einweihungsparty. Er richtete auf dem Hof eine Feuerstelle ein, über der das Lamm gebraten werden konnte, lieh sich vom Tennisclub einen riesigen Emailletopf für sein *couscous* und vom Rugbyclub Tische und Bänke, um all seine neuen Freunde bewirten zu können. Stolz zeigte er ihnen sein Anwesen … und wurde ein angesehener Bürger der Gemeinde.

Mit so vielen Geschenken hatte er nicht im Traum gerechnet. Seine Kollegen von der *mairie* hatten zusammengelegt und ihm eine Waschmaschine gekauft, Jo brachte ihm einen Hahn und ein halbes Dutzend Hühner, und es schien, als wäre er von allen Hausfrauen der Stadt mit selbstgemachten Marmeladen, eingemachtem Gemüse, Salamis und *rillettes* bedacht worden. Offiziell war zwar in Saint-Denis ein ganzes Jahr lang kein Schwein geschlachtet worden; trotzdem landeten Teile davon in Brunos Vorratskammer. Der Tennisclub versorgte ihn mit Besteck, und der Rugbyclub steuerte Geschirr bei. Die Angestellten der Klinik schenkten ihm für sein Badezimmer einen Spiegel und Erste-Hilfe-Utensilien, die für eine kleine chirurgische Station ausgereicht hätten. Die dicke Jeanne vom Markt kam mit Wein- und Wassergläsern, die sie auf dem Flohmarkt erstanden hatte, und sogar das Personal des *Bricomarché* ließ sich nicht lumpen und stattete ihn mit Kochtöpfen aus. Michel und seine Kollegen vom Tiefbauamt schenkten ihm ausgemusterte Schaufeln und Gartengeräte, die Gendarmen ein großes Radio und die Feuerwehrleute eine Flinte samt Jagdlizenz. Die *minimes,* denen er Tennis beziehungsweise Rugby beibrachte, hatten ihre Sparschweine geschlachtet und ihm einen jungen Apfelbaum gekauft. Und jeder Gast seiner Einweihungsparty brachte eine gute Flasche für seinen Weinkeller mit, den er zusammen mit Jo angelegt hatte.

Bruno fühlte sich verpflichtet, mit allen anzustoßen, so dass er sich am Ende des Abends nicht mehr auf den Beinen halten konnte und am Tisch einschlief. Es dämmerte schon, als ihn seine Freunde ins Haus trugen, ihm die Schuhe auszogen und ihn mit der Steppdecke zudeckten, die die Frauen der Feuerwehrleute genäht hatten.

Und da war noch ein Geschenk. Es lag eingerollt und friedlich schlafend auf ausgebreitetem Zeitungspapier, und als Bruno mit schwerem Schädel erwachte, leckte es an seinen Füßen, setzte sich auf seinen Schoß und betrachtete sein neues Herrchen aus intelligenten, bewundernden Augen. Es war das Geschenk des Bürgermeisters und stammte aus dem Wurf seiner Jagdhündin. Bruno taufte den Welpen auf den Namen *Gitan* – Zigeuner –, der aber schon am Ende des ersten Tages auf Gigi verkürzt wurde.

In kurzen Hosen und Sandalen war Bruno gerade dabei, seine jungen Tomatenpflanzen hochzubinden, als er ein Auto kommen hörte und einen der Gäste jener ausgelassenen Nacht von damals darin erkannte. Jetzt aber wirkte Doktor Gelletreau alles andere als gut gelaunt, als er sich aus seinem alten Mercedes hievte, Gigi tätschelte, der auf ihn zugelaufen war, und auf die Terrasse zusteuerte. Bruno wusch sich die Hände unter dem Wasserhahn im Garten und begrüßte seinen unerwarteten Gast.

»Ich habe Sie heute Morgen sprechen wollen«, sagte Bruno, »aber da war niemand zu Hause.«

»Ja, danke. Ich habe Ihre Nachricht an der Tür gefunden. Wir waren in Périgueux, beim Anwalt und später dann auf der Polizeistation«, erklärte der Arzt, der nach einem Rugbyspiel Brunos gebrochene Rippen getapet, eine Grippe behandelt hatte und jedes Jahr sein Gesundheitszeugnis unterschrieb, was bei Brunos guter Konstitution nicht mehr als eine Formalität war. Gelletreau hatte Übergewicht und, seinem ständig geröteten Gesicht nach zu urteilen, einen viel zu hohen Blutdruck, schien aber die guten Ratschläge, die er seinen Patienten mit auf den Weg gab, selbst zu ignorieren. Sein weißes Haar und der dicke Schnauzbart machten ihn so alt, dass man nie auf die Idee gekommen wäre, dass er einen halbwüchsigen Sohn und eine noch jüngere Tochter haben könnte.

»Irgendwelche Neuigkeiten?«, sagte Bruno.

»Nein, der verflixte Bengel muss sich wegen Drogenbesitzes verantworten. Unser Anwalt meint allerdings, dass es wahrscheinlich nicht zur Anklage kommen wird, weil dem Jungen... na ja, gewissermaßen die Hände gebunden waren, als die Polizei eintraf«, erklärte er merklich verlegen dem *chef de police*, der sich bei dieser Formulierung ein Lachen verbeißen musste. Bruno widerstand auch der Versuchung, zu schmunzeln. »Aber die interessiert vor allem dieser Mord.«

»Darüber darf ich mit Ihnen nicht reden, Doktor«, sagte Bruno, dem Gigi um die Beine strich. Automatisch kraulte er den Hund hinter den Ohren.

»Ja, ja. Verstehe. Ich wollte Ihnen eigentlich auch nur sagen, dass ich Richard wirklich für unschuldig halte. Es ist nicht bloß so, dass ich als Vater so denken muss. Ich bin voll und ganz davon überzeugt. Mein Junge ist nicht gewalttätig, das wissen Sie selbst, Bruno. Sie kennen ihn lange genug.«

Bruno nickte. Er kannte Richard von Kindesbeinen an, hatte ihm gezeigt, wie man einen Tennisschläger hält, und ihm später beigebracht, mit Topspin aufzuschlagen. Richard spielte gut, aber eher vorsichtig und nie aggressiv. Bruno hielt ihn für einen gutmütigen Jungen, dem eine Mordtat im Grunde nicht zuzutrauen war. Aber wer kannte sich schon aus mit Menschen, zumal dann, wenn sie unter Drogeneinfluss standen, leidenschaftlich verliebt oder politisch manipuliert waren?

»Haben Sie Richard gesehen?«, fragte Bruno.

»Ja, wir haben zehn Minuten mit ihm sprechen können – im Beisein unseres Anwalts, den uns der Bürgermeister empfohlen hat, einen cleveren jungen Burschen aus Périgueux. Dumesnier heißt er. Offenbar waren sie nicht einmal dazu verpflichtet, uns zu Richard zu lassen, aber der Anwalt hat es hingebogen. Und wir durften ihm dann auch ein paar Sachen zum Anziehen geben, nachdem man jeden einzelnen Saum abgeklopft hatte«, antwortete er. »Er schämt sich, hat Angst und ist verwirrt. Das können Sie sich bestimmt vorstellen. Aber er beteuert, mit dem Mord nichts zu tun zu haben, und fragt ständig nach dieser verfluchten Jacqueline. Sie hat ihm völlig den Kopf verdreht.«

»Seine erste Freundin?«, fragte Bruno verständnisvoll.

»Die Erste, mit der er geschlafen hat. Ein hübsches Ding, aber für ihn das reinste Gift. Er wird diese Woche siebzehn. Sie erinnern sich bestimmt, wie wir in diesem Alter waren, als die Hormone verrückt spielten. Er denkt an nichts anderes mehr als an sie und ist bis über beide Ohren in diese kleine Hexe verliebt.«

»Verstehe«, sagte Bruno.

»Könnten Sie nicht mal mit Ihren Kollegen in Périgueux reden?«, fragte Gelletreau. »Ihnen erklären, wie es um den Jungen steht? Ich weiß, dass Sie mit den Ermittlungen nichts zu tun haben, aber man wird auf Sie hören, Bruno.«

»Nehmen Sie Platz, Doktor, ich hole uns was zu trinken. Es ist so heiß, dass ich jetzt selbst ein Bier vertragen könnte.« Bruno führte Gelletreau zu einem der grünen Plastikstühle auf seiner Terrasse und ging ins Haus, um zwei Dosen Bier aus dem Kühlschrank und zwei Gläser zu holen. Als er zurückkam, sah er zu seiner Überraschung, wie der Doktor an einer gelben *Gitane* zog.

»Auf Ihren Rat hin habe ich mir das Rauchen abgewöhnt«, sagte Bruno und schenkte ein.

»Ich weiß, ich weiß. Ich habe ja auch seit Jahren nicht mehr geraucht. Aber Sie wissen vielleicht, wie das ist.«

Schweigend prosteten sie einander zu und tranken.

»Sie haben es sich hier sehr schön gemacht, Bruno.«

»Danke, das haben Sie mir auch schon beim letztjährigen Grillfest gesagt. Aber bleiben wir beim Thema. Sie haben mich doch etwas gefragt.« Bruno setzte sein Glas ab, beugte sich vor und stemmte seine Ellbogen auf den grünen Tisch.

»Wie schon erwähnt, habe ich mit den Ermittlungen nichts zu tun«, begann er. »Dafür ist die *police nationale* zuständig. Aber sie holt meinen Rat ein, wenn es um Fragen geht, die unsere Gemeinde betreffen. Ich kenne weder den Obduktionsbericht noch die Ergebnisse der Hausdurchsuchung. Gut möglich, dass man mich auch gar nicht Einblick nehmen lässt. Ich kann Ihnen allerdings versichern, dass der leitende Ermittler ein gewissenhafter Mann ist, der sehr gründlich recherchieren wird. In so einem Fall will er sich erst ganz sicher sein, ehe er die Staatsanwaltschaft einschaltet. Es würde mich allerdings nicht wundern, wenn irgendein ambitionierter Jungstar aus Paris käme, denn der Fall ist ja politisch einigermaßen brisant. Aber weil der vor allem seine Karriere im Blick haben dürfte, können wir davon ausgehen, dass er nur mit absolut wasserdichten Beweisen Anklage erhebt. Wenn Ihr Richard wirklich unschuldig ist, hat er, glaube ich, nichts zu befürchten.«

»Der Bürgermeister sieht das ganz ähnlich«, erwiderte Gelletreau. »Ich war gerade bei ihm.«

»Und er hat recht. Sie sollten sich jetzt auf Ihre Familie konzentrieren und natürlich auf Richard. Sie haben einen guten Anwalt, was im Augenblick das Wichtigste ist. Ansonsten kann ich Ihnen nur raten, Ihrem Sohn zu verstehen zu geben, dass Sie ihn lieben und an ihn glauben. Ihren Zuspruch wird er jetzt nötig haben.«

Gelletreau nickte. »Wir werden ihm alle Unterstützung geben, die er braucht. Trotzdem frage ich mich, ob ich meinen Sohn wirklich so gut kenne, wie ich glaubte. Mir geht diese schreckliche Geschichte mit dem *Front National* nicht aus dem Kopf. Wir hatten ja keine Ahnung, dass er da mitmacht. Er hat sich nie für Politik interessiert.«

»Vielleicht ist er durch das Mädchen da hineingeraten«, sagte Bruno. »Die Polizei wird auch diese Frage nicht außer Acht lassen. Verlassen Sie sich darauf, dass sie der Sache auf den Grund geht. Ich weiß nicht, wie es Ihnen ergangen ist, aber wenn ich mich in Richards Alter unsterblich in eine glühende Kommunistin verliebt hätte, wäre ich zu jeder Demonstration gegangen und hätte rote Fahnen geschwenkt.« Bruno leerte sein Glas. »Noch ein Bier?«

»Nein danke. Ich hab ja noch gar nicht ausgetrunken. Und ein zweites Glas würde mir hier draußen in der Sonne wahrscheinlich schlecht bekommen.« Dr. Gelletreau rang sich ein Lächeln ab. »Das sagt Ihr Arzt.«

»Noch etwas«, sagte Bruno. Er drehte nachdenklich das Glas in der Hand und suchte nach passenden Worten. »Vielleicht wäre es angebracht, wenn Sie sich schon jetzt einmal Gedanken über die Zeit nach Richards Haftentlassung machen. Wenn er auf derselben Schule bliebe, gäb's wahrscheinlich viel Klatsch und Unannehmlichkeiten. Also wenn Sie mich fragen – ich würde Ihnen empfehlen, ihn in einem richtigen Internat anzumelden oder vielleicht sogar für eine Weile ins Ausland zu schicken, wo er sich neu orientieren und den ganzen Schlamassel hinter sich lassen könnte. Oder wie wär's, wenn er sich für ein paar Jahre beim Militär verpflichten würde? Es würde ihm nicht schaden und wäre genau der saubere Schnitt, den Ihr Sohn braucht.«

»Ja, die Zeit hat auch mir nicht geschadet. Ich war drei Jahre lang als Sanitäter in Westafrika, die mir später im Medizinstudium mit zwei Semestern gutgeschrieben wurden. Allerdings glaube ich kaum, dass der Junge für ein solches Leben taugt, zumal es ihm einige Disziplin abverlangen würde. Und das ist vielleicht das Problem«, sagte Gelletreau und seufzte. »Wie dem auch sei, Richard respektiert das Militär durchaus. Er sagte, er könne nicht verstehen, dass man ihm unterstelle, einen Mann getötet zu haben, der mit dem *croix de guerre* ausgezeichnet worden sei. Aber Ihr Vorschlag, ihn woanders unterzubringen, wenn der ganze Spuk vorbei ist, hat wirklich was für sich. Vielen Dank, ich werde darüber nachdenken.«

Als der Doktor weggefahren war, fragte sich Bruno, wie um alles in der Welt der Junge von dem *croix de guerre* wissen konnte.

13

Weniger als eine halbe Stunde später – die Sonne ging unter, und er hatte sich, weil es ein wenig abkühlte, ein T-Shirt angezogen – hörte Bruno schon wieder ein Kraftfahrzeug kommen. Er war gerade dabei, seinen Garten zu wässern, drehte sich um und sah ein ihm fremdes Auto, am Steuer einen jungen Mann mit kurzen Haaren, der mit konzentriertem Blick vor sich auf die Zufahrt starrte. Dann fuhr er hinter einer Hecke entlang, und Bruno konnte ihn nicht richtig sehen. Er schüttete die Gießkanne aus. Als das Auto vor ihm anhielt, erkannte er plötzlich, wer am Steuer saß. Es war *Inspectrice* Isabelle. Er hatte sich von ihren kurzen Haaren täuschen lassen. Sie stieg aus, winkte und holte eine Einkaufstüte vom Rücksitz.

»Hallo, Bruno. Ich bin gekommen, um Sie zum Abendessen einzuladen. Oder haben Sie schon etwas anderes vor?«

»Es scheint, dass *Sie* schon etwas mit mir vorhaben«, sagte er und schubste einen überschwenglichen Gigi aus dem Weg, um die junge Frau auf beide Wangen zu küssen. Sie war diskret zurechtgemacht und wirkte ausgesprochen attraktiv mit ihren Jeans, dem roten Polohemd und der braunen Lederjacke, die sie lässig über die Schulter geworfen hatte. In ihren flachen Turnschuhen war sie nur wenig kleiner als er.

»*Pâté,* Rindersteak, Baguette und Käse«, zählte sie auf und hielt die Einkaufstüte in die Höhe. »Ich weiß von Jean-Jacques, dass Sie so was mögen. Und natürlich Wein. – Ein nettes Hündchen haben Sie da. Ist das der große Jagdhund, von dem Jean-Jacques gesprochen hat?«

»Hat er Sie geschickt?« Isabelle war nicht die erste junge Frau, die mit Essen zu ihm kam, wohl aber die Erste, die uneingeladen aufkreuzte, und altmodisch, wie er war, irritierte ihn ihr Überraschungsbesuch ein wenig. Spontan nahm er sich vor, ihr wie einem Kumpel von der Polizei zu begegnen. Nur gut, dass er keine neugierigen Nachbarn hatte, die sich sofort eine neue Episode der Seifenoper »Wer fängt Bruno?« ausgedacht hätten.

»Nein«, antwortete sie und ging in die Hocke, um sich Gigi zu widmen, der Frauen besonders gern hatte und ganz außer sich war. »Können Bassets wirklich Wildschweine jagen?«

»Angeblich wurden sie dafür gezüchtet, und zwar von Sankt Hubertus persönlich. Sie sind nicht ausgesprochen schnell, dafür aber ausdauernd und jagen das Wildschwein so lange, bis es erschöpft ist. Dann springen zwei Hunde aus dem Rudel vor, verbeißen sich in die Vorderläufe des Wildschweins, um es festzuhalten, bis der Jäger kommt. Aber Gigi brauche ich nur zur Schnepfenjagd, er ist überhaupt nicht bissig.«

»Apropos Jean-Jacques, er will, dass ich Sie auf dem Laufenden halte«, sagte Isabelle. »Die Ermittlungen werden jetzt von Périgueux aus geführt. Ich soll hier als Einzige weiter vor Ort recherchieren und bin einfach nur gekommen, weil ich mich gelangweilt habe. Was Sie gerne essen, hat mir Jean-Jacques irgendwann einmal gesagt, aber ich hätte es mir auch so denken können.«

»Tja, ich bin neugierig und freue mich über Ihren Besuch. Übrigens Glückwunsch, dass Sie mein Haus gefunden haben.«

»Das war nicht schwer«, sagte sie. »Ich brauchte bloß die Frau im Zeitungsladen zu fragen, als ich bei ihr meine *Le Monde* gekauft habe. Darin steht übrigens eine kleine Meldung über unseren Mord mit Spekulationen über fremdenfeindliche Motive und eine Beteiligung des *Front National.* Vermutlich wird spätestens Montag die Hälfte aller Journalisten in Saint-Denis sein.«

Und über Dominique aus dem Zeitungsladen würde sich jetzt in der ganzen Stadt herumsprechen, dass Bruno eine neue Freundin habe. Er nahm sich vor, Isabelle beizeiten zu verabschieden, weil er wusste, dass man unten an der Straße aufpassen würde, wann sie zurückkäme.

»Er heißt Gigi«, sagte Bruno, als sich sein Hund auf den Rücken legte und seinen Bauch präsentierte, um völlige Unterwerfung zu signalisieren.

»Kurz für *gitan* – Zigeuner. Auch das weiß ich von Jean-Jacques. Er sieht sich als Ihr Freund und hat mir während unserer ersten Fahrt hierher viel von Ihnen erzählt.«

»Ein guter Polizist«, bemerkte Bruno. »Setzen Sie sich, und geben Sie mir die Tüte. Ich hole uns was zu trinken.«

»Für mich einen kleinen Ricard, mit viel Wasser, bitte. Übrigens, darf ich mir mal Ihr Haus ansehen? Jean-Jacques sagt, Sie wären in der Armee Pionier gewesen und hätten hier alles selbst gemacht.«

Anscheinend gab sie sich große Mühe, ihm zu gefallen,

dachte Bruno. Lächelnd lud er sie ein, mit ihm ins Haus zu gehen. Er zeigte ihr das Wohnzimmer mit dem großen Kamin, den er im letzten Winter gemauert hatte, und die Küche, wo er die Drinks mixte, während sie an der Theke lehnte, wo er gewöhnlich seine einsamen Mahlzeiten zu sich nahm. Er stellte zwei hohe Gläser zurecht, schenkte genau vier Zentimeter Ricard ein, gab einen Eiswürfel dazu und füllte mit kaltem Wasser aus dem Kühlschrank auf. Er gab ihr ein Glas, prostete ihr zu und nahm einen Schluck, bevor er sich an die Arbeit machte.

Er packte das Fleisch aus und rührte auf die Schnelle eine Marinade aus Rotwein, Senf, Knoblauchsalz und Pfeffer zusammen. Dann bearbeitete er die Steaks mit der flachen Seite eines Fleischerbeils, bis sie so dünn waren, wie er es gern hatte, und legte sie in die Marinade.

»Haben Sie Ihren eigenen Brunnen?«, wollte sie wissen.

»Wir haben eine elektrische Pumpe eingebaut, die das Wasser in einen Tank pumpt. Ich sage ›wir‹, weil meine Freunde im Ort das meiste gemacht haben. Fundamente, Klempnerarbeiten, Elektrizität. Ich war nur der Handlanger. Gehen wir weiter. Hier ist nicht viel zu sehen.«

Er zeigte ihr die Abstellkammer neben der Eingangstür, seine Garderobe, in der neben einem alten Spülbecken auch die Waschmaschine stand sowie ein Schrank, in dem er sein Angelzeug, die Flinte und Munition aufbewahrte. Isabelle hängte ihre Lederjacke an einen freien Haken und ließ sich dann vom Hausherrn das Arbeitszimmer und das große Schlafzimmer zeigen. Er sah, wie sie mit anerkennender Miene das ordentlich gemachte Doppelbett begutachtete, die Leselampe auf dem Nachttisch und den aufgeschlagenen zweiten Band von Max Gallos Napoleon-Biographie. Sie trat vor das Regal, um sich die anderen Bücher anzuschauen, fuhr mit dem Finger über den Rücken einer Ausgabe von Baudelaires Gedichten und warf ihm einen fragenden Blick zu. Er schmunzelte und zuckte mit den Schultern, sagte aber nichts. Schweigend nahm er auch ihr neugieriges Interesse an der Reproduktion von Henri Rousseaus *Un Soir de Carnaval* zur Kenntnis, die an der Wand hing. Als sie dann die gerahmten Fotos auf der Kommode sah, biss er sich verlegen auf die Unterlippe. Zwei der Fotos waren bei einem Festessen im Tennisclub aufgenommen worden, eines zeigte Bruno Rugby spielend bei einem erfolgreichen Try; daneben stand ein Gruppenfoto von uniformierten Männern vor einem Panzerfahrzeug, darunter Bruno und *Capitaine* Félix Mangin, die einander die Arme über die Schultern gelegt hatten. Es war aber das dritte Foto, das Isabelle vor allen anderen zu interessieren schien: Bruno in Uniform, lachend an einem Flussufer, zusammen mit Katarina, die sich die langen blonden Haare aus dem Gesicht strich. Es war das einzige Foto, das er von ihr hatte. Ohne ein Wort darüber zu verlieren, schob sich Isabelle an ihm vorbei und warf einen Blick ins Badezimmer.

»Für einen Junggesellen sind Sie sehr ordentlich«, bemerkte sie.

»Der Eindruck trügt. Sie haben mich ausgerechnet an meinem Putztag überrascht«, sagte er verlegen und hob wie zur Entschuldigung die Hände. Jetzt weiß sie also, dass es in meinem Leben eine Frau gegeben hat, dachte er. Na und? Diese schmerzliche Geschichte lag Jahre zurück.

»Wo schläft der Hund?«, fragte Isabelle.

»Draußen. Er ist ein Jagdhund und soll sich auch als Wachhund nützlich machen.«

»Was ist das für ein Loch in der Decke?«

»Mein nächstes Projekt, wenn ich denn Zeit dafür finde. Eine Treppe, die unters Dach führt. Da sollen dann noch Fenster eingesetzt und ein oder zwei Gästezimmer eingerichtet werden.«

»Sie haben keinen Fernseher«, stellte sie fest.

»Dafür ein Radio. Gehen wir nach draußen. Ich will ein Feuer machen für die Steaks.«

Isabelle war auch beeindruckt von der Werkstatt, die er im hinteren Teil der Scheune eingerichtet hatte. An einer Hakenwand hing, sorgfältig geordnet, jede Menge Werkzeug. Daneben stand ein Regal voller Einmachgläser und Konservendosen, die wie bei einer Militärparade akkurat aneinandergereiht waren. Er zeigte ihr das Hühnergehege, wo sich zu den Nachfahren der von Jo geschenkten Hühner zwei Gänse gesellt hatten, und führte sie schließlich auch noch durch den Garten.

Sie zählte die Tomatenpflanzen und Gemüserabatten und sagte: »So viel kann doch eine Person unmöglich selbst wegputzen.«

»Für das, was übrigbleibt, habe ich im Tennisclub dankbare Abnehmer. Ich koche auch einiges ein als Vorrat für den Winter.«

Er sammelte trockene Weinrankenabschnitte vom letzten Jahr ein, steckte sie in seine aus Ziegelsteinen gemauerte Feuerstelle auf der Terrasse und kippte Holzkohle darüber. Dann stopfte er zerknülltes Zeitungspapier dazwischen und zündete es an. Schließlich ging er zurück in die Küche, belud ein Tablett mit Tellern, Gläsern und Besteck und entkorkte die von Isabelle mitgebrachte Flasche, einen *cru bourgeois* aus dem Médoc. Daraufhin richtete er die ebenfalls mitgebrachte Wildpastete auf einem Teller an, garnierte sie mit Cornichons und legte den Brie-Käse auf ein Holzbrett.

»Gehen wir nach draußen«, sagte er und nahm das Tablett. »Während ich die Steaks brate, könnten Sie den Salat machen. Aber lassen Sie uns vorher unseren Aperitif genießen.«

»Die Hand einer Frau ist hier nirgends zu spüren«, sagte sie, als die beiden an dem grünen Plastiktisch auf der Terrasse Platz genommen hatten. Gigi leckte sich erwartungsvoll die Schnauze. Er wusste, was es zu bedeuten hatte, wenn der Grill zum Einsatz kam.

»Zurzeit nicht«, erklärte Bruno.

»Keine Frau, kein Fernseher, keine Familienfotos oder Bilder von Freundinnen, abgesehen von dem, das Sie als Soldat an der Seite einer jungen Frau zeigt«, fuhr sie fort. »Ihr Haus ist tadellos in Schuss, aber ohne persönliche Note. Und auch Ihrer bevorzugten Lektüre entnehme ich, dass Sie ein sehr kontrollierter und gut organisierter Mann sind.«

»Sie haben meinen Dienstwagen noch nicht von innen gesehen«, bemerkte er schmunzelnd.

»Der gehört zu Ihrem Beruf, zu Ihrem öffentlichen Leben. Ich spreche von Ihrem privaten Umfeld, Bruno, und das erscheint mir recht anonym – bis auf diese Bücher, und das sind fast durchweg Klassiker, also Werke, die man eher bei gebildeten Leuten vorzufinden erwartet.«

»Und dazu zähle ich weiß Gott nicht«, entgegnete er. »Ich bin schon mit sechzehn von der Schule abgegangen.«

»Und dann haben Sie sich als Kadett bei der Armee anmustern lassen«, sagte sie. »Ja, ich weiß. Sie waren bei den Pionieren, haben eine Fallschirmspringerausbildung absolviert und sind befördert worden. Für die Fremdenlegion waren Sie in Sondereinsätzen in Afrika, ehe Sie nach Bosnien versetzt wurden, wo Sie für die Bergung verwundeter Männer aus einem Panzer eine Auszeichnung erhalten haben. Man hat Sie zu einer Offizierslaufbahn gedrängt, die Sie allerdings ausgeschlagen haben. Bei dem Versuch, serbische Paramilitärs davon abzuhalten, ein bosnisches Dorf niederzubrennen, wurden Sie schließlich von einem Heckenschützen erwischt und nach Frankreich ausgeflogen.«

»Sie sind ja gut informiert. Haben Sie bei den *renseignements généraux* Erkundigungen über mich eingeholt?« Insgeheim dachte er, dass aus den offiziellen Unterlagen im Grunde doch sehr wenig an Informationen über ihn hervorging, und er fragte sich, ob Isabelle wusste, dass der Bürgermeister von Saint-Denis der Vater ebenjenes *Capitaine* Félix Mangin war, der den vorteilhaften Bericht über ihn verfasst, die Umstände seiner Heldentat jedoch aus guten Gründen unerwähnt gelassen hatte. Er war auf ein heruntergekommenes altes Motel gestoßen, aus dem die Serben ein Bordell für ihre Truppen gemacht hatten. Von Félix unterstützt, hatte er die darin gefangen gehaltenen Frauen befreit, in einem Haus im sicheren Teil Bosniens untergebracht und *Médecins Sans Frontières* eingeschaltet, damit sie sich um die missbrauchten Frauen kümmerten. Nein, die ganze Geschichte stand in keiner der offiziellen Akten, und trockene Prosa erklärte nie, aus welchen Zufällen und Entscheidungen das wirkliche Leben zusammengesetzt war.

»Nein, aber Jean-Jacques hat sich Ihre Akte besorgt, gleich nach den Festnahmen in Lalinde, als uns die politische Brisanz der Sache klar wurde. Es war reine Routine, die üblichen Hintergrundrecherchen, die wir in sensiblen Fällen anstellen. Er hat mir die Akte gezeigt. Wirklich beeindruckend. Ich kann nur hoffen, dass mir meine Vorgesetzten ähnlich gute Zeugnisse ausstellen«, sagte sie lächelnd. »Die Akten der *renseignement généraux* sind übrigens ziemlich umfangreich. Darin ist nachzulesen, was Sie wo über Ihre Kreditkarten abbuchen lassen oder welche Abonnements Sie beziehen. Bemerkenswert finde ich auch, dass Sie auf dem Schießplatz der Gendarmerie ziemlich schlecht abgeschnitten haben, obwohl Sie doch beim Militär als hervorragender Schütze eingestuft worden sind. Und auf Ihrem Sparbuch ist auch ganz schön was drauf.«

»Ich habe keine großen Ausgaben, bin aber beileibe nicht reich«, sagte er wie zur Entschuldigung.

»An Freunden und Ansehen aber sehr wohl«, stellte sie fest und leerte ihr Glas. »Heute Abend bin ich nicht als Polizistin hier, sondern als Kollegin, die Sie einfach sympathisch findet und die weit weg von zu Hause mit ihren Feierabenden nichts anzufangen weiß. Halten Sie mich bitte nicht für indiskret, aber ein bisschen neugierig bin ich schon. Wer ist diese Frau auf dem Foto?«

Er schwieg. Sie griff nach der Weinflasche und schenkte sich ein, schwenkte das Glas und roch an der Blume.

»Das ist der Wein, den Jean-Jacques bestellt hat, als wir nach unserer Ankunft hier zu Mittag gegessen haben«, sagte sie. Bruno nickte. Er war mit seinem Ricard noch längst nicht fertig.

»Was können Sie mir über die laufenden Ermittlungen sagen?«, fragte Bruno, entschlossen, das Gespräch auf sicheres Terrain zurückzuführen.

»Wir sind noch nicht weit gekommen. Es gibt keinerlei Indizien dafür, dass der Junge oder das Mädchen oder irgendeiner der anderen jungen Faschos im Haus des alten Arabers gewesen wären. Sie bestreiten außerdem, ihn zu kennen oder jemals besucht zu haben. An den Dolchen an der Wand sind keine Blutspuren. Wir können sie also allenfalls wegen Drogenbesitzes drankriegen. Bei dem Mädchen wird es für eine Anklage reichen. Noch fraglich ist der Fall des Jungen; er war gefesselt. Sein Anwalt wird darin den Tatbestand der Nötigung erfüllt sehen. Außerdem ist er noch keine achtzehn, also noch nicht voll strafmündig.«

»Für mich sah das wie Sex in beiderseitigem Einverständnis aus«, sagte Bruno.

»Ja, wahrscheinlich«, erwiderte sie. »Aber das geht uns nichts an, denn Sex ist auch für Jugendliche nicht strafbar, und dass dabei Drogen im Spiel waren, lässt sich nicht mehr nachweisen. Wir werden den Jungen wohl laufenlassen müssen. Wenn's nach mir ginge, würde ich über das Mädchen Druck auf den Jungen ausüben. Ich bin mir nämlich ziemlich sicher, dass die beiden auf irgendeine Weise mit dem Mord zu tun haben, auch wenn es keine klaren Indizien dafür gibt. Der Junge ist offenbar verrückt nach dem Mädchen; er erkundigt sich ständig nach ihr. Wenn wir ihn dazu bringen könnten zuzugeben, dass er Drogen genommen hat, würden wir von ihm vielleicht noch mehr erfahren. Aber Jean-Jacques lässt sich auf so was nicht ein. Sie kennen ihn ja.«

»Das Recht lebt und ist im Périgord zu Hause«, bemerkte Bruno trocken und warf einen Blick auf die Glut in der Feuerstelle. Er trank den letzten Schluck Ricard und ließ sich von Isabelle Wein einschenken.

»Es gibt da eine neue Spur«, sagte sie. »Wir haben an einer Stelle des Wegs, der zum Häuschen des Ermordeten führt, Reifenabdrücke sichergestellt. Einer davon könnte zum Auto des Mädchens passen. Allerdings handelt es sich um Michelin-Reifen, und damit fahren Tausende von Autos.«

»Und der Weg führt zu mehreren Häusern.«

»Tja, so ist es. Übrigens, für Montag wurde irgendein junger aufstrebender Staatsanwalt aus Paris angekündigt, der den Fall übernimmt und uns dann vorschreiben wird, was zu tun ist. Von meinen Freunden in Paris weiß ich, dass es ein politisches Hickhack darüber gibt, wer den Job übernimmt. Vorerst aber leitet Jean-Jacques die Ermittlungen weiter, wahrscheinlich deshalb, weil die Beweislage noch so dürftig ist. Wenn der Fall dann kurz vorm Abschluss steht, wird sich irgendein Wichtigtuer von der Pariser Polizei einklinken und die Lorbeeren ernten. So, jetzt kümmere ich mich um den Salat.«

Er stand auf, um Isabelle in die Küche zu begleiten, und schaltete unterwegs die Terrassenbeleuchtung ein. Er holte einen schon etwas welken Salatkopf aus dem Kühlschrank, zeigte ihr, wo Olivenöl und Weinessig zu finden waren, setzte einen Topf Wasser auf und machte sich daran, Kartoffeln zu schälen. Dann drückte er ein paar Knoblauchzehen platt, stellte eine Bratpfanne auf den Herd und gab einen Spritzer Öl hinein. Als das Wasser kochte, schob er die in Scheiben geschnittenen Kartoffeln vom Schneidbrett in den Topf, in dem er sie drei Minuten lang blanchierte. Als Zeitmesser diente ihm eine kleine Sanduhr.

»Wenn es so weit ist, können Sie die Kartoffeln abtropfen lassen und mit dem Knoblauch in die Pfanne geben«, sagte er. »Ich leg jetzt mal die Steaks auf den Grill.«

Die Glut war genau richtig. Es hatte sich eine dünne graue Ascheschicht darauf gebildet. Er legte die Steaks auf den Rost und fing an, leise die *Marseillaise* vor sich hin zu summen, wofür er erfahrungsgemäß exakt fünfundvierzig Sekunden brauchte. Danach wendete er das Fleisch, bestrich es mit der Marinade und sang die Nationalhymne ein zweites Mal, um anschließend das Fleisch noch einmal zu wenden, mit Marinade zu bestreichen und auf beiden Seiten weitere zehn Sekunden braten zu lassen. Schließlich nahm er die Steaks vom Rost und legte sie auf Teller, die er auf den heißen Ziegeln am Grillrand vorgewärmt hatte. Wenig später kam Isabelle, die Bratpfanne in der einen, die Salatschüssel in der anderen Hand.

»Warum haben Sie gewartet?«, fragte sie. »Ich habe durchs Fenster geschaut und gesehen, dass Sie längst fertig waren. Jeder andere Mann wäre reingegangen, um nach dem Rechten zu sehen.«

Bruno zuckte mit den Achseln, servierte ihr das Steak und sagte: *»Bon appétit.«* Sie verteilte die Bratkartoffeln, ließ aber den Salat in der Schüssel. Gut. Es war ihm lieber, wenn sich der Bratensaft mit den Kartoffeln vermischte, ohne dass Essig und Öl dazwischengerieten.

»Die Kartoffeln sind perfekt«, lobte er.

»Die Steaks auch.«

»Da ist eine Sache, die mir nicht aus dem Kopf geht«, sagte Bruno. »Ich habe mit Richards Vater gesprochen. Offenbar wusste der Junge von dem *croix de guerre* des alten Hamid. Ich kann mir nicht erklären, warum, es sei denn, Sie oder Jean-Jacques haben während der Verhöre davon gesprochen. Oder aber er war tatsächlich bei ihm zu Hause und hat's an der Wand hängen sehen. Waren Sie bei allen Verhören dabei?«

»Nein«, antwortete sie, »die hat Jean-Jacques in Périgueux geführt. Aber wir könnten uns die Mitschnitte anhören. Allerdings glaube ich kaum, dass Jean-Jacques ein Wort über die Medaille verloren hat. Vielleicht hat der Junge in der Schule davon gehört, über jemanden aus Hamids Verwandtschaft.«

»Möglich, aber er war auf dessen Familie nicht gut zu sprechen und hatte, wie gesagt, auf dem Schulhof eine Schlägerei mit einem seiner Enkel.«

»Die liegt doch schon Jahre zurück«, entgegnete sie und wischte mit einem Stück Brot den Bratensaft vom Teller, ehe sie sich Salat und Käse nahm. »Das Steak war eins a.«

»Sie haben gutes Fleisch mitgebracht, vielen Dank, auch für den Wein.« Er wollte weiter über den Fall reden, hatte aber nicht mehr viel dazu zu sagen. »Doktor Gelletreau schwört Stein und Bein darauf, dass Richard nichts mit der Sache zu tun hat.«

»Wen wundert's?«, entgegnete sie. »Haben Sie vielleicht eine Kerze, Bruno? Das elektrische Licht ist so hell, dass ich die Sterne nicht sehen kann. Hier draußen sollen sie ja besonders schön funkeln.«

»Ich kenne den Jungen und glaube, sein Vater hat recht.« Bruno stand auf und holte eine kleine Öllampe aus der Abstellkammer. Erst als sie brannte, schaltete er die Terrassenbeleuchtung aus.

»Dann stünden wir ganz ohne Tatverdächtigen da, und die Presse und die Politiker wollen unbedingt einen haben –«

»Augenblick«, unterbrach er sie und ging ins Haus, um sich einen Pullover überzuziehen und sein Handy zu holen. Auf dem Rückweg brachte er ihre Lederjacke mit. »Falls es Ihnen zu kühl werden sollte«, meinte er und tippte eine Nummer in sein Handy.

»Momu«, sagte er, als am anderen Ende abgehoben wurde. »Entschuldige die Störung. Ich bin's, Bruno. Es hat sich was Neues ergeben. Du erinnerst dich doch an den Streit zwischen Richard und deinem Neffen. Du hast Richard daraufhin zu dir nach Hause eingeladen, um ihm Manieren beizubringen und zu zeigen, dass ihr eine ganz normale französische Familie seid, richtig?«

Isabelle hörte die Antwort nicht, sah Bruno aber nicken. Er fühlte sich von ihr beobachtet und behielt, als das Gespräch mit Momu vorbei war, sein Handy noch eine Weile am Ohr, um sich ein paar ungestörte Gedanken über ihre Absichten machen zu können. Möglich, dass sie ihn sympathisch fand und sich in Saint-Denis wie auch in Périgueux langweilte. Vielleicht hoffte sie bei ihm auf eine amüsante Abwechslung. Nur, hier draußen auf dem Land war sie wahrscheinlich unschlüssig. In Paris hätte sie bestimmt auf die eine oder andere Weise zu signalisieren gewusst, wonach ihr der Sinn stand und ob sie die Nacht über zu bleiben gedachte oder nicht. Aber sie war wohl klug genug, die Gepflogenheiten der Périgordins zu akzeptieren, die in solchen Dingen sehr viel diskreter waren als die Pariser. Vielleicht gefiel ihr gerade das: in dieser eigentümlichen Region, der sogenannten *France profonde,* mit einem Fremden zu flirten und nebenbei auch noch gut zu essen. Letzteres mochte ihr am Ende genügen, um sich sagen zu können, dass der Besuch bei ihm nicht umsonst gewesen sei. Für eine schnelle Nummer war er jedenfalls nicht zu haben. Sie würde warten müssen, bis er sein Telefonat beendet hatte, und dann in ihr *Hôtel de la Gare* zurückkehren. Dann würde sie vielleicht über ihren iPod noch ein bisschen Musik hören und sich Gedanken über einen Mann machen, der von den Früchten seines Nutzgartens lebte, sein eigenes Haus gebaut hatte, auf einen Fernseher verzichtete und sie nicht einmal ansah, als er sein Handy zuklappte. Einen Mann, der wahrscheinlich selbst nicht wusste, ob er sich auf eine Affäre mit einer jungen Frau einlassen wollte, die so clever und ehrgeizig war wie Isabelle.

»Fehlanzeige«, sagte er, ohne Isabelle anzusehen. »Momu – das ist der Sohn des Mordopfers – hat Richard von dem *croix de guerre* erzählt, als der vor ungefähr drei Jahren bei ihm zu Gast war, und auch, wie stolz die Familie auf den Großvater sei, der für Frankreich gekämpft hatte.« Bruno lehnte sich auf seinem Stuhl zurück. »Wie wär's mit einer Tasse Kaffee, Isabelle?«

»Nein danke. Ich würde nicht einschlafen können und muss doch morgen früh raus. Jean-Jacques hat sich angemeldet und will sicherstellen, dass für den Typen aus Paris alles vorbereitet ist.«

Bruno nickte. »Übrigens, für Montagmittag ist eine Kundgebung geplant, ein Solidaritätsmarsch. Dazu hat unsere kommunistische Ratsfraktion aufgerufen, aber der Bürgermeister lässt es sich nicht nehmen, vorneweg zu marschieren. Ich glaube kaum, dass viele dran teilnehmen werden, es werden hauptsächlich Schulkinder sein.«

»Ich gebe Jean-Jacques Bescheid, und der wird dafür sorgen, dass die *renseignements généraux* mit ihren Kameras zur Stelle sind«, sagte sie mit nervösem Lächeln und stand zögernd auf. Sie wusste ganz offensichtlich nicht, wie sie ihren Abgang gestalten sollte. »Nur für die Akten«, ergänzte sie. »Aber ich glaube, wir wissen beide, wie unzureichend solche Akten sind. Letztlich erklären sie wenig.«

»Danke für den unerwarteten schönen Abend. Auch Gigi hat sich sehr gefreut, besonders über die Essensreste«, sagte er und ging voran, um ihr die Wagentür aufzuhalten. Sie drückte ihm einen flüchtigen Kuss auf beide Wangen und setzte sich hinters Steuer. Doch ehe sie die Tür schließen konnte, kam Gigi herbeigerannt, legte die Pfoten auf ihren Schenkel und fuhr ihr mit der Zunge übers Gesicht. Sie schreckte zurück und lachte. Bruno zog den Hund zurück.

»Danke, Bruno«, sagte sie. »Es hat mir gut gefallen bei Ihnen. Ich hoffe, ich darf wiederkommen.«

»Natürlich«, antwortete er höflich, aber neutral, was so oder so gedeutet werden konnte. »Es wäre mir ein Vergnügen«, fügte er hinzu und erntete ein strahlendes Lächeln, das ihr Gesicht zu verwandeln schien.

Isabelle zog die Tür zu, startete den Motor, wendete den Wagen und blickte noch einmal in den Rückspiegel. Bruno stand winkend da, Gigi bei Fuß. Als die Rücklichter von Isabellas Wagen verschwunden waren, blickte er zu den blinkenden Sternen im nachtschwarzen Himmel hinauf.

14

Bruno verfütterte die Reste des Abendessens an Gigi und dachte sich beim Geschirrspülen, dass von all seinen Freunden der Baron der geeignete Partner für ein gemischtes Doppel mit der verrückten Engländerin und ihrer Freundin wäre. Pamela und Christine. Er sprach ihre Namen laut aus und fand, dass sie wohl auch geflüstert schön klingen würden. Ihm gefielen beide Namen, und auch der Name Isabelle, der wie geschaffen dafür schien, ins Ohr einer Geliebten gehaucht zu werden. Er konzentrierte sich wieder auf die Frage nach dem geeigneten Partner fürs gemischte Doppel. Der Baron war vorgerückten Alters, was beruhigend wirkte, sehr umgänglich und – für einen Franzosen untypisch – leicht exzentrisch. Und dass Engländer ein Faible für Exzentrik hatten, lernten schon die Kinder in der Schule.

Auch Bruno mochte Exzentrik. Er fand es jedes Mal beglückend, wenn es ihm gelang, aus sich herauszugehen, etwas zu riskieren und sich auf Abenteuer einzulassen. Abenteuer. Allein schon das Wort inspirierte ihn und ließ ihn wie in jungen Jahren von Reisen an mysteriöse Orte und waghalsigen Unternehmungen träumen, von Dramen und Leidenschaften in einer Intensität, wie sie ein einfacher Provinzpolizist, wenn überhaupt, nur selten erfahren konnte.

Allerdings hatte sich Bruno ganz bewusst für ein geruhsames Leben entschieden, war er an dem Drama in Bosnien doch fast zugrunde gegangen. Unwillkürlich betastete er die alte Narbe über der Hüfte und sah sich wieder mit einem Wust von bruchstückhaften Erinnerungen konfrontiert, an Flammen und Lärm, wie sich alles um ihn herum drehte, an das gleißende Licht von Scheinwerfern auf blutbeflecktem Schnee – eine Bilderfolge, die für ihn unzusammenhängend blieb. An die Begleitgeräusche erinnerte er sich umso deutlicher: rhythmisch knatternde Hubschrauberrotoren, unterbrochen von Maschinengewehrsalven, explodierenden Granaten und dem metallischen Quietschen von Panzerketten. Bruno spürte einen Anflug von Selbstmitleid und ärgerte sich darüber, dass er so sehr mit sich selbst beschäftigt war und darüber das Drama vor der eigenen Haustür vergaß. Ein Provinzpolizist hatte äußerst selten mit Mord, Drogen und bizarren Sexspielen zu tun, geschweige denn mit allem zusammen in nur einer Woche.

Er stellte das Geschirr aufs Abtropfgitter, deckte den Tisch fürs Frühstück und kniete sich hin, um Gigi zu streicheln, der Brunos Füße beschnupperte und auf einen Nachschlag hoffte. Er nahm den Kopf des Hundes in beide Hände und kraulte ihn an den weichen Stellen hinter den Ohren, beugte sich so tief hinab, dass ihre beide Stirnen sich berührten, und ließ ein liebevolles Brummen aus der Kehle aufsteigen, das Gigi ein Echo entlockte. Es müsste ein Wort geben für diesen tiefen, von Herzen kommenden Laut, den Hunde von sich gaben. Wäre Gigi eine Katze, hätte Bruno ihn als Schnurren bezeichnet, doch Hunde schnurrten nicht. Es war auch kein Knurren, das ja der Wortbedeutung nach bedrohlich wirkte. Gigi schüttelte seinen Kopf frei, richtete sich auf und legte seine Pfoten auf die Schultern seines Herrchens, um mit seiner Zunge dessen Ohr erreichen zu können. Bruno genoss den liebevollen Kontakt, drückte seinen Hund an sich und tätschelte ihm die Schulter. »Zeit zum Schlafen, für uns beide«, sagte er und stand auf.

Er führte Gigi nach draußen in seinen Zwinger, warf einen prüfenden Blick auf den Zaun des Hühnerstalls und hörte eine Eule aus dem Wald rufen, als er sich vergewisserte, dass der Tisch fertig abgeräumt war, und Wasser auf die Feuerstelle schüttete. Ihm gingen Gedanken durch den Kopf, die er lieber verdrängt hätte, was ihm aber nicht gelingen wollte. Ja, er bedauerte jetzt, dass er Isabelle hatte gehen lassen.

War's das schon?, fragte er sich, während er erneut zu den funkelnden Sternen aufsah und die blinkenden Lichter eines Flugzeugs ausmachte. Hatte er ihren Entschluss, ins Hotel zurückzukehren, einfach nur hingenommen oder ihr womöglich den Eindruck vermittelt, dass ihre Gesellschaft nicht erwünscht war? Wäre er weniger schüchtern gewesen, dann hätte er sie unter diesem Sternenhimmel in die Arme genommen und sich beherzt in das Abenteuer einer neuen Affäre mit einer attraktiven, intelligenten, ehrgeizigen, modernen jungen Frau gestürzt.

Lass mal gut sein, Bruno, sagte er sich beim Zähneputzen. Du musst dich nicht kleiner machen, als du bist, du hast was erreicht und mit eigenen Händen den Hof bewohnbar gemacht; du sorgst als Gärtner für dich und deine Freunde, du führst ein beschauliches Leben im Rhythmus der Jahreszeiten und im Einklang mit den guten alten Sitten des ländlichen Frankreich. Du bist ein pflichtbewusster Mann, der für sich und seine Gemeinde Verantwortung übernimmt. Du hast fremde Länder gesehen und Liebe erfahren und die Schrecken des Krieges, was für einen einzelnen Menschen mehr als genug an Abenteuer ist.

Er erinnerte sich plötzlich wieder an den von Granaten beschossenen Panzerwagen auf dem Flughafen von Sarajevo, an die zerfetzten Leichen derer, mit denen zusammen er ausgebildet worden war, gegessen und gekämpft hatte. Gott sei Dank, dass es mit diesen Abenteuern nun vorbei war.

Er nahm das Foto zur Hand, das ihn in jüngeren Jahren mit Katarina zeigte, aufgenommen an einem jener herrlichen bosnischen Sommertage, kurz nachdem sie sich ineinander verliebt hatten und bevor der Winter einbrach, der den serbischen Streifen Deckung bot und auch dem Heckenschützen, der ihn anschoss.

Bruno war damals voller Elan, leidenschaftlich und kämpferisch gewesen, wünschte sich diese Zeit aber weiß Gott nicht zurück. Er legte die Fotos beiseite und nahm den Baudelaire-Band heraus, den Katarina ihm geschenkt hatte. Er klappte das Buch auf und las die Widmung, die sie in ihrer schwungvollen Handschrift hineingeschrieben hatte. Er hörte noch ihre Stimme, mit der sie ihm die Gedichte vorgelesen hatte – in diesem eigentümlich melodiösen Französisch, das sie ihren Schülern beigebracht hatte. Fast war er froh, dass diese Zeit lange vorbei war, doch als er zwischen die kalten Laken schlüpfte und das Licht löschte, fand er, dass er schon viel zu lange allein in seinem Bett gelegen und sich nicht mehr für eine attraktive Frau ins Zeug gelegt hatte.

Wie so häufig, wenn er allzu streng mit sich ins Gericht gegangen war, bekam er plötzlich bessere Laune. In den letzten Tagen hatte er drei gutaussehende und ungebundene Frauen kennengelernt: Isabelle, die mangels eines Tatverdächtigen noch eine Weile in Saint-Denis bleiben würde; Pamela, die verrückte Engländerin, die in seiner Nachbarschaft lebte und, wie er fand, sehr interessant war; und deren Freundin Christine, die nur kurze Zeit hierbleiben würde, aber sehr unternehmungslustig zu sein schien und womöglich von allen dreien die hübscheste war. Mit ihr und Pamela würde er morgen Tennis spielen, an der Seite seines Freundes, des Barons.

Eine verlockende Aussicht. Der Baron war ein unverbesserlich ehrgeiziger Spieler, der partout nicht verlieren wollte, schon gar nicht gegen Frauen, geschweige denn gegen Engländerinnen. Bruno aber hatte Christine und Pamela spielen sehen und machte sich darauf gefasst, dass sie, die Franzosen, gegen das englische Damendoppel auf unberechenbarem Rasenplatz chancenlos sein würden. Die Wut des Barons über seine Niederlage läge dann im Clinch mit seiner ritterlichen Art, was durchaus unterhaltsam zu werden versprach. Mit einem Lächeln im Gesicht und glücklich darüber, seine Gedanken in weniger trübsinnige Bahnen gelenkt zu haben, glitt Bruno schließlich in einen unbeschwerten Schlaf hinüber.

Bei herrlichem Maiwetter fuhren sie im großen alten Citroën des Barons an Yannicks Haus vorbei, passierten die Abzweigung zu Hamids verwaistem Häuschen und näherten sich dem idyllisch gelegenen Gehöft der Engländerin.

Der Baron hielt auf der Anhöhe davor an, stieg aus und nahm das Bild mit feierlicher Miene in sich auf. Bruno stieg ebenfalls aus und stellte sich neben ihn. Es gefiel ihm, dass der Baron offenbar ähnlich empfand wie er selbst. Schweigend betrachteten sie die Szene, als plötzlich hinter ihnen Hufgetrappel laut wurde. Sie drehten sich um und sahen die beiden Frauen zu Pferde, in leichtem Galopp und mit fliegenden Haaren, über den Hügelkamm auf sie zureiten.

Statt des schicken schwarzen Reiterdresses, in dem man sie sonst auf ihren Austritten in die Stadt sah, trug Pamela eine weiße Bluse mit offenem Kragen, dazu einen grünen Seidenschal, der um ihre kastanienbraunen Haare flatterte, und eine einfache alte Hose, die sie in ihre Reitstiefel gestopft hatte. Der Baron stieß einen anerkennenden Pfiff aus, den nur Bruno hören konnte, und hob die Hand zum Gruß.

»Wir sind gleich so weit, Bruno. Schön, dass Sie Ihren Freund mitgebracht haben«, rief Pamela und zügelte ihre braune Stute, die schnaubend in einen schnellen Trab überwechselte. Christine winkte kurz, beugte sich dann tief über den Hals ihres Pferdes und galoppierte weiter den Abhang hinunter. Pamela schaute ihr nach, wandte sich dann den beiden Besuchern zu und rief: »Wir satteln nur schnell ab, ziehen uns was anderes an und sehen Sie dann auf dem Platz. Sie können sich im Poolhaus umziehen.«

Die letzten Worte waren kaum mehr zu hören, denn sie hatte wieder Tempo aufgenommen und jagte Christine nach, die sich in weitem Bogen dem Anwesen von hinten näherte, um nicht vor dem Tor der Einfahrt aus dem Sattel steigen zu müssen.

»Zwei hübsche Frauen in wildem Galopp. *Mon Dieu,* was

für ein Anblick!«, rief der Baron, und Bruno wusste, dass der Tag, unabhängig vom Ausgang des Spiels, ein voller Erfolg sein würde.

Er hatte den Baron darauf aufmerksam gemacht, dass die beiden Frauen im Tennisdress antreten würden, und so trugen auch sie weiße Shorts und T-Shirts, als sie sich auf dem Platz trafen und miteinander bekannt machten. Mit einer Verbeugung überreichte der Baron Pamela eine Flasche Champagner – »um auf Ihren Sieg anzustoßen, Mesdames«. Die verrückte Engländerin brachte sie sofort ins Poolhaus, wo ein alter Kühlschrank geräuschvoll brummte. Als sie zurückkam, hatte der Baron Christine eingeladen, seine Partnerin zu sein, und Bruno servierte ihnen abwechselnd leichte Vorhandbälle.

»Sieht so aus, als müssten Sie mit mir vorliebnehmen«, sagte er, als Pamela zurückkehrte und einen Eimer voll Tennisbälle mitbrachte.

»Ich habe immer gern das Gesetz auf meiner Seite«, gab sie lächelnd zurück und spielte einen zweiten Ball auf den Baron, der ihr gegenüberstand, während sich Bruno mit Christine einspielte. Sie retournierte die Bälle hoch und mit ruhiger Vorhand. Bruno, der sonst immer einen möglichst harten Topspin zu schlagen versuchte und dabei fast jeden zweiten Ball ins Netz spielte, folgte ihrem Beispiel und hatte sich bald auf ihren Rhythmus eingestellt.

Als sie zu zählen anfingen, blieb es lange zwischen beiden Seiten ausgeglichen. Jeder bekam sein Aufschlagspiel durch, obwohl Bruno einen Rückstand von 15:40 aufholen musste. Pamela und Christine kannten ihren Platz und die Tücken des Rasens sehr genau und wussten sich stets richtig zu positionieren, im Unterschied zu Bruno und dem Baron, die von unberechenbar abspringenden Bällen ein ums andere Mal überrascht und über den Platz gehetzt wurden. Sie waren bald schweißgebadet und außer Atem und fächelten sich mit dem Saum ihrer T-Shirts Luft zu, während die Frauen keinerlei Ermüdungserscheinungen zeigten und so frisch wirkten wie zu Anfang des Spiels.

Den ersten Satzball musste Bruno annehmen. In Kauerstellung erwartete er den Aufschlag des Barons, von dem er wusste, dass er gern mit einem Slice servierte. Doch der Baron tat ihm den Gefallen nicht und schlug einen harten Ball auf die Vorhand Brunos, der entlang der Seitenlinie auf Christine retournierte. Sie spielte auf ihn zurück und er auf sie bis zur Grundlinie. Fünf, sechs Mal ging es zwischen beiden, die wieder zu ihrem Rhythmus gefunden hatten, hin und her, dann ein siebtes, achtes Mal, ehe Christine plötzlich einen harten Cross in die andere Hälfte spielte, worauf sich Pamela und der Baron ihrerseits ein Grundlinienmatch lieferten. Ihr sechster Ball traf schließlich auf eine Unebenheit im Rasen und prallte so unglücklich ab, dass der Baron ihn nur mit dem Schlägerrand erwischte und an die Netzkante schickte, von der er auf die eigene Seite herabtropfte. Spiel und Satz.

»Was für ein Ballwechsel!«, rief Pamela so begeistert, dass Bruno an der Echtheit ihres Gefühlsausbruchs zweifelte. »Gratuliere, Baron, und, mit Verlaub, zum Schluss hatten Sie einfach Pech.«

»Jetzt brauch ich einen Drink«, sagte Christine und lief ans Netz, um Bruno die Hand zu schütteln. Dann eilte sie zu ihrem Partner zurück und küsste ihn auf beide Wangen.

»Und ich muss erst mal unter die Dusche«, rief Pamela lachend. »Danke für das Match, vor allem für das letzte Set. Ich kann mich nicht erinnern, jemals so lange am Stück auf einen Ball eingedroschen zu haben.«

Bruno bewunderte die beiden und die clevere Art, mit der sie mit gekränkten männlichen Egos umzugehen verstanden. Der Baron, der sonst vor Wut kochte, wenn er ein Spiel verloren hatte, war geradezu entzückt und sichtlich geschmeichelt.

»Wenn Sie auch duschen wollen, können Sie das im Poolhaus gern tun. Handtücher liegen bereit«, rief Pamela. »Wir duschen im Haus und sind in zehn Minuten wieder da. Dann machen wir uns über den Champagner her. Im Kühlschrank finden Sie Mineralwasser. Bedienen Sie sich.«

Bruno wischte sich mit seinem Handtuch den Nacken und packte seinen Schläger ein. Der Baron humpelte auf ihn zu und sagte lächelnd: »Was für charmante Mädels!«

Bruno schmunzelte erschöpft. Ja, sie waren auf fast mädchenhafte Art charmant und offenbar auch unwiderstehlich, wenn sie einen alten Zyniker wie den Baron so schnell um den kleinen Finger wickeln konnten. Nachdem er einen Liter Wasser getrunken, geduscht und sich umgezogen hatte, schlenderte Bruno nach draußen an den Tisch beim Pool, auf dem vier Champagnerflöten und ein Eiskübel bereitstanden, daneben eine Flasche dunkelvioletter *cassis.* Er warf einen diskreten Blick auf das Etikett und nickte anerkennend. Es war der echte aus der Bourgogne, und nicht der industriell hergestellte Johannisbeersaft, den es in Supermärkten zu kaufen gab.

Pamela und Christine hatten Jeans und Blusen angezogen. Beide kamen mit einem Tablett nach draußen; auf dem einen waren Teller, Besteck und Servietten, auf dem anderen *pâté,* Oliven, Kirschtomaten und ein frisches Baguette. Der Baron ließ den Korken aus der Champagnerflasche springen, gab einen Spritzer Cassis in jedes Glas und schüttete vorsichtig den Schaumwein dazu.

»Das nächste Mal müssen wir zusammen spielen, Bruno«, sagte Christine. »Es sei denn, der Baron besteht auf einer Revanche.«

»Never change a winning team«, rief Pamela fröhlich. »Bruno bleibt mein Partner.«

»Ganz wie Sie wünschen, Mesdames«, sagte der Baron. »Vielleicht erweisen Sie uns die Ehre, am Sommerturnier unseres Clubs teilzunehmen. Sie würden bestimmt weit kommen, ob als Partnerinnen oder im gemischten Doppel.«

»Zu dumm, ich bin nur noch bis Ende Mai hier«, sagte Christine. »Dann muss ich zurück nach England, um meine Forschungsarbeit abzuschließen, bevor mein Sabbatjahr vorbei ist.«

»Vielleicht können wir Sie ja überreden, im August für eine Woche oder so zurückzukommen«, schlug der Baron vor, der sich nicht so leicht geschlagen gab.

»Dann gibt's für mich wohl keinen Raum in der Herberge«, entgegnete Christine. »Im August ist bei Pamela alles belegt.«

»Ach, inzwischen haben Sie hier doch genug andere Freunde, bei denen Sie wohnen könnten. Meine bescheidene *chartreuse* steht Ihnen jederzeit zur Verfügung, und da meine Töchter fürs Turnier aus Paris kommen, werden Sie keine Bedenken haben müssen.«

»*Chartreuse?*«, fragte Pamela. »Ich dachte, das wäre ein Kloster, in dem Mönche leben.«

»Stimmt, Kartäusermönche, um genau zu sein. Aber unter einer *chartreuse* verstehen wir bei uns auch ein allein stehendes, langgestrecktes, schmales Landhaus mit einem langen Flur, von dem die Zimmer abgehen, alle auf dieselbe Seite. Es ist größer als ein Bauernhaus, aber nicht so groß wie ein *château*«, erklärte der Baron. »Meine Kartause ist schon seit Ewigkeiten in Familienbesitz.«

»Sehr freundlich von Ihnen, aber im August werde ich wahrscheinlich leider nicht kommen können«, sagte Christine. »Das Buch muss vor Beginn des Wintersemesters fertig sein.«

»Apropos«, sagte Bruno. »Sie kennen sich doch in unseren historischen Archiven aus. Wo könnte ich eventuell Material finden über eine Fußballmannschaft, die um 1940 in Marseille gespielt hat?«

»Am besten, Sie schauen erst einmal in den regionalen Zeitungen nach, *Le Marseillais* oder *Le Provençal* oder dem Sportblatt *L'Équipe*«, antwortete Christine. »Dann würde ich empfehlen, beim regionalen Sportverband nachzufragen, ob es dort irgendwelche Unterlagen gibt. Wenn Sie den Namen der Mannschaft oder Namen der Spieler haben, dürfte es nicht allzu schwer sein.«

»Ich weiß nur den Namen eines Spielers und dass seine Mannschaft in einer Jugendliga gespielt und 1940 eine Meisterschaft gewonnen hat. Ihr Trainer war wahrscheinlich Profispieler. Jetzt erinnere ich mich auch an seinen Namen. Villanova.«

»Ich fürchte, Sie werden lange suchen müssen, Bruno«,

sagte Christine. »Zeitungen wie *Le Marseillais* haben ihre alten Ausgaben meist auf Microfiche gespeichert und nicht digitalisiert, was die Suche vereinfachen würde. Sie werden wahrscheinlich alle Ausgaben von 1940 durchgehen müssen. Aber wenn diese Mannschaft die Meisterschaft gewonnen hat, wird das gegen Ende der Saison gewesen sein, also im Frühling, März oder April. Damit wäre die Suche eingegrenzt. Hat Ihr Interesse was mit den Mordermittlungen zu tun, über die Sie uns bei Ihrem letzten Besuch nichts verraten wollten? Wir haben die Berichte in der *Sud-Ouest* gelesen.«

»Ja, Hamid war das Opfer, und bis auf seine Medaille aus dem Krieg und dieses alte Foto scheint nichts abhandengekommen zu sein. Es ist natürlich nicht ausgeschlossen, dass er sie selbst von der Wand genommen oder gar weggeworfen hat; das würde bedeuten, dass wir eine falsche Spur verfolgen, aber sei's drum, noch haben wir keine andere.«

»Wenn ich mich richtig erinnere, war bei *Radio Périgord* zu hören, dass die Polizei zwei Verdächtige festgenommen hat, in Lalinde, stimmt's?«, fragte Pamela. »Namen wurden keine genannt.«

»Weil sie noch keine achtzehn sind, werden ihre Namen geschützt. Es handelt sich um Jugendliche aus unserer Gegend, die der Polizei im Zusammenhang mit dem *Front National* aufgefallen sind, aber noch ist ungeklärt, ob sie auch etwas mit dem Mord an Hamid zu tun haben.«

»Von den jungen Leuten hier kenne ich kaum jemanden«, entgegnete Pamela nachdenklich. »Vielleicht sollte ich. Manche meiner Gäste kommen mit halbwüchsigen Kindern, und da wäre es doch naheliegend, sie mit Gleichaltrigen aus der Stadt bekannt zu machen. Im vergangenen Sommer haben wir mit einem jungen Pärchen Kontakt aufzunehmen versucht und es hier bei uns Tennis spielen lassen. Rick und Jackie, so hießen sie, glaube ich.«

»Rick und Jackie?«, hakte Bruno nach. »Oder vielleicht Richard und Jacqueline?«

Pamela zuckte mit den Achseln. »Ich kenne sie nur als Rick und Jackie. Ein attraktives junges Paar, ungefähr sechzehn oder siebzehn. Sie ein hübsches Mädchen mit blonden Haaren und eine sehr gute Tennisspielerin. Er schlank, ungefähr sechzig Kilo. Ich glaube, er sagte, sein Vater sei Arzt. Kennen Sie die beiden vielleicht?«

»Bei welcher Gelegenheit haben Sie sie kennengelernt, Pamela? Und wann genau war das?«

»Sie sagten, sie seien im Wald spazieren gegangen und hätten meinen Tennisplatz gesehen; sie hätten noch nie auf Rasen gespielt und würden es gern mal ausprobieren«, berichtete Pamela. »Mit den gleichaltrigen Kindern einer englischen Gastfamilie haben sie dann den ganzen Nachmittag Tennis gespielt. Sehr angenehm die beiden und höflich. Allerdings hatte ich den Eindruck, dass sie im Wald nicht nur spazieren gegangen sind. Wenn ich mich richtig erinnere, war's in der letzten Augustwoche. Sie sind dann noch zwei- oder dreimal gekommen, im Auto, und jedes Mal saß Jackie am Steuer. In diesem Jahr hab ich die beiden noch nicht gesehen.«

»Sie sagten, sie seien aus dem Wald gekommen. Aus welcher Richtung genau?«

»Von dort«, sagte sie und zeigte auf den Wald jenseits der Anhöhe. »Aus der Gegend, wo Hamid gewohnt hat. Von dem Hügel aus kann man sowohl meinen als auch seinen Hof sehen.«

»Haben die beiden Hamid jemals erwähnt oder vielleicht gesehen, als er bei Ihnen war und erklärt hat, wie Rosen zu beschneiden sind?«

»Das weiß ich nicht mehr.«

»Sind die beiden, als sie das nächste Mal zu Besuch waren, wieder aus dem Wald gekommen?«

»Nein, mit dem Auto. Daran erinnere ich mich noch genau, weil Jackie viel zu schnell gefahren ist und ich sie deshalb rüffeln musste.«

»Haben sie von hier aus einen Spaziergang in den Wald unternommen?«

»Ja, ich glaube, so war's. Teenagerliebe, nehme ich an. Sie klingen jetzt ganz wie ein Polizist, Bruno. Halten Sie es wirklich für möglich, dass die beiden etwas mit dem Mord an Hamid zu tun haben könnten?«

»Ich weiß nicht, aber es sieht so aus, als könnten sie den Alten gekannt haben oder ihm zumindest über den Weg gelaufen sein. Ansonsten lassen sich die beiden mit Hamid nicht in Zusammenhang bringen.«

»Nach *Front National* sahen sie mir eigentlich nicht aus. Darunter stellt man sich doch eher aggressive Skinheads vor. Die beiden wirkten vielmehr gut erzogen, sagten immer ›bitte‹ und ›danke‹. Einmal haben sie mir sogar Blumen mitgebracht. Sie sprachen ziemlich gut Englisch und haben sich mit den englischen Teenagern gut verstanden. Wie gesagt, sehr angenehm die beiden. Ich habe mich über ihre Besuche gefreut.«

»Tja, wahrscheinlich bringt es uns nicht weiter, aber wir

müssen halt jeden Hinweis ernst nehmen, vor allem, weil wir so wenige haben. Vielen Dank für das Spiel. Leider muss ich jetzt wieder zurück an die Arbeit. Aber zuerst werde ich mich mal ein wenig in dem Wald dort drüben umschauen.«

»Können wir mitkommen?«, fragte Christine. »Ich habe noch nie einem echten Polizisten bei der Arbeit zugesehen.«

»Sie werden enttäuscht sein«, erwiderte Bruno. »Ich bin wahrscheinlich nicht das, was Sie sich unter einem echten Polizisten vorstellen, jedenfalls kein Sherlock Holmes, der unter seinem Vergrößerungsglas Hunderte verschiedener Zigarrenaschen unterscheiden kann. Ich will mir nur einen Eindruck verschaffen. Aber wenn Sie wollen, können Sie natürlich mitkommen.«

Es wurde ein angenehmer Sonntagsspaziergang. Sie schlenderten rund einen Kilometer bergan, machten eine Runde durch den Wald und folgten dem Hügelkamm, bis sie in etwa fünfhundert Meter Entfernung Hamids Häuschen erblickten, das einzige Gebäude weit und breit. Sie standen auf einer kleinen, von Gräsern und weichen Moosen bewachsenen Lichtung, die einen herrlichen Ausblick über das Plateau bot. Ein perfekter Ort für ein Rendezvous unter freiem Himmel, dachte Bruno. Er schaute sich gründlich um und fand unter einem Strauch ein paar alte Zigarettenkippen und ein zerbrochenes Weinglas. Er würde die Spurensicherung hierherschicken.

Wortlos kehrten sie zu Pamelas Hof zurück. Von der heiteren Stimmung nach dem Match war nicht mehr viel übriggeblieben, als sie noch einmal mit Champagner anstießen, um die Flasche zu leeren. Danach brachen der Baron und

Bruno auf. Zu einer weiteren Verabredung kam es nicht, aber Bruno würde sich ja später wieder bei Pamela melden. Jetzt passte es nicht, an eine Neuauflage des Doppels zu denken, denn wie ein Schatten lasteten auf Pamelas Haus der Mord in der Nachbarschaft und das Wissen darum, dass zwei Verdächtige hier zu Gast gewesen waren und auf demselben Tennisplatz wie sie gespielt hatten.

15

Der Staatsanwalt, ein adretter und sichtbar ehrgeiziger Pariser von höchstens dreißig Jahren namens Lucien Tavernier, war mit der Morgenmaschine aus Paris auf dem Flughafen von Périgueux gelandet. Bruno fand ihn auf den ersten Blick unsympathisch, als er die überhebliche Miene sah, mit der jener Isabelle bei seinem ersten Zusammentreffen mit dem Ermittlerteam musterte. Es war kurz nach acht. Isabelle hatte Bruno mitten in der Nacht angerufen und gesagt, dass seine Anwesenheit erwünscht sei. Er wäre lieber in Saint-Denis geblieben, zumal er dem Team nicht angehörte und eine für den Mittag geplante Demo vorzubereiten hatte, aber es war Jean-Jacques' ausdrücklicher Wunsch, dass Bruno von den neuen Beweisen berichtete, die Richard Gelletreau und Jacqueline belasteten. Hätte er Jean-Jacques nicht am Vortag darüber informiert, wäre Richard wahrscheinlich auf freien Fuß gesetzt worden.

»Angeblich ist er schon oft mit ihr auf dieser Lichtung gewesen, um mit ihr zu schmusen. Von Hamids Häuschen will er nicht einmal Notiz genommen haben, da er anderes im Sinn hatte«, sagte Jean-Jacques. Das Haar stand ihm wirr vom Kopf, und sein Hemdkragen stand offen – er hatte offenbar kaum geschlafen. Gierig schlürfte er den wässrigen Kaffee, der auf der Polizeistation ausgeschenkt wurde.

Bruno hatte seinen Plastikbecher nach einem Schluck stehen lassen. Auf dem Konferenztisch befanden sich vor jedem Platz eine Flasche Wasser, ein Notizblock samt Kugelschreiber sowie ein Protokoll der jüngsten Verhöre. Nur Tavernier hatte alles beiseite geräumt.

»Weder Richard noch Jacqueline haben ein Alibi für den Nachmittag, an dem der Mord begangen wurde. Beide behaupten, zu dieser Zeit in ihrem Haus in Lalinde gewesen zu sein, und zwar im Bett«, fuhr Jean-Jacques fort. »Wir wissen allerdings, dass das Mädchen um 15:25 Uhr vor Saint-Denis getankt und mit ihrer Kreditkarte bezahlt hat. Also lügen beide, und zumindest sie war in der Nähe des Tatorts. Die Reifenspuren auf dem Weg zu Hamids Häuschen sind ein weiteres Indiz. Wir warten noch auf den Bericht der Kriminaltechnik, die die Zigarettenkippen, das Weinglas und die gebrauchten Kondome vom Fundort im Wald untersucht. Im Häuschen selber konnten zwar immer noch keine Spuren gefunden werden, die ihre Anwesenheit dort belegen, doch nach meiner Einschätzung deuten alle Indizien auf die beiden hin. Sie haben sich zur Mordzeit wenn nicht am Tatort, so doch in der Nähe aufgehalten. Vielleicht sollte ich hinzufügen, dass an ihren Kleidern oder in ihrem Auto keine Blutspuren sichergestellt werden konnten. Trotzdem glaube ich, dass wir genug gegen sie in der Hand haben, um sie in Haft zu halten.«

»Dem stimme ich zu. Es gibt ein politisches Motiv, sie hatten die Gelegenheit zur Tat und lügen. Außerdem nehmen sie Drogen«, stellte Tavernier fest und blickte durch seine sehr große und offensichtlich teure schwarze Designerbrille in die Runde. Er trug einen maßgeschneiderten schwarzen Anzug, ein weißes Hemd mit breiten violetten Streifen und dazu eine schwarze Krawatte, wie zu einer Beerdigung. Vor ihm auf dem Konferenztisch lagen ordentlich aufgereiht ein in schwarzes Leder gebundener Kalender, ein schwarzer Mont-Blanc-Füllfederhalter, das flachste Handy, das Bruno je gesehen hatte, und ein Minicomputer, über den er anscheinend seine E-Mails empfing und abschickte. Auf Bruno machte Tavernier den Eindruck eines Gesandten einer hochentwickelten, aber feindlichen Zivilisation. »Die Beweise dürften ausreichen, zumal es keine weiteren Verdächtigen gibt. Außerdem ist es im nationalen Interesse, dass wir den Fall möglichst schnell zum Abschluss bringen, sagt mein Minister. Wenn die Kriminaltechnik bestätigt, dass die beiden in der Nähe des Tatorts waren, können wir meines Erachtens die Anklage vorbereiten. Es sei denn, irgendjemand von Ihnen hat Einwände.«

Sein Blick machte deutlich, dass er keinen Widerspruch duldete. Jean-Jacques schenkte sich Kaffee nach. Isabelle studierte schweigend ihre Notizen. Eine Schreibkraft führte Protokoll. Eine junge Mitarbeiterin aus der Präfektur nickte bedächtig. Neben ihr saß die Pressesprecherin der Polizeizentrale aus Paris, eine junge Frau mit blonden Strähnchen und einer über die Haare zurückgeschobenen Sonnenbrille; sie hob die Hand und sagte:

»Ich könnte eine Pressekonferenz einberufen und bekanntgeben, dass wir Anklage erheben. Aber wir sollten uns beeilen, damit die Abendnachrichten im Fernsehen davon berichten können. Außerdem ist da noch diese Antirassismusdemonstration heute Mittag in Saint-Denis. Sie wollten doch dabei sein, Lucien, nicht wahr?«

»Haben Sie eine Bestätigung, dass der Minister kommt?«, fragte er.

Sie schüttelte den Kopf. »Nur der Präfekt und ein paar Abgeordnete der Nationalversammlung. Der Justizminister hat noch Termine in Paris, aber ich erwarte einen Anruf vom Innenminister. Er hält heute Abend eine Rede in Bordeaux und könnte vorher hier vorbeikommen.«

»Das wird er«, sagte Tavernier, sichtlich stolz darauf, dass er schon mehr wusste: »Ich habe soeben eine E-Mail von einem Kollegen aus seinem Büro erhalten. Er fliegt über Bergerac und will gegen halb zwölf im Bürgermeisteramt von Saint-Denis sein. Hoffentlich bin ich rechtzeitig dort.« Er richtete seinen Blick auf Jean-Jacques. »Hätten Sie ein Auto und einen Fahrer für mich?« Und mit einem Lächeln zu Isabelle gewandt: »Vielleicht Ihre reizende Mitarbeiterin.«

»Solange Sie bei uns sind, stehen Ihnen eines unserer Fahrzeuge und ein Fahrer der Gendarmerie zur Verfügung. *Inspectrice* Perrault hat andere Aufgaben«, antwortete Jean-Jacques in seinem einstudiert neutralen Tonfall. Er hatte noch ganz anders geklungen, als er Bruno am frühen Morgen angerufen und darüber aufgeklärt hatte, dass »der junge Heißsporn erst seit drei Monaten im Amt des *juge-magistrat*« sei. Als Sohn eines Airbus-Managers, der zufällig zur selben Zeit wie der neue Innenminister an der *École Nationale d'Administration* studiert habe, sei Lucien vor zwei Jahren auf direktem Weg von der Uni in den Mitarbeiterkreis des Ministers aufgestiegen und in dessen Partei bereits Vorsitzender der Nachwuchsorganisation. Ihm stehe eine glänzende Karriere bevor. Und er brenne offenbar darauf, den Fall zur Verhandlung zu bringen und seinem Minister wohlgefällig zu sein.

»Ich werde gleich im Anschluss an unser Gespräch nach Saint-Denis zurückfahren und könnte Sie mitnehmen«, sagte Bruno.

Tavernier schaute ihn an und schien sich zu fragen, was er, der als Einziger Polizeiuniform trug, überhaupt in seiner Gegenwart verloren hatte.

»Und wer sind Sie?«

»Benoît Courrèges, *chef de police* von Saint-Denis«, antwortete Bruno. »Die *police nationale* hat mich gebeten, sie in ihren Ermittlungen zu unterstützen.«

»Ah, ein ehrenwerter *garde-champêtre*«, bemerkte Tavernier süffisant; *garde-champêtres* hatten die Landpolizisten geheißen, als sie noch beritten waren. »Ach, und Sie und Ihre Leute benutzen inzwischen Automobile?«

»Flächenmäßig ist die Gemeinde von Saint-Denis größer als Paris«, entgegnete Bruno. »Ohne Autos wären wir aufgeschmissen. Wie gesagt, ich nehme Sie gern mit und könnte Ihnen unterwegs etwas über die Hintergründe und ein paar sonderbare Details unseres Falls erzählen.«

»Der Fall ist doch klar«, erwiderte Tavernier. Er nahm seinen kleinen Computer zur Hand, schaltete ihn mit dem Daumen ein und studierte den Bildschirm.

»Wir machen uns Gedanken wegen einer Kriegsmedaille und eines Fotos, auf dem das Mordopfer mit seiner alten Fußballmannschaft abgebildet ist«, erklärte Bruno. »Sie haben an der Wand in seinem Häuschen gehangen und sind verschwunden. Es wäre wichtig herauszufinden, wer diese beiden Sachen an sich genommen hat und wo sie jetzt sind.«

»Ja, unser tapferer Araber hatte ein *croix de guerre*, ich weiß«, sagte Tavernier, den Blick immer noch auf seinen Bildschirm gerichtet. »Wie ich sehe, bringt mein Minister ein paar Kollegen vom Verteidigungsministerium mit.« Dann wandte er sich wieder Bruno zu und sagte betont langsam und freundlich, wie zu einem geistig Minderbemittelten: »Wegen dieses *croix de guerre* bin ich überzeugt davon, dass wir die Richtigen haben. Diesen jungen Faschisten vom *Front National* passt es einfach nicht, dass ein Araber als französischer Kriegsheld geehrt wird. Sie haben die Medaille wahrscheinlich irgendwo in einen Fluss geworfen.«

»Aber warum sollten sie das Foto einer alten Fußballmannschaft einstecken?«, hakte Bruno nach.

»Wer weiß schon, wie diese kleinen Nazis ticken!«, entgegnete Tavernier. »Vielleicht ist es für sie eine Art Souvenir.«

»Dann hätten wir das Foto bei ihnen gefunden«, bemerkte Jean-Jacques.

»Ach ja?«, erwiderte Tavernier affektiert. »Wann wird die Kriminaltechnik ihren Bericht über dieses kleine Liebesnest im Wald vorlegen?«

»Noch im Laufe des Tages«, antwortete Isabelle.

»Ah ja, *Inspectrice* Perrault«, sagte Tavernier und gönnte ihr ein breites Grinsen. »Was für ein Gefühl haben Sie im Hinblick auf unsere beiden Hauptverdächtigen? Irgendwelche Zweifel?«

»Ich war zwar nicht bei allen Verhören dabei, aber es scheint doch einiges gegen sie zu sprechen«, erwiderte Isabelle mit fester Stimme und schaute Tavernier dabei an.

Bruno spürte einen Anflug von Eifersucht. Vor die Wahl zwischen einem kleinen Provinzpolizisten und einem vielversprechenden Spross des Pariser Establishments gestellt, würde sie wahrscheinlich nicht lange zögern. »Aber natürlich wären uns allen handfeste Beweise oder Geständnisse lieber, allein schon deshalb, weil beide vermögende Väter im Rücken haben, die sich gute Anwälte leisten können. Und ich finde, wir sollten uns verstärkt auch unter den Schlägertrupps der *Service d'Ordre* umschauen. Denen ist einiges zuzutrauen. Aber wie gesagt, wir brauchen Beweise.«

»Zugegeben«, erwiderte Tavernier. »Deshalb bin ich dafür, dass die Kriminaltechnik einen zweiten Blick auf den Tatort und die Sachen unserer Verdächtigen wirft. Könnten Sie das veranlassen, Mademoiselle? Vielleicht haben unsere Kollegen mehr Erfolg, jetzt, wo sie wissen, wonach sie suchen sollen. Wären damit nicht auch Ihre Zweifel ausgeräumt, Chefinspektor? Oder sollte ich vielleicht Experten aus Paris zu Rate ziehen?«

Jean-Jacques schüttelte den Kopf. »Unsere Leute sind sehr tüchtig. Ich glaube kaum, dass sie etwas übersehen haben.«

»Haben Sie denn noch Zweifel?«, fragte Tavernier beiläufig, aber mit leicht irritiertem Unterton.

»Mir ist das Motiv noch nicht klar«, antwortete Jean-Jacques. »Es deutet zwar alles auf eine politisch motivierte Tat hin, aber warum trifft es ausgerechnet diesen Araber? Warum zu diesem Zeitpunkt und auf so brutale Weise, indem man den alten Mann fesselt und wie ein Schwein schlachtet?«

»Warum es ihn erwischt hat? Weil er allein war und zu

alt, um sich wehren zu können«, dozierte Tavernier. »Und ein entlegenes Häuschen war der ideale Ort für diesen rituellen Mord. Zumindest im Kalkül dieser Nazipsychopathen. Und dann haben sie diese Medaille mitgehen lassen, um zu demonstrieren, dass ihr Opfer gar kein waschechter Franzose war. So, und jetzt wird's Zeit, dass ich mir die beiden kleinen Faschisten selbst einmal vorknöpfe. Mir bleiben dafür noch zwei Stunden, nicht wahr, bevor es in dieses kleine Städtchen weitergeht – wie heißt es noch? – ah ja, Saint-Denis. Nicht gerade ein hübscher und vor allem kein seltener Name, aber ich bin überzeugt, der Minister und ich werden es ganz entzückend finden.«

Jean-Jacques' Büro passte überhaupt nicht zu seiner äußeren Erscheinung, die eher ausladend und ungepflegt wirkte, ganz anders als der aufgeräumte Schreibtisch mit den sorgfältig gestapelten Unterlagen. Eine Zeitung lag bündig am Rand des kleinen Tisches, vor dem sie saßen und einen kräftigen Kaffee tranken, den Isabelle in ihrem Nebenzimmer gebraut hatte. Jean-Jacques hatte seine Schuhe ausgezogen, strich sich das zerzauste Haar glatt und blätterte in einer Akte, die ihm von Isabelle vorgelegt worden war. Sie trug einen dunklen Hosenanzug, einen roten Schal und Trainingsschuhe, die ziemlich teuer aussahen. Bruno wurde ein wenig verlegen angesichts ihrer kühlen, geschäftsmäßigen Miene und in Erinnerung an die Phantasien, die er vorvergangene Nacht nach ihrem Weggang gehabt hatte.

»Die Akte aus Hamids Militärzeit gibt mir einige Rätsel auf«, sagte Jean-Jacques. »Hier steht, dass er am 28. August 1944 der Ersten Division der französischen Streitkräfte beigetreten ist und den *Commandos d'Afrique* unterstellt war. Seine Einheit gehörte zum sogenannten Romeo-Bataillon, das am 14. August 1944 in Südfrankreich an Land gegangen ist und einen Ort namens Cap Nègre eingenommen hat. Zum Zeitpunkt der Invasion war Hamid also noch nicht Mitglied dieser Truppe. Er kommt erst zwei Wochen später ins Spiel, nämlich während der Besetzung von Brignolles, einem entlegenen Kaff in der Provence.«

»Ich habe mich im Militärarchiv erkundigt und einen der Angestellten gesprochen«, berichtete Isabelle. »Er sagte, dass es für Mitglieder der Résistance nicht ungewöhnlich gewesen sei, den Streitkräften beizutreten und für die gesamte Kriegsdauer auch zu bleiben. Die *Commandos d'Afrique* waren eine Einheit der Kolonialarmee, die ursprünglich aus Algerien kam und aus Algeriern bestand. Sie hatten bei Draguignan schwere Verluste erlitten, brauchten unbedingt Verstärkung und suchten sie unter den Freiwilligen der Résistance vor Ort. Weil unser Hamid Algerier war, wurde er rekrutiert und blieb bis zum Ende des Krieges. In der Winterschlacht in den Vogesen wurde er zum Korporal befördert, verwundet und musste zwei Monate im Lazarett verbringen. Im April 1945, als er mit seiner Einheit kurz vor der Kapitulation der Deutschen in Deutschland einmarschierte, wurde er zum Sergeanten befördert.«

»Und nach Kriegsende blieb er in der Armee?«, fragte Bruno.

»So sieht's aus«, antwortete Jean-Jacques und las aus der Akte vor. »Er wechselte in das 12. Regiment der *Chasseurs d'Afrique* und ging mit nach Vietnam, wo er nach einem gescheiterten Versuch, die Garnison bei Dien Bien Phu zu retten, mit dem *croix de guerre* ausgezeichnet wurde. Seine Einheit kehrte dann nach Algerien zurück und war dort bis zu ihrer Auflösung 1962 stationiert. Kurz vorher aber wurde Hamid zusammen mit anderen altgedienten Sergeanten und verdienstvollen Offizieren in ein Ausbildungsbataillon der *Chasseurs* versetzt, aus dem er 1979 nach fünfunddreißig Dienstjahren ausgemustert wurde. Danach nahm er einen Job als Hausmeister an der Militärakademie von Soissons an, protegiert von einem alten Vorgesetzten, der dort die Leitung übernommen hatte.«

»Und was ist daran so rätselhaft?«, wollte Bruno wissen.

»Wir finden keinerlei Hinweise auf ihn bei den Résistance -Gruppen rund um Toulon, wo er sich doch angeblich aufgehalten hat, bevor er den *Commandos d'Afrique* beigetreten ist. Isabelle hat in den einschlägigen Unterlagen nachgeforscht, und die sind ziemlich lückenlos, weil es nach dem Krieg für viele sehr günstig war, nachweisen zu können, in der Résistance gekämpft zu haben. Aber von einem Hamid al-Bakr ist nirgends die Rede.«

»Das muss nicht viel zu bedeuten haben«, sagte Isabelle. »In den Listen der Widerstandsgruppen tauchen nur wenige arabische Namen auf; auch spanische Namen sind kaum zu finden, obwohl spanische Flüchtlinge aus dem Bürgerkrieg eine große Rolle in der Résistance gespielt haben. Die Unterlagen der beiden größten Gruppen, der *Armée secrète* und der *Franc-tireurs et partisans,* sind allerdings recht verlässlich. Er war vielleicht in einer anderen Gruppe oder ist durchs Netz gefallen. Es kann auch sein, dass er damals in der Résistance einen anderen Namen geführt hatte, was nicht ungewöhnlich gewesen wäre.«

»Trotzdem stört mich was daran, irgendwie stimmt da was nicht«, sagte Jean-Jacques. »Hamids Zeit in der Armee ist lückenlos dokumentiert. Aber davor finden wir über ihn rein gar nichts. Es ist, als wäre er aus dem Nichts aufgetaucht.«

»Typisch Krieg«, sagte Bruno und zuckte mit den Achseln. »Bei den Kampfhandlungen sind viele Akten verlorengegangen oder verbrannt. Und aus meiner eigenen Erfahrung bei der Armee weiß ich, dass die offiziellen Dokumente zwar alle ganz ordentlich und komplett aussehen, stellenweise aber reine Erfindung und so zurechtfrisiert sind, dass alle Zahlen und Fakten übereinstimmen. Fest steht jedenfalls, dass Hamid fünfunddreißig Jahre beim Militär war, in drei Kriegen gekämpft hat und anscheinend ein guter Soldat gewesen ist, denn sonst wäre er wohl kaum von seinem Vorgesetzten protegiert worden.«

»Ja, das ist bekannt«, sagte Jean-Jacques. »Isabelle aber hat ein bisschen tiefer zu graben versucht.«

»Wir haben bei der Polizei in Marseille und Toulon nachgefragt, aber von den Unterlagen vor 1944 ist nicht viel übriggeblieben, und es war nichts über Hamid zu finden«, fuhr Isabelle fort. »Laut eigener Angaben wurde er am 14. Juli 1923 in Oran geboren. Allerdings sagte mir der Archivar, dass viele algerische Soldaten den Tag ihrer Geburt nicht genau gewusst und darum das Datum des französischen Nationalfeiertags angegeben hätten, weil es leicht zu merken war. Die algerischen Melderegister von damals würden uns, wenn wir denn an sie rankämen, auch nicht viel weiterhelfen, weil sie ziemlich unvollständig sind. Das Datum von Hamids Ankunft in Frankreich lässt sich ebenfalls nicht mehr feststellen. Vor seiner Zeit bei den *Commandos d'Afrique* ist er für uns ein absolut unbeschriebenes Blatt.«

»Ich habe diese Frage aufgeworfen, weil ich mir im Hinblick auf unsere beiden jungen Tatverdächtigen ganz und gar nicht sicher bin«, sagte Jean-Jacques. »Ich habe beide unabhängig voneinander verhört und traue ihnen die Tat einfach nicht zu. Wahrscheinlich ist es nur so eine Ahnung. Also habe ich Isabelle gebeten, so lange in Hamids Leben zu stochern, bis sie die sprichwörtliche Stecknadel gefunden hat.«

»Tavernier scheint sich dagegen auf die beiden Teenager eingeschossen zu haben«, sagte Bruno.

»Ja, und mir ist dabei, offen gestanden, nicht wohl«, erwiderte Jean-Jacques.

»Wie gesagt, wir brauchen mehr Beweismaterial«, meinte Isabelle.

»Dann wären wir drei uns ja einig«, pflichtete Bruno bei. »Mit dem, was wir wissen, können wir weder die beiden festnageln noch irgendeine neue Spur auftun.«

»Versuchen Sie doch bitte, über die Familie mehr über unseren mysteriösen Mann herauszufinden«, sagte Jean-Jacques. »Er muss seinen Angehörigen doch irgendwas über seine Kindheit und Jugend erzählt haben. Solange sich keine neuen Anhaltspunkte ergeben, hängen wir fest.«

16

Der Bürgermeister war ungehalten. In weniger als einer Stunde sollte die Kundgebung beginnen, und zwei seiner verlässlichsten Fahnenträger hatten beschlossen, zu Hause zu bleiben, was an sich schon schlimm genug war. Doch es war das erste Mal überhaupt, dass sie ihm einen Korb gaben. So etwas hatte es in Saint-Denis noch nie gegeben, und eine Einladung des Bürgermeisters auszuschlagen, wenn sich ein Minister der Republik und zwei Generäle die Ehre gaben, grenzte an Meuterei.

»Sie werden die Trikolore tragen müssen, Bruno«, sagte der Bürgermeister gereizt. »Bachelot und Jean-Pierre weigern sich, an Ihrer kleinen Veranstaltung teilzunehmen. Sie haben unmissverständlich deutlich gemacht, dass sie von Muslimen und Algeriern oder Immigranten im Allgemeinen nichts halten und sie nicht auch noch ehren wollen.«

Bruno registrierte das Wörtchen »Ihrer«. Ja, es war sein Vorschlag gewesen, die Demonstration gegen rassistische Umtriebe in eine patriotische Veranstaltung zum Gedenken an einen französischen Kriegsveteranen umzuwidmen, aber wenn jetzt etwas schiefging, war er der Sündenbock.

»Was will denn Montsouris tragen?«, fragte Bruno. »Doch hoffentlich keine rote Fahne. Hamid hatte für Politik nicht viel übrig und schon gar nichts für Kommunisten.«

»Ich glaube, er will mit einer algerischen Fahne kommen«, antwortete der Bürgermeister, dem die ganze Sache zuwider zu sein schien. »Habe ich Ihnen eigentlich schon gesagt, dass sich der Innenminister und zwei Generäle angekündigt haben? Ich habe heute Morgen schon zwei Fernsehinterviews geben müssen und eines für *France Inter*. Am Nachmittag will mich eine Journalistin von *Le Monde* sprechen. Dann wäre da noch ein Typ von der *Libération*, der übrigens als Einziger die Nacht über hierbleiben wird, während die anderen im *Vieux Logis* in Trémolat Quartier beziehen. Ist doch bezeichnend, dass diese Medienfritzen immer die besten Hotels für sich ausfindig machen. Dieser ganze Rummel behagt mir gar nicht, Bruno. Und jetzt sagen Sie mir auch noch, dass dieser *Juge-Magistrat* von Richards Schuld überzeugt zu sein scheint und ihn wegen Mordes anklagen will.«

»Tavernier, so heißt er, will eben hoch hinaus«, bemerkte Bruno. »Und hat gute Verbindungen.«

»Ja, ich kenne seinen Vater, noch von meinem Studium an der *Polytechnique* her«, erwiderte der Bürgermeister, was Bruno kaum überraschte, denn Mangin schien in Paris Gott und die Welt zu kennen. »Und seine Mutter ist Autorin eines dieser schrecklichen Bücher über die Neue Frau, das sie geschrieben hat, als Feminismus besonders angesagt war. Ich bin neugierig, was aus dem Jungen geworden ist. Sie sollten jetzt besser gehen, Bruno, und dafür sorgen, dass gleich nichts schiefläuft. Nicht, dass es vor den Augen dieser Medienfritzen zu irgendwelchen Pannen kommt. Ruhig und würdevoll, so soll es sein.«

Auf dem Marktplatz fingen zwei Kamerateams Bilder

von der *mairie* und der alten Brücke ein. Vor Fauquets Café hatten Reporter zwei Tische in Beschlag genommen. Sie interviewten sich gegenseitig, während drinnen an der Bar ein paar stämmige Männer – wahrscheinlich Montsouris' Genossen von der Gewerkschaft – Bier tranken. Bruno wimmelte einen Reporter ab, der ihm einen Kassettenrecorder unter die Nase hielt, als er seinen Transporter bestieg, um zur Schule zu fahren, wo die Demonstration ihren Ausgang nehmen sollte. Wie ihm auffiel, parkten vor der Bank mehrere Busse. Montsouris hatte offenbar dafür gesorgt, dass der Aufmarsch größer wurde als erwartet.

Rollo ließ alle seine Schüler auf dem Schulhof Aufstellung nehmen. Auf selbstgemalten Transparenten stand »Rassismus – nein danke« und »Frankreich gehört uns allen«. Rollo trug einen Anstecker am Revers mit der Aufschrift TOUCHE PAS À MON POTE!, »Hände weg von meinem Kumpel!«, einem Spruch, der, wie sich Bruno erinnerte, noch aus der Antirassismusbewegung vor über zwanzig Jahren stammte. »*Bonjour,* Bruno«, grüßten einige seiner Tennisschüler, die für Teenager ganz ordentlich angezogen waren und einen durchaus wohlerzogenen Eindruck machten. Aber vielleicht ließen sie sich auch nur von den beiden Rugbymannschaften einschüchtern, dem U21-Team und dem der Senioren, an die dreißig kräftige Jungs in einheitlichen Trainingsanzügen, die Karim zuliebe gekommen waren und dafür sorgen sollten, dass es keinen Ärger gab.

Bruno schaute sich um, konnte aber nirgends Montsouris entdecken, auf den die Idee für den Solidaritätsmarsch zurückging. Wahrscheinlich war er mit seinen Freunden von der Gewerkschaft in der Bar. Sein Hausdrache aber stand auf dem Schulhof bei Momu und Ahmed vom Tiefbauamt, die beide eine große algerische Fahne trugen. Es schien, als hätten sich alle Einwandererfamilien der Stadt vollzählig eingefunden. Zu Brunos Verwunderung trugen etliche Frauen Kopftücher, was sie sonst nie taten. Er hoffte, dass sie damit bloß ein Zeichen ihrer Solidarität setzten und nicht mehr.

»Wir marschieren um zwanzig vor zwölf los und wären dann Punkt zwölf vor der *mairie*«, sagte Rollo. »Es ist alles organisiert. Für die Ansprachen sind zehn oder fünfzehn Minuten vorgesehen. Anschließend geht's mit der Blaskapelle weiter bis zum Kriegerdenkmal. Die Kinder hätten dann noch genug Zeit fürs Mittagessen und wären pünktlich zum Nachmittagsunterricht zurück.«

»Die Ansprachen könnten länger dauern. Der Innenminister kommt und wird es sich vor all den Fernsehkameras nicht nehmen lassen, selbst ein paar Worte zu sprechen«, sagte Bruno. »Übrigens werden Sie die Trikolore tragen müssen, denn Bachelot und Jean-Pierre boykottieren die Kundgebung, weil sie für unsere Migranten offenbar nicht viel übrighaben.«

»Mistkerle«, blaffte Madame Montsouris, die einen Wimpel mit dem nationalen Emblem von Algerien aufgetrieben hatte. »Und dann auch noch dieser verfluchte Innenminister, der nicht besser ist als diese Typen vom *Front National.* Was hat der hier überhaupt verloren? Wer hat ihn eingeladen?«

»Ich glaube, das ist mit dem Bürgermeister abgesprochen worden«, entgegnete Bruno ruhig. »Aber am Programm ändert sich nichts. Wir wollen eines alten Kriegshelden gedenken und unsere Solidarität gegen Rassismus und Gewalt zum Ausdruck bringen. Ruhig und würdevoll, sagt der Bürgermeister.«

»Wir wollen ein deutlicheres Zeichen setzen«, meinte Madame Montsouris so laut, dass sie auch von den anderen Lehrern und allen Schülern gehört werden konnte. »Mit rassistischer Gewalt muss es ein für alle Mal aufhören, und es sollte klargemacht werden, dass für faschistische Mörder hier kein Platz ist.«

»Für die großen Reden ist später noch Zeit.« Bruno wandte sich an Momu. »Wo ist Karim? Er wollte doch hier sein.«

»Er ist auf dem Weg«, antwortete Momu. »Er leiht sich das *croix de guerre* von dem alten Oberst Duclos aus, um es auf einem Kissen zum Kriegerdenkmal zu tragen. Er wird jeden Augenblick hier sein.«

»Keine Sorge, Bruno«, sagte Rollo. »Wir haben alles unter Kontrolle. Sobald Karim hier ist, ziehen wir los.«

In diesem Moment bog Momus kleiner Citroën auf den Parkplatz vor der Schule ein, und Karim stieg aus. Er trug den Trainingsanzug seines Rugbyclubs, hielt in der einen Hand ein Samtkissen und in der anderen eine kleine Bronzemedaille. Rollo ließ Aufstellung nehmen und winkte Momus Familie nach vorn. Sie sollte mit einem halben Dutzend Spielern der Rugbymannschaft den Zug anführen. Ihnen folgten in Dreierreihen die Schulklassen, begleitet von ihren Lehrern und flankiert von den übrigen Rugbyspielern. Rollo rief einen Jungen zu sich, der eine kleine Trommel vor den Bauch geschnallt hatte, und forderte ihn auf, den Takt für den Marschrhythmus vorzugeben. Als sich der Zug in

Bewegung setzte, eilte Bruno auf die Straße, um den Verkehr aufzuhalten. Ein gesitteter, maßvoller Aufmarsch, dachte er schon, da zog plötzlich Montsouris' Frau ein Megaphon aus ihrem Beutel und fing zu skandieren an: »Nein zu Rassismus, nein zu Faschismus« – alles gut und schön, aber dieser Ton war nicht geplant. Er wollte eingreifen, sah aber dann, dass Momu ein paar Worte mit ihr wechselte, worauf sie das Megaphon wieder wegsteckte.

Zwei Fernsehkameras filmten den Zug, der auf der Rue de la République am Supermarkt, der landwirtschaftlichen Genossenschaft, der großen Zweigstelle der *Crédit Agricole* vorbei und über die Brücke durch ein Spalier von Zuschauern bis hin zur *mairie* marschierte, wo der Bürgermeister und andere Würdenträger auf einem Podest warteten, das normalerweise als Bühne für Musikveranstaltungen genutzt wurde. Bruno war ein wenig irritiert, als er *Capitaine* Duroc mit einem kleinen Trupp von Gendarmen vor dem Podest erblickte. Er hatte Duroc gebeten, seine Männer paarweise an verschiedenen Stellen des Platzes zu postieren. Als die Demonstranten zur Stelle waren, war es genau zwölf, die Kirchenglocken fingen zu läuten an, und auf dem Bürgermeisteramt heulte die Mittagssirene los. Der Platz war inzwischen voller Menschen. Eine dritte Fernsehkamera schwenkte darüber hinweg. Die Sirene verstummte, und der Bürgermeister trat vor.

»Bürger von Saint-Denis, *Monsieur le Ministre, mes Généraux,* Freunde und Nachbarn«, rief der Bürgermeister mit der lauten Stimme eines Berufspolitikers über den Platz. »Wir haben uns hier versammelt, um der Familie unseres Schullehrers Mohammed al-Bakr unser Mitgefühl zum

Ausdruck zu bringen. Wir betrauern mit ihr den tragischen Verlust ihres Vaters Hamid und ehren ihn als einen Mitbürger, Nachbarn und Kriegshelden, der für unser teures Vaterland gekämpft hat. Wir alle wissen um die schrecklichen Umstände seines Todes, die von den Ordnungskräften mit aller Entschiedenheit aufgeklärt werden, damit seine Familie Gerechtigkeit erfährt, so wie wir unseren Abscheu zeigen gegenüber allen Formen von Rassismus und Hass. Ich habe nun die Ehre, unseren Innenminister vorzustellen, der nach Saint-Denis gekommen ist, um uns sein Beileid zu bezeugen und uns der Unterstützung unserer Regierung zu versichern.«

»Schickt die Scheißmuslime dahin zurück, wo sie hergekommen sind«, brüllte jemand aus der Menge, und alle Köpfe drehten sich in die Richtung, aus der die Stimme gekommen war. Der Minister am Mikrofon wurde unsicher. Bruno bahnte sich einen Weg durch das Gedränge, um nach dem Schreihals zu suchen.

»Raus mit dem Pack, raus damit, raus damit!«, fingen etliche zu grölen an, und Bruno sah betroffen, wie drei Fahnen des *Front National* geschwenkt wurden. Verdammt, dachte er. In den Bussen, die er gesehen hatte, waren nicht etwa Montsouris' Gewerkschaftsfreunde gekommen. Links und rechts von ihm geriet alles in Bewegung. Von Karim angeführt, drängten die Rugbyspieler auf die Fahnenträger zu.

Jetzt tönte aus einem Megaphon der verstärkte Ruf: »Araber, verpisst euch!« Montsouris' Frau hielt mit ihrem Megaphon dagegen und schrie: »Kein Fußbreit Boden dem Rassismus!« Faules Obst, Eier und Gemüse flogen in Richtung Podest durch die Luft. Das war gut vorbereitet, dachte

Bruno. Auf dem Parkplatz standen drei Busse, jeder mit dreißig bis vierzig Sitzplätzen. Also waren wahrscheinlich über hundert Personen angereist. Ihnen standen nur etwa dreißig Jungs vom Rugbyclub und eine Handvoll Gewerkschafter gegenüber. Das kann sehr übel werden, und dann kommt das Ganze auch noch im Fernsehen, ging es Bruno durch den Kopf. Eine der *Front-National*-Fahnen wurde von den Rugbyspielern zu Boden gerissen, und einige Männer ließen bereits ihre Fäuste fliegen, während einige Frauen schreiend davonliefen.

Bruno hielt sich zurück. Ein einzelner Polizist konnte hier wenig ausrichten. Er eilte zurück zur Bühne. Für ihn galt es jetzt, die Schulkinder in Sicherheit zu bringen. Die Gendarmen mochten sich um die Würdenträger kümmern. Mehrere stämmige Kerle, darunter Montsouris, rannten ihn über den Haufen. Als er sich wieder aufgerappelt hatte, traf ihn ein Kohlkopf an der Schläfe und riss ihm die Schirmmütze vom Kopf. Schnell bückte er sich, um sie vom Boden aufzuheben, denn ohne sie würden die Schulkinder ihn womöglich nicht erkennen. Benommen schob er sich weiter und sah, dass Rollo bereits seine Schüler zum überdachten Teil des Marktplatzes zu lotsen versuchte. Manche der älteren Jungen entwischten und rannten los, um sich an der Attacke auf die angereisten Unterstützer des *Front National* zu beteiligen.

Die »Araber raus«- und »Kein Fußbreit Boden dem Rassismus«-Schreie plärrten über Megaphone gegeneinander an, während die Honoratioren mit erhobenen Händen das Bombardement von Tomaten abzuwehren versuchten und, von den ansonsten nutzlosen Gendarmen geschützt, ins

Rathaus zurückeilten. Auf den Rückzug machte sich auch *Capitaine* Duroc mit dem Minister und den beiden Generälen, deren goldbetresste Uniformen durch die geworfenen Eier und das faule Obst gelitten hatten.

Die Schüler waren jetzt in der Markthalle. Bruno musste schreien, um sich Gehör zu verschaffen, und forderte Rollo und Momu auf, die jüngeren Kinder ins Café zu bringen. Der alte Fauquet solle Türen und Fenster verrammeln, die Feuerwehr rufen und veranlassen, dass sie mit ihren Hochdruckspritzen den Platz räumte.

Bruno schaute sich um und sah, wie das Handgemenge vor dem Hotel in eine wüste Schlägerei ausartete, bei der Fahnen- und Transparentstangen als Knüppel und Lanzen zum Einsatz kamen. Auch auf den Stufen, die zur Altstadt hochführten, wurde gekämpft. Als eine Gruppe von Frauen, unter ihnen auch Pamela und Christine, an den Raufbolden vorbeizukommen versuchte, wurden sie von mehreren Skinheads attackiert. Bruno eilte durch die Menge, die sich schnell auflöste, packte den ersten Rowdy, der sich ihm in den Weg stellte, beim Kragen, versetzte ihm einen Tritt vor die Knöchel und stieß ihn vor zweien seiner Kumpane zu Boden. Dann hastete er die Stufen hinauf und stellte sich schützend vor die Frauen.

»Schnell weg!«, rief er ihnen zu, als sich die Schläger näherten und ihn zu greifen versuchten. Sein Körper erinnerte sich an die Ausbildung beim Militär, nahm automatisch Kampfstellung ein, während seine Augen die Umgebung nach Bedrohungen und möglichen Zielen absuchten. Gebückt nahm er Anlauf, rammte seinen Kopf in den Bauch des einen, stellte dem anderen ein Bein und schlug einem dritten Skinhead die Faust vor den Hals, worauf jener nach Luft schnappte und in den Knien einknickte. Jetzt, wo sie ihren Angriffsschwung verloren hatten, war der richtige Zeitpunkt gekommen, zum Gegenangriff überzugehen. Bruno spannte die Muskeln an und stürzte sich auf einen Jungen, der eine Holzstange mit einem daran befestigten *Front-National*-Plakat wie einen Speer schwenkte. Er schlug eine Handkante gegen die Nasenwurzel des Jungen, dann wirbelte er herum, rammte einem anderen den Ellbogen in den Solarplexus und nutzte seinen Schwung dazu, einem Dritten seitlich gegen die Knie zu treten. Als er wieder in seiner Ausgangsposition war, lagen die drei vor ihm auf dem Boden.

Eine der Frauen war plötzlich neben ihm und trat einem der drei gezielt zwischen die Beine. Überrascht stellte Bruno fest, dass es Pamela, die verrückte Engländerin, war, die sogleich zu einem zweiten Tritt ausholte. Mit seitlich ausgestreckten Armen drängte er sie zurück und versuchte gleichzeitig, die Schläger in Schach zu halten, als er von einem wuchtigen Schlag ins Gesicht getroffen wurde und nur noch Sternchen sah. Gleich darauf hagelte es Tritte, in den Rücken, vor die Knie und an den Sprunggelenken. Er wusste, dass es in einer solchen Situation darauf ankam, auf den Beinen zu bleiben, war aber zu benommen, um klar zu denken, und spürte, wie jemand seine Fesseln gepackt hielt und ihn zu Boden zu zerren versuchte. Er schlug um sich und trat auf den Mann, der ihn an den Füßen festhielt, worauf dieser den Griff um Brunos Fesseln lockerte. Aber es waren zu viele…

Und dann passierte etwas Außergewöhnliches. Wie ein

Wirbelwind tauchte plötzlich aus dem Nichts eine schlanke, fast schmächtige Gestalt auf, die sich offenbar im Kampfsport bestens auskannte. Sie sprang in die Luft und trat ihrem Gegenüber einen Schuhabsatz vor den Solarplexus. Kaum wieder auf dem Boden gelandet, vollführte die Gestalt eine Pirouette und trat einem anderen mit der Fußspitze an den Hals. Fast gleichzeitig platzierte sie zwei trockene Fausthiebe auf die Nase desjenigen, der an Brunos Fußgelenken hing. Von ihm befreit, konnte sich Bruno der Richtung zuwenden, aus der der Schlag gekommen war, der ihn seitlich im Gesicht getroffen hatte, und sah einen Fremden mittleren Alters mit erhobenen Händen zurückweichen. Bruno riss ihm den Saum seiner Jacke über Brust und Kopf, fixierte so seine Arme und schleuderte ihn zu Boden. Als er seinem Gefangenen mit der Schuhsohle auf den Nacken trat, empfand er plötzlich eine eigentümliche Ruhe, ungeachtet der nach wie vor plärrenden Megaphonschreie. Die Frauen flohen über die Stufen in Richtung Altstadt. Der Wirbelwind hatte zu kämpfen aufgehört, und erst jetzt erkannte Bruno in ihm *Inspectrice* Isabelle.

»Danke«, sagte er. Sie lächelte, nickte ihm zu und rannte los, um sich ins Getümmel vor dem Hotel zu stürzen. Fast wäre er ihr gefolgt, doch dann besann er sich und stieg ein paar Stufen hinauf, um sich einen besseren Überblick zu verschaffen und zu entscheiden, was als Nächstes zu tun war. Im Laufschritt kehrte er zu dem kleinen Trupp der Gendarmen vor der *mairie* zurück, und als er unweit Glasscheiben zerspringen hörte, rief er den Gendarmen zu: »Mir nach – und benutzt eure Trillerpfeifen!« Doch wohin er sie führen wollte, war ihm selbst nicht ganz klar.

Das Megaphongebrüll des *Front National* schien aus der Ecke zu kommen, wo auch *Front-National*-Fahnen geschwenkt wurden, gleich vor dem Hotel, und genau darauf eilte Bruno zu. Vier oder fünf Männer lagen auf den Pflastersteinen. Einige Dutzend sprangen noch umher, doch die Jungs vom Rugbyclub hatten die Situation offenbar im Griff. Sie hatten Paare gebildet und kämpften Rücken an Rücken. Karim hob eine schwere metallene Mülltonne über den Kopf und schleuderte sie mit Wucht in den Haufen, der die Fahnenträger beschützte. Der Schreihals am Megaphon schien sich zu verschlucken; die »Araber raus«-Rufe brachen ab. Bruno führte die Gendarmen auf das Getümmel zu und machte sich daran, denen, die am Boden lagen, Handschellen anzulegen. Plötzlich war der Spuk zu Ende. Alle liefen in heilloser Flucht auseinander.

»Jean-Luc«, rief Bruno einem stämmigen Gendarmen zu. »Auf dem Parkplatz der Bank stehen drei Reisebusse. Geh, und leg sie lahm. Damit sind diese Idioten gekommen. Nimm ein paar Kollegen mit. Legt den Fahrern, wenn's sein muss, Handschellen an, oder blockiert die Ausfahrt.«

In diesem Moment traf die Feuerwehr ein, mit zwei Fahrzeugen, die fast die Hälfte des Platzes einnahmen. Die Feuerwehrleute sprangen heraus und halfen sofort beim Aufräumen. Das erste Opfer, um das sie sich kümmerten, war Ahmed, der zur freiwilligen Feuerwehr gehörte. Er lag bewusstlos, mit blutverschmiertem Gesicht und einem ausgetretenen Zahn am Boden. Die rote Limousine der Einsatzleitung hielt mit quietschenden Reifen und heulendem Martinshorn neben Bruno. Morisot, der Chef der hiesigen Feuerwache, fragte Bruno, was zu tun sei.

»Kümmern Sie sich zuerst um die Verletzten. Und nehmen Sie alle, die Ihnen ortsfremd erscheinen, fest«, sagte Bruno. »Wir werden sie uns später auf der Gendarmerie vorknöpfen.«

Bruno beugte sich über den jungen Roussel, einen Flügelstürmer aus der Rugbymannschaft, der für solche Schlägereien viel zu klein und schmächtig war. Er war benommen und außer Atem, schien aber bis auf das Veilchen, das ihm blühen würde, unverletzt zu sein. Neben ihm kauerte Lespinasse – die Nummer acht im Team und so vierschrötig, wie man nur sein konnte – auf den Knien und schnappte nach Luft. »Die Schweine haben mir in die Eier getreten«, ächzte er. Plötzlich war ein Kameramann zur Stelle. Bruno wurde ein Mikrofon vors Gesicht gehalten. Was passiert sei, fragte eine besorgte Stimme.

Erleichtert darüber, dass von seinen Leuten anscheinend niemand ernstlich verletzt war, antwortete Bruno spontan: »Extremisten von außerhalb haben uns hier, in unserer eigenen Stadt, angegriffen. Das ist passiert.«

Dann atmete er tief durch und erinnerte sich an die langweiligen Seminare über PR-Arbeit an der Polizeiakademie, in denen ihm eingeschärft worden war, dass es vor Vertretern der Medien vor allem darauf ankomme, die eigene Sicht der Dinge zu beschreiben, denn sie werde für die Berichterstattung maßgeblich sein.

»Wir haben eine friedliche Kundgebung vor unserem Kriegerdenkmal abhalten und einen toten Kriegshelden ehren wollen, bis diese Extremisten angefangen haben, rassistische Schmähungen zu skandieren, mit Gegenständen zu werfen und auf Leute einzudreschen«, sagte er. »Hier auf dem Platz waren größtenteils Schulkinder versammelt, aber darauf haben diese Schweine keine Rücksicht genommen. Ihre Aktion war geplant. Sie sind in Bussen gekommen, mit ihren Fahnen und Megaphonen, einzig und allein in der Absicht, unsere Kundgebung zu stören. Allerdings haben sie nicht mit der Entschlossenheit der Bürger von Saint-Denis gerechnet. Wir verteidigen uns und unsere Stadt.«

»Es hat offenbar Verletzte gegeben. Wie viele?«, war die nächste Frage, gestellt von einem anderen Kamerateam.

»Das wissen wir noch nicht.«

»Was ist mit Ihrer eigenen Verletzung?«, wollte der Reporter wissen. »Sie bluten.«

Bruno wischte sich mit der Hand übers Gesicht. »Meine Güte«, sagte er. »Das habe ich gar nicht gemerkt.«

Die Kameras wandten sich ab, als ein Krankenwagen mit heulender Sirene auf den Platz fuhr. Vor dem eingeschlagenen Spiegelglasfenster des *Hôtel Saint-Denis* kniete Dr. Gelletreau neben einer der am Boden liegenden Gestalten.

»Ein paar Beinfrakturen, ein oder zwei Schädeltraumata und mehrere gebrochene Nasen. Nichts wirklich Schlimmes. Wie nach einem guten Rugbyspiel«, sagte Gelletreau.

Bruno schaute sich auf dem Platz um. Einsatzfahrzeuge der Feuerwehr und ein Krankenwagen, Glasscherben, zermatschtes Obst, Eier und Gemüse, verängstigte junge Gesichter hinter den Säulen der Markthalle. Er blickte zur *mairie* auf und sah hinter den Fenstern des Ratssaals die Umrisse mehrerer Personen. Heute also kein Mittagessen, dachte er und machte sich daran, den Abtransport der Gefangenen in die Gendarmerie zu organisieren – was eigentlich Aufgabe von *Capitaine* Duroc gewesen wäre.

17

Dougal, Brunos schottischer Freund aus dem Tennisclub, nahm am öffentlichen Leben von Saint-Denis nur selten teil, obwohl ihn der Bürgermeister schon mehrmals darum gebeten hatte, sich als Kandidat seiner Fraktion um einen Sitz im Rat zu bewerben. Nachdem Dougal sein kleines Bauunternehmen in Glasgow verkauft und seinen Altersruhesitz in Saint-Denis eingerichtet hatte, war ihm bald langweilig geworden, und so hatte er eine Agentur gegründet, die sich »Reizvolle Dordogne« nannte und darauf spezialisiert war, während der Hauptsaison Häuser und auch bescheidenere Unterkünfte, sogenannte *gîtes*, an Touristen zu vermieten. Mit ihm kooperierten zahlreiche zugereiste Anwohner, die, wenn sie im Juli oder August selbst Urlaub machten, ihre Unterkünfte Dougals Touristen zur Verfügung stellten und damit einen hübschen Nebenverdienst kassierten. Da er jede Menge Handwerker, Putzfrauen, Gärtner und Wartungspersonal für Swimmingpools beschäftigte, war Dougal einer der größten Arbeitgeber der Stadt. Auch Bruno fand, dass es bei so vielen Gästen aus dem Ausland sinnvoll wäre, ein Mitglied im Stadtrat zu haben, das vermittelnd wirken konnte. Doch Dougal war für ein solches Amt nicht zu gewinnen und redete sich damit heraus, dass er zu beschäftigt sei und nicht gut genug Französisch spreche. Diesmal aber saß er zusammen mit einer Delegation örtlicher Geschäftsleute in der Ratsversammlung und beschwerte sich empört und in einem durchaus verständlichen Französisch über die ungünstigen Fernsehnachrichten vom Vorabend.

»Ich hatte heute nicht weniger als drei Absagen von Stammkunden und fürchte, dass es dabei nicht bleiben wird«, schimpfte er. »Die schlimmen Vorfälle hier haben es bis in die englische Presse geschafft – seht euch das an.«

Er warf einen Stapel Zeitungen auf den Tisch. Alle hatten bereits die Fotos der Krawalle auf dem Platz und die Schlagzeilen gesehen. Bruno verzog das Gesicht, als Dougal die jüngste Ausgabe der *Sud-Ouest* mit Brunos Foto auf der ersten Seite in die Höhe hielt. Er war darauf mit ausgebreiteten Armen zu sehen, wie er sich schützend vor zwei Frauen stellte, die von Schlägern mit Knüppeln bedroht wurden und den Kopf eingezogen hatten. In der Schlagzeile darüber hieß es: »Saint-Denis – an vorderster Front.« Die Aufnahme war in dem Moment gemacht worden, als Bruno Pamela, Christine und den anderen Frauen zu Hilfe geeilt und dann selbst von einem Schlag getroffen worden war. Isabelle hätte ein besseres Motiv abgegeben, dachte Bruno. Sie war die eigentliche Heldin.

»Alle Achtung, Bruno, Sie haben sich wacker geschlagen. Aber diese Geschichte ist verdammt schlecht fürs Geschäft«, sagte Dougal. Die anderen stimmten ihm zu. Absagen auf den Campingplätzen und im Hotel; auch die Restaurantbesitzer und der Direktor des Vergnügungsparks machten sich Sorgen.

»Wie lange werden wir damit noch zu tun haben?«, wollte

Jérôme wissen, der einen kleinen Freizeitpark zum Thema ›Französische Geschichte‹ unterhielt, wo Jeanne d'Arc zweimal am Tag auf einem Scheiterhaufen den Feuertod erleiden musste und in den Pausen zwischen mittelalterlichen Turnierspielen Königin Marie-Antoinette stündlich enthauptet wurde. »Die Polizei ist aufgerufen, diesem Unwesen ein Ende zu machen und die Drahtzieher zu verhaften. Einfach bloß Verdächtige zu verhören, ohne dass es zu Ergebnissen kommt, heizt die Stimmung zwischen Ultrarechts und -links nur immer weiter an, und das Fernsehen bauscht das Ganze noch auf. Für die kommende Urlaubssaison sehe ich schwarz.«

»Ja, wir alle sehen das genauso. Aber was schlagen Sie vor?«, fragte der Bürgermeister. »Wir können nicht alle Demonstrationen verbieten. Das wäre ungesetzlich. Wir sind als Stadträte nicht befugt, den Justizbehörden vorzugreifen. Es hat einen schrecklichen Mord mit rassistischem Hintergrund gegeben, und jetzt schlagen die Wellen hoch. Uns ist ein zusätzliches Kontingent an Gendarmen versprochen worden, damit Recht und Ordnung aufrechterhalten bleiben. Wir haben über vierzig Personen verhaftet und werden sie wegen Landfriedensbruch und Körperverletzung unter Anklage stellen. Von denen sind keine weiteren Unruhen zu befürchten. Zugegeben, die Geschäfte könnten in diesem Jahr besser laufen, aber das gibt sich wieder. Wir müssen jetzt die Zähne zusammenbeißen und abwarten.«

»Womöglich werde ich nächstes Jahr pleite sein«, jammerte Franc Duhamel, der Pächter des großen Campingplatzes. »Für die Erweiterung und den neuen Swimmingpool habe ich mir eine Stange Geld von der Bank pumpen müssen, und wenn die Gäste ausbleiben, wird's eng. Ohne die Holländer, die gekommen sind, um ihre Moto-Cross-Rallye auszutragen, säße ich schon jetzt in der Klemme.« Bruno nickte in Erinnerung an das Verkehrschaos, das Hunderte von Motorradfahrern am Wochenende vor Hamids Tod in der Stadt und auf den Umgehungsstraßen verursacht hatten.

»Ich habe mit den Filialleitern der hiesigen Banken gesprochen«, sagte der Bürgermeister. »Auch sie sehen keine weiteren Probleme auf uns zukommen und werden niemanden gleich in den Ruin treiben, denn sie wollen auch weiterhin gute Geschäfte in Saint-Denis machen. Sie werden sich hüten, dem Innenminister in den Rücken zu fallen, der ja in seiner Rede – die wir wohl alle gestern Abend im Fernsehen gehört haben – das ganze Land dazu aufgerufen hat, den mutigen Bürgern von Saint-Denis und unserem beherzten *chef de police* zur Seite zu stehen.«

Bruno wand sich innerlich. Der Minister hatte bloß versucht, das Bestmögliche aus dem herauszuschlagen, was für ihn eine schlimme Demütigung gewesen sein musste. Schließlich war er niedergebrüllt und mit Eiern beworfen worden. Dass ihn das Fernsehen in seiner Hilflosigkeit gegenüber den Krawallmachern gezeigt hatte, war dem Image eines Innenministers alles andere als zuträglich, und so war es nur natürlich, dass er in seiner Rede in Bordeaux die Schmach ins Positive zu drehen versucht hatte. Bruno zweifelte jedoch daran, dass der Minister auch nur einen Finger rühren würde, um verschuldeten Geschäftsleuten aus der Misere zu helfen. Er würde, wenn überhaupt, nur noch mit Abscheu an Saint-Denis zurückdenken. Wie auch immer, die Worte des Bürgermeisters waren genau das, was die Geschäftsleute jetzt hören wollten. Darüber war sich Bruno im klaren, weshalb er seine Bedenken wohlweislich für sich behielt. Die Unternehmer der Stadt würden sich darauf verlassen müssen, dass der Bürgermeister mit den finanziellen Mitteln der Gemeinde die Banken zu beruhigen vermochte.

»Wir brauchen eine Atempause«, sagte Philippe. Er war der Geschäftsführer des *Hôtel Saint-Denis* und galt als Sprecher der städtischen Unternehmerschaft. »Steuerliche Erleichterungen könnten uns in diesem Jahr über die Runden helfen. Wir wollen uns nicht vor unseren Abgaben drücken, aber wie wär's, wenn uns der Rat einen Aufschub gewähren würde, so dass wir nicht schon im Juni, sondern erst im Oktober zahlen müssten, wenn die Saison vorüber und Bilanz gezogen worden ist? Mit uns ginge die ganze Stadt in Konkurs. Eine Entlastung wäre demnach eine Art Investition der Stadt in ihre eigene Zukunft.«

»Ein bedenkenswerter Vorschlag«, sagte der Bürgermeister. »Der Rat wird sich damit befassen. Aber vorher wäre natürlich zu klären, ob ein solcher Aufschub auch rechtens ist.«

»Noch etwas. Wir haben ein Problem mit dem neuen Gendarmerie-Hauptmann«, sagte Duhamel. »Er ist ungeeignet. Wenn Bruno nicht eingegriffen hätte, wäre alles womöglich noch schlimmer gekommen. Wir bitten deshalb darum, *Capitaine* Duroc abzuziehen. Nach den gestrigen Vorfällen hat er allen Respekt verloren.«

»Das trifft nach meiner Einschätzung so nicht zu«, entgegnete Bruno. Es war ihm eine große Erleichterung gewesen, zu sehen, dass Duroc veranlasst hatte, die drei Reisebusse vor der Bank mit Motorrädern der Gendarmerie am Wegfahren zu hindern und unter Bewachung zu stellen, um dann selbst die Personalien von rund vierzig angereisten Hooligans aufnehmen zu können, die in den Bussen festgehalten wurden.

»Dank seiner schnellen Reaktion konnten der Bürgermeister und unsere Ehrengäste in Sicherheit gebracht werden«, fuhr Bruno fort. »Er hat dann noch Verstärkung angefordert und die Meute abführen lassen. Ich habe ihn auf dem Parkplatz angetroffen, als an die vierzig Hooligans in Handschellen gelegt wurden. Seine Männer haben gute Arbeit geleistet, und obwohl er erst seit kurzem in der Stadt ist und sich bei uns noch nicht so gut auskennt, hat er alles richtig gemacht. Dass er ungeeignet wäre, sehe ich nicht.«

»Bruno hat vermutlich recht«, stimmte der Bürgermeister zu. »Außerdem finde ich, dass wir das Wohlwollen politischer Kreise jetzt nutzen sollten, um uns finanzielle Hilfe zu sichern. Wenn wir Durocs Versetzung verlangen und uns mit der Verteidigungsministerin anlegen, wäre dieses Wohlwollen womöglich schnell erschöpft. Und in Anbetracht der beiden Generäle, die jede Menge Eier und Tomaten abbekommen haben, fürchte ich, dass das Verteidigungsministerium dieser Tage ohnehin nicht gut auf uns zu sprechen ist.«

Ein cleverer Einwand, dachte Bruno. Die Unternehmer waren von der Aussicht auf finanzielle Unterstützung angetan, und die scherzhafte Bemerkung über die beiden Generäle brachte nun alle zum Schmunzeln. Sooft Bruno den Bürgermeister in Aktion beobachtete, hatte er das Gefühl, etwas lernen zu können.

»Liebe Freunde, ich danke Ihnen für Ihr Engagement«, sagte der Bürgermeister und erhob sich von seinem Platz am Kopfende des Tisches. »Wir werden im Rat alle nötigen Weichen stellen, um Hilfe zu erwirken. Und da wir nun alle hier versammelt sind, sollten wir die Gelegenheit nutzen, dem neuen Helden unserer Stadt, unserem *chef de police,* für seinen tüchtigen Einsatz zu danken. Sein Statement vor laufender Kamera hat großen Eindruck gemacht, nicht zuletzt beim Innenminister, der sehr wohl zu schätzen weiß, dass Bruno ihn durch seine Worte aus der Schusslinie genommen hat.«

Bruno errötete leicht, als alle zustimmend mit dem Kopf nickten und einige den Arm ausstreckten, um ihm die Hand zu schütteln. Er rechnete immer noch damit, vom Bürgermeister unter vier Augen dafür gerügt zu werden, dass er ihm vorgeschlagen hatte, Montsouris' Protestmarsch in eine Kundgebung umzuwidmen, durch die die Stadt nun in große Verlegenheit geraten war. Aber fürs Erste schützten ihn seine kleine Ansprache vor den Fernsehkameras und die günstige Presse.

»Ich hätte da noch einen Vorschlag zu machen«, sagte er. »Wie schon Napoleon treffend anmerkte, ist Angriff die beste Verteidigung. Von einem Freund habe ich gehört, dass in den Touristenzentren der Bretagne *marchés nocturnes* abgehalten werden. So etwas könnten wir auch bei uns einführen. Die Sache ist ganz einfach. Wir laden unsere Händler ein, ihre Produkte am späten Abend anzubieten, und zwar solche, die an Ort und Stelle verzehrt werden können. *Pâté* und Käse, Brot und Salate, Früchte, Oliven und Wein. Wir stellen ein paar Tische und Bänke auf und sorgen für

Unterhaltung, zum Beispiel mit kleinen Jazzkonzerten. Unsere Gastronomen könnten einfache warme Speisen liefern, zum Beispiel Pommes frites und Würstchen und Pizza. Abends ist bei uns nicht viel los, und viele Touristen, vor allem die Camper, können es sich nicht leisten, jeden Tag ins Restaurant zu gehen. Es wäre für sie ein billiger Abend in der Stadt und gleichzeitig eine neue Einnahmequelle für unsere Geschäftsleute. Die Stadt hätte auch was davon und würde eine kleine Gebühr für jeden Stand erheben. So kämen trotz schlechter Publicity vielleicht wieder mehr Urlauber nach Saint-Denis.«

»Die Idee gefällt mir«, sagte Dougal. »Auf so etwas stehen Touristen. Sie würden nach dem Essen noch ein Glas Wein oder Bier trinken wollen und eine der Bars aufsuchen. Ich könnte in den Häusern, die wir vermieten, Werbung dafür machen.«

»Für Sie mag das ja von Vorteil sein. Ich aber verdiene an Kunden, die auf dem Campingplatz bleiben und dort ihr Geld ausgeben«, grummelte Franc Duhamel. Doch auch Philippe, der Hotelier, zeigte sich begeistert, und überhaupt waren alle froh, für das Wohl der Stadt etwas unternehmen zu können. Entsprechend gut war die Stimmung, als sich die Delegierten schließlich voneinander verabschiedeten.

»Ihrem Vorschlag sei Dank, dass unsere Sitzung doch noch glimpflich verlaufen ist«, sagte der Bürgermeister, als bis auf Bruno alle gegangen waren. »Wie dem auch sei, hätten Sie sich heute nicht eine Auszeit gönnen können? Gestern Abend im Fernsehen sahen Sie ziemlich mitgenommen aus. Das Gesicht voller Blut. Sie haben offenbar gehörig was abbekommen.«

»Sie hätten mal meine Gegner sehen sollen«, antwortete Bruno schmunzelnd und erleichtert darüber, dass er sich keine Zurechtweisung gefallen lassen musste. »Und außerdem muss ich auf dem Rugbyfeld Woche für Woche einiges mehr einstecken.«

»Ja, ich weiß«, erwiderte der Bürgermeister. »Das haben Sie auch vor der Kamera gesagt, und ganz Frankreich hat's gehört. Wirklich sehr heldenhaft, Bruno. Aber ich habe gesehen, wie Sie verprügelt worden sind, zwar nur von weitem, aber das hat mir schon gereicht. Die Hälfte aller Frauen von Saint-Denis haben mir gesagt, dass Sie sie vor dem Mob gerettet haben. Im Ernst, als ich sah, wie Sie auf der Treppe attackiert wurden, dachte ich schon, es wäre um Sie geschehen.«

»Dann haben Sie auch gesehen, wie meine vortreffliche Kollegin Isabelle Perrault mich herausgehauen hat. Ganz zu schweigen von dem gut platzierten Tritt von Pamela Nelson.«

»Ja, das haben wir alle. Vor allem der Innenminister war über Perraults Kampfkunst regelrecht aus dem Häuschen. Ich schätze, dass sie bald samt ihrem Karategürtel auf einen Posten in seinem Pariser Amtssitz befördert wird. Eine elegante und sehr gefährliche junge Frau, genau die Sorte, die zu Paris passt. Darum glaube ich auch, dass wir vom Ministerium Hilfe erwarten können, wenn die Banken Schwierigkeiten machen.«

Der Bürgermeister lächelte freundlich und einen Hauch gönnerhaft, wie ein Schulmeister, der seinem Lieblingsschüler zu verstehen geben will, dass er noch viel dazulernen muss. »Mir ist übrigens Ihr skeptischer Blick aufgefallen, als ich davon sprach, dass den Banken vielleicht ein bisschen Druck gemacht werden sollte. Glauben Sie mir, Bruno, es sind nur selten die Politiker selbst, von denen wirksamer politischer Druck ausgeht. Das überlassen sie lieber Mitgliedern ihres Stabes. Und ich gehe jede Wette mit Ihnen ein, dass unsere hübsche *Inspectrice* Perrault bald imstande sein wird, uns, falls nötig, wirklich zu helfen.«

»Ich bin mir nicht sicher, ob sie ein Angebot aus Paris tatsächlich annehmen würde«, sagte Bruno. »Sie gehört zu den Frauen, die es vorziehen, unabhängig zu sein.«

»Wie?«, fragte der Bürgermeister mitfühlend. »Hat sie Ihnen einen Korb gegeben?«

»Ich habe mich nicht um sie bemüht, *Monsieur le maire*«, antwortete Bruno kühl.

»Sie enttäuschen mich. In Ihrem Alter habe ich jedenfalls nichts anbrennen lassen. So, und jetzt sollte ich die Anrufe beantworten, die Mireille für die Zeit der Sitzung abgewimmelt hat. Sie sollten derweil mal nachfragen, wie es um die verhafteten Rowdys steht. Ich schätze, um die kümmert sich die *police nationale* in Périgueux, nicht wahr?«

»Ja, aber unsere Gendarmen haben die Festnahmen vorgenommen. Also werde ich mich erst einmal bei denen erkundigen.«

Kaum war Bruno in sein Büro zurückgekehrt, um seine Mails zu lesen, als der Bürgermeister zur Tür hereinplatzte und stammelte: »Diese dumme Gans … eins der Telefonate, die Mireille abgewimmelt hat, kam vom *Café des Sports.* Dabei habe ich ausdrücklich gesagt, mich in dringenden Fällen zu informieren. Ihr *Capitaine* Duroc ist heute Morgen losgezogen und hat Karim festgenommen. Wegen Tätlichkeit. Könnten Sie herausfinden, was da gewesen ist?«

»Wegen Tätlichkeit?«, wiederholte Bruno. »Er hat sich doch nur verteidigt.« Doch als er daran zurückdachte, wie Karim, der von allen wohl mit Abstand kräftigste Kerl auf dem ganzen Platz, die Mülltonne gestemmt und in den Haufen der Schläger geschleudert hatte, verzog er das Gesicht. Er selbst hätte die Mülltonne nicht einmal hochheben, geschweige denn werfen können, und unter den gegebenen Umständen schien es ihm die richtige Aktion gewesen zu sein. Doch falls Karim mit der Tonne von einer der Fernsehkameras aufgenommen worden war, stand ihm Ärger ins Haus.

»Haben Sie Karim mit der Mülltonne gesehen?«, fragte er den Bürgermeister.

»Ja, und danach war der Spuk zu Ende. Ein erstaunlicher Kraftakt. Einer der Generäle war ziemlich beeindruckt … Herrje, jetzt kapier ich. Karims Eingreifen könnte als Tätlichkeit unter Verwendung einer Waffe ausgelegt werden. Aber ich glaube, die Minister, die Generäle und ich können bezeugen, dass Karim das Richtige getan hat.«

»Aber da wären noch andere Zeugen – die Fernsehkameras. Außerdem haben die Typen vom *Front National* bestimmt ein paar schlaue Rechtsberater, denen es ein Vergnügen sein wird, einen Araber vor Gericht zu ziehen, denn als solchen sehen sie Karim. Mag sein, dass die Polizei von einer Anzeige absieht, aber die Betroffenen werden nicht darauf verzichten, zumal es gut in ihre Propaganda passen würde.«

»Diese Schweine!«, brüllte der Bürgermeister und schlug

sich mit der Faust in die offene Hand. Bruno konnte sich nicht erinnern, ihn jemals so wütend gesehen zu haben. Mangin marschierte vor Brunos Schreibtisch auf und ab, blieb schließlich stehen und fragte: »Wie regeln wir das?«

»Na ja, ich könnte mit den Kollegen in Périgueux reden und sehen, was sich machen lässt. Aber wenn es zur Anklage gegen die Schläger des *Front National* kommt, wird der zuständige Staatsanwalt nicht umhinkönnen, auch Karim anzuklagen«, antwortete Bruno. »In dem Fall würde ich vorschlagen, dass Sie Ihre Beziehungen spielen lassen. Es würde sich um die örtliche Staatsanwaltschaft handeln, also unterhalten Sie sich vielleicht mal vorsorglich mit dem Präfekten. Viel hängt auch von den Aussagen ab, die bei der Polizei gemacht wurden. Darum wäre es nützlich, wenn Sie, der Minister und die Generäle Ihre Sicht der Dinge schon einmal zu Protokoll gäben.«

Der Bürgermeister nahm einen Stift und ein Blatt Papier von Brunos Schreibtisch und machte sich Notizen.

»Zuerst müsste geklärt werden, was genau Karim vorgeworfen wird und ob der FN tatsächlich eine Anzeige gemacht hat«, sagte Bruno. »Darum kümmere ich mich.«

»Es würde mich nicht wundern, wenn uns diese Bande einen Kuhhandel vorschlüge«, bemerkte der Bürgermeister und blickte von seinen Notizen auf. »Sie verzichten auf eine Anzeige, wenn wir sie ungeschoren davonkommen lassen. Es sind Politiker, und es dürfte ihnen kaum ins Konzept passen, dass vierzig militante Sympathisanten wegen Aufruhrs angeklagt werden, schon gar nicht, nachdem sich Mitglieder ihrer Schutztruppe bereits wegen Drogenhandels verantworten müssen.«

»Vielleicht. Ich weiß nicht. Das ist mir zu hoch. Mit solchen Mauscheleien hatte ich noch nie zu tun. Ich mache mich jetzt auf den Weg zur Gendarmerie.« Bruno nahm seine Schirmmütze zur Hand und öffnete die Tür.

»Dann werde ich mal bei Rashida im Café vorbeischauen. Wir sollten auch schnellstens Momu verständigen. Womöglich weiß er noch nichts.«

»Vergessen wir nicht, dass es für Karim wirklich brenzlig werden könnte«, sagte Bruno vom Treppenabsatz aus. »Im Fall einer Verurteilung verlöre er seine Lizenz; dann müsste er seinen Laden dichtmachen und wäre ein Fall für die Sozialhilfe. Wenn diese Mistkerle tatsächlich einen Kuhhandel vorschlagen, bleibt uns nichts anderes übrig, als darauf einzugehen.«

18

Immer wenn er die Rue de Paris, die Haupteinkaufsstraße von Saint-Denis, entlangging, versuchte sich Bruno auf das gemächliche Tempo der Kleinstadt einzustellen, egal, wie eilig er es hatte. An diesem Tag aber war es so, dass er ohnehin nur langsam vorankam, denn an jeder Ecke wollte man mit ihm über die Krawalle reden. Die alten Männer, die im *Café de la Renaissance* ihre Wettscheine ausfüllten, schüttelten ihm die Hand und wollten ihn zu einem kleinen Glas Weißwein einladen, was er ausschlagen musste. Die Frauen, die vor der Metzgerei Schlange standen, wollten ihm alle unbedingt einen Kuss auf die Wange drücken und versichern, wie überaus stolz man auf ihn sei. So auch vor der *pâtisserie,* wo Monique darauf bestand, ihm eine *tartelette au citron* zu schenken, sein Lieblingstörtchen. Er ließ es sich im Weitergehen schmecken, schüttelte weitere Hände vor dem Friseurladen und ein paar Meter weiter auch bei Fabiens *Rendez-vous des Chasseurs,* wo Bruno immer die Munition für seine Jagdflinte kaufte.

Fabien wollte wissen, was er von dem neuen Köder hielt, der die Fische an jene heikle Uferstelle am Fluss locken sollte, wo es nur den geschicktesten Fliegenfischern gelang, die Schnur auszuwerfen, ohne dass der Haken zwischen Zweigen oder Felsen hängenblieb. Jean-Pierre schraubte vor seiner Werkstatt an einem Fahrrad herum und hob eine ölverschmierte Hand zum Gruß, worauf der alte Schuster Bachelot auf die Straße gelaufen kam – noch mit Stiften zwischen den Lippen und einem Hammer in der Hand –, um Bruno auf die Schulter zu klopfen. Pascal trat vor die Tür seines Zeitungslädchens, erkundigte sich, ob Bruno denn auch schon die jüngsten Presseberichte gelesen habe, und berichtete von drei kleinen Jungen, die unabhängig voneinander Einklebehefte gekauft hatten, um darin die Heldentaten ihres berühmten Polizisten zu dokumentieren.

Auch am Blumenladen und an Colettes chemischer Reinigung kam er nicht vorbei, ohne Glückwünsche entgegenzunehmen. Als er schließlich den Platz vor der Gendarmerie erreichte und die beiden Rugbystürmer grüßte, die in der *Bar des Amateurs* seit neuestem einen Mittagstisch eingerichtet hatten und ihm unbedingt ein Bier spendieren wollten – »bloß ein kleines, Bruno« –, hatte er endlich zum vertrauten Trott der Kleinstadt und ihrer Bürger zurückgefunden.

An der Anmeldung in der Gendarmerie saß Francine. Sie wohnte schon lange genug in Saint-Denis, um zu wissen, dass Karim als Star der Rugbymannschaft besonders wichtig für die Stadt und Bruno seinetwegen gekommen war. Nach einem Begrüßungskuss auf beide Wangen kullerte sie mit den Augen und deutete mit dem Daumen auf die verschlossene Tür zu *Capitaine* Durocs Büro. Dann winkte sie Bruno zu sich heran.

»Er hat Karim bei sich und einen Staatsanwalt aus Périgueux, der am Vormittag mit ein paar Videobändern gekommen ist«, flüsterte sie. »Der hat auch die Verhaftung veranlasst. Duroc konnte sich nicht widersetzen.«

»Kennen Sie den Staatsanwalt?«

Sie schüttelte den Kopf. »Nie gesehen. Typ Dressman. Hat sich chauffieren lassen. Sein Wagen steht drüben vor der Tierarztpraxis. Sein Chauffeur musste ihm den Videorecorder hinterhertragen.«

»Merde!«, murmelte Bruno. Das konnte nur Tavernier sein, bewaffnet mit einem TV-Film von Karims Beitrag zur Schlägerei. Er bedankte sich bei Francine und ging nach draußen, wo er sich unter einen der hohen Bäume stellte, die das alte Haus überschatteten, in dem Dougal seine Agentur »Reizvolle Dordogne« eingerichtet hatte. Von dort aus rief er den Bürgermeister auf dessen Handy an, um ihn vor dem neuen Problem Tavernier zu warnen.

»Ich bin bei Rashida im Café. Sie ist außer sich«, erklärte der Bürgermeister. Bruno konnte sie im Hintergrund hören. »Ich war bei Momu zu Hause, um Karims Mutter zu holen. Aber sie hat Momu in der Schule angerufen. Er ist jetzt auf dem Weg in die Gendarmerie. Kümmern Sie sich um ihn, und passen Sie auf, dass er keine Dummheiten macht. Ich werde mir Tavernier vorknöpfen müssen. Richten Sie ihm bitte schon mal aus, dass ich ein alter Freund seines Vaters bin und dringend mit ihm sprechen möchte.«

»Haben Sie schon einen Plan?«, fragte Bruno.

»Nein, aber ich werde mir etwas einfallen lassen. Steht Karim ein Verteidiger zur Seite?«

»Noch nicht. Könnten Sie Brosseil benachrichtigen? Er ist im Vorstand des Rugbyclubs.«

»Brosseil ist Notar. Karim braucht einen Anwalt.«

»Den können wir ihm später besorgen. Es wäre gut, wenn Brosseil sofort in die Gendarmerie käme. Er muss Karim zum Stillschweigen auffordern und verlangen, dass alles, was er bislang von sich gegeben hat, aus dem Protokoll gestrichen wird, weil er noch keine Chance hatte, sich mit einem Anwalt zu beraten.«

»Das ist nach unserem Recht nicht möglich, Bruno.«

»Egal. So gewinnen wir ein bisschen Zeit, und Karim wird den Mund halten. Außerdem entspricht es europäischem Recht, und Tavernier wird dagegen nichts einzuwenden haben. Brosseil muss nur hartnäckig genug darauf bestehen. Noch etwas. Haben Sie eigentlich schon die Zeugenaussage des Ministers oder eines dieser beiden Generäle?«

»Von beiden Generälen, ja. Sie haben sie mir zugefaxt. Vom Minister ist noch nichts gekommen.«

»Was Tavernier nicht wissen kann. Wenn er befürchten muss, dass eine Strafverfolgung Karims die Aussagen seines Ministers in Zweifel zöge, ganz zu schweigen von denen zweier hochrangiger Mitglieder des Verteidigungsministeriums, wird er sich die Sache vielleicht noch einmal durch den Kopf gehen lassen.«

»Allerdings. So machen wir's. Aber zuerst sollten Sie auf Momu achtgeben. Versuchen Sie, ihn abzufangen.«

Mit dem Auto würde Momu am Kindergarten und am Postamt vorbeikommen; zu Fuß oder auf dem Fahrrad könnte er die Abkürzung durch die Fußgängerzone nehmen. Bruno steckte den Kopf zur Tür der Gendarmerie hinein und bat Francine, Momu um jeden Preis aufzuhalten und, wenn er aufkreuzte, ihn, Bruno, sofort anzurufen.

Dann eilte er zurück und erreichte das Ende der Rue de Paris genau in dem Moment, als Momu mit dem Fahrrad um die Ecke bog.

»Stopp«, rief Bruno und hob die Hand. »Überlass alles Weitere mir und dem Bürgermeister.«

»Aus dem Weg, Bruno«, brüllte Momu und stieß Bruno mit dem Arm beiseite. Bruno bekam seine ausgestreckte Hand zu packen und hielt daran fest. Momu musste vom Sattel abspringen, um nicht mitsamt dem Fahrrad umzukippen.

»Lass los, Bruno«, schrie Momu, »sonst kannst du was erleben! Die Jungs vom Rugbyclub sind schon unterwegs – und die halbe Schule. Was die mit uns machen, ist die reinste *rafle,* und davon haben wir genug.«

Bruno verzog das Gesicht. Mit dem Wort *rafle* hatten Momus Landsleute früher die Razzien und Massaker der französischen Polizei während des Algerienkrieges und noch früher die Übergriffe der Gestapo auf französische Zivilisten bezeichnet. *Rafle* stand für Brutalität und Polizeistaat.

»Das ist keine *rafle,* Momu«, entgegnete Bruno eindringlich.

»Die Nazis haben meinen Vater umgebracht und ihn wie ein Stück Fleisch in seinem Blut liegen lassen, und jetzt wollt ihr meinen Sohn hinter Gitter bringen. Aus dem Weg, Bruno«, schrie Momu. »Ich hab die Schnauze voll von euch und eurer französischen Justiz.«

»Von einer *rafle* kann nicht die Rede sein«, wiederholte Bruno und versuchte, Momus Blick auf sich zu lenken. Er ließ seinen Arm los und griff stattdessen nach der Lenkstange. »Karim muss nur ein paar Fragen beantworten. Der Bürgermeister und ich sind auf eurer Seite. Wie wir alle hier in der Stadt. Wir ziehen einen Anwalt hinzu und regeln die Sache. Wenn du jetzt auf den Tisch haust, wird für Karim alles nur schlimmer. Glaub mir, Momu!«

»Dir glauben?«, höhnte Momu. »Dir in dieser Uniform? Es waren französische Polizisten, die damals während der *rafles* in Paris Hunderte von uns getötet haben. Polizisten wie du haben meine Landsleute wie Vieh zusammengetrieben, an Händen und Füßen gefesselt und in die Seine geworfen. Aber das passiert nie wieder, Bruno. Nie wieder! Aus dem Weg mit dir!«

Eine kleine Gruppe von Neugierigen hatte sich um sie geschart, allen voran Gilbert und René aus der *Bar des Amateurs.*

»Habt ihr's schon gehört?«, rief Momu. »Die Gendarmerie hat Karim verhaftet. Ich muss zu ihm.«

»Was ist los, Bruno?«, fragte Gilbert skeptisch. »Stimmt das etwa?«

»Immer mit der Ruhe«, antwortete Bruno. »Ja, so ist es. Die Gendarmen haben Karim abgeholt, und jetzt wird er von einem Staatsanwalt wegen der Schlägerei mit den Typen vom *Front National* verhört. Der Bürgermeister und ich versuchen, die Sache in Ordnung zu bringen. Wir lassen einen Anwalt kommen und stehen Karim zur Seite, was wir auch von euch allen erwarten. Aber wir müssen besonnen vorgehen. In die Gendarmerie zu stürmen und Krach zu schlagen bringt nichts.«

»Was soll Karim denn ausgefressen haben?«, wollte René wissen.

»Nichts, nichts«, platzte es aus Momu heraus. »Er hat sich nur gegen diese Nazischweine verteidigt, sich und auch euch.«

»Das muss sich erst zeigen«, sagte Bruno, der den Lenker von Momus Fahrrad gepackt hielt. Zum Glück hatte sich Momu so weit im Griff, dass er nicht zuschlug. »Anscheinend wird ihm Tätlichkeit vorgeworfen. Ihr wisst doch, dass Karim diese Mülltonne geworfen hat.«

»Bruno, Bruno«, rief eine Stimme aus dem Hintergrund. Brosseil, der Notar, hastete herbei und band sich im Laufen die Krawatte. »Gerade eben hat mich der Bürgermeister angerufen und gesagt, dass ich Sie hier finden würde.«

»Wir wollen, dass Sie als Karims Rechtsbeistand in die Gendarmerie gehen und ihm einschärfen, kein Wort zu sagen und auch nichts zu unterschreiben. Keine Aussage. Und anschließend verlangen Sie, dass alles, was er schon gesagt hat, aus dem Protokoll gestrichen wird. Als Begründung geben Sie an, dass er sich nicht vorher mit seinem Anwalt beraten durfte. Drohen Sie damit, den Europäischen Gerichtshof anzurufen und *Capitaine* Duroc persönlich zu verklagen.«

»Ist das denn überhaupt möglich?«, fragte Brosseil. Er war normalerweise ein selbstgefälliger Wichtigtuer, wirkte aber jetzt eher klein und bescheiden.

»Nach europäischer Rechtsprechung ja, und die ist auch für uns in Frankreich verbindlich. Vielleicht werden sie das abstreiten. In dem Fall müssen Sie nur ordentlich Druck machen. Wichtig ist vor allem, dass Sie Karim davon abhalten, irgendetwas zu Protokoll zu geben. Wir werden so schnell wie möglich einen Strafverteidiger für ihn besorgen.

Lassen Sie sich nicht unterkriegen. Und denken Sie daran, die ganze Stadt zählt auf Sie.«

Brosseil, der für gewöhnlich Testamente und Hausverkäufe notariell beglaubigte, straffte die Schultern wie ein Soldat und marschierte auf den Eingang der Gendarmerie zu.

»Du musst mir vertrauen, Momu. Ich muss jetzt auch wieder rein und ein paar Sachen regeln. Was mir dabei überhaupt nicht helfen kann, ist eine wütende Menge, die Parolen schreit und sich gewaltsam Eintritt zu verschaffen versucht.« Bruno ließ die Lenkstange los und gab Momu sein Handy. »Ruf den Bürgermeister an. Ich habe seine Nummer gespeichert, du brauchst nur auf die Eins und dann auf den grünen Knopf zu drücken. Der Bürgermeister und ich haben uns eine Strategie zurechtgelegt, und nach der werden wir vorgehen. Sprich mit ihm. Und jetzt, bitte – rühr dich nicht von der Stelle, und überlass alles andere uns. René, Gilbert – ich verlasse mich auf euch, dass hier alles unter Kontrolle bleibt«, sagte Bruno und folgte dann Brosseil in die Gendarmerie.

Die Tür zu Durocs Büro stand sperrangelweit offen. Aufgebrachte Stimmen drangen nach draußen; darunter mischte sich der Ton des abgespielten Videos von den Krawallen auf dem Platz. Duroc stand neben seinem Schreibtisch und herrschte Brosseil an. Er solle verschwinden, doch der kleine Notar behauptete sich und drohte ebenso lautstark mit dem Europäischen Gerichtshof, während Tavernier ruhig hinter dem Schreibtisch saß und den beiden offenbar amüsiert zusah. Karim hockte niedergeschlagen und verwirrt auf einem Stuhl vor dem Schreibtisch. Bruno warf einen Blick in die

Runde, eilte zum Fernseher und schaltete ihn aus. Überrascht hielten Brosseil und Duroc inne.

»Meine Herren, wenn ich bitten darf«, sagte Bruno. »Ich habe dem *juge-magistrat* eine wichtige Mitteilung zu machen. In einer vertraulichen Angelegenheit.« Er wandte sich Duroc zu, schüttelte ihm herzlich die Hand und führte ihn nach draußen. »*Mon capitaine,* mein lieber Kollege, wenn Sie so freundlich wären und uns für einen kurzen Moment...« Er murmelte ein paar höfliche Floskeln, langte mit der freien Hand nach Brosseil und zog ihn hinter sich her in den Flur. Dann schickte er auch Karim nach draußen, schloss die Tür, lehnte sich mit dem Rücken dagegen und musterte Tavernier, der hämisch lächelnd dasaß.

»Monsieur le chef de police«, begrüßte ihn Tavernier spöttisch. »Welche Freude, Sie wiederzusehen. Was bringen Sie für Neuigkeiten?«

»Senator Mangin, ein alter Freund und Kommilitone Ihres Vaters, bittet um eine Unterredung«, antwortete Bruno.

»Ah, der Bürgermeister von Saint-Denis, der sich aus Enttäuschung über seine gescheiterte politische Karriere in Paris in die Provinz zurückgezogen hat, um die Geschicke dieser turbulenten Kleinstadt zu lenken. Mein Vater hat mir lustige Geschichten über ihn erzählt. Offenbar war er schon damals nicht ganz auf der Höhe. Richten Sie ihm meine Grüße aus. Im Augenblick halten mich dringende Geschäfte zurück, aber wenn ich hier fertig bin, und das wird wahrscheinlich heute Abend der Fall sein, würde ich mich freuen, ihn zu sehen.«

»Ich glaube, die Angelegenheit des Bürgermeisters ist dringlicher, *Monsieur le juge-magistrat*«, entgegnete Bruno.

»Ich bedaure. Erinnern Sie den Bürgermeister daran, dass rechtliche Fragen keinen Aufschub dulden. Und rufen Sie bitte den *Capitaine* und Monsieur al-Bakr, wenn Sie jetzt nach draußen gehen. Diesen lächerlichen kleinen Notar können Sie gleich mitnehmen.«

»Ich stimme Ihnen zu«, sagte Bruno. »Wir sollten in Rechtsdingen wirklich keine Zeit verlieren und darum so schnell wie möglich die Aussagen unserer illustren Gäste zu Rate ziehen, Aussagen des Ministers und der beiden Generäle, die zufällig Zeugen der unschönen Vorkommnisse in unserer Stadt waren. Ich glaube, der Bürgermeister möchte sich genau darüber mit Ihnen unterhalten, bevor irgendwelche vorschnellen Entscheidungen getroffen werden.«

»Sehr clever«, sagte Tavernier nach längerem Schweigen. »Ich schätze, die Aussagen, auf die Sie anspielen, fallen recht schmeichelhaft aus für unseren wildwütigen Araber – und natürlich auch für den *chef de police.*«

»Wer weiß? Ich habe sie noch nicht gelesen. Ich weiß nur, dass der Bürgermeister mit Ihnen darüber zu sprechen wünscht, im Interesse unserer Strafverfolgungsbehörden.«

»War es auch in deren Interesse, dass dieser alberne Notar hier hereingeplatzt kam und was vom Europäischen Gerichtshof faselte? War das Ihre Idee?«

»Wovon reden Sie, Monsieur? Ich kann Ihnen allerdings versichern, dass kein verantwortungsbewusster Polizist Verhöre durchführen würde, ohne dem Verhörten sein Recht auf juristischen Beistand eingeräumt zu haben. Dem werden Sie und *Capitaine* Duroc doch sicherlich zustimmen, nicht wahr?«

»Ein Polizist vom Lande, der die Entscheide des Europäischen Gerichtshofes beherzigt«, spottete Tavernier. »Sehr beeindruckend.«

»Und die des Europäischen Gerichtshofes für Menschenrechte«, ergänzte Bruno. »Ein Polizist hat die Pflicht, den Gesetzen, auf die er seinen Eid abgelegt hat, Geltung zu verschaffen.«

»Unsere Gerichte urteilen ohne Ansehen der Person, *Monsieur le chef de police*«, entgegnete Tavernier. »Die von außerhalb angereisten Agitatoren werden ebenso bestraft werden wie hiesige Anwohner, die sich ihnen mit unbotmäßiger Gewalt zur Wehr setzten. Wir suchen immer noch nach denen, die für den Ausbruch der Gewalt verantwortlich sind.«

»Dann sollten Sie schnellstens die Aussagen unserer prominenten Zeugen zur Kenntnis nehmen, wozu Sie der Bürgermeister freundlichst einlädt.«

Es entstand eine längere Pause. Bruno blickte seinem Gegenüber in die Augen und konnte nur ahnen, was hinter der ausdruckslosen Miene des jungen Mannes vorging, der seine persönlichen und politischen Aussichten einzuschätzen versuchte. Auch Bruno verzog keine Miene.

»Sie können dem Bürgermeister ausrichten, dass ich in einer halben Stunde zu ihm ins Büro komme«, sagte Tavernier schließlich und wandte sich ab.

»Wir, der Bürgermeister und ich, werden für Monsieur al-Bakr bürgen und garantieren, dass er für weitere Verhöre jederzeit zur Verfügung steht, in Anwesenheit seines Rechtsbeistands, versteht sich.«

»Einverstanden«, sagte Tavernier. »Ich überlasse Ihnen den gewalttätigen Araber für eine Weile. Was wir an Beweisen gegen ihn haben, sollte ohnehin reichen«, fügte er hinzu und deutete lässig auf den Videorecorder.

»Er ist, wie Sie selbst zutreffend angemerkt haben, Franzose wie Sie und ich«, entgegnete Bruno und verließ das Büro. Duroc protestierte, als er Karim und Brosseil mit sich nahm, doch Bruno warf ihm nur einen flüchtigen Blick zu, deutete auf die Tür hinter sich und sagte: »Sie können jetzt wieder zu unserem Wunderknaben hineingehen.«

Als die drei ins Freie traten, schallte ihnen von der Rue de Paris Jubel entgegen. Momu kam herbeigeeilt und umarmte seinen Sohn. Halb Saint-Denis schien sich versammelt zu haben, unter anderem auch die Erzfeinde Bachelot und Jean-Pierre, die beide übers ganze Gesicht strahlten. Bruno bedankte sich bei Brosseil, der auf seine Rolle sichtlich stolz und viel zu aufgeregt war, um danach zu fragen, wem denn die Rechnung für seine Dienste zuzustellen sei. Aber lange würde er es nicht vergessen. Bruno klopfte Karim auf die Schulter und ließ sich von Momu die Hand schütteln.

»Ist es tatsächlich wahr, dass während der *rafles* in Paris Menschen in die Seine geworfen worden sind?«, fragte Bruno.

»Ja, im Oktober 1961. Betroffen waren über zweihundert Landsleute von mir. Sie können's selbst nachlesen. Es hat sogar Berichte im Fernsehen darüber gegeben.«

Bruno schüttelte den Kopf, nicht weil er zweifelte, sondern aus Resignation über das ewig alte Lied von Dummheit und Gewalt.

»Schrecklich«, sagte er.

»Es herrschte Krieg«, erklärte Momu. »Und manchmal,

so wie jetzt, fürchte ich, dass er immer noch nicht zu Ende ist.« Er schaute Karim nach, der von Freunden zur Feier seiner Freilassung auf ein Glas Bier in die *Bar des Amateurs* geführt wurde, und lächelte traurig. »Ich sollte wohl aufpassen, dass er nicht zu viel trinkt und bald nach Hause zurückkehrt, um Rashida zu trösten. Vielen Dank für deinen Einsatz, Bruno. Und entschuldige, dass ich dich geschlagen habe. Ich war nicht ganz bei mir.«

»Verständlicherweise. Zuerst das schreckliche Verbrechen an deinem Vater und dann das. Aber glaub mir, die ganze Stadt steht hinter dir.«

Momu nickte. »Ich habe den meisten das Rechnen beigebracht und weiß, dass ich mich auf sie verlassen kann. Danke noch mal.«

»Schöne Grüße an Rashida«, sagte Bruno und machte sich auf den Weg, um den Bürgermeister zu unterrichten.

19

Während er die Hühner fütterte, dachte Bruno darüber nach, was er zum Abendessen tragen sollte, und entschied sich für Freizeithemd, Jackett und Hose. Eine Krawatte erschien ihm unangemessen. Er holte eine Flasche seiner unetikettierten *Lalande-de-Pomerol*-Weine aus dem Keller und legte sie zusammen mit dem Blumenstrauß, den er gekauft hatte, auf den Beifahrersitz, damit er beides nicht vergaß. Dann duschte und rasierte er sich, zog sich an, fütterte Gigi und fuhr schließlich los, gespannt darauf, was er von der verrückten Engländerin und ihrer Freundin wohl vorgesetzt bekäme. Ihm war schon einiges über die englische Küche zu Ohren gekommen, wenig Vorteilhaftes, doch schätzte er Pamela als eine Frau mit kultiviertem Geschmack ein. Trotzdem war er ein wenig nervös, wenn auch nicht aus Sorge um seinen Magen. Die Einladung war ihm in einem Brief übermittelt worden, den eine der beiden in seinem Büro abgegeben hatte. Auf dem Umschlag stand »An unseren Beschützer«, worüber sich die Frauen in der *mairie* nun das Maul zerrissen.

Er hatte einen anstrengenden Tag hinter sich. Etliche Reporter von Presse und Fernsehen hatten unbedingt den »einsamen *flic* von Saint-Denis«, als den ihn die *France-Soir* bezeichnete, interviewen wollen. Bruno hatte allen einen

Korb gegeben und nur für *Radio Périgord* eine Ausnahme gemacht, seinen Lieblingssender, dessen Reporter er mit der Erklärung, der einsame *flic* wäre gehörig verprügelt worden, hätte ihm nicht *Inspectrice* Isabelle Perrault die Schläger vom Leib gehalten, sichtlich enttäuschte. Isabelle beklagte sich kurz darauf am Telefon, dass *Paris-Match* sie in ihrem Karateanzug ablichten wolle und die »verfluchte« Pressesprecherin der Polizeizentrale das auch noch bewilligt habe. Sie nahm jedoch mit dem größten Vergnügen seine Einladung zum Abendessen am nächsten Abend an mit der Begründung, so bekomme sie Gelegenheit, seine Veilchen und blauen Flecke zu begutachten.

Es war noch hell, als sich Bruno dem Anwesen von Pamela näherte, doch im Wohnhaus brannte schon überall Licht. Sanfte Jazzmusik hallte ihm entgegen, und auf dem Tisch im Hof flackerte die Flamme einer alten Öllampe. Er hörte eine englische Stimme rufen: *»He's here«*, worauf Pamela in einem eleganten langen Kleid erschien. Sie hatte die Haare hochgesteckt und trug ein Tablett, auf dem drei Gläser standen und eine Flasche, die aussah wie eine *Veuve Clicquot*.

»Da ist er ja, unser Held!« Sie stellte das Tablett auf den Tisch und gab Bruno einen herzhaften Kuss auf beide Wangen.

»Ich habe gesehen, wie Sie diesen jungen Skinhead vermöbelt haben, und bin mir nicht sicher, ob ich mich Ihnen überhaupt nähern sollte«, sagte er lächelnd und reichte ihr den Wein und die Blumen. Pamela bedankte sich und legte die Geschenke auf den Tisch.

»Das sind die zwei schönsten blauen Augen, die ich je

gesehen habe, Bruno«, bemerkte sie. »Und die Stiche! Ich wusste gar nicht, dass Sie genäht werden mussten. Wundern tut's mich nicht, wenn ich daran denke, wie dieser Typ mit dem Knüppel auf Sie eingedroschen hat.« Als Christine auftauchte, drehte sie sich zu ihr um und sagte: »Sieh dir die vernähte Platzwunde an.«

Auch Christine küsste ihn auf beide Wangen und tauchte ihn, als sie ihn herzlich umarmte, in eine Parfümwolke. »Danke, Bruno, danke, dass Sie sich so mutig für uns eingesetzt haben.«

Er wollte klarstellen, dass er auf verlorenem Posten gewesen wäre, wenn Isabelle nicht eingegriffen hätte, und dass wahrscheinlich vor allem er die Schuld an den Krawallen trage. Doch weil ihm weder die eine noch die andere Anmerkung unter den gegebenen Umständen passend erschien, sagte er nichts und lächelte stattdessen.

»Wir haben sämtliche Zeitungsberichte über Sie gelesen und das Interview mit Ihnen heute Nachmittag im Radio gehört«, sagte Christine. »Dass wir jetzt den einsamen *flic* von Saint-Denis bei uns zu Gast haben, wird bestimmt alle Frauen in Frankreich vor Neid erblassen lassen.«

»Es tut mir leid, dass auch Sie in Schwierigkeiten geraten sind und dass Saint-Denis jetzt als Tummelplatz für Schläger und Rassisten gilt«, entgegnete er. »Etliche Touristen haben bereits ihren Urlaub bei uns abgesagt. Ich hoffe, Ihnen, Pamela, halten Ihre Gäste die Treue. Mir ist zu Ohren gekommen, dass selbst die englische Presse von den Vorkommnissen in unserer Stadt berichtet.«

»Und die BBC«, sagte Christine.

»Sei's drum«, erwiderte Pamela und reichte Bruno die

Champagnerflasche, damit er sie entkorkte. »Ich gebe in meiner Broschüre ohnehin nicht die Adresse von Saint-Denis an, nur die Postleitzahl, dazu den Namen des Hauses, den des kleinen Weilers Saint-Thomas et Brillamont und die Lage im *Vallée de la Vézère*. Das klingt für englische Ohren sehr viel französischer.«

»Ich wusste gar nicht, dass Ihr Anwesen einen Namen hat«, sagte er und tippte mit den Fingern in die Höhlung am Flaschenfuß, um zu verhindern, dass beim Öffnen allzu viel Schaum herausspritzte.

»Es hatte auch keinen, bis ich es wegen der Pappeln dort vorn auf den Namen *Les Peupliers* getauft habe.«

»Sollte es nicht *Le Marketing* heißen?«, flachste Christine, als er den Champagner ausschenkte. Sie trug einen langen dunklen Rock und eine Bluse. Außerdem hatte sie sich Locken ins Haar gedreht. Beide Frauen hatten sich für ihn herausgeputzt, und Bruno bereute es, sich keine Krawatte umgebunden zu haben.

»Darf ich fragen, woraus dieses ›englische Dinner‹ besteht, zu dem Sie mich freundlicherweise eingeladen haben?«

»Das ist eine Überraschung«, antwortete Pamela.

»Auch für mich«, sagte Christine. »Ich habe keine Ahnung, was uns aufgetischt wird, weiß aber, dass Pamela sehr gut kochen kann. Mein Beitrag für den heutigen Abend waren Computerrecherchen. Ich habe mich über Ihre arabische Fußballmannschaft kundig zu machen versucht.«

»Apropos, ich habe heute mit dem Sportredakteur des *Marseillais* telefoniert«, sagte Bruno. »Er war sehr entgegenkommend, als ihm klar wurde, dass ich derjenige bin, der auch auf der Titelseite seiner Zeitung abgelichtet ist. In seinen Unterlagen war nichts zu finden, aber er wollte bei seinen ehemaligen Kollegen nachfragen, die jetzt im Ruhestand sind und sich vielleicht erinnern können, ob in den alten Archiven noch irgendwelches Material liegt. Er hat sogar sämtliche Ausgaben der besagten Monate von 1940 durchgesehen, doch von Amateurmannschaften war nirgends die Rede.«

»Nun, ich hätte da was«, sagte Christine. »Ich habe nämlich einen Blick auf die Datenbank der Diplom- und Promotionsarbeiten geworfen, speziell solchen, die sich mit Sport beziehungsweise Migrationsgeschichte befassen. Und da sind mir ein paar Arbeiten aufgefallen, die Ihnen weiterhelfen könnten. Eine hat das Thema ›Sport und Integration – Fußballmannschaften von Einwanderern, 1919 bis 1940‹. Eine andere trägt den Titel ›Neubeginn in einem fremden Land – algerische Vereine und Verbände in Frankreich‹. Die Texte habe ich im Internet nicht einsehen können, bin aber schon mit einem der Autoren in Kontakt getreten. Er unterrichtet Sportgeschichte an der Universität von Montpellier und glaubt, die von Ihnen gesuchte Mannschaft zu kennen. In Marseille gab es eine Amateurliga – *Les Maghrebins* –, und die Meistermannschaft von 1940 hieß *Oraniens* nach der Stadt Oran in Algerien, aus der die meisten Spieler stammten. Hier ist seine Telefonnummer. Er hat einen äußerst sympathischen Eindruck auf mich gemacht.«

»Ich staune«, sagte Bruno. »Das haben Sie alles aus Ihrem Computer geholt?«

»Ja, und inzwischen ist auch der eine Text bei mir gelandet. Er hat ihn mir per Mail geschickt.«

»Sehr freundlich«, sagte Bruno. »Das wäre dann meine Bettlektüre. Aber zuerst freue ich mich auf eine Kostprobe englischer Küche in Gesellschaft von zwei schönen Frauen. Also bitte ab jetzt kein Wort mehr über Verbrechen und Gewalt. Genießen wir diesen Abend.«

»Zuerst müssen Sie uns verraten, was Sie von einer englischen Köchin erwarten«, sagte Pamela. »Wir sind auf das Schlimmste gefasst.«

»Das Roastbeef war zu lange im Ofen, der Senf ist zu scharf, die Würstchen stammen vom Bäcker, der Fisch steckt in einer viel zu dicken, klebrigen Panade, das Gemüse ist zu Brei verkocht, und am Ende schmeckt alles nur nach der seltsam gewürzten Sauce aus einer braunen Flasche. So war's jedenfalls an dem Wochenende, als wir zum internationalen Rugbyturnier nach Twickenham gefahren sind. Das Frühstück mit Rührei und Schinken war ja lecker, aber alles andere ungenießbar«, bemerkte Bruno. »Aber inzwischen soll sich ja in England, wie man hört, die indische Küche durchgesetzt haben.«

»Pamelas Kochkünste werden Sie eines Besseren belehren«, erwiderte Christine. »Übrigens, wie finden Sie den Champagner?«

»Ausgezeichnet.«

»Tja, er ist aus England.« Pamela drehte die Flasche, damit er das Etikett sehen konnte. »In Blindverkostungen hat er französischen Champagner um Längen geschlagen. Er wird im englischen Königshaus serviert, und Christine hat mir diese Flasche mitgebracht. Allerdings muss ich faireweise zugeben, dass der Hersteller ein Franzose aus der Champagne ist.«

»Trotzdem, ich bin beeindruckt«, sagte Bruno. »Ihr Engländer bringt es doch immer wieder fertig, uns Franzosen zu überraschen.«

Als die Frauen ihn ins Haus führten, sah sich Bruno neugierig um. Sie betraten einen länglichen Raum, der nach oben hin bis unters Dach offen war. Auf halber Höhe befand sich eine kleine Galerie mit Balustrade. Ein riesiger Kamin beherrschte die Stirnwand, und die Fenster auf der einen Seite reichten nach französischer Art bis zum Boden. Die gegenüberliegende Wand verschwand hinter Regalen voller Bücher. Ein halbes Dutzend großer, offenbar bequemer Lehnstühle, teils mit Leder, teils mit Chintz bezogen, verteilte sich im Raum.

»Sehr schön«, bemerkte er. »So sah's bestimmt nicht aus, als Sie hier eingezogen sind.«

»Nein. Weil das Dach neu gedeckt werden musste und mehrere Balken zu ersetzen waren, habe ich mich dazu durchgerungen, die Zwischendecke herauszunehmen. Kommen Sie, wir essen nebenan.«

Das Esszimmer war kleiner und in einem Farbton gehalten, der zwischen Gold und Orange changierte. In der Mitte standen ein großer, ovaler Tisch aus dunklem Holz und zwölf Stühle. Am äußersten Ende war für drei Personen gedeckt mit jeweils einem Weiß- und einem Rotweinglas. An der Wand dahinter hing in genau bemessenen Abständen eine Reihe alter Drucke. Pamela stellte seine Blumen in eine große Keramikvase, die auf dem Tisch stand. Wie im größeren Wohnzimmer war auch hier der Fußboden mit Terrakotta gefliest. Darauf lagen mehrere Teppichläufer in satten Rot- und Goldtönen, die im weichen Licht der Stehlampen und den zwei Kerzenleuchtern zu glühen schienen. An der Längswand zur Linken hing ein großes Ölgemälde von einer Frau mit kastanienbraunem Haar und weißen Schultern; sie trug ein Abendkleid aus früherer Zeit und sah Pamela zum Verwechseln ähnlich.

»Meine Großmutter«, erklärte sie. »Sie stammte aus Schottland, was erklärt, weshalb ich beim Hauptgang ein wenig gepfuscht habe. Aber dazu später. Bitte setzen Sie sich, es geht gleich los.«

Pamela brachte aus der Küche eine große weiße Terrine. »Lauch- und Kartoffelsuppe«, verkündete sie. »Dazu selbstgebackenes Brot und wiederum englischer Wein, ein Riesling von Tenterden.«

Das lockere Brot mit seiner knusprigen Kruste passte, wie Bruno fand, vorzüglich zur gehaltvollen Suppe. Der Wein schmeckte wie ein Elsässer, und so zeigte sich Bruno abermals beeindruckt.

»Was den nächsten Gang betrifft, muss ich, wie gesagt, einen kleinen Pfusch bekennen«, erklärte Pamela. »Der geräucherte Lachs kommt nicht aus England, sondern aus Schottland, aber Christine und ich sind der Meinung, dass dagegen nichts einzuwenden ist. Butter und Zitronen sind französischer Herkunft, und der schwarze Pfeffer ist wer weiß woher.«

»Ah, *saumon fumé.* Bei uns ist er normalerweise ein bisschen rötlicher.« Er probierte. »Hmm, köstlich«, sagte er und hob sein Glas.

Pamela räumte die Teller ab und kehrte mit einem großen Tablett zurück. Darauf befanden sich vorgewärmte Teller, eine Karaffe Rotwein, zweierlei Gemüse in zugedeckten Schalen und eine dampfende Pastete mit goldgelber Kruste.

»Voilà, der englische Klassiker – *Steak and Kidney Pie.* Die jungen Erbsen und Karotten sind hier im Garten gewachsen, und der Rotwein kommt aus dem Camel Valley in Cornwall. Früher hieß es immer, dass in England kein guter Rotwein reifen kann, aber dieser Tropfen beweist das Gegenteil. Machen Sie sich jetzt auf den herrlichsten Duft gefasst, den ich kenne. Kommen Sie, beugen Sie sich weiter vor. Ich schneide jetzt die Pastete an.«

Bruno gehorchte, und als Pamela das erste Stück servierte, ging ein Strahlen über sein Gesicht. *»Magnifique«*, schwärmte er und betrachtete seine Portion. »Wie kommt's, dass die Füllung so dunkel ist?«

»Das liegt am Stout«, erklärte Pamela. »Normalerweise verwende ich Guinness, aber weil es bekanntlich irisch ist, habe ich eine englische Variante gewählt. Plus Rindersteak und Nierchen, Zwiebeln und ein wenig Knoblauch.« Sie füllte die anderen Teller, während Christine Erbsen und Möhren verteilte. Dann schenkte Pamela den Wein ein und wartete gespannt auf Brunos Reaktion.

Zuerst fischte er ein Stück Rindfleisch aus der dunklen Sauce und nickte anerkennend. Dann probierte er von den Nierchen. Ausgezeichnet. Nach einem Schluck Wein kostete er die Kruste. Vortrefflich. Zusammen mit dem Fleisch schmeckte sie ihm sogar noch besser. Die jungen Erbsen in ihren Schoten waren auf den Punkt gegart. Und auch die Möhren. Er nahm noch einen Schluck.

Die Pastete war köstlich, herzhaft und lecker, genau so, wie eine französische Großmutter sie zubereitet hätte. Er schnupperte an seinem Wein und genoss das fruchtige Aroma, schwenkte das Glas im Kerzenschein und beobachtete die breiten Schlieren an der Innenwand.

Er kannte bislang nur einen Rotwein, der so weit im Norden angebaut wurde, den Gamay von der Loire, und erwartete einen ähnlichen Geschmack, doch der englische Tropfen war schwerer und hatte einen angenehm kräftigen Abgang. Ein guter Wein, der ihn an einen Burgunder erinnerte und mit der Pastete bestens harmonierte.

Er legte sein Besteck ab, nahm wieder einen Schluck aus seinem Glas und betrachtete die beiden Frauen mit feierlicher Miene.

»Ich nehme alles zurück, was ich je über die englische Küche gesagt habe, und bekenne mich als ihr Fan, vorausgesetzt, Sie haben gekocht, Pamela. Sie müssen mir das Rezept für diese köstliche Pastete verraten. So etwas gibt's bei uns nicht. Ich würde mich gern erkenntlich zeigen und schlage vor, dass ich das nächste Mal für Sie koche.«

»Einverstanden«, sagte Christine, und zu seiner Überraschung hoben die beiden Engländerinnen ihre rechte Hand und schlugen sie klatschend aufeinander. Er schmunzelte über diese Geste und widmete sich wieder seinem Essen und dem Wein aus Cornwall. Aus der Schule wusste er, dass das Kornische eine keltische Sprache war und darum mit dem Bretonischen verwandt – was wiederum die Qualität ihres Weins erklärte. Selbst der Name von Pamelas Heimat, *Grande Bretagne*, zeugte von der engen Nachbarschaft.

Der Salat aus Pamelas Garten war frisch und knackig. Der unter den Kopfsalat gemischte Rucola war zwar seines Wissens nicht gerade englisch, doch der Käse, ein von

Christine mitgebrachter Stilton, schmeckte großartig. Zum Nachtisch servierte Pamela eine selbstgemachte Eiscreme mit Erdbeeren, die wiederum aus ihrem Garten stammten. Bruno war rundum zufrieden und gelobte, sich nie wieder abfällig über die englische Küche zu äußern.

»Warum weiß eigentlich keiner, dass die englische Küche so gut sein kann?«, wollte er wissen.

Beide Frauen antworteten gleichzeitig. »Die industrielle Revolution«, sagte Christine, und Pamela meinte: »Der Krieg und die Lebensmittelrationierung.« Sie lachten.

»Erklär du ihm deine Theorie, Christine. Ich sorge inzwischen für das i-Tüpfelchen«, sagte Pamela.

»Der Grund ist denkbar simpel«, erläuterte Christine. »Mit der industriellen Revolution, die in England bekanntlich früher stattfand als in anderen europäischen Ländern, kam der Ackerbau fast gänzlich zum Erliegen. Kleine Farmen mussten der Schafzucht weichen, die weniger arbeitsintensiv war und keine hohen Investitionen erforderte. Gleichzeitig gab es bessere Pflüge und Anbaumethoden, was weniger Arbeitskräfte, dafür aber höhere Investitionen erforderte. Die Landarbeiter fanden Beschäftigung in den neuen Fabriken, und so wuchsen mit der Industrie die Städte und ein Bedarf an Lebensmitteln, die einfach zu transportieren, gut zu lagern und auf die Schnelle zuzubereiten waren, weil auch die meisten Frauen in den Fabriken arbeiteten und keine Zeit mehr hatten, lange am Herd zu stehen. Gleichzeitig waren in Nordamerika und Argentinien große Farmen entstanden, und weil das britische Königreich seine Grenzen für den freien Handel öffnete, konnten die noch übriggebliebenen Landwirte mit den sehr viel günstigeren Weltmarktpreisen nicht mehr konkurrieren. Es kamen billige Lebensmittel ins Land, Fleisch in Konserven und Brot aus Massenproduktionen. Und in den allmählich kleiner werdenden Familien gingen die von Generation zu Generation weitergereichten traditionellen Kochkünste verloren.«

»So etwas Ähnliches könnte auch im heutigen Frankreich passieren«, bemerkte Bruno. »Sie, Pamela, nannten den Krieg als Ursache. Wie meinen Sie das?« Er wandte sich zu Pamela, die in die Küche gegangen war, um gleich darauf mit einem kleinen Tablett zurückzukehren, auf dem eine große dunkle Flasche, ein Krug Wasser und drei kleine Gläser standen.

»Moment«, mischte sich Christine ein. »Ihr Franzosen habt Konserven erfunden, und zwar in den napoleonischen Kriegen, und spätere Kriege haben die Konserven noch weiter verbreitet: der Krimkrieg in den 1850ern, der amerikanische Bürgerkrieg in den 1860ern und der Deutsch-Französische Krieg 1870 bis 71: In all diesen Kriegen haben Lebensmittelkonserven eine entscheidende Rolle gespielt. Nur so konnte die Verpflegung großer Armeen sichergestellt werden. Vor ein paar Tagen habe ich hier im Supermarkt Fray-Bentos-Dosen entdeckt – wissen Sie überhaupt, woher der Name kommt?«

Bruno schüttelte den Kopf, lehnte sich aber interessiert vor. Klar waren für die Versorgung dieser riesigen Armeen aus Wehrpflichtigen Lebensmittelkonserven erforderlich gewesen, wahrscheinlich wäre der Stellungskrieg in den Schützengräben des Ersten Weltkriegs ohne Konserven gar nicht möglich gewesen.

»Fray Bentos ist eine Stadt in Uruguay, die in den 1860ern Fleischextrakt nach Europa exportiert hat, um das Fleisch der Tiere zu verwerten, die für die südamerikanische Lederindustrie getötet worden waren. Schon bald wurde der Fleischexport wichtiger als der Lederhandel.«

»Faszinierend«, sagte Bruno. »Ich wusste zwar, dass Sie sich mit französischer Geschichte auskennen, aber doch nicht mit Ernährungsgeschichte.«

»So bringe ich meinen Studenten etwas über Globalisierung bei«, sagte Christine. »Man muss ihnen zeigen, dass Geschichte etwas mit ihrem eigenen Leben zu tun hat, und am leichtesten geht das über die Geschichte des Essens.«

»Ich wünschte, ich hätte Lehrer wie Sie gehabt. In unseren Unterrichtsstunden ging es immer nur um Königinnen und Könige, Päpste und die napoleonischen Kriege«, sagte Bruno. »So habe ich noch nie über Geschichte nachgedacht.«

»Christine hat recht mit dem, was sie sagt«, schaltete sich Pamela wieder ein. »Aber der Krieg und die Rationierung, die bis fast zehn Jahre nach Kriegsende beibehalten wurde, haben alles noch schlimmer gemacht. Weil das Land abhängig war von billigen Importen, führte die Seeblockade der Deutschen zu einer bedrohlichen Verknappung an Lebensmitteln. Sie mussten rationiert werden, so dass es für den Einzelnen pro Woche nur ein Ei gab, kaum Fleisch oder Früchte. Auch in den Restaurants ging es mit den Kochkünsten bergab, weil es sich niemand mehr leisten konnte, dort zu essen. Es dauerte eine ganze Generation, bis sich Besserung einstellte und die Briten ins Ausland fahren, fremdländische Küche genießen und sich wieder Restaurantbesuche und Kochbücher leisten konnten.« Pamela nahm die dunkle Flasche vom Tablett. »Und jetzt empfehle ich Ihnen statt eines Cognacs das hier als *digestif*, einen schottischen Malt-Whisky, der mit gewöhnlichem Whisky so viel gemein hat wie ein großer Château-Wein mit *vin ordinaire*. Dieser nennt sich Lagavulin. Er kommt von der Insel, auf der meine Großmutter geboren wurde, und schmeckt nach Torf und Meer.«

»Trinkt man ihn wie einen Cognac nach dem Essen?«, fragte Bruno.

»Mein Vater hat mir beigebracht, zuerst lange daran zu schnuppern, dann einen winzigen Schluck zu nehmen, im Gaumen zu bewegen, bis sich der Alkohol verflüchtigt hat, und schließlich durch den Mund tief einzuatmen, um das ganze Aroma aufzunehmen. Danach spült man mit einem ordentlichen Schluck nach.«

»Hmm, der macht warm bis in die Fußspitzen«, sagte Bruno, nachdem er tief Luft geholt hatte. »Sehr gut«, kommentierte er den für ihn ungewöhnlichen rauchigen Geschmack. »Genau der richtige *digestif* nach einem hervorragenden Mahl in Ihrer Gesellschaft. Ich danke Ihnen beiden.«

Er erhob sein Glas, und seine Augen zwinkerten auf jene Weise, die allen, die ihn kannten, verriet, dass er eine scherzhafte Bemerkung auf den Lippen hatte.

»Ich resümiere mit der Frage, ob ich denn wirklich in den Genuss englischer Küche gekommen bin«, sagte er und lächelte über Pamelas leicht konsternierte Miene. »Es gab schottischen Whisky und schottischen Fisch, Wein aus Cornwall, französisches Rindfleisch, Salat, Gemüse und

Erdbeeren aus hiesigem Anbau, englischen Champagner nach französischer Art, und das einzig originär Englische war der Käse. Das alles wurde phantastisch zubereitet von einer Engländerin, die hier im Périgord zu leben beliebt und damit beweist, dass sie einen vorzüglichen Geschmack hat.«

20

Noch mit dem angenehmen Nachgeschmack des Whiskys auf der Zunge machte sich Bruno in seinem Wagen auf den Weg nach Hause. Auf der nächsten Anhöhe, wo ein gutes Funksignal zu erwarten war, hielt er an und warf einen Blick auf sein Handy. Es war kurz nach 22:30 Uhr. Noch nicht zu spät. Er wählte die Nummer von Jean-Luc, seinem besten Freund unter den Gendarmen und einem glühenden Anhänger der Rugbymannschaft von Saint-Denis. Eine Frauenstimme antwortete.

»Hallo, Francine, ich bin's, Bruno. Ist Jean-Luc zu Hause, oder hat er etwa Dienst?«

»Hallo, Bruno. Du solltest dich vorsehen. *Capitaine* Duroc stellt neuerdings jede Nacht Verkehrskontrollen auf. Die Pfeife will offenbar einen neuen Rekord in Sachen Strafanzeigen wegen Alkohol am Steuer aufstellen. Augenblick, ich rufe Jean-Luc an den Apparat.«

»Bist du wieder auf der Rolle, Bruno?«, sagte sein Freund mit etwas schwerer Zunge. »Wie soll man sich an dir ein Beispiel nehmen? Ja, Duroc lässt verstärkt kontrollieren. Vergangene Nacht hat er Vorin und mich auf die Straße nach Périgueux abkommandiert und sich selbst mit der jungen Françoise an die Kreuzung nach Les Eyzies gestellt. Ich glaube, er hat ein Auge auf sie geworfen. Sie kann ihn allerdings nicht ausstehen, genauso wenig wie wir alle. Wir müssen abwechselnd Nachtschicht schieben und haben die Schnauze voll davon. Ich sag dir was. Zurzeit fährt der junge Jacques Patrouille. Ich rufe ihn an und frage, wo er gerade ist. Dann melde ich mich wieder und gebe dir Bescheid.«

Während Bruno auf den Rückruf wartete, dachte er an die beiden Frauen, mit denen er den Abend verbracht hatte. Christine war ausgesprochen hübsch, eine dunkeläugige Brünette, wie er sie mochte, obendrein sehr lebhaft und hochintelligent, was er zu schätzen wusste. Pamela war anders, vielleicht nicht schön im herkömmlichen Sinn, aber durchaus attraktiv. Ihre straffe, aufrechte Haltung und die kräftige Nase wirkten typisch englisch, und ihre Ausstrahlung hatte, wie er fand, etwas Besonderes. Sie war eine selbstbewusste und ganz und gar außergewöhnliche Frau. Und eine hervorragende Köchin. Was würde er den beiden vorsetzen können? Von der hiesigen Küche hatten sie gewiss genug, und er sowieso. Eine *tourain*-Suppe, Stopfleber oder all die verschiedenen Entengerichte kamen also nicht in Frage. Er hatte aber noch ein paar in Öl eingelegte Trüffeln, so dass er ein leckeres Risotto mit Pilzen und Trüffeln zubereiten könnte. Die beiden Frauen stünden dann neben ihm in der Küche, während er mit dem Kochlöffel rührte und –

Das vibrierende Handy riss ihn aus seinen Gedanken. »Bruno, ich bin's noch mal, Jean-Luc. Ich habe mit Jacques gesprochen. Er ist tatsächlich auf der Brücke und sagt, dass Duroc wieder an der Kreuzung nach Les Eyzies steht. Anscheinend macht er da fette Beute. Wo bist du jetzt? Oben in der Nähe der Höhle? Du könntest den direkten Weg über die Brücke nehmen. Jacques kennt deinen Wagen und wird dich durchwinken. Oder du nimmst einen Umweg in Kauf und fährst am Wasserturm vorbei. Bist du allein oder mit den Kumpels unterwegs?«

»Ich bin allein, Jean-Luc. Danke für den Tipp. Ich schulde dir ein Bier.«

Bruno wählte den längeren Weg nach Hause, über die schmale Brücke und hoch zum Wasserturm. Er schmunzelte in Gedanken darüber, dass *Capitaine* Duroc noch immer keine Ahnung hatte, wie die Dinge auf dem Land abliefen. Womöglich würde er das auch nie erfahren. Interessant, dass er ein Auge auf die junge Françoise geworfen hatte, eine dralle Blondine aus dem Elsass mit niedlichem Gesicht, breiten Hüften und, wie sich herumgesprochen hatte, einem kleinen Tattoo über dem Steißbein. Laut Jean-Luc war es in ihrer Personalakte als besonderes Kennzeichen vermerkt. Im Kreis der Gendarmen liefen Wetten darüber, was es wohl darstellen mochte, eine Spinne oder ein Kreuz, ein Herz oder den Namen eines Liebhabers. Bruno tippte auf einen Hahn, das Symbol für Frankreich. Noch hatte niemand den Wetteinsatz für sich in Anspruch genommen, und Bruno hoffte, dass es nicht Duroc sein würde, der das Geheimnis um Françoise lüftete, auch wenn dem *capitaine* eine Affäre bestimmt guttun würde. Allerdings war dieser dermaßen pedantisch, dass er nicht einmal für ein romantisches Abenteuer mit niederen Dienstgraden von den strengen Dienstvorschriften abweichen würde. Oder doch? Wenn es stimmte, dass er sich in Françoise verknallt hatte, befand sich der Esel bereits auf dem Eis. Bruno schob den

Gedanken beiseite, als er auf sein Häuschen zusteuerte und sah, dass der treue Gigi bereits vor der Haustür auf ihn wartete.

Er nahm den Ausdruck der Examensarbeit, den Christine für ihn besorgt hatte, mit zu Bett, überflog die Inhaltsangabe und stellte, als er die letzte Seite aufschlug, fest, dass ein Stichwortverzeichnis fehlte, was die Suche erschwerte. Es gab allerdings ein ganzes Kapitel über Marseille und die Maghreb-Liga, deren Name darauf hindeutete, dass die zu ihr gehörenden Mannschaften wahrscheinlich aus nordafrikanischen Spielern zusammengesetzt gewesen waren. Er legte sich zurück und fing an zu lesen. Wissenschaftliche Texte waren seine Sache nicht. Die ersten beiden Seiten enthielten eine Zusammenfassung des Forschungsstandes bezüglich der Lebensbedingungen der Nordafrikaner in Marseille und eine Theorie über kulturelle Integration durch Sport. Er musste den Abschnitt dreimal lesen, ehe er verstand, worum es ging: dass nämlich nach Auffassung des Autors Integration erst dann stattfinden konnte, wenn Mannschaften aus Mitgliedern verschiedener Ethnien gegeneinanderspielten, und nicht, wenn Mannschaften der gleichen Ethnie untereinanderblieben. Klar. Warum musste dieser einfache Gedanke so kompliziert formuliert werden?

Er mühte sich weiter. Die Maghreb-Liga war 1937 gegründet worden, ein Jahr nach der Regierungsübernahme durch die von Léon Blum geführte Volksfront. Seine sozialpolitischen Reformen beinhalteten unter anderem bezahlten Urlaub und die 40-Stunden-Woche. Bruno erinnerte sich an seinen Geschichtsunterricht in der Schule. Blum war Jude und Sozialist. Seine Regierung stand und fiel mit den Stimmen der Kommunisten im Parlament. In der Opposition hieß es: »Lieber Hitler als Blum.« Die Maghreb-Liga war wie so viele damalige Sportorganisationen von Sozialarbeitern im Auftrag des Ministeriums für Jugend und Sport ins Leben gerufen worden. Es gab eine Liga der katholischen Jugend, eine der Jungsozialisten, eine *Ligue des Syndicats* der Gewerkschaften und sogar eine italienische Liga, weil der Südosten Frankreichs von Nizza bis zur italienischen Grenze bis ins 19. Jahrhundert hinein zu den italienischen Savoyen gehört hatte und erst 1860 an Kaiser Louis Napoléon ging zum Dank für seine Unterstützung im Krieg gegen Österreich und in der Einigung Italiens. Ja, auch das hatte Bruno, wie er sich vage erinnerte, in der Schule gelernt. Die katholische Jugend, Jungsozialisten und Gewerkschaftsjugend aber weigerten sich, gegen Nordafrikaner zu spielen. Nur die Italiener waren dazu bereit, was das Ministerium als vielversprechende Möglichkeit der Integration beider Minderheiten begrüßte. Manche Dinge ändern sich eben nie, dachte Bruno düster, musste sich aber in Erinnerung an die französische Nationalmannschaft sogleich korrigieren, die 1998 die Weltmeisterschaft mit ihrem Kapitän Zidane, einem gebürtigen Nordafrikaner, gewonnen hatte. Und insgeheim freute er sich ein wenig darüber, dass die jungen Sportsleute von Saint-Denis aus den unsinnigen Vorurteilen von damals herausgewachsen waren und Spaß daran hatten, mit schwarzen, braunen, ja, selbst mit englischen Jungs zu spielen.

Die Maghrebiner waren begeisterte Fußballer, aber nicht besonders erfolgreich gewesen. Gegen die italienischen

Mannschaften hatten sie offenbar keine Chance gehabt. Um ihre Gegner im Interesse spannender Begegnungen aufzubauen, hatten daraufhin die Italiener den Nordafrikanern Trainingshilfe angeboten. Sehr nobel, dachte Bruno und las, dass der erste Trainer der italienischen Liga ein Spieler der Profimannschaft von Marseille war und Giulio Villanova hieß.

Bruno richtete sich im Bett auf. Villanova war der Name des Mannes, an den sich Momu erinnert hatte. Es handelte sich also um das Team von Momus Vater. Schnell las Bruno weiter. Zu einer Zeit, da im Fußball allenfalls ein Taschengeld zu verdienen war, konnte sich Villanova glücklich schätzen, für seine Trainerleistung ein kleines Gehalt vom Sportministerium zu beziehen. Klingt so, als hätte damals jemand eine gute Idee gehabt, dachte Bruno und wünschte, es würde auch heute jemand seinen Einsatz als Trainer des Tennis- und Rugbynachwuchses finanziell unterstützen. Träum weiter, Bruno.

Mit Villanova als Trainer wurden die maghrebinischen Mannschaften immer besser; manche gewannen inzwischen sogar das eine oder andere Spiel. Das erfolgreichste Team waren die *Oraniens*, die Jungs aus Oran, die im März 1940 die Meisterschaft ihrer Liga für sich entschieden hatten, also kurz vor der Invasion der Deutschen in Frankreich, die dem organisierten Sport für junge Nordafrikaner ein Ende setzte.

Im Text ging es weiter mit dem Versuch einer Antwort auf die spekulative Frage, ob die erstarkte Maghreb-Liga und die Erfolge der *Oraniens* den gewünschten Integrationsprozess hätten einleiten können, wäre der Krieg nicht dazwischen gekommen. Denn sonst hätten sie auch gegen die katholische Jugend und die Jungsozialisten spielen können. Villanova, die Sozialarbeiter und fast alle volljährigen Spieler waren eingezogen worden, die Maghreb-Liga löste sich auf und geriet bald in Vergessenheit. Bruno blätterte rasch weiter und suchte nach Abbildungen, Namenslisten oder weiteren Hinweisen auf die *Oraniens,* wurde aber nirgends fündig. Immerhin hatte er die Telefonnummer des Verfassers.

Zufrieden darüber, den Namen von Hamids Mannschaft gefunden zu haben, und mit einem Schmunzeln auf den Lippen, weil er der Verkehrskontrolle von *Capitaine* Duroc hatte ausweichen können, schaltete Bruno die Lampe aus und legte sich schlafen.

Als Bruno am nächsten Morgen sein Büro betrat, griff er sofort nach dem Telefonhörer und rief den Autor der Examensarbeit an. Der junge Dozent für Sportgeschichte an der Universität von Montpellier war überrascht von Brunos Anliegen, freute sich aber, dass seine Arbeit nicht nur ihm selbst, sondern anscheinend auch anderen nützlich sein konnte, und bot eifrig seine Hilfe an. Bruno erklärte ihm, mit der Aufklärung eines Mordes beschäftigt zu sein, begangen an einem älteren Nordafrikaner namens Hamid al-Bakr, an dessen Wohnzimmerwand das Foto einer Fußballmannschaft aus dem Jahr 1940 gehangen habe. Die Polizei wolle nun mehr über diese Mannschaft in Erfahrung bringen. Der Sohn des Mordopfers glaube, dass sein Vater dazugehört habe und von einem gewissen Villanova trainiert worden sei. Und da Hamid auf dem Foto den Fußball halte, lasse sich vermuten, dass er entweder Kapitän oder Star der Mannschaft gewesen sei. Ob es noch weitere Informationen gebe?

»Ich glaube, ich habe da noch eine Liste der Namen in meinen Unterlagen«, antwortete der junge Hochschullehrer. »Ich wollte nachprüfen, ob irgendeiner der Spieler nach dem Krieg berühmt geworden ist, aber anscheinend hat es keiner von ihnen in eine französische Profimannschaft geschafft. Vielleicht in Nordafrika, nicht aber hier bei uns.«

»Würden Sie die Namen der *Oraniens* von 1940 bitte für mich heraussuchen?«, fragte Bruno. »Und hätten Sie vielleicht sogar noch ein paar Mannschaftsfotos? Oder irgendwelches Material über Villanova? Vorerst kennen wir nur seinen Namen.«

»Ich schaue gern nach, komme aber erst heute Abend dazu, wenn ich wieder zu Hause bin. Meine Unterlagen sind dort, und ich habe noch den ganzen Tag an der Uni zu tun. Fotos habe ich noch, bin mir aber nicht sicher, ob sie für Sie relevant sein könnten. Wenn ich mich richtig erinnere, hat sich Villanova allem Anschein nach während des Krieges vom Sport verabschiedet. Er taucht in keiner Mannschaftsliste mehr auf, und nach 1945 finden sich im Archiv des Sportministeriums auch keine Hinweise mehr auf ihn. So – ich melde mich dann heute Abend noch mal bei Ihnen. Einverstanden?«

Bruno legte auf und zweifelte daran, auf der richtigen Spur zu sein. Trotzdem, das Verschwinden des Fotos war der einzige Anhaltspunkt, den es gab, und Jean-Jacques und Isabelle würden bestimmt beeindruckt sein, wenn es ihm gelänge, neue Informationen zu beschaffen. Wenn er ehrlich war, wollte er vor allem Isabelle beeindrucken.

Die Ermittlungen kamen weiterhin nur stockend voran. Von den Kriminaltechnikern war bestätigt worden, dass sich der junge Gelletreau und Jacqueline tatsächlich auf der Waldlichtung über Hamids Häuschen aufgehalten hatten, jedoch beteuerten beide unabhängig voneinander, dass sie häufiger dort gewesen seien, um miteinander zu schlafen. Sie bestritten entschieden, Hamid gesehen oder ihn gar in seinem Haus besucht zu haben, und auch eine zweite Untersuchung der Spurensicherung konnte nichts zutage fördern, was die Geschichte der beiden widerlegt hätte. Der einzige Haken daran war Jacquelines als Lüge entlarvte Aussage, zur Tatzeit nicht in Saint-Denis gewesen zu sein. Später hatte sie behauptet, sie sei nur in die Stadt gekommen, weil sie Richard abholen wollte. Aber auch das war gelogen. Richard hatte die Schule geschwänzt und war laut seiner Aussage im Einzelverhör bei ihr zu Hause in Lalinde gewesen. Obwohl der Lüge überführt, hielt Jacqueline an ihrer Geschichte fest. Jean-Jacques und Isabelle vermuteten, dass ihre Spritztour nach Saint-Denis vielleicht mit Drogengeschäften zu tun und dass sie vor den Dealern womöglich mehr Angst hatte als vor der Polizei.

Plötzlich fiel Bruno ein, dass die in Europa vertriebenen Ecstasy-Pillen angeblich vor allem aus Holland kamen. Er griff zum Hörer und rief Franc Duhamel auf dem großen Campingplatz an der Flussbiegung unterhalb der Stadt an.

»Hallo, Franc, hier Bruno. Eine Frage. Während der Moto-Cross-Rallye haben doch Holländer bei dir gezeltet. Wie lange sind die geblieben?«

»*Salut,* Bruno. Über eine Woche. Sie sind Freitagabend spät gekommen und erst am übernächsten Sonntag wieder gefahren. Es waren an die dreißig. Manche sind im Wohnmobil gekommen, einige wenige mit dem Auto und der Rest auf Motorrädern. Weil auch etliche von den Rallyeteilnehmern mit Wohnmobilen da waren, hatte ich meinen Laden fast voll. Für den Saisonbeginn nicht schlecht.«

»Franc, du hast doch diesen Schlagbaum vor der Einfahrt und einen Wachtposten für die Nacht. Kontrollierst du auch tagsüber? Schreibst du dir die Kennzeichen auf?«

»Na klar. So will's die Versicherung. Jedes Fahrzeug, das auf den Platz kommt, wird registriert.«

»Auch solche, die bei uns gemeldet sind?«

»Ja. Jeder Besucher, jeder Lieferwagen, und selbst wenn du kämst, würde das notiert.«

»Tu mir einen Gefallen.« Bruno nannte die Nummer von Jacquelines Wagen und bat Franc nachzusehen, ob dieser Wagen am 11. Mai da gewesen sei. Er hörte, wie Franc in den Seiten eines Buches blätterte.

»Bruno, bist du noch da? Also: Er ist um zwölf gekommen und um fünfzehn Uhr dreißig wieder weggefahren. Da scheint jemand ausgiebig zu Mittag gegessen zu haben.«

»Weißt du vielleicht auch, wer am Steuer saß? Oder wem der Besuch galt?«

»Nein, wir haben nur die Nummer.«

»Und die Namen der holländischen Gäste?«

»Sind ordnungsgemäß verzeichnet, zusammen mit den Anschriften und Kennzeichen. Von manchen habe ich sogar die Kreditkartennummer. Die meisten zahlen bar … aber manche eben auch mit Karte«, fügte er stockend hinzu.

Bruno lachte im Stillen über Francs Nervosität, dem anscheinend zu spät aufgegangen war, dass er sich verplappert und dem Verdacht ausgesetzt hatte, einen Teil seiner Einnahmen an der Steuer vorbeizuschmuggeln.

»Keine Sorge, Franc. Mir geht's nur um die Holländer und den Besucher. Würdest du mir bitte eine Liste der Namen und Adressen zusammenstellen. Ich bin in zwanzig Minuten bei dir.«

»Weshalb eigentlich? Es hat doch nicht etwa mit dem Mord an dem Araber zu tun, oder?«

»Ich habe nur eine vage Vermutung, Franc. Wir versuchen herauszufinden, auf welchem Weg gewisse Drogen zu uns kommen. Mehr nicht. Bis gleich.«

Mit Francs Informationen auf einem Zettel machte sich Bruno auf den Weg zur Autowerkstatt von Lespinasse, um eine weitere offene Frage zu klären. Zur Werkstatt gehörte eine Total-Tankstelle, die zwar ein wenig teurer als die Tankstelle am Supermarkt, aber an der Hauptstraße nach Bergerac günstig gelegen war. Hier hatte Jacqueline getankt. Lespinasse' Schwester bediente die Zapfsäulen, während er zusammen mit seinem Sohn und einem Cousin an Motoren, Getrieben und Karosserien herumschraubte. Lespinasse mochte alle Autos, hatte aber ein besonderes Faible für alte Citroëns, vom Modell Sept der vierziger Jahre über den bescheidenen, aber zuverlässigen 2CV bis hin zu den Schönheiten der sechziger Jahre, jenen aerodynamischen Fahrzeugen mit dem Kürzel DS, das, wenn man es laut ausspricht, wie das französische Wort für Göttin klingt.

Lespinasse lag – wie hätte es anders sein können? – unter

einem aufgebockten Wagen, kaute auf einem Streichholz und summte ein Lied vor sich hin. Als Bruno seinen Namen rief, tauchte er auf seinem Rollbrett unter dem Wagen hervor, stand auf und reichte ihm statt einer der ölverschmierten Hände den Unterarm zum Gruß.

»Wir haben dich in der Zeitung gesehen«, sagte Lespinasse. »Und im Fernsehen. Du bist jetzt eine Berühmtheit, Bruno. Alle sagen, dass du diesen Mistkerlen ordentlich was verpasst hast.«

»Ich bin dienstlich hier, Jean-Louis. Es geht um eine deiner Kundinnen. Sie hat am elften Mai bei dir getankt. Wenn du mal einen Blick in deine Abrechnungen werfen würdest…«

»Am elften? Da hatte Kati frei. Also wird der Junge an den Zapfsäulen gestanden haben.« Er drehte sich um und stieß einen Pfiff aus, worauf der junge Édouard, der seinem Vater, abgesehen von dessen maroden Zähnen, wie aus dem Gesicht geschnitten war, herbeieilte und winkte, als er Bruno erblickte. Er gab seinem ehemaligen Trainer, bei dem er schon als kleiner Junge Rugby spielen gelernt hatte, einen Kuss auf beide Wangen.

»Schreibst du immer noch die Autokennzeichen auf die Kreditkartenauszüge?«, fragte Bruno.

»Ja, aber nur von Fahrzeugen, die wir nicht kennen«, antwortete Édouard und nahm das Heft zur Hand, in dem die Umsätze vom 11. Mai notiert waren. Bruno nannte ihm die Nummer von Jacquelines Wagen.

»Da haben wir's. Zweiunddreißig Euro und sechzig Cent, am Vormittag um elf Uhr vierzig. *Carte bleue.* Ich kann mich gut an sie erinnern, ein scharfes Gerät. Blond. Als sie zurückkam, war sie allerdings in Begleitung mehrerer Typen.«

»Sie kam zurück?«

»Ja, kurz nach Mittag, in einem riesigen Wohnmobil und zusammen mit drei oder vier Holländern. Sie haben getankt. Hier, da steht's. Achtzig Euro genau, um zwanzig vor drei, bezahlt mit Visakarte. Und hier ist das Kennzeichen«, sagte Édouard. Dieselbe Nummer fand Bruno auch auf Francs Liste vom Campingplatz.

»Zur selben Zeit waren auch ein paar Holländer mit Motorrädern hier zum Tanken«, fuhr Édouard fort. »Sie scheinen bar bezahlt zu haben. Ich weiß noch, dass ich mich gefragt habe, was ein so hübsches französisches Mädchen mit all diesen schweren Jungs zu tun hat, und noch dazu Ausländern. Ich sah sie hinten in diesem Wohnmobil, als der Typ, der getankt hat, zahlen wollte und die Hecktür aufmachte, um seine Brieftasche zu holen. Ein weiteres Mal habe ich sie nicht gesehen, das wüsste ich.«

»Wenn du dich noch für Tennis interessieren würdest, hättest du sie beim Turnier im vergangenen Jahr bewundern können. Sie ist bis ins Finale gekommen.«

»Irgendwann musste ich mich zwischen Tennis und Rugby entscheiden. Anscheinend habe ich falsch entschieden«, entgegnete Édouard. »Aber du kennst mich ja, Rugby ist eher mein Ding. Die Mannschaft macht den Unterschied.«

21

Stolz auf seinen Ermittlungserfolg, fuhr Bruno von der Garage geradewegs zum provisorischen Büro der *police nationale* über dem Verkehrsamt. Er kam sich vor wie ein Ritter, der mit reicher Beute vom Schlachtfeld zurückkehrte, ließ sich aber nichts davon anmerken, als er auf Isabelle zusteuerte, ihr drei dünne Akten auf den Schreibtisch legte und sagte: »Neues Beweismaterial.«

Isabelle trug eine dunkle Hose und eine weiße, etwas männlich wirkende Bluse. Sie hatte einen Kopfhörer auf den Ohren und einen Kugelschreiber in der Hand, war offenbar in Gedanken vertieft und blickte erschrocken auf. Als sie ihn jedoch erkannte, lächelte sie, setzte den Kopfhörer ab und schaltete ein kleines Gerät aus, das Bruno nicht identifizieren konnte. Sie stand auf und küsste Bruno auf beide Wangen.

»Entschuldigung«, sagte sie. »Ich habe mir gerade die Aufzeichnung der letzten Verhörrunde angehört. Jean-Jacques hat sie mir zugemailt. Neues Beweismaterial? Habe ich richtig verstanden?«

»Ja. Erstens wissen wir jetzt, wer auf dem verschwundenen Foto abgebildet ist«, antwortete er und versuchte, einen möglichst nüchternen Tonfall anzuschlagen. »Es handelt sich um eine Fußballmannschaft mit dem Namen *Les Ora-*

niens. Sie hat 1940 die Meisterschaft der Maghreb-Liga in Marseille gewonnen und wurde von dem Profispieler Giulio Villanova trainiert. Heute Abend wird uns eine Liste sämtlicher Spieler vorliegen. Hier sind meine Notizen und die Telefonnummer meines Informanten, eines Sporthistorikers, der seine Doktorarbeit über die Integration von Migranten mittels Sport geschrieben hat.« Bruno zog aus den drei Akten eine hervor.

»Zweitens habe ich Jacquelines Spuren am Mordtag zurückverfolgt.« Er tippte mit dem Zeigefinger auf die zweite Akte, in der die Namen und Kreditkartennummern der Holländer aufgelistet waren. Sie enthielt außerdem eine Kopie des von Franc geführten Anmelderegisters sowie eine Liste der Kennzeichen jener Fahrzeuge, die den Campingplatz verlassen hatten, während Jacqueline dort war.

»Drittens wissen wir inzwischen, dass Jacqueline um die Tatzeit herum mit diesen holländischen Bikern zusammen gewesen ist. In der dritten Akte hier finden Sie eine Kopie der Kreditkartenquittung vom Tanken sowie den Namen eines Zeugen, der das Mädchen mit den Typen zusammen gesehen hat. Er gibt außerdem an, dass sie wenige Stunden vorher mit dem eigenen Auto bei ihm getankt hat.«

Isabelle schenkte Bruno eine Tasse Kaffee ein und warf einen Blick in seine Akten, bevor sie wieder hinter ihrem Schreibtisch Platz nahm. »Stellt sich die Frage, warum sie uns gegenüber nicht einfach erklärt hat, dass sie mit ein paar holländischen Jungs auf dem Campingplatz verabredet war«, sagte Isabelle.

»Genau das frage ich mich auch. Sie haben ja selbst vermutet, dass Jacqueline in eine Drogengeschichte verwickelt sein könnte. Deshalb wäre es möglich, dass sie aus Angst vor ihren Dealern die Unwahrheit gesagt hat. In Holland wird doch ein Großteil der Ecstasy-Pillen hergestellt, die auf den europäischen Markt gelangen, und es waren Holländer, die Jacqueline auf dem Campingplatz besucht hat. Sie sind in Autos, Wohnmobilen und auf Motorrädern gekommen, und das wahrscheinlich nicht nur wegen der Rallye. Sie sind nämlich über eine Woche geblieben. Das Moto-Cross-Rennen war für sie womöglich nur ein Vorwand. Jedenfalls habe ich mir ihre Namen und, sofern sie mit Karte bezahlt haben, Kreditkartennummern geben lassen. Vielleicht fragen Sie einmal bei Ihren holländischen Kollegen oder bei Europol nach, ob gegen den einen oder anderen was vorliegt.«

»Gute Arbeit, aber wir ermitteln in einer Mordsache, Bruno, nicht gegen irgendwelche Drogenhändlerringe«, sagte Isabelle. »Auch wenn unser feiner Monsieur Tavernier interessiert daran zu sein scheint, dem Mädchen eine Drogengeschichte anzuhängen, um sie länger dabehalten zu können. Offenbar erhofft er sich davon, sie unter Druck zu setzen und den *Front National* in Misskredit zu bringen.«

»Wenn bei uns tatsächlich Drogen umgeschlagen werden, mache ich mir ernstlich Sorgen um Saint-Denis«, entgegnete Bruno. »Und ist es nicht merkwürdig, dass Jacqueline anscheinend lieber im Verdacht steht, einen Mord begangen zu haben, als dass sie Auskunft über ein paar Holländer gibt, mit denen sie sich auf dem Campingplatz getroffen hat?«

Isabelle nickte. »Ich werde Jean-Jacques informieren und Tavernier einen Bericht zukommen lassen. Für ein Amtshilfeersuchen bei der holländischen Polizei brauchen wir

Jean-Jacques' Unterschrift. Ich nehme an, die holländischen Motorradfreunde haben Saint-Denis inzwischen verlassen und sind für uns außer Reichweite, stimmt's?« Und als Bruno bejahte, fuhr sie fort: »Und Sie sind sich doch wohl im Klaren darüber, dass das Mädchen, wenn es mit den Holländern zusammen war, ein Alibi für die Tatzeit hätte?«

»Vielleicht«, antwortete er. »Es sieht so aus, als hätte Jacqueline ihren Wagen auf dem Campingplatz zurückgelassen, um in einem der holländischen Wohnmobile durch die Gegend zu kutschieren. Schauen Sie sich einmal das Anmelderegister an und die Nummern der Fahrzeuge, die gekommen und weggefahren sind, als Jacquelines Auto noch auf dem Platz stand. Fragen Sie Ihre holländischen Kollegen doch gleich auch, ob einer der besagten Jungs Kontakte zur ultrarechten Szene unterhält.«

»Sind Sie mit Ihrem Job bei der *police municipale* eigentlich noch zufrieden, Bruno? Wir könnten jemanden wie Sie durchaus gebrauchen – bei der richtigen Polizei.« Sie schlug eine Hand vor den Mund. »Verzeihung, das ist mir so rausgerutscht. Ich wollte eigentlich nur sagen, dass Ihre Talente auf nationaler Ebene vielleicht besser zur Geltung kämen. Auch Jean-Jacques hält Sie für einen phantastischen Ermittler.«

»Und wenn wir uns sehen, erzählt er mir jedes Mal, wie sehr er mich um mein Leben hier beneidet«, erwiderte Bruno lächelnd. »Ich bin in diesem Fall nur nützlich, weil ich mich in Saint-Denis ganz gut auskenne.«

»Jean-Jacques hält jedenfalls große Stücke auf Sie. Ja, seine Arbeit nervt ihn vielleicht manchmal, aber er tut sie liebend gern.«

»Das würde wahrscheinlich auch Tavernier von sich behaupten. Plus – er mag die politische Seite daran.«

»Lenken Sie nicht ab, Bruno. Warum lassen Sie sich nicht zur *police nationale* versetzen? Sie könnten Karriere machen. Ich behaupte nicht, dass Sie hier in der Stadt fehl am Platz wären. Aber was Sie da an Beweismaterial ausgegraben haben, spricht für sich. Von uns ist bislang niemandem in den Sinn gekommen, auf dem Campingplatz nachzufragen. Und dann die Sache mit dem Foto, alle Achtung. Sie sollten wirklich als Detektiv arbeiten. Wir brauchen Leute wie Sie.«

Er hörte ihrer Stimme an, dass sie nicht bloß Komplimente machte. Außerdem verriet ihre Haltung eine gewisse Anspannung. Sie saß kerzengerade auf ihrem Stuhl und reckte das Kinn ein wenig nach oben. Er glaubte, erkennen zu können, dass sie ein Angebot zu machen versuchte, das nicht nur beruflicher Natur war. Wie sollte er darauf reagieren, ohne ängstlich oder herablassend zu erscheinen?

»Ich bin glücklich hier, Isabelle«, sagte er langsam und selbst auf die Gefahr hin, dass sie ihn nicht verstand. »Es gibt für mich viel zu tun. Ich kann mich nützlich machen und lebe an einem Ort, den ich liebe, unter Menschen, die ich mag. So zu leben gefällt mir, und ich kann verstehen, was Jean-Jacques meint, wenn er sagt, dass er mich um meinen Job beneidet. Ich wollte wahrhaftig nicht mit ihm tauschen.«

»Wollen Sie denn nicht mehr?«

»Mehr was? Mehr Geld? Ich verdiene genug, um so leben zu können, wie es mir gefällt, und kann sogar noch einen Teil zurücklegen. Mehr Freunde? Davon habe ich jede

Menge. Mehr Befriedigung bei der Arbeit? Auch daran mangelt es nicht.« Bruno unterbrach sich. Er sah Isabelles Miene an, dass er sich ungeschickt ausdrückte. Ein seltsames Gespräch, dachte er, außerdem völlig unpassend auf einer Polizeistation. Er versuchte es mit einem zweiten Anlauf. »Ich will Ihnen sagen, was ich denke, Isabelle. Es gibt auf dieser Welt zwei Arten von Menschen. Solche, die acht Stunden am Tag widerwillig ihrer Arbeit nachgehen und frustriert darüber sind, dass sie auf diese Weise ihren Lebensunterhalt verdienen müssen, und solche, die zwischen Arbeit und Freizeit kaum einen Unterschied machen, weil beides bestens zusammenpasst. Ihnen fällt nicht schwer, was sie tun müssen, um ihr Auskommen zu haben. Hier, in unserer Gegend, gibt es viele solcher Leute.«

»Wollen Sie behaupten, ich gehöre zur ersteren Sorte?«, fragte sie spitz.

»Nein. Sie sind intelligent und ambitioniert und wollen aus Ihren Talenten etwas machen. Sie suchen die Herausforderung. Ich finde das bewundernswert«, antwortete er und meinte auch, was er sagte.

»Aber wir sind verschieden voneinander, haben unterschiedliche Prioritäten und verfolgen ganz andere Ziele. Das meinen Sie doch, oder?«

»Wieso kommen Sie jetzt auf Lebensziele? Zugegeben, unsere beruflichen Karrieren nehmen wahrscheinlich einen unterschiedlichen Verlauf. Sie sind viel ehrgeiziger als ich.« Ihm wurde bei der Wendung, die das Gespräch genommen hatte, zunehmend unbehaglich, zumal ein Missverständnis sozusagen programmiert war.

»Ehrgeizig im Sinne von auf der Jagd nach einer hohen

Position?« Sie sprach ruhig, doch ihre Finger klammerten sich um den Kugelschreiber.

»Sagen wir strebsam, bemüht, die eigenen Talente bestmöglich einzusetzen.«

»Sie halten mich für machtgeil, stimmt's?«, fragte sie und kniff bedrohlich die Brauen zusammen.

Er hob wie zur Abwehr die Hände. »Isabelle, wir veranstalten hier doch kein Verhör. Sie drehen mir die Worte im Mund herum, und ich habe Sie viel zu gern, um mich mit Ihnen zu streiten.« Ihre Finger am Stift entkrampften sich. »Was ich sagen wollte, ist: Sie sind voller Energie und Ideen, wollen gestalten und Dinge verändern. Ich dagegen bin jemand, der es gut findet, wenn alles beim Alten bleibt. Ich habe allerdings genug von der Welt gesehen, um zu wissen, dass Leute wie Sie unentbehrlich sind und wahrscheinlich wichtiger als Leute wie ich. Aber auch wir werden gebraucht, so wie uns der liebe Gott geschaffen hat.«

»Na schön, Bruno. Das Verhör ist zu Ende«, sagte sie lächelnd und legte den Stift ab. »Sie haben mich zum Essen eingeladen. Erinnern Sie sich?«

»Natürlich. Wir hätten hier in der Stadt mehrere Bistros zur Auswahl, Pizzerien, ein China-Restaurant, das aber nicht besonders gut ist, einige Gaststätten, die Spezialitäten des Périgord anbieten – wovon Sie aber wahrscheinlich inzwischen genug haben –, und ein oder zwei teurere Läden mit einem Michelin-Stern. Dahin müssten wir aber dann mit dem Auto fahren. Suchen Sie sich was aus.«

»Ich hatte eigentlich an ein Picknick unter freiem Himmel gedacht. Mit Leckereien aus Ihrer Küche.«

»Gut, haben Sie heute Abend schon was vor?« Sie schüttelte den Kopf und strahlte ihn an. »Dann hole ich Sie um sieben ab. Hier oder in Ihrem Hotel?«

»Im Hotel. Ich würde vorher gern noch baden und mich umziehen.«

»Ziehen Sie sich was Bequemes an. Wir picknicken.«

Bruno musste sich beeilen, was ihm überhaupt nicht gefiel. Es gab noch ein paar Details zu klären mit der Firma, die für alle drei Feuerwerke in Saint-Denis unter Vertrag genommen war, für die am 18. Juni zu Beginn der Hochsaison, dem Nationalfeiertag am 14. Juli und für das große Fest Ende August, mit dem die Stadt den Namenstag ihres Schutzpatrons feierte. Die Firma hatte für alle drei Einsätze 60 000 Euro veranschlagt, war aber nach langwierigen Verhandlungen und einigen kleineren Kürzungen, was das Programm anbelangte, mit ihren Forderungen auf 48 000 zurückgegangen, eine Summe, die knapp unterhalb des für Bruno gesteckten Rahmens von 50 000 Euro lag, so dass noch ein wenig Geld für die Kasse der Sportvereine übrigblieb. Außerdem musste er noch sämtliche Unternehmer der Stadt anrufen und bitten, Anzeigen zu schalten, damit die Turnierbroschüre des Tennisclubs in Druck gehen konnte. Die Telefonate zogen sich in die Länge, weil alle, mit denen er sprach, sich über schlechte Geschäfte und Stornierungen beklagten. Dann musste er sich um einen Touristen kümmern, der sein Portemonnaie verloren hatte. Außerdem wollte Bruno den Bürgermeister über die jüngsten Entwicklungen in der Mordsache unterrichten und sich dessen Aussage als Zeuge der Krawalle durchlesen. Zwei Interviewanfragen wimmelte er ab, denn um vier musste er schon seine *minimes* trainieren.

Sie konnten inzwischen einen Schläger halten, übten die Koordination von Hand und Auge ein und trafen auch schon meist den Ball. Er ließ sie auf der Grundlinie des Spielfelds in einer Reihe Aufstellung nehmen, ging selbst ans Netz, wo ein großer, mit Bällen gefüllter Drahtkorb stand, und warf jedem einzelnen Kind einen Ball zu, das dann nach vorn lief und zu retournieren versuchte. Wenn dies gelang, schlug Bruno den Ball mit seinem Schläger ins Feld zurück, um ihn dem Kind ein zweites Mal zuzuspielen. Zu einem längeren Ballwechsel war noch keines in der Lage, aber auch schon bei den Kleinen zeigte sich, dass der eine oder andere talentiert war, und auf diese richtete er sein besonderes Augenmerk. Doch für die jungen Mütter, die im Schatten der Platanen standen und zuschauten, war jedes Kind ein zukünftiger Champion, der angefeuert und mit Beifall bedacht wurde. Bruno war daran gewöhnt und kannte ihre Beschwerden darüber, dass er ihren Engeln den Ball angeblich zu fest, zu hoch, zu niedrig oder zu weit vorgelegt hatte. Wenn sie allzu laut wurden, machte er ihnen den Vorschlag, sich schon einmal um den Imbiss aus Milch und Keksen zu kümmern, mit dem jede Trainingsstunde der *minimes* abgeschlossen wurde.

Der kleine Freddie Duhamel, dessen Vater den Campingplatz führte, schlug ihm den Ball nicht weniger als viermal zurück, was ganz erstaunlich war. Ebenso talentiert zeigte sich auch Rafiq, der Jüngere von Ahmeds Söhnen – der Ältere war ein geborener Rugbyspieler. Amélie, die Tochter des Versicherungsmaklers Pascal, konnte sogar schon mit der Rückhand spielen, was ihr wahrscheinlich vom Vater beigebracht worden war. Die Kinder kamen jeweils zehnmal an die Reihe. Sie alle zählten aufmerksam mit und wussten, dass nach drei Runden die Bälle aus dem Korb verschlagen waren und wieder eingesammelt werden mussten. Wenn sie dann über den Platz stoben, schien es, als machte ihnen das besonders viel Spaß. Und es gab noch ein Ritual, an dem alle ihr Vergnügen hatten. Nach der neunten Runde erklärte Bruno immer das Training für beendet, und dann schrien alle, dass er wohl nicht richtig zählen könne, denn die zehnte Runde stehe noch aus. Er zählte dann an den Fingern beider Hände nach, gab ihnen recht und servierte zur letzten Runde.

Den Abschluss des Trainings bildete das, was er als Match bezeichnete. Die Kinder brannten darauf, gegeneinander anzutreten. Es gab insgesamt drei Spielfelder. Darauf verteilte er seine Schüler so, dass jeweils vier in einer Hälfte standen, die ihrerseits in vier kleinere Quadrate unterteilt war. Bevor er das Match eröffnete, schickte Bruno die Mütter zur Vorbereitung des Snacks ins Clubhaus, denn sie hätten mit ihrer eifrigen Parteinahme jetzt nur gestört. Er warf dann in hohem Bogen auf jeden der drei Plätze einen Ball, und wenn dieser aufprallte, begann das Spiel. Er hatte gerade den zweiten Ball serviert, als ihm auffiel, dass anscheinend eine der Mütter am Zaun vor den Platanen zurückgeblieben war, doch als er den Blick auf sie richtete, erkannte er Christine. Er beeilte sich, auch auf dem dritten Platz das Spiel zu eröffnen, ging auf die Engländerin zu und begrüßte sie.

»Das englische Dinner gestern Abend war wirklich toll«, sagte er und fragte sich, was sie wohl hierhergeführt haben mochte. Es schien, dass sie einen Spaziergang machte, denn sie trug feste Schuhe, eine weite Hose und ein Polohemd.

»Es war Pamela, die gekocht hat, nicht ich«, erwiderte sie. »Dass Sie als Polizist auch Kindern Tennis beibringen, ist mir neu.«

»Nicht als Polizist. Es hat sich einfach so ergeben, und mir gefällt's. Außerdem lerne ich so jedes Kind schon kennen, bevor es zum Teenager heranwächst und auf dumme Gedanken kommt. Eine Art Präventivmaßnahme sozusagen. Und da wir beim Thema sind – die Promotionsarbeit, die Sie für mich ausgegraben haben, war sehr hilfreich und genau das, was ich brauchte, um dem verschwundenen Foto auf die Spur zu kommen.«

»Das freut mich. Tut mir leid, wenn ich hier störe. Ich glaube, Ihre Kinder brauchen Sie.«

Er hatte sich umgedreht, alarmiert von kreischenden Kindern auf dem zweiten Platz, wo ein Ball auf die Mittellinie gesprungen war und zwei Spieler darum stritten. Als er dort zu schlichten versuchte, sah er auf dem dritten Platz ein ähnliches Durcheinander, eilte hinzu und stellte sich schweigend ans Netz, um für Ruhe zu sorgen. Am Blickfeldrand bemerkte er, dass Christine immer noch am Zaun stand. Er warf einen Blick auf die Uhr und gab ihr mit einem in die Höhe gestreckten Finger ein Zeichen. Ein Momentchen noch.

Punkt fünf blies er in seine Trillerpfeife. Die Kinder sammelten die Bälle ein und liefen ins Clubhaus.

»Pardon«, sagte er zu Christine. »Ich muss ihnen gleich hinterher.«

»Kein Problem. Ich bin rein zufällig vorbeigekommen,

sah die Tennisplätze und war neugierig. – Ich fahre übrigens am Donnerstag für ein paar Tage nach Bordeaux, ins *Centre Jean Moulin.* Sie erinnern sich vielleicht, dass ich davon gesprochen habe, im Zusammenhang mit meinen Recherchen über die Résistance. Kann ich etwas für Sie erledigen?«

Er nickte. »Ich weiß noch nicht genau, wonach ich suche. Es geht mir vor allem um weitere Informationen über Hamid. Mit welchen Leuten war er zusammen, bevor er 1944 in Toulon der Armee beitrat? Und falls es gelingen sollte, den einen oder anderen Mannschaftskameraden zu identifizieren, könnten wir versuchen, Kontakt aufzunehmen. Und dann wäre da noch dieser Giulio Villanova.«

»Ja, ich glaube zu wissen, wonach zu suchen ist. Ich habe die Dissertation gelesen. Aber Sie sollten sich jetzt wieder um Ihre Kinder kümmern. Sie machen das sehr gut, Sie wären ein guter Vater.« Sie warf ihm eine Kusshand zu, ging auf die Straße zurück, die zur Höhle führte, und pflückte im Gehen eine Wildblume. Er schaute ihr nach und bewunderte ihren Hüftschwung. Einmal drehte sie sich um, sah ihn und winkte. Zweimal hatte sie »Ihre Kinder« gesagt, was bei einer kinderlosen Frau nach Brunos Ansicht kein Zufall sein konnte. Er winkte zurück und steuerte auf das Clubhaus zu, wo es unter den Fünfjährigen wieder hoch herging. Die Mütter beäugten ihn und kicherten wie Schulmädchen, verdrehten die Augen und wollten wissen, wer denn seine neue Freundin da am Zaun sei.

22

Im gedimmten Licht des Hotelfoyers erkannte er Isabelle kaum wieder. Ihre Haare waren noch nass von der Dusche und streng nach hinten gekämmt. Sie trug flache schwarze Schuhe, eine schwarze Hose und Bluse, hielt eine schwarze Lederjacke im Arm und hatte einen großen schwarzen Lederbeutel über die Schulter geworfen. Der einzige Farbfleck war ein knallroter Wildledergürtel.

»Sie sehen großartig aus«, sagte Bruno und küsste sie auf die Wangen. Sie duftete nach Shampoo, hatte die Wimpern getuscht und die Lippen passend zum Gürtel geschminkt. Er führte sie zu seinem Wagen, in dem er vorsorglich aufgeräumt hatte, zumindest auf den vorderen Sitzen. Als er ihr die Tür öffnete, hob Gigi, der an der großen, auf dem Ersatzreifen festgeschnallten Kühlbox schnupperte, den Kopf, reckte den Hals und langte mit schleckender Zunge nach Isabelles Ohr. Bruno startete den Motor und fuhr in Richtung Brücke los.

»Das ist aber nicht der Weg zu Ihnen nach Hause«, bemerkte Isabelle. »Wohin bringen Sie mich denn?«

»Das ist eine Überraschung«, antwortete er. »An einen Ort, den Sie wahrscheinlich noch nicht kennen, aber unbedingt gesehen haben müssen. Und die Fahrt dorthin ist auch ganz schön.« Er hatte tagsüber immer wieder darüber nachgedacht, wie er den Abend mit ihr gestalten sollte, und mit dem Gedanken gespielt, wieder den Tisch vor seinem Haus zu decken, sich aber dann doch anders entschieden. Sie würden in nächster Zeit häufiger miteinander zu tun haben, und da es anscheinend zwischen ihnen knisterte, wollte er nicht zusätzlich für erotische Spannung sorgen, indem er sie mit zu sich und in die Nähe seines Schlafzimmers lockte. Er schätzte Isabelle als eine Frau ein, die selbst entscheiden wollte, ob, wann und wo sie sich auf eine Liebschaft einließ. Dennoch wäre es ihr wahrscheinlich seltsam vorgekommen, wenn er ihr auf seinem Territorium keine Avancen gemacht hätte. Also empfahl sich ein neutraler Ort, und wenn sie ein Picknick wünschte, sollte sie ein Picknick bekommen.

Er fuhr über den langgezogenen Hügel am Wasserturm vorbei und hinaus auf das Hochplateau, das die besten Ausblicke auf den Fluss bot, was Isabelle sichtlich zu schätzen wusste. Bald bog Bruno in eine schmale Schotterpiste ein, die auf eine hohe, fast senkrecht aufragende Felswand zuführte. Auf einem kleinen, mit Kies bestreuten Platz hielt er an, stieg aus und öffnete seiner Begleiterin die Tür. Dann ließ er auch Gigi frei, öffnete die Kühlbox und zog einen kleinen Picknickkorb daraus hervor, in dem Gläser klirrend aneinanderschlugen.

»Ich möchte Sie mit einem Freund von mir bekannt machen«, sagte Bruno und führte sie über einen Trampelpfad zu einer Hütte am Fuß der Steilwand. Sie war in den Fels gebaut, hatte eine Tür und zwei Fenster. Durch eine steinerne Rinne strömte Wasser daraus hervor und ergoss sich plätschernd ins Tal. An die schmale Hausterrasse, auf der ein alter Metalltisch und drei Stühle standen, grenzte ein kleiner Gemüsegarten. Eine schwarzweiße Promenadenmischung hockte, an die Leine gelegt, vor der Tür und knurrte, als sich Gigi näherte. Doch der bewies gute Manieren, zeigte sich demütig und wackelte wie um Erlaubnis bittend mit dem Schwanz. Vorsichtig beschnupperten die beiden einander.

»Sie sind alte Freunde«, erklärte Bruno. »Wir gehen manchmal zusammen auf die Jagd.«

Ein kleiner, älterer Mann streckte den Kopf zur Tür heraus. »Ah, Bruno«, grüßte er fast beiläufig, als hätten sie sich gerade erst vor wenigen Minuten gesehen. »Willkommen, und wer ist die junge Dame?«

»Isabelle Perrault«, sagte Bruno und zu Isabelle: »Darf ich Ihnen Maurice Duchêne, Besitzer und Höhlenwart der *Grotte du Sorcier* vorstellen? Er lebt seit seiner Geburt in diesem Felsenhaus. Maurice, *Inspectrice* Perrault ist von der *police nationale* und eine Kollegin und gute Freundin.«

»Es ist mir eine Ehre, Mademoiselle«, sagte der alte Mann und schüttelte ihr die Hand. Er hatte einen krummen Rücken und war so tief gebeugt, dass er den Hals verrenken musste, um zu ihr aufzublicken. Seine Augen aber leuchteten klar und verschmitzt.

»Ich bin beeindruckt, mein lieber Bruno, du hast eine wahre Schönheit zu mir geführt. Und da ist ja auch mein feiner Gigi, der Prinz unter den Jagdhunden. Wie schön, dass ihr da seid!«

»Komm, setz dich und stoß mit uns an, Maurice. Danach würde ich Isabelle die Höhle zeigen, wenn du erlaubst. Und könntest du uns einen Krug von deinem Wasser bringen?

Isabelle ist aus Paris und hat bestimmt noch nie so was Gutes getrunken.«

»Aber gern. Setzt euch doch, ich bin gleich zurück«, sagte Maurice und schlurfte ins Haus zurück. Bruno nahm eine unetikettierte Flasche Wein und drei kleine Gläser aus dem Korb, während Isabelle sich auf ihrem Stuhl zurücklehnte und die Aussicht auf das Tal und die Bäume genoss, die den mäandernden Bachlauf säumten. Im Hintergrund ragten weitere Felsformationen auf.

»Bitte sehr, da haben wir's, das reinste Wasser von Mutter Natur und Vater Périgord«, sagte der Höhlenwart, als er mit einem Tablett wieder nach draußen kam, auf dem ein Wasserkrug und drei Gläser standen, die mit den Jahren völlig blind und trüb geworden waren. »Direkt aus dem Felsen in meine Küche. Ununterbrochen fließendes Wasser. Ah, wie ich sehe, hat Bruno meinen Lieblingsaperitif mitgebracht. Den macht er selbst, wissen Sie, Mademoiselle, jedes Jahr zum Katharinentag. Die Flasche ist wohl vom letzten Jahr, nicht wahr?«

»Nein, Maurice, dir und Isabelle zuliebe habe ich einen 99er mitgebracht, den besonders guten. Trinken wir auf unsere Freundschaft. Aber vielleicht sollte ich Isabelle vorweg darüber aufklären, dass dies ein *vin de noix* ist, hergestellt aus grünen Walnüssen, Bergerac-Wein und *eau de vie*, gebrannt aus eigenen Pfirsichen. So etwas finden Sie nicht in Paris.«

»Köstlich«, sagte sie. »Und dieser Ausblick, Monsieur Duchêne, einfach phantastisch. Aber im Winter ist es hier oben doch bestimmt ziemlich kalt, oder?«

»Kalt? Nie. Bislang ist noch kein einziges Mal das Wasser gefroren, und unter den Felsen bin ich im Trockenen. Ich habe genug Feuerholz und meinen Ofen, mehr brauche ich nicht. Und jetzt kosten Sie von meinem Wasser, meine Liebe. Wenn's mehr davon gäbe, würde ich es auf Flaschen ziehen und mehr Geld verdienen als Monsieur Perrier.«

Sie nahm einen Schluck. Das Wasser war kalt, ohne jeden Kalkgeschmack und perlte ein ganz klein wenig. Es schmeckte ihr so gut, dass sie einen weiteren Schluck nahm und im Gaumen hin und her bewegte.

»Wie flüssig gewordene Frische«, kommentierte sie.

»Flüssig gewordene Frische«, wiederholte der Alte und strahlte übers ganze Gesicht. »Das gefällt mir. Glauben Sie denn, dass mein Wasser auch in Paris gern getrunken würde, Mademoiselle?«

»Nicht nur da, auch in New York, London, überall auf der Welt«, antwortete sie und spürte Brunos lächelnden Blick auf sich gerichtet.

»Darf ich ihr die Höhle zeigen, Maurice?«, fragte Bruno. »Ich habe zwei Fackeln mitgebracht. Der *vin de noix* ist für dich, mein Freund. Außerdem habe ich dir ein Stückchen selbstgemachte *pâté* mitgebracht.« Er zog ein großes Einmachglas aus seiner Tasche und stellte es auf den Tisch, worauf Maurice ihm einen uralten Schlüssel zusteckte und sich dann wieder von Brunos Aperitif einschenkte.

Sie gingen an dem Gemüsegarten vorbei und folgten einem immer schmaler werdenden Pfad. Zur Sicherung hing ein inzwischen ausgefranstes Seil an der Bergwand. Hinter einem schroffen Felsvorsprung gelangten sie auf einen kleinen, von leuchtend grünem Gras bewachsenen Absatz vor einem alten Eisentor. Bruno schloss auf, reichte Isabelle eine

Fackel und bat sie, vorsichtig zu sein und nicht zu stolpern. Er nahm sie beim Arm und führte sie über die Schwelle, hinter der sie eine Weile stehen blieben, um sich an die Dunkelheit zu gewöhnen. Gigi, der offenbar Angst hatte, blieb leise knurrend draußen zurück. Bruno war sich der Nähe Isabelles fast körperlich bewusst, als er ihr voran vorsichtig über den unebenen Felsboden weiterging.

»Wir sind hier in der sogenannten Höhle des Zauberers. Sie ist nur wenigen bekannt, und kaum einer interessiert sich für sie«, sagte er. »Maurice ist es recht so. Er will auch nicht, dass das Fremdenverkehrsamt Werbung dafür macht, denn dann müsste er Hinweisschilder aufstellen und für mehr Sicherheit sorgen. Dabei gibt's auch hier Felszeichnungen, und eine davon ist einzigartig.«

Er blieb stehen, drehte seine Begleiterin zu sich her, worauf diese leicht zusammenzuckte und den Kopf einige Zentimeter auf ihn zubewegte, als erwarte sie, geküsst zu werden. Doch Bruno hob nur seine Fackel und ermahnte Isabelle, genau hinzusehen. Als sie aufsah, bemerkte sie plötzlich die Umrisse eines geduckten Tieres an der Wand – lauernd, groß, bedrohlich.

»Soll das ein Bär sein?«, fragte sie, während die Fackel schon weiterwanderte und dann auf eine seltsam geschwungene Spur deutete, die auf den ersten Blick wie eine Verwerfung im Fels aussah, aber bei genauerem Hinsehen als eine mit Farbe oder dunkler Tinte aufgezeichnete Gestalt zu erkennen war.

»Ein Mammut«, staunte sie. »Da, die langen Stoßzähne, der Rumpf und die dicken Beine.«

»Zwanzigtausend Jahre alt«, flüsterte Bruno und machte

Isabelle auf eine weitere Malerei aufmerksam, die Darstellung eines auf vier Beinen kauernden Lebewesens, das seinen Kopf auf den Betrachter richtete.

»Es sieht so menschlich aus. Ist es ein Mensch oder ein Affe?«, fragte sie.

»Sehen Sie etwa einen Schwanz? Nein, Sie stehen vor der einzigartigen Abbildung eines unserer urweltlichen Vorfahren. So etwas gibt es in keiner der anderen Höhlen des Périgord. Sehen Sie, die Augen und die Kieferlinie, die Kopfform und das Loch, das vermutlich einen weit geöffneten Mund darstellen soll.«

»Phantastisch. Aber es hat was Teuflisches«, sagte sie.

»Maurice sieht darin einen Zauberer, weshalb er seine Höhle danach benannt hat. Es sieht aus, als hielte er einen Beutel in der Hand. Da! Sehen Sie? Maurice sagt, dass darin seine Zaubertricks stecken.« Isabelle hob ihre Fackel und beleuchtete die zerklüftete Höhlendecke. »Da ist noch etwas, was ich Ihnen zeigen will und was sehr anrührend ist, wie ich finde«, sagte Bruno und führte sie in einen kleinen Seitengang. Es dauerte eine Weile, bis er gefunden hatte, wonach er suchte. Im Schein der Fackeln zeigte sich der Abdruck einer winzigen Kinderhand, so klar konturiert, als wäre sie erst gestern auf den Fels gelegt worden.

»Oh«, hauchte Isabelle und griff nach Brunos Hand. »Das ist wirklich einzigartig, wundervoll.«

»Man kann es sich richtig vorstellen, nicht wahr? Während die Eltern Mammute und Zauberer zeichnen, taucht ihr Kind eine Hand in Farbe und macht einen Abdruck, der noch nach Jahrtausenden zu sehen ist.«

»Zwanzigtausend Jahre …« Vor lauter Begeisterung erhob sich Isabelle spontan auf die Zehenspitzen, berührte mit der Hand seine Wange und drückte ihm einen Kuss auf die Lippen, so impulsiv und ungestüm, dass das Licht beider Fackeln ziellos in der Höhle umherflackerte. Bruno antwortete nicht weniger enthusiastisch, erwiderte den Kuss und schmeckte den Wein auf ihren Lippen, bis sie sich von ihm löste und mit einem scheuen Lächeln erkennen ließ, dass sie sich fragte, wie vielen Frauen er wohl schon diese zauberhafte Höhle gezeigt haben mochte.

Die Sonne stand noch für mehr als eine Stunde über dem Horizont, als sie sich von Maurice und seinem Hund verabschiedeten und Hand in Hand zum Wagen zurückkehrten.

»Und was nun?«, fragte Isabelle.

»Jetzt wird gepicknickt«, antwortete Bruno. Sie folgten der schmalen, gewundenen Schotterpiste und erreichten wenig später ein weites Plateau am Rand des Felsens, durch den sich die Höhle zog. Bruno fuhr weiter in Richtung eines kleinen Hügels, auf dessen Kuppe ein verfallenes Gemäuer zu erkennen war. Dann aber bemerkte Isabelle, dass die Entfernung täuschte und der Hügel und das Gemäuer darauf sehr viel größer waren als angenommen.

»Eine Schlossruine«, sagte sie verzückt.

»Die alte Burg von Brillamont, Stammsitz der alten *seigneurs* von Saint-Denis, erbaut vor achthundert Jahren. Sie ist zweimal von den Engländern eingenommen, zweimal zurückerobert und während der Religionskriege von französischen Landsleuten immer wieder geplündert und gebrandschatzt worden. Es gibt in ganz Frankreich keinen besseren Aussichtspunkt und, soweit ich weiß, auch keinen schöneren Ort für unser Picknick. Während ich das Essen vorbereite, könntest du mit Gigi einen kleinen Spaziergang machen. Aber klettere lieber nicht auf den Mauern herum, sie halten womöglich nicht.«

Gigi sprang voran und blickte ab und zu zurück, wie um Isabelle aufzufordern, doch einen Schritt zuzulegen. Sie erklomm den Hügel, folgte der halbverfallenen Wehrmauer und erreichte ein leicht abschüssiges Feld, das von einem mächtigen Turm beherrscht wurde. Drei seiner Außenmauern standen noch, die vierte aber war eingestürzt, sodass man ins Innere sehen konnte, wo eine steinerne Treppe sich ins Nichts emporschwang. Bruno blickte von der Feuerstelle, die er gerade einrichtete, auf und sah, dass Isabelle auf der hohen Warte stand und die Aussicht genoss, die hier noch großartiger war als vor der Höhle und weit über das Tal reichte, wo die Vézère in die Dordogne mündet.

Mauersegler und Schwalben schwirrten über sie hinweg, als Isabelle zu ihm zurückkehrte. Bruno hatte in einem Ring aus Feldsteinen Feuer gemacht, den mitgebrachten Rost darüber gelegt und zwei Fische ausgenommen, die nun über der Glut garten. Auf dem Boden waren eine Decke und einige Kissen ausgelegt. Ein frisches Baguette, eine große Ecke Cantal-Käse und ein Stück *pâté* lagen auf einem Holzbrett bereit. Als sich Isabelle vor einem Tablett mit zwei Sektgläsern auf eins der Kissen kniete, griff Bruno in die Kühlbox und holte eine kleine Flasche Champagner hervor.

»Das nenne ich einen verantwortungsbewussten *flic*, der sich mit einem Piccolo begnügt, wenn er noch fahren muss«, sagte sie. »Es ist wunderschön hier. Damit habe ich wirklich nicht gerechnet, Bruno. – Woher hast du den Fisch?«

»Von meinem Freund, dem Baron. Er hat die Forellen erst heute Nachmittag, kurz bevor ich dich im Hotel abgeholt habe, aus dem Wasser gezogen.«

»Was hättest du getan, wenn dein Freund heute nichts gefangen hätte?«

»Du kennst den Baron nicht. Vor seinen Ködern stehen die Fische Schlange, um anbeißen zu dürfen. Aber falls du nach dem Fisch noch Hunger haben solltest, wären in der Kühlbox noch ein paar selbstgemachte Würstchen von dem Schwein, das wir im Februar geschlachtet haben.«

»Leg doch gleich eins mit auf den Rost«, sagte sie und klatschte in die Hände vor Vergnügen. »Nur zum Probieren. Ich glaube, ich habe noch nie eine selbstgemachte Wurst gegessen.«

»Gern, wenn's dem Edelfräulein von Brillamont beliebt.« Er reichte ihr ein Glas Champagner, holte dann einen langen Wurststrang aus der Kühlbox und legte ihn vorsichtig auf die Glut.

»Viel zu viel. Ich wollte nur ein Stückchen zum Probieren.«

»Aber Gigi will auch essen.« Er hob sein Glas. »Auf meine Retterin in höchster Not, in großer Dankbarkeit. Danke, dass du verhindert hast, dass ich auf dem Platz zusammengeschlagen wurde. Du musst mir irgendwann erzählen, wo du so zu kämpfen gelernt hast.«

»Ich trinke auf dich und deinen tollen Einfall. Ich kann mir kein schöneres Picknick vorstellen und schon gar keine

Gesellschaft, die mir lieber wäre.« Sie beugte sich vor und gab ihm einen flüchtigen Kuss, wobei sie die Zunge zwischen den Lippen hervorschnellen ließ, rückte wieder ab und lächelte fast schüchtern.

»Das freut mich«, sagte er und verteilte den Rest des Flascheninhalts auf die beiden Gläser. »Trink, und lass uns essen, bevor die Sonne untergeht und es dunkel wird.«

»Wie ich dich kenne, Bruno, wirst du auch für diesen Fall Vorsorge getroffen haben und ein paar livrierte Bedienstete aus den Schlossruinen hervorzaubern, die uns die Fackel halten, damit wir sehen, was auf dem Teller liegt.«

»Ich glaube, mir wär's lieber, wenn wir allein blieben«, entgegnete er lachend und reichte ihr einen Blechteller. Dann beugte er sich über die Feuerstelle, um Fisch und Wurst zu wenden, und sagte: »Bedien dich, nimm dir eine Scheibe *pâté*, und für mich könntest du schon mal ein Stück Brot abbrechen.« Aus der Kühlbox holte er zwei frische Gläser und eine Flasche Rosé. »Das ist der Grund, warum wir nur einen Piccolo hatten.«

»Wie hast du diese Pastete gemacht? Was zum Beispiel ist diese weiche Füllung und die dunklen Stücke ringsum?«

»Für meine *pâté* nehme ich immer Entenfleisch. Das in der Mitte ist *foie gras*, und die dunklen Einsprengsel sind Trüffeln.«

»Köstlich. Hast du das Rezept von deiner Mutter?«

»Nein, von Freunden«, beeilte er sich zu antworten, hielt es aber nach kurzem Zögern für angebracht, ihr die Wahrheit zu sagen. »Wie man eine solche *pâté* macht, habe ich von meinem Amtsvorgänger, dem alten Joe, gelernt. Er hat mir überhaupt viel über Lebensmittel und deren Zubereitung beigebracht, aber nicht zuletzt auch das, was einen guten Polizisten auf dem Lande auszeichnet. Ja, zusammen mit dem Bürgermeister und dem Baron war er mein wichtigster Lehrer. Denn ich habe keine eigene Familie. Meine Familie ist hier in Saint-Denis. Deshalb hänge ich so an diesem Ort.«

Der Fisch war genau richtig gebraten. Die Haut fiel vom Fleisch, und die Gräten ließen sich problemlos lösen. Isabelle sah, dass das Fischinnere mit hauchdünnen Knoblauchscheiben gewürzt war. Bruno reichte ihr eine halbe Zitrone, mit deren Saft sie das zart rosafarbene Fleisch besprenkelte. Dazu gab es auf einem Dessertteller Kartoffelsalat, bestreut mit winzigen Speckwürfeln.

»Ich bekäme so ein Gericht nicht einmal in einer komplett ausgestatteten Küche hin, und du schaffst es hier draußen in der Wildnis«, schwärmte sie.

»Von wegen Wildnis!«, entgegnete er. »Oben im Schloss wurde früher aufs Fürstlichste getafelt. Die Wurst scheint jetzt auch so weit zu sein, und wir haben noch gut eine Stunde Dämmerung.«

»Ich frage mich, was die Höhlenmenschen gegessen haben«, sagte sie. »Die Wurst ist lecker, aber ich fürchte, ich bin schon satt.« Als sie den Teller abstellte, merkte Gigi schnuppernd auf und beäugte Bruno mit flehendem Blick. Er setzte ihm den Teller vor, tätschelte Gigis Kopf und erlaubte ihm zu fressen.

»Rentierfleisch«, antwortete er. »Jedenfalls behaupten das die Archäologen. Die Gletscher reichten damals bis an Paris heran. Während der Eiszeit gab es hier jede Menge Rentiere. In den Abfällen der Höhlenmenschen wurden haufenweise Rentierknochen gefunden, und auch Fischgräten. Es wäre übrigens ein Irrtum anzunehmen, die Menschen hätten damals in den Höhlen gewohnt. Nein, die waren ihren Malereien vorbehalten. Anscheinend haben sie in Zelten aus Tierhäuten gehaust, wie die Indianer.«

Er warf die Fischreste ins Feuer, steckte Teller und Besteck in einen Plastikbeutel, zog ein kleines Körbchen Erdbeeren aus der Kühlbox und stellte es neben den Käse.

»Kein Picknick ohne Erdbeeren.« Er legte Reisig in die Glut, das sofort Feuer fing und aufloderte. Zwischen sich die Erdbeeren und den Käse, streckten sich die beiden auf der Decke aus, als die Sonne den Horizont berührte.

Isabelle war sichtlich angetan von dem Schauspiel am Himmel. Sie stellte die Erdbeeren beiseite, rückte näher zu Bruno und schmiegte ihren Rücken an seine Brust. Gigi lag hinter der Feuerstelle und schlief. Bruno legte Isabelle seinen Arm um die Taille, worauf sie sich an ihn kuschelte und, als die Sonne schließlich unterging, seine Hand nahm und unter ihre Bluse führte.

23

Bruno lag allein in seinem Bett, war aber immer noch so tief bewegt, dass er unwillkürlich mit der Hand nach der bezaubernden Frau aus seinen Träumen tastete. Dass er sie nicht fühlen konnte, machte ihn wach. Er lächelte in Erinnerung an die Stunden, die sie zusammen am Feuer verbracht hatten, bis es dann so spät geworden war, dass sie sich anziehen und aufbrechen mussten. Auf der Fahrt zurück zu Isabelles Hotel hatte er immer wieder angehalten, und sie hatten sich geküsst, weil sie beide nicht genug davon bekommen konnten.

Er sprang aus dem Bett, fühlte sich frisch und voller Elan, duschte und zog sich an. Er schaltete das Radio ein, fütterte, nachdem er selbst gefrühstückt hatte, den Hund und die Hühner und ging in Gedanken die Namen durch, die er sich während des Telefonats mit dem Sportdozenten aus Montpellier hatte buchstabieren lassen. Die komplette Liste der *Oraniens* würde wahrscheinlich inzwischen als Fax in der *mairie* vorliegen, doch es war zu befürchten, dass auch auf ihr der Name Hamid al-Bakr fehlte. Wie aber war zu erklären, dass er, der Star der Meistermannschaft, der ja doch auch auf dem offiziellen Foto in hervorgehobener Position abgelichtet war, aus den Registern verschwunden zu sein schien? – Es sei denn, er hätte seinen Namen geändert!

Das Telefon läutete. Bruno, der intuitiv wusste, wer ihn zu erreichen versuchte, stürzte hin.

»Ich bin gerade aufgewacht«, sagte Isabelle, »und traurig, dass du nicht bei mir bist. Ich vermisse dich schon jetzt.«

»Und ich dich.« Sie tauschten zärtliche Belanglosigkeiten aus und genossen es einfach, die Stimme des anderen zu hören, bis ein zweites Telefon in ihrem Zimmer zu läuten anfing. »Das wird Jean-Jacques sein, der mich über mein Handy zu erreichen versucht. Ich muss wohl heute wegen dieser Drogengeschichte nach Bergerac fahren.«

»Du bist doch hoffentlich am Abend zurück, oder?«

»Ja, und frei für dich. Bis dann.«

Er blickte auf seinen Garten hinaus und sah, dass es in der Nacht geregnet haben musste, aber zum Glück erst nach dem Ausflug mit Isabelle. Bruno spürte, dass er bis über beide Ohren strahlte. Trotzdem wollte ihm die Namensliste nicht aus dem Kopf gehen. Er schaute auf den Zettel, den er neben sein Telefon gelegt hatte, und suchte nach dem Namen des Mannschaftskapitäns. Hocine Boudiaf. In Klammern hatte Bruno daneben ›Hussein‹ geschrieben, die laut Auskunft des Dozenten geläufigere Schreibweise. Ein Mannschaftsfoto hatte er nicht auftreiben können, aber versprochen, ein anderes Foto zu faxen, auf dem Boudiaf abgebildet war, was vielleicht das Rätsel zu lösen half.

Bruno warf einen Blick auf seine Armbanduhr. Momu müsste noch zu Hause sein. Er rief bei ihm an.

»Bruno, ich möchte dich noch einmal um Entschuldigung bitten, verzeih mir, und danke«, sagte Momu, bevor Bruno zu Wort kommen konnte.

»Schon gut. Hör zu, Momu, ich habe eine Frage. Es geht um das verschwundene Foto deines Vaters. Hast du jemals den Namen Boudiaf gehört, Hussein Boudiaf? Könnte er ein Freund deines Vaters gewesen sein?«

»Die Boudiafs sind Vettern von uns und leben in Algerien«, antwortete Momu. »Sie waren die Einzigen, die mit meinem Vater Kontakt gehalten haben, keinen besonders engen, aber immerhin. Ich glaube, es gibt noch ein paar Briefe. Vielleicht finde ich sie, wenn ich die Sachen aus dem Häuschen durchsehe, aber es sind wohl nur Todes- und Geburtsanzeigen und Nachrichten aus der Familie. Ich müsste eigentlich auch mal schreiben und von Karims Kind berichten, habe aber bislang nie von mir hören lassen. Nach dem Krieg war für meinen Vater eine Rückkehr nach Algerien ausgeschlossen.«

»Kanntest du Jugendfreunde von ihm, Mannschaftskameraden? Und wenn ja, erinnerst du dich auch an Namen?«

»Nicht wirklich, aber wenn du mir welche nennst, erinnere ich mich vielleicht wieder.«

Bruno las ihm die Namensliste der *Oraniens* vor. Hinter zwei Namen, die Momu vage vertraut vorkamen, machte er ein Kreuzchen. Als sie ihr Gespräch beendet hatten, meldete sich Bruno wieder bei Isabelle.

»Wusst' ich's doch, dass du es bist«, sagte sie lachend. »Ich war gerade unter der Dusche und habe an dich gedacht.«

»Pardon, *ma belle,* aber es ist dienstlich. Dieser hilfsbereite Mann vom Militärarchiv – hast du seine Telefonnummer? Und würde er auch mit mir sprechen? Ich habe hier eine Liste aller Spieler der *Oraniens,* aber Hamids Name steht seltsamerweise nicht drauf. Vielleicht kann ich mit einem anderen Verbindung aufnehmen. Der eine oder andere müsste doch noch am Leben sein.«

Sie nannte ihm die gewünschte Nummer. »Wenn du bei ihm nicht weiterkommst, kann ich es ja noch mal versuchen. Ich glaube, er ist ein alter Mann, dem es gefällt, mit einer jungen Frau zu reden.«

»Verständlich. Wenn ich Hilfe brauche, rufe ich dich auf deinem Handy an. Bis heute Abend.«

Als Bruno sein Büro betrat, richtete er den Blick sofort auf das Faxgerät und sah, dass die Liste und das Foto aus Montpellier eingetroffen waren. Er verglich die Namen mit denen, die er sich notiert hatte. Sie stimmten überein. Dann betrachtete er das Foto. Es war körnig und ziemlich unscharf, stammte aus einer wenig bekannten Zeitung und zeigte drei Männer in Fußballtrikots. In der Mitte stand Villanova, der zwei jungen Nordafrikanern seine Arme über die Schultern gelegt hatte. Der eine war als Hussein Boudiaf, der andere als Massili Barakine gekennzeichnet. Barakine war einer der Namen, an den sich Momu zu erinnern glaubte. Bruno hatte das Gefühl, einen Schritt weitergekommen zu sein. Er wählte die Nummer des Militärarchivs, die Isabelle ihm genannt hatte, und hörte, wie sich am anderen Ende eine brüchige Stimme meldete.

»Mein Name ist Courrèges. Ich bin *chef de police* von Saint-Denis und möchte Sie um eine Auskunft bitten. Sie waren schon einmal so freundlich, meiner Kollegin *Inspectrice* Perrault behilflich zu sein.«

»Sind Sie der Polizist, der im Fernsehen zu sehen war, in den Berichten über die Krawalle?«

»Ja, Monsieur, das muss wohl ich gewesen sein.«

»Dann stehe ich Ihnen zur Verfügung. Seien Sie sich der Bewunderung eines Veteranen versichert, *Sous-officier* Arnaud Marignan vom 72. Infanterieregiment. Was kann ich für Sie tun?«

Bruno erklärte, worum es ging, nannte die Namen und erinnerte Marignan an die *Commandos d'Afrique,* die 1944 in der Nähe von Toulon an Land gegangen waren. Ob in den Archiven ein Foto des jungen Hamid al-Bakr zu finden sei, fragte er.

»Ja, ich erinnere mich. Wir müssten ein Foto in der Kopie seines Soldbuchs haben – wenn nicht schon während der Einsätze in Afrika, so hatte er doch gewiss nach seiner Übersiedlung eines. Geben Sie mir Ihre Telefon- und Faxnummer. Ich melde mich dann wieder und schicke Ihnen eine Kopie des Ausweisfotos. Das Original darf ich leider nicht aus der Hand geben. Und grüßen Sie bitte Ihre charmante Kollegin von mir.«

Bruno schmunzelte. Isabelle hatte offenbar einen starken Eindruck auf den alten Mann gemacht. Eigentlich hätte er als Nächstes Christine anrufen müssen, um ihr die neuen Namen durchzugeben, die sie für ihre Recherchen in Bordeaux brauchte; bei der Gelegenheit konnte er sich auch gleich noch mal bei Pamela für das vorzügliche englische Abendessen bedanken. Doch dann fand er einen handgeschriebenen Dankesbrief angemessener, und erst als dieser auf dem Stapel im Postausgang lag, rief er in *Les Peupliers* an und verlangte direkt, Mademoiselle Wyatt zu sprechen. Und kaum hatte er aufgelegt, klingelte sein Handy. Es war Jean-Jacques.

»Bruno, Glückwunsch, was Sie über Jacqueline herausgefunden haben, bringt uns ein gutes Stück weiter«, sagte er. »Es hat sich herausgestellt, dass die Typen, mit denen sie zusammen war, in Holland bestens bekannt sind. Drogen, Pornos, schnelle Autos – sie haben offenbar überall ihre Finger drin. Mit den Urteilen, die sie haben, säßen sie in Frankreich hinter Schloss und Riegel – und wir hätten den Schlüssel weggeworfen. Aber Sie wissen ja, was die Holländer von Gefängnissen halten. Zur Sache. Als wir Jacqueline gestern Abend die von Ihnen gesammelten Beweismittel vorgelegt haben, ist sie eingeknickt. Ich habe sofort Isabelle anzurufen versucht, konnte sie aber bis spät in die Nacht nicht erreichen. Muss wohl an dem schlechten Mobilfunknetz der Region liegen. Wie dem auch sei, wir haben ein umfassendes Geständnis, was die Drogengeschichte angeht. Aber mit dem Mord will sie immer noch nichts zu tun haben.«

»Immerhin. Und was ist mit Richard? Hat er auch mit Drogen gehandelt?«

»Sie behauptet, nein. Schätze, wir werden ihn laufenlassen müssen. Seine Geschichte scheint hieb- und stichfest zu sein. Wenn's nach mir ginge, wäre er heute schon frei, aber die Entscheidung darüber trifft Tavernier. Übrigens, was habt ihr gestern mit ihm angestellt? Er kam wutschnaubend zurück und hat stundenlang mit Paris telefoniert.«

»Ich glaube, der Bürgermeister hat ihm als alter Freund seines Vaters den Marsch geblasen. Tavernier wollte Karim, den Enkel des Ermordeten, in Haft nehmen lassen, wegen Tätlichkeit und Körperverletzung im Zuge der Schlägerei, die diese Idioten vom *Front National* angezettelt haben.«

»Im Ernst? Ist der denn völlig übergeschnappt? Halb Frankreich hat gesehen, was in Saint-Denis los war, und feiert euch für die Art und Weise, wie ihr eingeschritten seid, als Helden.«

»Mit Ausnahme von Tavernier. Er pocht auf das Prinzip der Gleichbehandlung.«

»Dass ich nicht lache! Er hat sie ja nicht alle. Sei's drum, zum Glück habt ihr ihn aufhalten können. Sonst noch was?«

»Es scheint, dass wir dem verschwundenen Foto der Fußballmannschaft auf der Spur sind. Ich werde Sie auf dem Laufenden halten.«

»Das ist zwar momentan nebensächlich, aber bleiben Sie dran, Bruno. Wir suchen nach einem Mörder und haben immer noch nichts Konkretes an der Hand.«

Als er aufgelegt hatte, hörte Bruno Mireilles Stimme im Flur. Sie begrüßte Momu, der zu dieser Zeit eigentlich in der Schule hätte sein sollen. Bruno warf einen Blick nach draußen und sah Momu auf dem Weg ins Büro von Roberte, die sich um Fragen der Sozialversicherung kümmerte. Er winkte den Freund zu sich. Momu kam und schüttelte ihm die Hand.

»Keine Zeit«, sagte Momu. »Mir bleibt nur die große Pause. Ich muss ein paar Versicherungspapiere meines Vaters unterschreiben und dann sofort wieder zurück in die Schule. Trotzdem, schön, dich zu sehen.«

»Gib mir zehn Sekunden, Momu. Ich möchte dir ein Foto zeigen.« Bruno holte das Fax von seinem Schreibtisch. Viel versprach er sich nicht davon, aber da Momu schon einmal da war…

»Wo zum Teufel hast du das denn her?«, fragte Momu, sichtlich perplex. »Das ist mein Vater als junger Mann. Oder aber sein Zwilling. Was für Namen stehen da?« Er setzte seine Lesebrille auf. »Hussein Boudiaf, Massili Barakine und Giulio Villanova. Die Boudiafs sind mit uns verwandt. Vielleicht nur eine Familienähnlichkeit, aber die ist verblüffend. Und Barakine – den Namen habe ich auch irgendwann einmal gehört. Villanova war der Trainer; von ihm hat mein Vater viel erzählt. Aber dieser Hussein Boudiaf, ich könnte schwören, dass mein Vater so als junger Mann ausgesehen hat.«

Bruno öffnete seine Post und seufzte. Er hatte wieder einmal anonyme Briefe vor sich liegen, drei an der Zahl, Vorwürfe und Beschwerden über irgendwelche Nachbarn. Wie überall gab es auch in Saint-Denis Anwohner, die offene Rechnungen zu begleichen versuchten, indem sie andere anschwärzten. Für gewöhnlich trudelten solche Briefe beim Finanzamt ein, aber manchmal eben auch in der Polizeistation. Der erste Brief stammte von einer älteren Dame, die sich über das »sittenwidrige Benehmen« mancher jungen Frauen beklagte. Bruno kannte die Absenderin. Es war Pater Sentouts ehemalige Haushälterin, die anscheinend hin- und hergerissen war zwischen religiöser Bigotterie und Eifersucht. Im zweiten Brief beschwerte sich jemand über einen Nachbarn, der angeblich ohne Bauerlaubnis in seiner alten Scheune ein Fenster einbauen ließ, um von dort, wie es hieß, auf der Lauer liegen und die Anwohner bespitzeln zu können.

Ernster nahm Bruno den dritten Brief. Darin ging es um

den unverbesserlichen Trunkenbold Léon, dem sein Job im Vergnügungspark gekündigt worden war, weil er Königin Marie-Antoinette falsch unter die Guillotine gelegt hatte, so nämlich, dass ihr nicht nur der Kopf, sondern der gesamte Oberkörper abgetrennt worden war. Zum Entsetzen der Zuschauer war Léon dann auch noch in volltrunkenem Zustand über der zweigeteilten Puppe kollabiert. In dem Brief nun wurde berichtet, dass Léon *au noir* arbeitete, und zwar für eine englische Familie, die eine alte Ruine gekauft und ihn engagiert hatte, sie zu renovieren – gegen Bares, an der Steuer vorbei und ohne Versicherung.

Bruno überlegte. Wen sollte er nun warnen? Léon, der wahrscheinlich auch beim Finanzamt verpfiffen werden würde, oder die Engländer davor, dass sie ihr Geld zum Fenster hinauswarfen? Er würde wohl mit beiden Seiten reden müssen und den Engländern erklären, dass es für sie nach hiesiger Rechtslage auch nicht viel teurer wäre, eine offiziell angemeldete Halbtagskraft zu beschäftigen. Léon hatte eine Familie zu ernähren. Umso wichtiger war es, dass er keine krummen Geschäfte machte und ordnungsgemäß versichert war. Bruno merkte sich die Adresse, wo Léon angeblich arbeitete: weit außerhalb in der winzigen Ortschaft Saint-Félix, wo am frühen Morgen der Diebstahl mehrerer Käselaiber gemeldet worden war.

Bruno nahm sich noch einmal den zweiten Brief vor, die Beschwerde über den geplanten Einbau eines anstößigen Fensters. Auch dieser Fall spielte sich in Saint-Félix ab. Eine erstaunliche Kriminalitätsrate für ein 24-Seelen-Dorf. Seufzend sammelte Bruno Schirmmütze, Handy und Notizblock ein, steckte sich eine Broschüre über die rechtmäßige

Anstellung von Teilzeitkräften in die Tasche und machte sich auf den Weg. Er war schon im Treppenhaus, als ihm einfiel, dass er auch seine Kamera brauchen würde, um ein Foto von dem Fenster zu machen. Also kehrte er ins Büro zurück und ertappte sich bei dem Gedanken, dass Isabelle wahrscheinlich nicht besonders beeindruckt wäre, wenn sie wüsste, wie er normalerweise seine Tage verbrachte.

Der Einsatz in Saint-Félix kostete ihn geschlagene drei Stunden. Die Engländer sprachen so gut wie kein Französisch, und sein Englisch war kaum der Rede wert. Trotzdem gelang es ihm, sie davon zu überzeugen, dass es unverzichtbar war, Léon ordnungsgemäß zu entlohnen. Inwieweit er diesen Lohn auch tatsächlich verdiente, stand auf einem anderen Blatt. Der Bauherr des störenden Fensters war nicht zu Hause. Bruno machte Fotos und setzte einen Bericht für das Planungsbüro auf. Der Käsediebstahl nahm die meiste Zeit in Anspruch, zumal der Geschädigte, ein alter Landwirt, überzeugt davon war, dass man ihm das Wasser abzugraben versuchte. Bruno musste ihm wiederholt begreiflich machen, dass sein selbst hergestellter Käse unverkäuflich sei, weil er den Auflagen der Europäischen Union nicht genüge und nur für den Eigenverzehr tauge, weshalb der Diebstahl lediglich den Tatbestand des Mundraubes erfülle. Der Frau des Bauern musste er anschließend alles noch einmal erklären. Sie hatte endlich ein Einsehen, als er darauf hinwies, dass die Versicherungsgesellschaft sich bestimmt weigern würde, für den Diebstahl unverkäuflichen Käses Schadenersatz zu leisten.

Als Bruno in sein Büro zurückkehrte, klingelte das Telefon. Sofort legte er Kamera, Schlüsselbund und Notizblock auf dem Schreibtisch ab und griff nach dem Hörer. Es war der *sous-officier* aus dem Militärarchiv.

»Dieser Boudiaf…«, sagte der alte Mann. »Sie nannten mir den Vornamen Hussein. Wir haben nur einen Mohammed Boudiaf verzeichnet. Er war Korporal und hat sich 1941 in der algerischen Stadt Constantine den *Tirailleurs* angeschlossen. 1943 hat er sich freiwillig bei den *Commandos d'Afrique* gemeldet. Dank der Empfehlung eines kommandierenden Offiziers wurde er angenommen. Er hat am Befreiungskampf gegen die Deutschen teilgenommen und ist im Oktober 1944 bei Besançon gefallen. Anscheinend hatte er weder Frau noch Kinder; allerdings wurde seiner verwitweten Mutter in Oran bis zu deren Tod im Jahr 1953 eine Pension überwiesen. Das ist alles, was wir haben. Tut mir leid. Hilft Ihnen das weiter?«

»Ja, durchaus«, sagte Bruno unwillkürlich. »Steht in der Akte irgendwas von Geschwistern oder anderen Angehörigen?«

»Nein, nur von der Mutter. Allerdings könnte dieser Korporal Mohammed Boudiaf mit Ihrem Hussein verwandt gewesen sein. Ich weiß ja inzwischen, dass Sie an Hamid al-Bakr interessiert sind, und bin da auf einen merkwürdigen Zufall gestoßen. Al-Bakr ist im August 1944 auf nicht ganz regulärem Weg den Streitkräften beigetreten, und zwar einer Einheit, in der es bereits einen Korporal Mohammed gab und die einen Hamid deshalb ohne weiteres akzeptiert hätte. Ich spekuliere zwar jetzt, aber könnte es sein, dass Hamid unter einem anderen Namen eingetreten ist? Solche Fälle waren damals nicht selten. Dass neue Rekruten aus irgendwelchen Gründen ihren Namen wechseln, ist in der Legion sogar gang und gäbe, aber auch in anderen Truppenteilen nicht unüblich. Wenn Ihr al-Bakr ursprünglich Boudiaf hieß und seinen Namen ändern wollte, war dies ein Leichtes, wenn er einer Einheit beitrat, der bereits sein Bruder oder Cousin angehörte.«

»Interessant. Vielen Dank für Ihre Bemühungen. Dürfte ich mich wieder bei Ihnen melden, falls wir vor Gericht Kopien Ihrer Unterlagen brauchen?«

»Natürlich. Haben Sie übrigens mein Fax erhalten?« Bruno schaute in der Ablage des Faxgerätes nach. Die Sendung war angekommen: eine Kopie der ersten beiden Seiten eines Soldbuches mit dem passbildgroßen Foto eines jungen Mannes namens Hamid al-Bakr. Darunter waren zwei Daumenabdrücke und ein Stempel der französischen Armee zu erkennen. Auf der anderen Seite standen Name, Adresse sowie Tag und Ort der Geburt. Als Adresse war die Rue des Poissoniers im alten Hafenviertel von Marseille angegeben, als Geburtsdatum der 14. Juli 1923.

»Ja, angekommen. Vielen Dank.«

»Gern geschehen, für einen so tüchtigen Polizisten wie Sie. Ich nehme an, Sie waren beim Militär.«

»Ja, als Pionier.«

»In Bosnien?«

»Richtig. Wie kommen Sie darauf?«

»Ich habe es mir nicht verkneifen können, einen Blick in Ihre Akte zu werfen. Sie haben sich wacker geschlagen, junger Mann.«

»Ich hatte Glück. Im Unterschied zu vielen anderen«, fügte Bruno hinzu und richtete seinen Blick auf die stark vergrößerte Luftaufnahme von Saint-Denis, die an der

Wand hing, um zu verhindern, dass ihm Bilder von Sarajevo in den Sinn kamen.

»Sie können mich jederzeit anrufen, Sergeant Courrèges. Auf Wiederhören.«

Brunos Ohr war schweißnass, was er bemerkte, als er den Hörer zurücklegte. Er betrachtete die beiden Fotos. Der junge Soldat Hamid al-Bakr war dem Fußballer Hussein Boudiaf tatsächlich wie aus dem Gesicht geschnitten. Handelte es sich um ein und dieselbe Person? Dafür sprach Momus große Überraschung angesichts der Fotografie. Aber aus welchem Grund hätte Hamid seinen Namen ändern sollen? Was hatte er zu verbergen gehabt? Erklärte dieses Geheimnis womöglich den Mord an ihm, fast sechzig Jahre nach seiner Anmusterung unter falschem Namen?

Bruno nahm sich vor, am Abend mit Isabelle darüber zu sprechen. Er freute sich auf die Verabredung mit ihr und lächelte bei dem Gedanken, dass ihnen beiden womöglich nicht der Sinn nach kriminologischen Themen oder überhaupt nach Gesprächen stehen würde. Er erinnerte sich daran, wie sie ihn in der Höhle geküsst hatte und ihm damit eine Millisekunde zuvorgekommen war, und dann an die lustvolle Art, mit der sie seine Hand auf ihre warme Brust gelegt hatte...

Das Telefon störte seine Träumereien.

»Bruno? Hier ist Christine. Ich rufe von Bordeaux aus an und bin gerade im *Centre Jean Moulin.* Sie sollten so schnell wie möglich kommen. Über Hamid al-Bakr ist zwar nichts zu finden, aber wir haben Ihren Villanova und diesen Hussein Boudiaf aufgespürt. Da steckt Zündstoff drin, Bruno.«

»Was soll das heißen?«

»Haben Sie schon einmal von der sogenannten *Force mobile* gehört?«

»Nein.«

»Sie werden's nicht glauben, wenn Sie nicht kommen und sich die Unterlagen selbst ansehen. Villanova und Boudiaf waren Kriegsverbrecher.«

»Kriegsverbrecher? Was haben sie getan, und wo?«

»Das am Telefon zu erklären ist viel zu kompliziert. Ich schlage vor, Sie fahren zu Pamela und lassen sich von ihr in mein Zimmer führen. Auf dem Schreibtisch liegen zwei Bücher. Haben Sie etwas zu schreiben? Ich nenne Ihnen jetzt die Titel. Schlagen Sie in diesen Büchern das Stichwortverzeichnis auf, und schauen Sie unter *Force mobile* nach. Das erste Buch trägt den Titel *Histoire de la Résistance en Périgord,* geschrieben von Guy Penaud; das andere ist *1944 en Dordogne* von Jacques Lagrange. Ich rufe Pamela gleich an. Sie kann die Bücher ja schon für Sie bereithalten. Lesen Sie unbedingt die Textstellen, in denen von der *Force mobile* die Rede ist, und rufen Sie mich dann zurück. Verflucht, mein Akku ist leer. Ich lade jetzt mein Handy wieder auf und warte auf Ihren Anruf. Ich wohne im *Hôtel d'Angleterre.* An den Namen werden Sie sich doch erinnern können, oder? Glauben Sie mir, es wäre gut, wenn Sie herkämen.«

24

In Pamelas geräumigem Wohnzimmer, in das golden die Sonne fiel, und unter dem würdevollen Blick von Pamelas Großmutter, deren Porträt an der Wand hing, wurde Bruno in Gedanken um sechzig Jahre zurückversetzt, als das Tal der Vézère von den Schrecken des Krieges und der Besatzung heimgesucht wurde. Brandgeruch und der Gestank von Sprengstoff schienen von den aufgeschlagenen Seiten von Christines Büchern aufzusteigen und brachten Bruno ein tragisches und zum Teil unrühmliches Kapitel der französischen Geschichte, das sich lange vor seiner Geburt zugetragen hatte, bedrückend nahe.

Die *Force mobile,* las er, war eine Spezialeinheit der *Milice,* jener gefürchteten Polizei des Vichy-Regimes, das Frankreich nach 1940 regierte. Auf Befehl der deutschen Besatzungsmacht und von französischen Mitgliedern der Vichy-Regierung dazu aufgefordert, organisierte die *Milice* die Deportation von Juden in Vernichtungslager und rekrutierte junge Franzosen zur Zwangsarbeit in deutschen Rüstungsbetrieben. Als Deutschland nach 1942 immer mehr militärische Niederlagen erlitt, wuchs der französische Widerstand, und Zehntausende flohen vor dem *Service de Travail obligatoire,* kurz: STO, und traten der Résistance bei. Versteckt in Wäldern und Bergen, nannten sie sich *Ma-*

quis – nach dem französischen Wort für das undurchdringliche Buschwerk auf den Hügeln Korsikas.

Den Widerstandskämpfern im Untergrund kamen bewaffnete Truppen, Funker und Sanitäter, Spitzel und britische Militärberater mit Fallschirmen aus der Luft zu Hilfe, geschickt sowohl aus dem freien Frankreich, das von General Charles de Gaulle angeführt wurde, als auch von der britischen *Special Operations Executive* und dem britischen Geheimdienst MI6. Mit Hilfe der *Maquis* sollten die Besatzungsstreitkräfte der Deutschen geschwächt oder, wie es Winston Churchill in seinem Befehl an das SOE formulierte, »Europa in Brand« gesteckt werden. Als aber die Invasion näher rückte, war den Briten vor allem daran gelegen, den militärischen Funkverkehr in Frankreich zu stören und die deutschen Truppen zurückzudrängen, die sich an den Küsten auf eine Landung der Alliierten vorbereiteten. Dabei wurde in Kauf genommen, dass der Feind seinen Druck auf die *Maquis* im Hinterland verschärfte. Die Gaullisten versuchten, die *Maquis* zu bewaffnen und die Résistance zu einer Streitmacht aufzurüsten, denn es sollte später ihr Verdienst sein, Frankreich befreit und seine Ehre nach der Demütigung durch Niederlage und Okkupation wiederhergestellt zu haben. Darüber hinaus aber wollten die Gaullisten aus der Résistance eine politische Bewegung machen mit dem Ziel, nach dem Krieg die Macht zu übernehmen und zu verhindern, dass ihr Rivale, die Kommunistische Partei, die Oberhand gewann. Die Auseinandersetzungen zwischen Gaullisten und Kommunisten eskalierten, und der Streit, der vor allem über die Einsätze der Fallschirmspringer entbrannte, wurde nicht selten mit Waffengewalt ausgetragen.

Die *Milice* und ihre deutschen Befehlshaber ersannen eine neue Strategie zur Zerschlagung der Résistance in den Schlüsselgebieten. Deutsche Spezialtruppen, die an der russischen Front und in Jugoslawien Erfahrung im Kampf gegen Partisanen gesammelt hatten, wurden nach Frankreich verlegt. Im Wesentlichen aber zielte die neue Strategie darauf ab, die Résistance auszuhungern, indem man die Landbevölkerung, die die *Maquis* mit Lebensmitteln versorgte, terrorisierte. Bauernfamilien, deren Söhne untergetaucht waren, wurden überfallen und geschlagen, Frauen vergewaltigt, wer sich auflehnte, getötet, Vorräte und Vieh beschlagnahmt und Scheunen niedergebrannt. Ausführende dieser Terrorakte war die *Force mobile*, die im Périgord in der Stadt Périgueux ihren Hauptstützpunkt hatte.

Bruno saß in Pamelas großem friedlichem Wohnzimmer vor Christines Büchern, las und war entsetzt. Zwar wusste er von den Schrecken der Besatzungszeit, von den Opfern der Résistance und den Verbrechen des Vichy-Regimes, das einen Bürgerkrieg von Franzosen gegen Franzosen entfachte. Er hatte auch von Greueltaten gehört wie dem Massaker in Oradour-sur-Glane, jener Ortschaft weiter nördlich im Limousin, wo man zur Vergeltung für den Mord an einem deutschen Offizier Hunderte von Frauen und Kindern in eine Kirche eingesperrt, diese in Brand gesetzt und mit Maschinengewehrsalven alle niedergemäht hatte, die den Flammen hatten entfliehen wollen. Bruno kannte auch die vielen kleinen Denkmäler in der Region, jungen Franzosen gewidmet, die bei dem Versuch, eine Brücke zu verteidigen oder den Vormarsch deutscher Truppen zu behindern, getötet worden waren, schlichte Gedenksteine mit den Namen der *pour la patrie* Gefallenen. Von der *Force mobile* und ihren brutalen Willkürakten, gerade auch hier in der Region, die er so gut zu kennen glaubte, hatte Bruno noch nie etwas gehört.

Die im Périgord stationierte *Force mobile* war von einem ehemaligen Profifußballer aus Marseille namens Villanova angeführt worden. Gütiger Himmel, dachte Bruno, als er diesen Namen las. Villanova hatte dem Terror gegen die Landbevölkerung eine neue Variante hinzugefügt. Er war davon überzeugt, dass die Landbevölkerung besonders eingeschüchtert werden würde, wenn die Vergeltungsaktionen, Brandanschläge und Vergewaltigungen von speziell dafür angeworbenen Nordafrikanern verübt wurden. Zur Belohnung durften sie über die Beute, die sie machten, wie auch über die Frauen, die sie gefangen nahmen, frei verfügen. Villanova fand seine Rekruten in den Einwandererslums von Marseille und Toulon, wo Arbeitslosigkeit, Armut und Verzweiflung grassierten und viele seiner ehemaligen Schützlinge lebten, die von ihm trainiert worden waren.

Es schauderte Bruno, als ihm schwante, wohin diese Spur führte. Er würde dem Verdacht nachgehen müssen, dass Hamid al-Bakr, der ermordete Kriegsheld, als Hussein Boudiaf womöglich an den Verbrechen gegen französische Zivilisten beteiligt gewesen war. Christine hatte recht. Er musste so schnell wie möglich nach Bordeaux fahren und Informationen über die *Force mobile,* Villanova, Boudiaf und die anderen Mitglieder einholen. Die Sache schien in der Tat jede Menge Zündstoff zu bergen. Umso wichtiger war es, wasserdichte Beweise zu sichern. Außerdem würde er die Namen der Terroropfer feststellen und noch lebende

Angehörige ausfindig machen müssen, die ein Motiv hatten, Rache an Villanovas nordafrikanischen Truppen zu üben, denen möglicherweise auch Hamid angehört hatte.

Und Momu? Was würde es für Momu, Karim und Rashida bedeuten, wenn sie erführen, dass ihr geliebter Vater und Großvater ein Kriegsverbrecher gewesen war, ein Terrorist im Auftrag der Marionetten von Vichy und Befehlsempfänger der Nazis? Wie schockierend würde es für sie sein, wenn der Mann, der als Kriegsheld geehrt wurde und sich mit seiner Familie in Frankreich heimisch gefühlt hatte, als ein Wolf im Schafspelz überführt würde? Könnte die Familie überhaupt in Saint-Denis bleiben? Und wie würden die übrigen Nordafrikaner in der Stadt auf eine solche Enthüllung reagieren? Stünde nicht außerdem zu befürchten, dass dem *Front National* Hunderte neuer Wähler zuliefen?

Bruno stützte seinen Kopf in beide Hände, biss sich auf die Lippen und versuchte, einen klaren Gedanken zu fassen. Er musste mit dem Bürgermeister reden, Jean-Jacques und Isabelle einweihen, die Fahrt nach Bordeaux planen, mit Christine sprechen und Rat darüber einholen, wie er die Stadt auf eine solch schreckliche Nachricht vorbereiten könnte.

»Alles in Ordnung mit Ihnen?«, fragte Pamela von der Schwelle des Wohnzimmers her. »Christine hat mich vorgewarnt, dass Sie womöglich einen doppelten Schnaps nötig haben würden. Das scheint mir in der Tat so. Sie sind ja kreidebleich. Hier, trinken Sie einen Whisky! Es ist nicht der Lagavulin, den Sie unlängst bei mir probiert haben, sondern ganz einfacher Whisky. Sie können also ordentlich zulangen.«

»Danke, Pamela«, sagte Bruno und leerte das ihm gereichte Glas mit einem Schluck. Obwohl ihm die Kehle höllisch brannte, fühlte er sich gleich darauf schon viel besser. »Nochmals danke. Nach der schrecklichen Lektüre, die mich in grauenvolle Zeiten zurückversetzt hat, tut es mir besonders gut, in Ihrem Haus zur angenehmen Gegenwart zurückzukehren.«

»Von Christine weiß ich, dass die Texte irgendwie mit dem Mord an Hamid in Zusammenhang stehen. Genaueres aber hat sie mir nicht verraten. Jedenfalls scheint es, als hätte uns die Vergangenheit wieder einmal eingeholt.«

»Ja, so ist es. Die Vergangenheit ist nie wirklich vergangen und vielleicht sogar heute noch tödlich. Tja, jetzt habe ich alles, was ich brauche, und werde Sie in Ruhe lassen. Ich muss schnellstens zurück an die Arbeit.«

»Sind Sie sicher, Bruno? Wie wär's mit einem kleinen Imbiss?«

Bruno schüttelte den Kopf. Er steckte die Bücher ein, verabschiedete sich und blickte mit neuen Augen auf diese vermeintlich so friedliche Landschaft, über der vor nur gut sechs Jahrzehnten der Rauch von gebrandschatzten Bauernhöfen aufgestiegen war. Er dachte an die ermordeten Väter und an französische Polizisten, die arabische Söldner in schwarzen Uniformen, geschützt von Militärkolonnen, auf den Weg geschickt hatten – mit dem Freibrief, zu vergewaltigen, zu rauben und zu plündern, während halbverhungerte und spärlich bewaffnete junge Franzosen in den Bergen hilflos mit ansehen mussten, wie ihre Familien und Höfe der Vergeltungswut des Feindes zum Opfer fielen. Armes Frankreich, dachte er. Armes Périgord. Armer Momu.

Und wie sollte er denen begegnen, die nach so langer Zeit Rache an ihren Peinigern genommen hatten? Immerhin wusste er nun, warum ein Hakenkreuz auf Hamids Brust geritzt worden war. Es stand nicht für die politische Gesinnung der Mörder, sondern für die wahre Identität des Opfers.

Zurück in Saint-Denis, machte sich Bruno sofort auf den Weg zum Bürgermeister, der am Stadtrand wohnte. Er zeigte ihm Christines Bücher und das Foto des jungen Boudiaf an der Seite von Villanova und erklärte, warum er nun überzeugt davon sei, dass der ermordete arabische Kriegsheld Mitglied der *Force mobile* gewesen sei. Der Bürgermeister ließ sich schnell überzeugen und pflichtete Bruno bei, der es für unerlässlich hielt, den Verdacht mit lückenlosem Beweismaterial zu erhärten. Sie nahmen am Tisch Platz und stellten aus dem Gedächtnis eine vorläufige Liste derjenigen Familien zusammen, die in Verbindung mit der Résistance gestanden hatten und in Saint-Denis oder in seiner Umgebung lebten. Vervollständigen wollten sie diese Liste am nächsten Tag mit Hilfe der Aufzeichnungen der *Compagnons de la Résistance* in Paris.

»Die Polizei wird also jetzt bei uns in der Stadt nach all denen suchen, die von Hamids Mitgliedschaft bei der *Force mobile* wussten. Wie um Himmels willen können wir verhindern, dass uns die Sache über den Kopf wächst, Bruno?«

»Keine Ahnung, aber ich hoffe, mir fällt noch was ein. Die Kollegen werden wohl zuerst die Älteren befragen, diejenigen, die Hamid wiedererkannt haben könnten. Die Nachforschungen werden sich womöglich über Wochen hinziehen und jede Menge Polizeikräfte, die Medien und nicht zuletzt auch die Politik auf den Plan rufen. Und dann droht uns ein Riesenskandal. Wir werden darauf angewiesen sein, dass Sie all Ihren politischen Einfluss geltend und Ihren Freunden in Paris begreiflich machen, dass es in dieser Sache keine Gewinner gibt, dass vielmehr ein politischer Alptraum zu befürchten ist, wenn die extreme Rechte Wind davon bekommt, dass Araber im Sold der Deutschen französische Familien terrorisiert und deren Höfe niedergebrannt haben. Ich selbst bin, ehrlich gesagt, so erschüttert, dass ich nicht mehr klar denken kann.«

»Verständlicherweise. Aber wir müssen uns etwas einfallen lassen, und ich verlasse mich da ganz auf Ihren Instinkt, denn der ist viel besser als meiner. Ich bin in dieser Hinsicht allzu sehr Politiker.«

»Genau in der Funktion werden Sie gebraucht werden. Ich muss jetzt los und die Kollegen aus Périgueux instruieren.«

»Haben Sie denen etwa schon von der *Force mobile* erzählt?«, fragte der Bürgermeister. Er zögerte kurz und fügte dann nachdenklich hinzu: »Ich hoffe, nicht. Es wäre gut, wenn wir uns vorher genau überlegen, was und wie viel wir ihnen sagen.«

»Ich hatte noch gar nicht die Zeit, ihnen überhaupt etwas zu sagen«, versuchte Bruno, ihn zu beruhigen. »Allerdings wissen sie, dass wir, Isabelle und ich, im Militärarchiv nach Unterlagen über Hamids mysteriöse Kriegsvergangenheit gesucht haben. Sie werden ihr bald selbst auf die Spur kommen. Ich muss jetzt gehen.«

Der Bürgermeister ließ die Schultern hängen. Er wirkte

klein und hilflos in dem großen, prächtig ausgestatteten Wohnzimmer, auf das seine Frau so stolz war, als Bruno sich verabschiedete und draußen von seinem Transporter aus Isabelle anrief. Wenig später legte Bruno ihr in seinem Büro in der *mairie* die Beweismittel vor. Danach meldeten sie sich bei Jean-Jacques und vereinbarten für den kommenden Morgen ein Treffen in Bordeaux. Anschließend rief Bruno Christine in ihrem Hotel in Bordeaux an, ließ sich die Handynummer des Archivars vom *Centre Jean Moulin* geben und kündigte ihm seinen Besuch an. Tavernier zu informieren war, wie Bruno befand, nicht seine, sondern Jean-Jacques' Sache.

Bruno war so niedergeschlagen, dass er nicht daran denken mochte, zu Abend zu essen, doch Isabelle schleifte ihn in die Pizzeria, wo er mehr Wein trank, als ihm guttat. Ohne sich darum zu kümmern, dass in der Stadt womöglich getratscht werden würde, fuhr sie ihn nach Hause und brachte ihn zu Bett. Sie fütterte seine Hühner und legte sich schließlich zu ihm, als er schon eingeschlafen war. Er erwachte in den frühen Morgenstunden und schleppte sich, von Isabelle dazu aufgefordert, ins Bad. Sie setzte Kaffee auf und stellte sich zu ihm in die enge Duschkabine, wo sie sich, vom dampfenden Wasser berieselt, gegenseitig einseiften, was die beiden so in Stimmung brachte, dass sie sich bald auf den Badezimmerfliesen leidenschaftlich liebten. Nachdem sie eine Tasse Kaffee getrunken hatten, gingen sie wieder ins Bett, um sich füreinander ein bisschen mehr Zeit zu lassen, bis der Hahn krähte, was beide zum Lachen brachte. Anschließend duschten sie ein zweites Mal, und während Bruno die Gemüsebeete wässerte, seinen Hund fütterte und frischen Kaffee aufsetzte, fuhr Isabelle zurück in ihr Hotel, um sich umzuziehen. Mit frischen Croissants, die sie bei Fauquet gekauft hatte, kehrte sie zurück, lud Bruno zu sich ins Auto und fuhr los in Richtung Bordeaux.

»Du bist eine außergewöhnliche Frau«, sagte er, als sie bei Niversac die neugebaute Autobahn erreichten. »Hast mich nun schon zum zweiten Mal gerettet, und das, nachdem ich mich dir in volltrunkenem Zustand gezeigt habe.«

»Gern geschehen«, erwiderte sie und streichelte seine Hand, die auf ihrem Schenkel lag. »Aber das Schlimmste ist noch nicht überstanden. Mach dich darauf gefasst. Egal, wer Hamid war oder was er getan hat, er wurde ermordet, und wir müssen seinen Mörder stellen.«

»Ich weiß«, sagte er. »Aber wenn's deine Familie gewesen wäre, dein Hof oder deine Mutter, hättest du dich wahrscheinlich auch an ihm gerächt.«

»Und mich strafbar gemacht?«, fragte sie. »Auch wenn das Motiv nachvollziehbar ist, entschuldigt es nicht den Mord an Hamid. Das ist dir doch klar, oder?« Sie warf ihm einen kurzen Blick zu und sah, dass er traurig nickte. Doch von der Verzweiflung, die ihn am Abend zuvor ergriffen hatte, war er weit entfernt.

Sie waren Punkt neun mit Jean-Jacques und einem Kollegen der Polizei von Bordeaux an der Treppe des *Centre Jean Moulin* verabredet. Christine war noch früher gekommen und bereits im Büro des Archivars, eines älteren Historikers. Das *Centre Jean Moulin* war nach einem der berühmtesten Anführer der Résistance benannt worden, der versucht hatte, Kommunisten, Gaullisten und Patrioten unter ein Kommando zusammenzuführen. Er war an die Gestapo verraten, von Klaus Barbie in Lyon gefoltert worden und beim Abtransport in ein deutsches Konzentrationslager an einem Herzversagen gestorben. Das Centre in dem eleganten neoklassizistischen Gebäude mitten in Bordeaux' Innenstadt versteckt die dunkle Vergangenheit hinter Mauern aus weißem Stein. Der Öffentlichkeit ist es besser bekannt als *Musée de la Résistance.* In den Schaukästen sind Holzpantinen, Brautkleider aus Mehlsäcken und Lebensmittelkarten ausgestellt – alles Gegenstände, die den Kriegsalltag vor Augen führen: Dynamos, die, von Fahrrädern in Gang gesetzt, Strom für die Funkgeräte im Untergrund erzeugten oder Autos mit riesigen Treibstofftanks auf dem Dach, die aus Holzkohle gewonnenes Karbongas enthielten. Ausgestellt sind auch heimlich gedruckte Zeitungen und Flugblätter oder auch leichte Maschinenpistolen und Panzerfäuste, Granaten und Haftbomben, die von britischen Flugzeugen für die Kämpfer der Résistance abgeworfen worden waren. Und im Hintergrund erklingen leise auf endlosen Soundtracks die Lieder, die damals gesungen wurden: Liebeslieder von Charles Trenet oder die trotzige Résistance-Hymne *Le Chant des partisans.*

Den wertvollsten Bestand fand Bruno im Obergeschoss, wo die Archive und Sammlungen schriftlicher und mündlicher Zeugnisse aufbewahrt werden, die jene qualvolle Zeit der französischen Geschichte in Erinnerung bewahren.

Christine und Jean-Jacques arbeiteten sich durch die an vielen Stellen lückenhaften Aufzeichnungen der *Force mobile* und stellten fest, dass Hussein Boudiaf und Massili Barakine im Dezember 1942 von einer Spezialeinheit der *Mi-*

lice in Marseille rekrutiert worden waren. Nach einer zweimonatigen Grundausbildung wurden sie einem hundertzwanzig Mann starken Trupp zugeteilt, der, von *Capitaine* Villanova angeführt, die Aufgabe hatte, in der Gegend um Marseille sogenannte Antiterroroperationen durchzuführen. Im Oktober 1943, kurz nachdem die Briten und die Amerikaner in Italien gelandet waren, hatten die Deutschen ihre Okkupation auch auf die bislang von der Vichy-Regierung kontrollierten Gebiete ausgeweitet und die *Force mobile* der Gestapo unterstellt. Dokumente belegten, dass Villanovas Einheit im Februar 1944 in Périgueux den Auftrag erhielt, »Strafmaßnahmen gegen Unterstützer der Partisanen« durchzuführen.

Christine und Jean-Jacques fanden Soldquittungen, die von Boudiaf unterzeichnet waren, Stellungsbefehle für Villanova, Listen, die die Namen von Boudiaf und Barakine enthielten, sowie Anträge zur Beschaffung von Sprengstoff und Benzin, um »Partisanennester« auszuheben. Unterdessen durchforstete der Kurator die Aufzeichnungen aus dem Soldbüro der *Force mobile* und entdeckte eine Urkunde, mit der Boudiaf im Mai, unmittelbar nach einem Anschlag der Résistance auf einen Konvoi Villanovas, zum Rottenführer befördert worden war. Mit der Beförderung waren ihm ein Soldbuch der *Milice* sowie ein neuer Ausweis mit Lichtbild ausgestellt worden, die Boudiaf aber anscheinend nie abgeholt hatte. Die letzten Aufzeichnungen der *Milice* datierten vom Juli 1944, also aus der Zeit der Invasion der Alliierten, die das Vichy-Regime endgültig zu Fall gebracht hatte.

Bruno und Isabelle studierten die Einsatzberichte der

Force mobile, Protokolle über sogenannte Strafaktionen, die vom Stützpunkt in Périgueux ausgingen und in das gesamte Umland ausstrahlten – bis nach Limousin im Norden, Saint-Émilion und Pomerol in den westlichen Weingebieten, Brive im Osten und bis in die Täler der Vézère und Dordogne im Süden. Die Region um Saint-Denis wurde Ende März heimgesucht. Diesem Überfall lagen Informationen des Geheimdienstes zugrunde, abgepresst von Gefangenen, die das Böhmer-Regiment gemacht hatte, eine auf den Kampf gegen Partisanen spezialisierte Wehrmachtseinheit, die zufällig auf einen Stützpunkt der *Maquis* in den Hügeln bei Sarlat gestoßen war. Bruno notierte sich die Namen der Gefangenen, die alle erschossen worden waren. Aus den Unterlagen ging hervor, dass sie Familien angehörten, deren Söhne sich dem Arbeitsdienst und dem Zugriff der STO entzogen hatten. Über deren Wohnorte war die *Force mobile* hergefallen. Saint-Denis zählte nicht dazu, wohl aber die benachbarten Dörfer Saint-Félix, Bastignac, Melissou, Ponsac, Saint-Chamassy und Tillier.

Sie breiteten die Fotos auf dem Schreibtisch des Kurators aus und verglichen sie miteinander. Hussein Boudiaf, der Fußballer, und der gleichnamige Truppenführer der *Force mobile* waren offensichtlich ein und dieselbe Person. Und sonst war er sein eigener Doppelgänger. Ein Abgleich der Daumenabdrücke von al-Bakr aus dem Register der französischen Armee mit denen aus Boudiafs Soldbuch der *Milice* schloss schließlich jeden Zweifel über seine Identität aus. Ein zusätzlicher Beleg waren die Angaben über Tag und Ort seiner Geburt: 14. Juli 1923 in Oran, Algerien. Nur die Anschriften differierten. Boudiaf war in der Polizeikaserne in Périgueux gemeldet gewesen und nicht in Marseille.

»Das ist also unser Mordopfer«, sagte Jean-Jacques. »Ein Widerling.«

»Augenblick.« Der Museumskurator trat vor ein hohes Bücherregal, entnahm ihm einen dicken Wälzer und blickte, nachdem er das Stichwortverzeichnis aufgeschlagen hatte, mit zufriedener Miene auf. »Hab ich's doch richtig in Erinnerung gehabt. Die Rue de Poissoniers gehörte zum *Vieux Port* von Marseille, der vor der Invasion von Bomben zerstört wurde. Eine günstige Adresse also für jemanden, der seine wahre Identität zu verbergen versucht.«

Sie nahmen sich nun die von Villanova unterzeichneten Einsatzberichte der *Force mobile* vor. An den Überfällen vom 8. Mai auf Ortschaften in der Nähe von Saint-Denis war auch die von Boudiaf angeführte Truppe beteiligt gewesen. Es hieß, dass sie vierzehn »Partisanenstützpunkte«, sprich: Bauernhöfe, zerstört hatte. Ausgerechnet am 8. Mai, dachte Bruno, am Tag der Kapitulation des Kriegsfeindes genau ein Jahr später, einem Tag, den Frankreich seither mit festlichen Umzügen feierte. Er würde die alljährliche Parade in Saint-Denis von nun an mit anderen Gefühlen begleiten.

Und plötzlich tauchten in seiner Erinnerung Bilder auf, so scharf und deutlich wie auf Fotos oder in Zeitlupe, Bilder von der diesjährigen Parade, als Karim unter den Augen seiner stolzen Familie die französische Fahne zum Kriegerdenkmal geführt hatte. Auch sein Großvater Hamid, der tags darauf ermordet werden sollte, war zugegen gewesen, der Einsiedler, der sich sonst nie in der Stadt hatte blicken lassen, weder beim Einkauf noch in den Cafés, wo die anderen alten Männer hockten, miteinander plauderten und Pétanque spielten, der nur mit seiner Familie in Kontakt gestanden und zu allen anderen Distanz gehalten hatte. Bruno erinnerte sich außerdem an Jean-Pierre vom Fahrradladen und an den Schuster Bachelot, jene beiden Veteranen der Résistance, die sich geflissentlich aus dem Weg gingen, an diesem Tag aber Seite an Seite ihre Fahnen geschwenkt und dann wie in stillschweigendem Einvernehmen einander angesehen hatten. Ihm, Bruno, waren bei den Klängen des Zapfenstreiches, den der Enkel des Engländers geblasen hatte, vor Rührung die Augen feucht geworden, in der offenbar fälschlichen Annahme, dass Jean-Pierre und Bachelot wieder aufeinander zuzugehen bereit waren.

Dann las er die Mitschriften der Verhöre, die die von Böhmers Truppen gefangen genommenen Widerstandskämpfer hatten über sich ergehen lassen müssen, ehe sie an die Wand gestellt worden waren. Und schon der dritte Name, auf den er stieß, lautete auf Philippe Bachelot, neunzehnjährig, aus Saint-Félix. Einen Courrailler, so der Nachname Jean-Pierres, fand er allerdings nicht. Doch er kannte eine junge Frau gleichen Namens, die in Ponsac wohnte und in ihrem neugebauten Zwinger Labradors züchtete. Ihre Familie bewirtschaftete dort einen Bauernhof. Bruno kannte den Hof, denn es war einer der wenigen, die gut über die Runden kamen und mit hohen Investitionen den Auflagen der Europäischen Kommission entsprechen konnten. Bruno entschuldigte sich, verließ das Archiv und ging auf den Museumsplatz hinaus, um von dort aus über sein Handy den Bürgermeister anzurufen.

»Wir haben ihn anhand der Fotos und Daumenabdrücke eindeutig identifiziert«, sagte Bruno. »Hamid al-Bakr alias Hussein Boudiaf gehörte der *Force mobile* an. Er war Truppenführer und verantwortlich für die Überfälle auf mehrere Höfe in unserer Gemeinde im Mai 1944. Jeder Zweifel ist ausgeschlossen. Aber es kommt noch schlimmer. Einer der betroffenen Höfe gehörte Bachelots Familie. Bachelots älterer Bruder war von den Deutschen gefoltert worden. Ein weiterer Hof lag in Ponsac. Ich vermute, dort war die Familie Courrailler zu Hause. Könnten Sie bitte die Unterlagen über die geleisteten Entschädigungszahlungen heraussuchen? Ich bin mir ziemlich sicher, dass sie irgendwo in unserem Archiv aufbewahrt sind.«

»Kann gut sein«, antwortete der Bürgermeister. »Als die Deutschen Reparationsleistungen gezahlt hatten, sind die Courraillers vor Gericht gezogen und haben darüber gestritten, wie ihr Anteil aufgeteilt werden sollte. Die Familie ist deswegen, soweit ich weiß, noch immer verkracht. Ich werde mir die Unterlagen ansehen und Sie dann zurückrufen. Vermute ich richtig, dass Sie Bachelot und Jean-Pierre in Verdacht haben?«

»Ich will meinen Kollegen nicht vorgreifen. Sollen die ihre Schlüsse ziehen. Was ich Ihnen gesagt habe, bleibt bitte unter uns. Wenn ich gleich ins Militärarchiv zurückgehe, werden wir wahrscheinlich die Beweise sammeln, Kopien erstellen und vom Kurator beglaubigen lassen. Natürlich werde ich auch eine Liste der Familien zusammenstellen, die der *Force mobile* zum Opfer gefallen sind. Entsprechend umfangreich wird die Liste der möglichen Tatverdächtigen sein. Die Ermittlungen könnten sich also hinziehen, zumal die meisten Zeugen wahrscheinlich inzwischen verstorben sind oder aber Probleme haben werden, sich an Einzelheiten zu erinnern.«

»Verstehe. Sie werden aber doch hoffentlich morgen zur Parade zurück sein, oder?«

Der nächste Tag war der 18. Juni, der Jahrestag der Résistance und der von de Gaulle 1940 in London gehaltenen Rede, in der er die Nation zur Fortsetzung des Widerstandes gegen die deutsche Besatzung aufgerufen hatte mit den Worten: »Frankreich hat eine Schlacht verloren! Aber Frankreich hat nicht den Krieg verloren.« Wie immer würden Bachelot und Jean-Pierre wieder ihre Fahnen tragen.

»Ich werde da sein, Monsieur. Übrigens, für das Feuerwerk morgen Abend ist alles vorbereitet.«

»Hoffen wir, dass außer den Raketen nicht noch mehr in die Luft fliegt«, sagte der Bürgermeister, worauf Bruno schweren Herzens, aber entschlossen ins Archiv zurückkehrte.

25

Im Konvoi ging es zurück zur Polizeizentrale nach Périgueux. Bruno fuhr mit Jean-Jacques, gefolgt von Isabelle, in deren Kofferraum das gesamte Beweismaterial steckte. Er wäre lieber mit ihr gefahren, doch Jean-Jacques hatte für ihn die Beifahrertür seines großen Renaults geöffnet und gesagt: »Steigen Sie ein.«

Sie hatten Bordeaux schon hinter sich gelassen und waren auf der Autobahn in Richtung Osten, als Jean-Jacques zu sprechen anfing und sagte: »Falls Sie versuchen sollten, mich hereinzulegen, Bruno, gibt's Ärger.«

»Sie werden mich doch wohl nicht einlochen?«

»Wenn nötig, doch«, knurrte Jean-Jacques. »Mir scheint, Sie wissen längst, wer der Mörder ist, und glauben, die Sache vertuschen zu können. Darum sind Sie doch rausgegangen und haben mit dem Bürgermeister telefoniert, stimmt's?«

»Nein, Sie irren«, entgegnete Bruno. »Ich habe allenfalls einen Verdacht, bin mir aber ziemlich sicher, dass keiner von uns, weder ich noch Sie, noch sonst irgendjemand, die erforderlichen Beweise beibringen kann. Die Kriminaltechnik hat, wie Sie wissen, keinerlei Spuren am Tatort entdeckt. Wenn es schon nicht genügend Beweise gegen Richard und Jacqueline gibt, wie wollen Sie sonst irgendjemanden überführen, wenn er nicht von sich aus gesteht? Nicht wenige der alten Widerstandskämpfer haben sogar bei Verhören durch die Gestapo den Mund gehalten. Solchen Typen werden Sie bestimmt kein Geständnis entlocken können. Und wenn die Öffentlichkeit Wind von der Sache bekommt, werden die Anwälte Schlange stehen und sich darum reißen, gratis die Verteidigung zu übernehmen, aus patriotischen Gründen. Es wäre ihnen eine Ehre, den oder die Täter zum Helden zu stilisieren. Jeder ambitionierte und clevere junge Anwalt hätte nach diesem Fall eine große Karriere vor sich. Wissen Sie, was, Jean-Jacques? Ich wette darauf, dass sich unser tüchtiger Tavernier diese Gelegenheit nicht entgehen lässt. Er wird seinen Job bei der *magistrature* an den Nagel hängen, dem Ministerium adieu sagen und ein riesiges Medienspektakel lostreten, von dem er sich versprechen darf, dass es ihn in die Nationalversammlung hievt.«

Jean-Jacques murrte zustimmend und schwieg. Nach einer Weile aber platzte es aus ihm heraus. »Verdammt noch mal, Bruno«, schnaubte er. »Was wollen Sie eigentlich? Dass der Mord unaufgeklärt und nur der Verdacht übrig bleibt, er wäre von irgendwelchen durchgeknallten Rassisten begangen worden, die leider nicht zu fassen sind? Das Klima in Saint-Denis und Umgebung wäre auf Jahre hinaus vergiftet.«

»Das ist mir auch schon durch den Kopf gegangen. Die Gefahr besteht, und wir sollten versuchen, die Risiken abzuwägen«, sagte Bruno. »Und da ist noch etwas, was mir Sorgen macht. Wir reden von Hamid als Kriegsverbrecher, und, zugegeben, es war schrecklich, was Hamid und die *Force mobile* getan haben. Es war blanker Terrorismus.

Aber wir müssen auch Folgendes bedenken. Hamid war gerade erst neunzehn oder zwanzig Jahre alt. Er lebte in den Slums von Marseille, und es herrschte Krieg. Er hatte keinen Job, war ohne Familie und wurde als ›dreckiger Araber‹ verachtet. Sein Fußballtrainer Villanova war womöglich der Einzige, der sich um ihn kümmerte. Er versprach ihm einen Ausweg aus der Misere, und plötzlich hat er einen Job, eine Uniform, drei Mahlzeiten am Tag und einen Anspruch auf Sold. Zum ersten Mal kann er etwas vorweisen. Er hat ein Gewehr und Kameraden, mit der Kaserne ein Dach über dem Kopf, und er führt die Befehle eines Mannes aus, den er respektiert und der im Auftrag der Regierung handelt. Außerdem hat er für seine Taten in der *Force mobile* in der Zeit danach teuer bezahlt. Er kämpfte für Frankreich, diesmal in unserer Uniform, gegen die Deutschen. Er kämpfte in Indochina und in Algerien. Er war in einer kämpfenden Einheit an der Front und blieb zeit seines Lebens Mitglied unserer französischen Streitkräfte – der einzige Ort, wo er sich zu Hause fühlte. Ja, er war ein Kriegsverbrecher, aber er hat sich auch zu rehabilitieren versucht. Er hat eine ehrbare Familie gegründet, seinen Kindern eine gute Ausbildung zukommen lassen, so dass sein Sohn heute unseren Kindern in Saint-Denis das kleine Einmaleins beibringt. Sein Enkel ist ein prima Kerl und selbst bald Vater. Wollen wir all das in Frage stellen, indem wir den Scheißdreck von damals wieder aufrühren?«

»Scheißdreck, Sie sagen es«, brummte Jean-Jacques.

»Wie auch immer, die Entscheidung darüber werden nicht wir treffen«, fuhr Bruno fort. »Sobald diese Sache rauskommt, schalten sich höchste Regierungsvertreter ein. Es wird ihnen nicht gefallen, dass alte Helden der Résistance einen arabischen Kriegsverbrecher getötet haben, sechzig Jahre nach dessen Taten. Überlegen Sie einmal. Die Minister des Inneren, der Justiz, der Verteidigung und der Premierminister werden im Élysée-Palast antanzen und dem Präsidenten erklären müssen, was in den nächsten Wochen zu erwarten ist, wenn Presse und Fernsehen davon berichten, dass bewaffnete Araber mit den Nazis kollaboriert, französische Familien terrorisiert und später in der französischen Armee Unterschlupf gefunden haben. Und obendrein auch noch als Kriegshelden mit einem *croix de guerre* dekoriert worden sind. Können Sie sich vorstellen, wie sich das in den Meinungsumfragen niederschlagen würde, auf den Straßen, bei den nächsten Wahlen? Raten Sie mal, Jean-Jacques, was der *Front National* daraus machen würde.«

»Darüber haben nicht wir zu befinden, Bruno. Wir tun unsere Arbeit, sammeln Beweise und lassen die Justiz alles andere erledigen. So will es unsere Strafprozessordnung.«

»Ja, aber so läuft der Hase nicht. Wahrscheinlich wird Tavernier die Sache in die Hand nehmen, und er tut nichts, ohne vorher alle möglichen politischen Folgen ausgelotet und sich mit jedem Minister, den er zu fassen kriegt, abgesprochen zu haben. Wenn wir ihm die Sachlage erklären, wird er sofort begreifen, dass es politischer Selbstmord wäre, den Fall vor Gericht zu bringen. Ich wette mit Ihnen um eine Flasche Champagner, dass sich Tavernier, wenn er einen Blick in die Akten geworfen hat, krankmeldet und für unbestimmte Zeit abtaucht.«

»Mit Ihnen wette ich nicht, Bruno, ich würde doch nur verlieren. Im Übrigen glaube ich nicht, dass Tavernier den

Ausschlag geben wird. Die Sache lässt sich auf Dauer nicht vertuschen. Undichte Stellen gibt's immer. Zum Beispiel in Person dieser englischen Historikerin. Apropos, haben Sie was mit ihr?«

»Das geht Sie nichts an. Aber ich sage Ihnen was, Jean-Jacques. Ich würde mit Ihnen gerne auf dem Rückweg in Périgueux haltmachen und Tavernier die Beweise auf den Tisch legen. Anschließend packen wir den jungen Richard Gelletreau in den Wagen, fahren zurück nach Saint-Denis und laden ihn bei seinen Eltern ab. Gegen ihn liegt nichts vor. Sie haben das Geständnis von Jacqueline und die Chance, ein paar Pluspunkte bei den holländischen Kollegen zu sammeln – wenn denn die Beweise ausreichen, um die Freunde dieses kleinen Luders hinter Gitter zu bringen. Außerdem können Sie Jacquelines Partygäste des *Front National* wegen Verstoßes gegen das Betäubungsmittelgesetz drankriegen. Sie und Isabelle werden am Ende gut dastehen.«

»Ja, das wäre für sie ein schönes Abschiedsgeschenk«, sagte Jean-Jacques. »Sie wird nämlich nach Paris zurückgehen. Gestern Abend kam der Versetzungsbescheid. Ich hatte noch gar keine Gelegenheit, ihr davon zu berichten. Schade eigentlich, sie wird uns hier fehlen.«

»Das glaube ich gern«, entgegnete Bruno, um sich nicht anmerken zu lassen, wie sehr ihm Jean-Jacques' Nachricht zusetzte. Dabei hatte er im Grunde mit einem solchen Ausgang schon gerechnet. Er war unausweichlich. Bruno gab sich alle Mühe, seine Stimme unter Kontrolle zu behalten. »Der Bürgermeister hat vorhergesehen, dass sie ins Ministerium berufen wird.«

»Wer weiß? Es würde mich jedenfalls nicht wundern«, erwiderte Jean-Jacques, der offenbar große Stücke auf Isabelle hielt. »In dem Versetzungsbescheid steht lediglich, dass sie am ersten September in der Zentrale antreten soll. Jetzt geht sie, um mit Napoleon zu reden, mit einem Marschallstab im Tornister. In ein oder zwei Jahren ist sie womöglich meine Vorgesetzte. Aber Isabelle wird immer eine Schwäche für uns Provinzler im Périgord haben, da bin ich mir sicher. Wir sollten ihr allerdings immer ausreichende Mengen *foie gras* zukommen lassen.«

Tavernier wusste bereits von der Beförderung. Mit heiterem Lächeln betrat er das Konferenzzimmer, schüttelte Isabelle die Hand und sagte: »Ich möchte Ihnen als Erster gratulieren, verehrte *Inspectrice* Perrault.« Als Jean-Jacques ihr das Schreiben aus Paris reichte, war Bruno gespannt auf ihre Reaktion, wandte sich dann aber ab. Er hatte ihre Augen aufleuchten sehen, und das reichte ihm.

»Wie ich höre, ist Ihnen im Fall al-Bakr der Durchbruch gelungen«, sagte Tavernier. »Neue Beweise aus Bordeaux. Klären Sie mich bitte auf.«

Bruno legte die Fotokopien aus den Soldbüchern der *Milice* und der französischen Streitkräfte auf den Tisch, so auch das Fax mit den Fotos von Hussein Boudiaf, Massili Barakine und Giulio Villanova sowie den Bericht über den Einsatz der *Force mobile,* der Boudiafs Rolle beim Überfall auf die Ortschaften rund um Saint-Denis im Einzelnen darlegte.

»Unser Mordopfer war ein von der Vichy-*Milice* gedungener Killer, der sich anschließend unter falschem Namen in der französischen Armee versteckt hielt«, sagte er und setzte sich. »Darum hat ihm sein Mörder ein Hakenkreuz auf die Brust geritzt.«

Tavernier richtete seinen Blick zuerst auf Jean-Jacques, starrte dann Isabelle an und schließlich Bruno. Er versuchte ein Lächeln und schien darauf zu warten, dass ihm jemand sagte, es sei alles nur ein Scherz.

»Ich glaube, wir sollten unsere Vorgesetzten informieren und ihnen Gelegenheit geben, sich durch den Kopf gehen zu lassen, mit welchen Konsequenzen auf nationaler Ebene zu rechnen ist«, sagte Isabelle in nüchternem Tonfall. »Soweit ich weiß, ist der Öffentlichkeit so gut wie unbekannt, welche Rolle die von der Vichy-Regierung rekrutierten Nordafrikaner in unserem Land gespielt haben. Das könnte sich jetzt allerdings ändern.«

Tavernier studierte die Unterlagen, die Bruno vor ihm ausgebreitet hatte.

»Vergleichen Sie die Daumenabdrücke auf den Soldbüchern miteinander«, sagte Isabelle. »Sie sind identisch. Unsere Kriminaltechniker haben natürlich auch vom Mordopfer Fingerabdrücke gemacht. Hier sind sie.« Sie legte ein weiteres Blatt auf den Tisch. »Wiederum identisch.«

»Was gedenken Sie zu tun?«, wollte Jean-Jacques von Tavernier wissen.

»Hätten Sie vielleicht einen Vorschlag? Wie werden Sie jetzt weiter vorgehen?«, fragte der Staatsanwalt.

»Wir haben eine Liste der in unserer Region ansässigen Familien, die mit der Résistance in Verbindung standen, einschließlich derjenigen, die den Anschlägen der *Force mobile* zum Opfer gefallen sind«, erklärte Isabelle. »Sie alle hätten ein Motiv für den Mord an al Bakr. Es sind insgesamt vierzig Familien, und die müssten wir natürlich, eine nach der anderen, unter die Lupe nehmen.«

»Warum zum Teufel ist der alte Narr nach Saint-Denis zurückgekehrt? Ihm musste doch bewusst gewesen sein, dass er hier Gefahr lief, erkannt zu werden«, sagte Tavernier wie zu sich selbst.

»Hier wohnt seine Familie«, antwortete Bruno. »Er hatte seinen Namen geändert, die Familie in Algerien zurückgelassen, seinen Bruder im Krieg verloren und nach dem Algerienkrieg auch seine Heimat. Als dann seine Frau gestorben war, ist er hierhergezogen, nach Saint-Denis, wo sein Sohn eine feste Anstellung als Lehrer hat und auch sein Enkel arbeitet. Er war alt, müde und einsam und hat deshalb das Risiko auf sich genommen.«

»Sie glauben, der Mord ist von jemandem begangen worden, der ihn nach all den Jahren wiedererkannt hat?«

»Ja«, antwortete Bruno. »Es war wohl ein Racheakt, und ich glaube, der Täter wähnt sich im Recht. Jedenfalls würde ich so meine Verteidigung anlegen, wenn ich sein Anwalt wäre.«

»Verstehe«, sagte Tavernier. »Ich werde einen genaueren Blick in Ihre Unterlagen werfen müssen. Wie Sie schon sagten, verehrte *inspectrice,* es steht einiges auf dem Spiel. Über weitere Schritte sollte auf höherer Ebene nachgedacht werden.« Er blickte auf und lächelte entschlossen. »Sie drei haben einen langen Tag hinter sich und ausgezeichnete Arbeit geleistet. Meine Hochachtung. Sie haben sich eine kleine Auszeit redlich verdient. Wir werden fürs Erste darauf verzichten, alte Widerstandskämpfer ins Kreuzverhör zu nehmen, und ich schlage vor, dass Sie jetzt im besten Restaurant von Périgueux zu Abend essen. Auf Staatskosten. So viel dürfte im Budget für die Ermittlungen noch drin sein.«

Im Flüsterton versprach er Jean-Jacques, von sich hören zu lassen, sobald eine Entscheidung getroffen sei, stand auf und sammelte die Unterlagen ein. Er verbeugte sich lächelnd vor Isabelle und wollte das Zimmer verlassen, doch Bruno hielt ihn mit den Worten auf: »Da wäre noch was. Wenn Sie bitte den Beschluss der Haftentlassung von Richard Gelletreau ausstellen würden. Der Junge steht nicht länger unter Verdacht.«

»Bruno hat recht«, bestätigte Jean-Jacques. »Es liegt nichts gegen ihn vor. Seine Freundin Jacqueline hat ein volles Geständnis abgelegt und ihn entlastet. Dank ihrer Aussagen können jetzt unsere holländischen Kollegen die Dealer festnageln. Ich bin mit dem Ergebnis sehr zufrieden.«

»Na schön«, sagte Tavernier. Bruno sah zu Isabelle hinüber, die ihn anlächelte. Tavernier öffnete seinen eleganten schwarzen Attachékoffer und legte sich einen Briefbogen zurecht, formulierte den Beschluss und setzte sein Dienstsiegel darunter. »Bringen Sie ihn nach Hause, Bruno.«

Bruno erwachte im eigenen Bett. Isabelle schlief noch. Sie lag mit zerzausten Haaren neben ihm und hatte einen Arm auf seiner Brust liegen. Vorsichtig schlüpfte er aus dem Bett und schlich auf Zehenspitzen in die Küche, um Kaffee aufzusetzen. Dann fütterte er den Hund und die Hühner, wässerte die Beete und dachte an das, was es an diesem Tag für ihn zu tun gab. Es war der 18. Juni. Er wusste: Wenn er das

Radio einschaltete, würde ein Sprecher von *France Inter* de Gaulles Rede vortragen, in voller Länge. Bruno erinnerte sich, irgendwo gelesen zu haben, dass es von der 1940 gehaltenen Rede keine Tonaufzeichnung gab und dass der General sie später nach der Befreiung noch einmal ins Mikrofon diktiert hatte. *»Français et Françaises, la France a perdu une bataille, mais la France n'a pas perdu la guerre!«*

Er war immer noch nackt, als er sich im Gemüsegarten hinter den Komposthaufen stellte und lustvoll im Stehen urinierte. Gigi war ihm nachgelaufen, nahm sich ein Beispiel an seinem Herrchen und hob das Bein. Plötzlich war im Hintergrund Beifall zu hören. Isabelle stand in der Tür und klatschte langsam in die Hände. Sie sah hinreißend aus in dem blauen Uniformhemd, das er tags zuvor getragen hatte.

»Magnifique«, rief sie und warf ihm eine Kusshand zu.

»Das Kompliment gebe ich dir zurück«, antwortete er lachend. »Die *police municipale* steht dir ausgesprochen gut.«

»Ich habe mich schon wieder nicht im Hotel blicken lassen«, sagte sie, als sie Kaffee tranken. »Mein Ruf ist ruiniert.«

»Keine Sorge. In der Stadt hat sich längst herumgesprochen, dass du dienstlich nach Bordeaux und Périgueux musstest«, beruhigte er sie. »Und wennschon, lass sie doch reden! Du gehst doch ohnehin nach Paris.« Auf dieses Thema war er bislang noch nicht zu sprechen gekommen.

Sie streckte den Arm aus und legte ihre Hand auf seine. »Erst im September«, sagte sie leise. »Wegen der Drogengeschichte werde ich noch eine Weile hierbleiben, einen Monat mindestens. Internationale Amtshilfe kann dauern.

Außerdem habe ich noch Urlaub, von Ende Juli bis Mitte August, und dann stehen mir wegen der Versetzung noch ein paar Tage Sonderurlaub zu. Wir hätten also bis Ende August für uns. Dann wirst du mich wahrscheinlich ohnehin leid sein.«

Er schüttelte den Kopf, ahnte aber, dass er jetzt nur Falsches sagen konnte. Stattdessen lehnte er sich über den Tisch und gab ihr einen Kuss.

»Mir ist aufgefallen, dass du das Foto weggestellt hast, das mit dir und dem blonden Mädchen«, sagte sie. »Für mich hättest du das nicht zu tun brauchen, nicht, wenn sie dir wichtig war. Gerade dann nicht.«

»Sie hieß Katarina, und ja, sie war mir wichtig«, erklärte Bruno. Er musste sich zwingen, ihr in die Augen zu schauen. »Aber das ist lange her. Damals war Krieg und ich ein völlig anderer Mensch. Es herrschten vollkommen andere Verhältnisse.«

»Was ist mit ihr passiert?«, fragte sie, schüttelte aber dann den Kopf und sagte: »Entschuldige. Du musst mir nicht antworten. Ich bin nur neugierig.«

»Sie ist tot. In der Nacht, als ich verwundet wurde, ist sie in einen Brandanschlag auf ein bosnisches Dorf geraten. Sie war unter den Opfern. Mein *capitaine* hat sie gefunden und mir Bescheid gesagt, als ich aus dem Hospital entlassen wurde. Er wusste, dass sie mir viel bedeutet hat.«

»*Capitaine* Mangin, der Sohn des Bürgermeisters von Saint-Denis. Durch ihn bist du an deine Stelle hier in der Stadt gekommen. Er wurde zum Major befördert, als du im Hospital lagst, hat aber kurze Zeit später seinen Dienst quittiert.«

»Das wusstest du alles?«, fragte er erstaunt.

»Jean-Jacques sagte der Name Mangin etwas. Wir haben den *capitaine* dann in Paris getroffen. Er lehrt Philosophie und macht Karriere bei den Grünen. Wahrscheinlich zieht er demnächst als deren Abgeordneter ins Europäische Parlament ein. Er schätzt dich sehr und sagt, einen besseren Soldaten als dich habe er nie kennengelernt und er sei stolz, dein Freund zu sein. Von ihm weiß ich auch, dass du Frauen aus einem serbischen Bordell befreit hast. Von einer Katarina hat er aber nichts gesagt. Na ja, immerhin wird sie in der letzten Zeit, die ihr verblieben war, glücklich gewesen sein.«

»Ja«, bestätigte er, »wir waren glücklich.«

Isabelle stand auf, kam zu ihm auf die andere Seite des Tisches, öffnete das Hemd, das sie trug, drückte seinen Kopf an ihre Brust und fuhr ihm mit den Händen durchs Haar.

»Ich weiß, wovon du sprichst, denn auch ich bin glücklich mit dir«, flüsterte sie und gab ihm einen Kuss.

»Achtzehnter Juni, Tag der Résistance«, sagte er später. »Um zwölf wirst du all unsere Hauptverdächtigen vor dem Kriegerdenkmal versammelt sehen. Ich muss jetzt noch ein paar Vorbereitungen treffen und hoffe, dass mir dann noch Zeit bleibt, einen Käsedieb zu überführen. Dann müsste ich noch einen Schwarzarbeiter, der sich gegen Bares als Gärtner hat anheuern lassen, dazu bringen, dass er mit den Behörden ins Reine kommt. Und es würde mich nicht wundern, wenn ich auch noch eine Katze retten müsste, die auf einen Baum geklettert ist und nicht runterkommt. Außerdem will ich noch ein paar grüne Walnüsse für den diesjährigen *vin de noix* sammeln. All das an einem Tag. Und als

Gast des hiesigen *chef de police* bist du heute nach der Feierstunde zum Mittagessen im Ratssaal der *mairie* eingeladen. Von dort aus wirst du heute Abend dann auch das Feuerwerk bestaunen dürfen. Morgen könnte ich dir unseren berühmten Wochenmarkt zeigen. Vielleicht hilfst du mir, die Bauern vor der neuen Gestapo aus Brüssel zu beschützen.«

»Nach dem, was ich hier erlebe, wird mir Paris am Ende ziemlich eintönig vorkommen«, bemerkte sie trocken. Sie ging in die Knie, um Gigi zu streicheln, und winkte Bruno zum Abschied nach.

Als Bruno vor der *mairie* aus seinem Transporter stieg, sah er Pater Sentout aus der Kirche und über den Platz auf ihn zueilen. Er schüttelte ihm die Hand, verbeugte sich und ließ den korpulenten Priester vorangehen. Statt wie sonst die Treppe zu nehmen, stieg er der Höflichkeit halber zu ihm in den Aufzug.

»Ah, Pater, und da ist ja auch Bruno. Wie schön, Sie zu sehen«, rief der Bürgermeister und winkte sie in sein Büro. »Gleich zu Ihnen, Pater. Wie Sie wissen, gilt in unserem Land seit 1905 die Trennung von Kirche und Staat. Das heißt, Ihre Teilnahme an öffentlichen Veranstaltungen ist strengen Regeln unterworfen. Weil wir aber in diesem Jahr den tragischen Tod eines alten Veteranen der Republik betrauern, schlage ich vor, dass Sie heute Mittag im Rahmen der Feierlichkeiten ein kurzes Gebet der Versöhnung sprechen. Das lässt sich wohl vertreten, und ich glaube kaum, dass die Republik dadurch in ihren Grundfesten erschüttert wird. Ein kurzes Gebet und Ihr Segen. Nicht mehr als eine

Minute. Wir vergeben unseren Feinden und erbitten den Frieden des Herrn. Wären Sie dazu bereit? Aber ich warne Sie, wenn Sie überziehen, unterbreche ich Sie, und zwar sofort.«

»Mein lieber Bürgermeister, es wird mir eine Freude sein. Eine Minute also, um unseren Feinden zu vergeben.«

»Selbstverständlich sehen wir uns anschließend zum Mittagessen«, fügte der Bürgermeister hinzu. »Wenn ich mich nicht irre, wird es wieder Lammfleisch geben.«

»Großartig«, frohlockte der *père* und verabschiedete sich unter vielen Verbeugungen, sichtlich beglückt darüber, dass das Wort des Herrn endlich auch im profanen Tempel der Republik Nachhall gefunden hatte.

Bruno kam gleich zur Sache. »Der Fall ist vorerst auf Eis gelegt. Tavernier will die Reaktionen aus Paris abwarten«, sagte er, als der Pater die Tür hinter sich zugezogen hatte. »Davon abgesehen, würde ich dafür plädieren, die anstehenden Ermittlungen nicht auf Biegen und Brechen zum Ergebnis zu führen.«

»Gut«, entgegnete der Bürgermeister. »Ein Gerichtsverfahren gegen die beiden alten Schurken wäre das Letzte, was unsere Stadt jetzt gebrauchen kann.«

»Haben Sie mit ihnen gesprochen?«, fragte Bruno.

Der Bürgermeister zuckte mit den Achseln. »Ich wüsste nicht, was ich ihnen sagen sollte. Sie vielleicht? Es sind alte Männer. Pater Sentout könnte guten Gewissens behaupten, dass die beiden ohnehin bald vor einem viel höheren Richter stehen werden als vor unserer irdischen Gerichtsbarkeit.«

»Zwei unglückliche alte Männer«, sagte Bruno. »Sie haben auf derselben Seite gekämpft, leben und arbeiten seit sechzig Jahren in unmittelbarer Nachbarschaft, sprechen aber wegen eines alten politischen Streits kein Wort miteinander und vergiften ihre Ehe mit der Unterstellung, dass sie von der eigenen Frau mit dem Erzfeind betrogen werden. Man könnte meinen, dass der Herrgott sie zu Lebzeiten schon genug bestraft hat.«

»Nicht schlecht, Bruno. Vielleicht sollten wir ihnen genau das sagen. Aber da sind noch Momu und seine Familie. Was haben Sie ihnen gesagt?«

»Ich habe mit beiden gesprochen, Momu und Karim, und ihnen gesagt, dass es aufgrund der Beweislage keinerlei Anhaltspunkte dafür gibt, dass Richard und Jacqueline Hamid ermordet haben. Die Polizei würde darum jetzt der Theorie nachgehen, dass das Hakenkreuz eine bewusst gelegte, falsche Fährte war. Was letztlich dazu führen würde, dass wir in Richtung Islamisten ermitteln, für die Hamid ein Verräter war.«

»Und wie haben die beiden reagiert?«

»Momu hat anfangs kein Wort gesagt, aber Karim meinte, Hamid sei nach einem langen, erfüllten Leben und voller Stolz auf seine Familie gestorben, nicht zuletzt auch in dem Wissen, dass ein Urenkel unterwegs sei. Karim scheint sich mit dem Tod seines Großvaters abgefunden zu haben. Und Momu meinte noch, dass er oft über die *rafle* von 1961 habe nachdenken müssen und darüber, wie viel sich seitdem verändert hat. Es hat ihn, wie er sagte, sehr gerührt, dass sich so viele von uns für Karim eingesetzt haben, als er von den Gendarmen festgenommen wurde. Momu hätte kaum für möglich gehalten, dass sein Sohn in der Stadt einmal als Held gefeiert würde. Als ich gegangen bin, ist Momu mir nach draußen gefolgt und sagte noch, ihm sei als Mathematiker immer schon bewusst gewesen, dass es zwar Probleme gibt, die unseren Verstand übersteigen, aber keines, dem die Nächstenliebe nicht gewachsen wäre.«

Der Bürgermeister schüttelte den Kopf. Er wirkte zerknirscht und versuchte zu lächeln. »Zurzeit der *rafles* war ich Student in Paris. Wir haben von den Unruhen gehört. Wissen Sie, wer damals als Polizeipräfekt Verantwortung trug? Es war derselbe, der unter dem Vichy-Regime als Generalsekretär der Präfektur in Bordeaux vorstand. In dieser Funktion kommandierte er die Truppen der *Force mobile* und ließ Hunderte von Juden für den Abtransport in deutsche Konzentrationslager zusammentreiben. Später, während des Algerienkriegs, war er Präfekt in Algerien. Sein Name: Maurice Papon. Ich bin ihm einmal begegnet, als ich für Chirac gearbeitet habe. Er war der perfekte Staatsbeamte, einer, der jede Dienstanordnung, egal welche, mit äußerster Effizienz umsetzte. Solche Leute sind für alle Machthaber ungemein nützlich. Das sind die dunklen Kapitel unserer Geschichte, Bruno: Vichy und Algerien, und deren Schatten sind wieder auf Saint-Denis gefallen, so wie 1944.«

Die Stimme des Bürgermeisters klang ruhig und gemessen, aber es rollten ihm Tränen über die Wangen. Noch vor einem Monat, dachte Bruno, hätte er vor lauter Verlegenheit nicht gewusst, wie er sich verhalten oder was er sagen sollte. Jetzt aber spürte er nur, dass er diesen alten Mann von Herzen gern hatte. Und so rückte er näher, reichte ihm sein Taschentuch, das ein wenig nach Gigi roch, und legte ihm den

Arm um die Schultern. Der Bürgermeister schneuzte sich und nahm Bruno seinerseits in den Arm.

»Ich glaube, es ist überstanden«, sagte Bruno.

»Sollten wir jetzt nicht unter vier Augen mit Momu reden und ihm reinen Wein einschenken? Oder was meinen Sie? Finden Sie nicht auch?« Der Bürgermeister trat einen Schritt zurück und hatte sich wieder unter Kontrolle.

»Ich würde mich lieber raushalten«, erwiderte Bruno. »Wenn's nach mir ginge, würde kein Wort mehr darüber verloren, und alles bliebe beim Alten: Momu bringt seinen Schülern das Einmaleins bei, Rashida braut weiterhin den besten Kaffee in der Stadt, und Karim gewinnt auch in Zukunft für uns alle seine Rugbyspiele.«

»Und der Nachwuchs übt sich im Widerstand, indem er die Autos unserer Feinde mit Kartoffeln lahmlegt«, schmunzelte der Bürgermeister. »Ja, alle drei Generationen gehören zu unserer Stadt. Darum mache ich mir die meisten Sorgen um Momu, denn wenn die Affäre auffliegt, wird er sich wahrscheinlich genötigt fühlen, Saint-Denis mitsamt der ganzen Familie zu verlassen.«

»Er weiß nicht einmal, dass sein alter Herr nicht war, was er zu sein vorgegeben hat«, sagte Bruno. »Vielleicht wäre es tatsächlich besser, wenn er's nie erführe.«

Während der Bürgermeister seine Amtsschärpe anlegte, polierte Bruno den Schirm seiner Mütze. Gemeinsam traten sie auf den Platz hinaus. Die Blaskapelle hatte schon zu spielen begonnen. Der Festzug formierte sich, und *Capitaine* Duroc organisierte die Eskorte für den Marsch zum Kriegerdenkmal. Bruno rief Xavier, den stellvertretenden Bürgermeister, zu sich, stellte mit seiner Hilfe die Umleitungsschilder neben der Brücke auf und holte dann die Fahnen aus dem Keller der *mairie.* Montsouris und seine Frau nahmen respektvoll die rote Fahne entgegen, Marie-Louise das Banner mit dem Stadtwappen von Saint-Denis. Bruno lächelte und drückte die Alte an sich in Erinnerung daran, dass die *Force mobile* den Hof ihrer Eltern in Brand gesetzt hatte, nachdem sie selbst nach Ravensbrück deportiert worden war. Er schaute sich ein wenig nervös um, aber von Bachelot und Jean-Pierre war nichts zu sehen.

Auf dem Platz versammelten sich immer mehr Zuschauer, als Bruno auf Fauquets Café zusteuerte, vor dem Pamela und Christine mit Dougal an einem Tisch saßen. Ihre Weingläser waren leer. »Wir feiern heute Napoleons Niederlage bei Waterloo«, lachte Pamela, als Bruno beide Frauen mit einem Kuss auf die Wangen begrüßte und Dougal die Hand schüttelte. Im selben Augenblick tauchte Isabelle auf. Auch sie küsste er auf beide Wangen, nicht um Tratschereien vorzubeugen, sondern weil er Lust dazu hatte. Christine stand auf, um Isabelle zu begrüßen, ebenfalls mit einem Küsschen rechts und links. Und dann näherten sich mit freudigem Hallo Monsieur Jackson und seine Familie mitsamt dem Enkel, der sein Horn auf Hochglanz gebracht hatte. Pamela stellte sie Isabelle vor, die höflich Monsieur Jacksons *Union Jack* bewunderte.

Es war schon kurz vor zwölf, als sich Momu, von Karim und der gesamten Familie begleitet, vor dem Café einfand. Bruno gab Rashida einen Kuss, umarmte den jungen Mann und reichte ihm das Stars-and-Stripes-Banner. Jetzt kam auch der Bürgermeister, um sie zu begrüßen. Bruno warf einen Blick auf die Uhr. Normalerweise wären die beiden alten Männer längst zur Stelle gewesen. Gleich würde die Sirene zu heulen beginnen. Der Bürgermeister schaute Bruno von der Seite an und hob beredt die Brauen.

Dann kreuzten Jean-Pierre und Bachelot endlich auf. Langsam, fast zögernd schlurften sie herbei, der eine auf der linken, der andere auf der rechten Seite der Rue de Paris. In weitem Abstand voneinander überquerten sie den Platz in Richtung *mairie,* um dort ihre Fahnen abzuholen. So alt und gebrechlich sie auch waren, gestattete sich doch keiner der beiden, einen Stock zu tragen, solange der andere ohne Gehhilfe zurechtkam. Bruno fragte sich, wie viel Wut und Rachsucht nötig waren, um schwächlichen Greisen wie ihnen die Kraft zu verleihen, einen gleichaltrigen Mann mit Schlägen und Messerstichen zu ermorden.

Er musterte sie neugierig, als er ihnen die Fahnen aushändigte, Jean-Pierre die Trikolore und Bachelot, dem Gaullisten, das Lothringer Kreuz. Die beiden schauten argwöhnisch zu ihm auf und tauschten dann einen flüchtigen Blick.

»Nach allem, was Sie durchgemacht haben und was Sie miteinander verbindet – und ich meine nicht zuletzt das Geheimnis, das Sie seit einem Monat mit sich herumtragen –, finden Sie nicht auch, dass es höchste Zeit ist, dass zwei alte Widerstandskämpfer endlich wieder ins Gespräch miteinander kommen?«, fragte Bruno mit leiser Stimme.

Jean-Pierre und Bachelot standen schweigend da und rührten sich nicht. Beide hatten eine kleine Trikolore am Revers stecken, und jeder erinnerte sich auf seine Weise an einen Tag im Mai vor sechzig Jahren, als die *Force mobile* nach Saint-Denis gekommen war, vor allem aber wohl auch an einen Tag im Mai dieses Jahres, an dem sie der Schrecken wieder eingeholt und abermals, nun sie selbst, zu einem Verbrechen angestiftet hatte.

»Was soll das heißen?«, blaffte Bachelot. Er wandte sich ab und schaute seinem alten Feind Jean-Pierre ins Gesicht.

Ihr Blickwechsel erinnerte Bruno an zwei kleine Schuljungen, die sich hartnäckig weigern, für die zerbrochene Glasscheibe Verantwortung zu übernehmen, obwohl beide eine Steinschleuder in der Hand halten. Die beiden schauten ebenso trotzig drein und täuschten Unschuld vor. Wie viel doch ein einziger Blick verrät, dachte Bruno und stellte sich vor, mit welchem Ausdruck die beiden einander angesehen hatten, als ihnen der alte Araber auf der Siegesparade nach so langer Zeit wieder zu Gesicht gekommen war. Zwei Veteranen, die seit Jahrzehnten jeden Blickkontakt vermieden hatten, waren – womöglich auf Anhieb und wortlos – übereingekommen, gemeinsame Sache zu machen und Rache zu üben. Bruno fragte sich, wie wohl ihr erstes Gespräch verlaufen war und wie es zu dem Entschluss hatte kommen können, einen Mord zu begehen, den sie aller Wahrscheinlichkeit nach als Hinrichtung verstanden, als legitime Tat im Sinne einer gerechten Bestrafung.

»Wenn Sie was zu sagen haben, sagen Sie's«, knurrte Jean-Pierre. »Wir haben uns nichts vorzuwerfen.« Bachelot, der neben ihm stand, nickte, die Lippen fest aufeinandergepresst.

»Die Rache ist mein, spricht der Herr«, zitierte Bruno.

Diesmal war zwischen den beiden kein Blick mehr nötig. Mit gestrafften Schultern und stolz erhobenem Kopf starrten sie dem Polizisten ins Gesicht.

»Vive la France«, riefen beiden unisono und marschierten mit ihren Fahnen los, um die Parade anzuführen, als die Blaskapelle die *Marseillaise* anstimmte.

Bitte beachten Sie auch
die folgenden Seiten

60 Jahre Diogenes Verlag
Die Jubiläums-Edition

Jakob Arjouni
Magic Hoffmann
Roman

Doris Dörrie
Was machen wir jetzt?
Roman

Anthony McCarten
Englischer Harem
Roman. Aus dem Englischen von Manfred Allié und Gabriele Kempf-Allié

Ian McEwan
Saturday
Roman. Aus dem Englischen von Bernhard Robben

Ingrid Noll
Ladylike
Roman

Astrid Rosenfeld
Adams Erbe
Roman

Bernhard Schlink
Liebesfluchten
Geschichten

Patrick Süskind
Die Geschichte von Herrn Sommer
Mit Bildern von Sempé

Martin Suter
Die dunkle Seite des Mondes
Roman

Martin Walker
Bruno, Chef de police
Roman. Aus dem Englischen von Michael Windgassen

Benedict Wells
Fast genial
Roman

Urs Widmer
Der Geliebte der Mutter
Roman

Martin Walker im Diogenes Verlag

Bruno Chef de police

Roman. Aus dem Englischen von Michael Windgassen

Bruno Courrèges – Polizist, Gourmet, Sporttrainer und begehrtester Junggeselle von Saint-Denis – wird an den Tatort eines Mordes gerufen. Ein algerischer Einwanderer, dessen Kinder in der Ortschaft wohnen, ist tot aufgefunden worden. Das Opfer ist ein Kriegsveteran, Träger des Croix de Guerre, und weil das Verbrechen offenbar rassistische Hintergründe hat, werden auch nationale Polizeibehörden eingeschaltet, die Bruno von den Ermittlungen ausschließen wollen. Doch der nutzt seine Ortskenntnisse und Beziehungen, ermittelt auf eigene Faust und deckt die weit in der Vergangenheit wurzelnden Ursachen des Verbrechens auf.

»Martin Walker hat mit Bruno einen großartigen Charakter geschaffen, den man beim Ermitteln genauso gerne begleitet wie beim Schlemmen! Dieser Flic macht Appetit auf mehr.« *Emotion, München*

Grand Cru

Der zweite Fall für Bruno, Chef de police

Roman. Deutsch von Michael Windgassen

In vino veritas? Ja, aber manchmal ist die Wahrheit gut versteckt.
Ein geheimes Paradies auf Erden, das ist das Périgord. Oder vielmehr war, denn die Weinberge der Gegend sollen von einem amerikanischen Weinunternehmer aufgekauft werden. Es gärt im Tal, in den alten Freund- und Seilschaften, und in einem Weinfass findet man etwas völlig anderes als Wein – eine Leiche.

»Martin Walker hat schon viele Ideen für die nächsten Folgen. Spannend, lehrreich genug sind die *Brunos* allemal geschrieben. Und zumindest die beiden ersten erinnern uns in leuchtenden Farben daran, dass Gott in Frankreich wohnt. Wo sonst.«
Tilman Krause / Die Welt, Berlin

Auch als Diogenes Hörbuch erschienen,
gelesen von Johannes Steck

Schwarze Diamanten

Der dritte Fall für Bruno,
Chef de police

Roman. Deutsch von Michael Windgassen

Was haben Trüffeln mit Frankreichs Kolonialkrieg in Vietnam und mit chinesischen Triaden zu tun? Die Lösung von Bruno Courrèges' drittem Fall ist so tief vergraben wie die legendären schwarzen Diamanten unter den alten Eichen im Périgord – und genauso schwer zu finden.

»Der Autor schafft das Kunststück, den Fall in ein halbes Jahrhundert französischer Kulturgeschichte einzubetten und damit nicht nur spannend, sondern auch lehrreich zu erzählen.«
*Manfred Papst/*NZZ *am Sonntag, Zürich*

Auch als Diogenes Hörbuch erschienen,
gelesen von Johannes Steck

Schatten an der Wand

Roman. Deutsch von Michael Windgassen

Ein geheimnisvolles Fundstück landet auf dem Schreibtisch einer jungen Kunsthistorikerin in einem Londoner Auktionshaus: ein Stein mit einer Höhlenzeichnung darauf. Der stammt nicht, wie die junge Frau zuerst denkt, aus den Höhlen von Lascaux, sondern aus einer anderen Höhle im Périgord, in der während der Résistancezeit eine bis in die Gegenwart nachwirkende Gewalttat begangen wurde. Am Abend desselben Tages verschwindet das wertvolle Objekt aus dem Firmentresor.

»Ausgerechnet ein Schotte ist es, der das Périgord auf die literarische Weltkarte gesetzt hat: Martin Walker. Schon vor 17 000 Jahren schufen prähistorische Picassos dort Kunstwerke von atemberaubender Schönheit. ›Sixtinische Kapelle der Wandmalereien‹ nennen sie die Höhlen von Lascaux.« *Gerd Niewerth* / WAZ, *Essen*